DIRK REINHARDT

ÜBER DIE BERGE UND ÜBER DAS MEER

cbt

Bei diesem Buch wurden die durch das verwendete Material und die Produktion entstandenen CO_2-Emissionen ausgeglichen, indem der cbj Verlag ein Projekt zur Aufforstung in Brasilien unterstützt. Weitere Informationen zu dem Projekt unter: www.ClimatePartner.com/14044-1912-1001

FSC
www.fsc.org
MIX
Papier aus verantwortungsvollen Quellen
FSC® C014496

Penguin Random House Verlagsgruppe
FSC® N001967

Wir produzieren
Klimaneutral
ClimatePartner.com/14044-1912-1001
Druckprodukt

1. Auflage 2022
Erstmals als cbt Taschenbuch Januar 2022

Umschlaggestaltung: init.büro für gestaltung, Bad Oeynhausen
Umschlagfoto: © Adobe Stock / Tobias
Umschlaggrafik Feder mit Vogelschwarm: © Adobe Stock / Luuk
Kartengestaltung: © Peter Palm, Berlin
KH · Herstellung: LW
Druck: GGP Media GmbH, Pößneck
ISBN 978-3-570-31429-6
Printed in Germany

www.cbj-verlag.de

Wenn sie dem Glück einen Namen geben dürfte, würde sie es den Frühling nennen. Denn jetzt, im Frühling, ist sie vorbei, die Kälte des Winters, die das kleine Dorf in den Bergen so erbarmungslos gefangen hielt. Sie müssen nicht mehr jede Nacht um einen heißen Stein in der stickigen Wohnstube ihres Hauses sitzen, sondern können wieder auf dem Dach unter den Sternen schlafen. Die Schneeschmelze lässt den Bach anschwellen, die Sträucher an seinen Ufern werden grün und die Obstbäume auf den Feldern ihres Vaters tragen die ersten Knospen. Vor allem aber ist der Frühling die Zeit, in der die Kuchi hier vorbeiziehen, die Nomaden auf ihrem Weg vom Winterquartier in der Ebene zum Sommerlager in den Bergen. Und mit ihnen kommt Tarek, der sich so gut auskennt mit den Tieren und den Gräsern und den Winden und ihr jedes Mal, wenn sie ihn sieht, eine neue, noch spannendere Geschichte zu erzählen weiß.

Soraya seufzt, als sie an Tarek denkt. Schon im letzten Jahr hat sie ungeduldig auf ihn gewartet, jetzt ist ihre Sehnsucht noch größer. Eigentlich ist sie auf dem Weg zum Brunnen, um Wasser zu holen, aber sie ist fest entschlossen, die Gelegenheit zu nutzen, zu jener Stelle über dem Dorf hinaufzusteigen, von der sie bis in die Ebene sehen und die Staubwolken, die die Herden der Kuchi aufwirbeln, schon von Weitem erkennen kann.

Der Weg vom Haus ihres Vaters zum Brunnen führt sie mitten durch das Dorf, ein kleines paschtunisches Dorf in einem abgelegenen Tal, wie es sie zu Hunderten in den Bergen gibt. Ganz in der Nähe liegt die Grenze zu Pakistan, man kann sie schon fast sehen. Die Häuser des Dorfes lehnen sich an den Berghang, der ihnen Schutz vor Sonne und Stürmen bietet. Die meisten sind aus Lehm, manche auch aus Stein, da wohnen die Familien, denen die Getreidefelder gehören. Sorayas Familie besitzt nur einige Felder mit Obstbäumen und dazu noch ein paar Ziegen und Hühner, deshalb ist ihr Haus aus Lehm. Aber das ist nicht schlimm, sie mag den Lehm lieber als den Stein, seine rötlich braune Farbe und die Wärme, die er ausstrahlt, und seinen Duft, vor allem am Morgen, wenn ihre Mutter den Boden mit Wasser befeuchtet, dann riecht der Lehm ganz süß und frisch.

Während sie, einen Eimer in jeder Hand, durch das Dorf geht, lässt sie ihren Blick über die Häuser wandern. Sie kennt alle, die dort leben, jeden Einzelnen. In dem Haus, an dem sie gerade vorbeigeht, wohnt Roxana mit ihrer Mutter und ihren Großeltern und Geschwistern. Sie ist einige Jahre jünger als Soraya, aber man sieht sie fast nie, nur ab und zu als Schatten in der Tür, der verschwindet, sobald jemand die Straße entlangkommt. Als sie klein war, hat sie mitansehen müssen, wie ihr Vater erschossen wurde, genau hier, am hellen Tag, von einem Mann aus einem anderen Dorf, der sich von ihm beleidigt fühlte. Seitdem hat sie kein einziges Wort mehr gesprochen, mit niemandem, und die Straße hat sie auch nicht mehr betreten.

In dem Haus daneben lebt eine Familie, deren ältester Sohn im letzten Sommer das Dorf verlassen hat. Er heißt Rohani. Soraya kann sich gut an ihn erinnern, sie hat ihn nicht besonders gemocht, denn immer wenn er sie sah, lag dieser spöttische, herablassende Ausdruck in seinen Augen. Er arbeitet jetzt für die Amerikaner als Fahrer. Man sagt, so würde er drei- oder viermal so viel verdienen, wie er es hier im Dorf könnte. Viele sprechen seinen Namen mit Verachtung aus und sagen, er sei ein Verräter. Aber vielleicht, denkt Soraya, sind sie auch nur neidisch auf ihn, denn das Haus seiner Familie ist prächtig ausgestattet, prächtiger als die meisten hier. Nur in der Nacht, wenn keine amerikanischen Patrouillen mehr in der Nähe sind, kommen die Taliban aus ihren Verstecken in den Bergen herab und statten dem Haus manchmal einen Besuch ab. Es sind keine freundlichen Besuche und Sorayas Vater sagt, wenn Rohani den Taliban in die Hände falle, sei sein Leben nichts mehr wert, dann müsse er sterben und auch seine Familie werde dann keine Freude mehr an ihrem prächtigen Haus haben.

Soraya schwenkt ihre Eimer in der Luft, während sie weitergeht. Zu jedem Haus würde ihr eine solche Geschichte einfallen – auch wenn sie sie niemals so gut erzählen könnte wie Tarek. Sie zögert kurz, ihr Blick wandert sorgenvoll zu den Bergen. Im letzten Frühjahr waren er und seine Familie um diese Zeit schon da, im Jahr davor auch. Irgendetwas muss sie aufgehalten haben. Vielleicht ist es nur das Wetter oder sie haben einen weiteren Weg als zuletzt oder das Scheren der Schafe hat länger gedauert. Hoffentlich ist es nichts Schlimmes, geht es ihr durch den Kopf. Aber sie schiebt den Gedanken beiseite, als sie vor sich den Brunnen auftauchen sieht.

Dort ist wie üblich viel los, es ist der wichtigste Treffpunkt des Dorfes, zumindest für die Frauen und die Kinder. Sie sind nicht nur hier, um Wasser zu holen, sondern auch, um zu hören, was es Neues gibt. Vor allem die Frauen zögern das Auffüllen ihrer Eimer immer so lange wie möglich hinaus, weil sie froh sind, wenigstens einmal am Tag das Haus zu verlassen und draußen zu sein. Natürlich sind sie nie allein, das dürfen sie ja nicht. Die Älteren haben einen ihrer Söhne dabei, die Jüngeren einen ihrer Brüder. Die Jüngeren sind immer verschleiert, die Älteren nicht, die tragen meistens nur ein Kopftuch, da kommt es nicht mehr so darauf an.

»Hey, Samir!«

Soraya dreht sich um. Nuri steht vor ihr, ein Junge, den sie aus der Schule kennt, sie ist ein paar Jahre älter als er. Er hilft seiner Mutter, die ihr jüngstes Kind in einer Wiege auf dem Kopf trägt, beim Schleppen des Wassers. Mit einer verschwörerischen Geste deutet er auf ein Haus, das in der Nähe des Brunnens steht.

»Gleich, in einer Stunde?«, flüstert er.

Soraya weiß, was er meint. In dem Haus lebt eine der vornehmeren Familien des Dorfes, sie besitzen einen kleinen Vogel, der in einem Käfig lebt und eine wunderschöne Stimme hat. Sie und Nuri und einige andere sind früher manchmal zu dem Haus geschlichen, um dem Vogel zuzuhören, man kann ihm etwas vorpfeifen, dann ahmt er es nach. Anscheinend will Nuri auch heute wieder dorthin, aber als Soraya darüber nachdenkt, hat sie das Gefühl, dass sie aus dem Alter, in dem man Vögel belauscht, inzwischen heraus ist. Das ist eher eine Beschäftigung für die kleineren Jungen.

»Nein, Nuri«, flüstert sie zurück. »Es geht nicht. Ich muss etwas erledigen.«

Sie wendet sich von ihm ab. Für einen Moment sind die Gespräche verstummt, als sie am Brunnen erschienen ist, jetzt setzen sie wieder ein. Die Frauen nicken ihr zu. Sie lassen sie nie spüren, dass sie anders ist, das tun nur die Männer. Vielleicht weil die Frauen sich vorstellen können, wie es in ihr aussieht, die Männer interessieren sich nicht dafür.

»Samir!«

Rubina taucht vor ihr auf, in Begleitung ihres jüngsten Bruders, der gerade einmal drei oder vier ist. Sie trägt den Tschador, der ihr Gesicht teilweise bedeckt, aber Soraya erkennt sie sofort, sie wohnt nur drei Häuser von ihnen entfernt.

»Gut, dass ich dich treffe«, sagt Rubina. »Wie geht es Djamila?«

Djamila ist Sorayas ältere Schwester. Sie und Rubina sind befreundet, doch jetzt, wo sie versprochen sind und noch in diesem Jahr heiraten werden, dürfen sie kaum noch das Haus verlassen und sich auch nicht mehr gegenseitig besuchen.

»Sie ist allmählich ziemlich aufgeregt«, sagt Soraya. »Wegen der Hochzeit.«

»Ja, ich weiß«, antwortet Rubina. »Richte ihr meine Grüße aus. Und«, für einen Augenblick tritt sie ganz nah an Soraya heran, »gib ihr einen Kuss von mir. Hörst du, Samir? Den letzten.«

Ihre Stimme klingt traurig, als sie das sagt, und gleich darauf ist sie verschwunden. Soraya blickt ihr nach, wie sie die Straße entlanggeht, ihren kleinen Bewacher an der Hand, der kaum gehen kann, ohne zu stolpern. Sie seufzt und wird selbst traurig, als sie an Djamila denkt. Dann dreht sie sich um und stellt ihre beiden Eimer in einer schattigen Ecke neben dem Brunnen ab. Sie wird später zurückkehren und sie füllen, es hat keine Eile, so dringend erwartet ihre Mutter sie nicht zurück. Sie hat genug Zeit, in den Hügeln oberhalb des Dorfes Ausschau nach Tarek zu halten, und genau das wird sie jetzt tun.

Als sie den Brunnen wieder verlässt, schaut sie prüfend zum Himmel. Es ist ein klarer Frühlingstag, nur über den Bergen im Südosten, in Richtung der Grenze, stehen einige Wolken. Rings um das Dorf arbeiten die Männer auf den Feldern und in den Gärten, später, am Nachmittag, wird sie auch eine Weile dort sein, um ihrem Vater und ihrem Großvater bei der Arbeit zu helfen, aber das hat noch Zeit.

Sie biegt um eine Ecke und dann sieht sie die Jungen. Es sind etwa ein Dutzend, genau die, mit denen sie meistens zusammen ist, in der Schule und auch hier draußen. Eigentlich hat sie gehofft, ihnen heute nicht zu begegnen, ihr kleiner Ausflug in die Berge soll geheim bleiben. Kurz überlegt sie, ob sie sich noch zurückziehen kann, aber da haben die Jungen sie schon entdeckt.

»Hey, Samir!«, ruft einer. »Wohin willst du?«

Soraya bleibt stehen und wartet, bis sie herangekommen sind. »Wasser holen«, sagt sie.

»Das muss aber seltsames Wasser sein«, sagt ein anderer und tritt nach vorn. Soraya verzieht das Gesicht, als sie ihn sieht. Es ist Dawuhd. Natürlich! Wer sonst? Er sucht ständig Streit mit ihr, eigentlich immer, wenn sie sich sehen. »Du hast nämlich gar keinen Eimer dabei«, fährt er fort. »Und der Brunnen ist da drüben.«

Das ist der Grund, warum sie den anderen nicht begegnen wollte. Sie hat gewusst, dass Dawuhd dumme Fragen stellen würde, genau die Fragen, die sie nicht hören will.

»Ich hole das Wasser aus den Bergen«, sagt sie. »Da ist es frischer. Und ich hole es in meinem Mund. In den passen nämlich mehr als zehn Eimer rein, wenn ich ihn richtig aufreiße.«

Die anderen Jungen lachen, anscheinend sind sie der Meinung, dass sie das kurze Wortgefecht gewonnen hat. Nur Dawuhd lacht nicht. Er starrt sie an, seine Augen sind plötzlich ganz schmal.

»Ich habe dich beobachtet, Samir«, sagt er. »Du gehst oft in die Berge in letzter Zeit. Und ich glaube, ich weiß auch, warum.« Er tritt auf sie zu und bleibt direkt vor ihr stehen. »Du spionierst für die Amerikaner.«

Soraya hält den Atem an. Das ist so ziemlich der schlimmste Vorwurf, den man hier jemandem machen kann, und besonders schlimm ist er, wenn er von einem wie Dawuhd kommt. Sein älterer Bruder ist seit dem letzten Jahr verschwunden. Die Leute erzählen, er hätte sich den Taliban angeschlossen, die in den Bergen und hinter der Grenze lauern. Vor einigen Monaten ist eine Patrouille der Amerikaner ins Dorf gekommen und hat Dawuhds Vater mitgenommen, um ihn zu verhören. Eine Woche später brachten sie ihn zurück, Soraya weiß es noch gut, sie war da und hat es beobachtet. Er ging gebückt und humpelte und konnte niemandem mehr in die Augen blicken. Er verschwand im Haus, seitdem hat ihn keiner mehr gesehen.

Viele der Jungen bewundern die Taliban, weil sie stark und mutig sind und sogar die Amerikaner mit ihren gepanzerten Wagen und Hubschraubern und Raketen Angst vor ihnen haben. Dawuhd bewundert sie ganz besonders, vor allem seit das mit seinem Vater passiert ist. Er erzählt gern aufschneiderische Geschichten über das Leben in den Ausbildungscamps in Pakistan und träumt davon, später selbst dorthin zu gehen und gegen die Amerikaner zu kämpfen, wie sein Bruder. Manche im Dorf flüstern, er spioniere schon jetzt für die Taliban. Aber man kann es nicht wissen. Es ist nur ein Gerücht.

Eigentlich ist es wie ein Kampf zwischen Tag und Nacht, denkt Soraya. Am Tag kommen die Amerikaner, dringen in die Häuser ein, durchsuchen und verwüsten alles, lassen ihren Dolmetscher unangenehme Fragen stellen und verschleppen jeden, von dem sie glauben, er könnte Kontakt zu den Taliban haben. Und in der Nacht, im Schutz der Dunkelheit, steigen die Taliban aus den Bergen herab, pochen gegen die Türen jener, die sie im Verdacht haben, mit den Amerikanern zusammenzuarbeiten, lassen sich von ihnen bewirten, bedrohen sie, manchmal verprügeln sie sie auch. Die meisten hier wollen weder mit den einen noch mit den anderen etwas zu tun haben und wünschen sich einfach, in Ruhe gelassen zu werden. Aber das ist schwer. Wie soll man in Ruhe leben, wenn man sein Lager zwischen zwei hungrigen Wolfsrudeln aufgeschlagen hat?

Während Soraya all das durch den Kopf geht, steht Dawuhd noch immer vor ihr und blickt sie herausfordernd an. Die anderen Jungen haben einen Kreis um sie gebildet und warten, was passieren wird. Soraya senkt den Kopf und blickt zur Seite, um Dawuhd in Sicherheit zu wiegen, dann stößt sie mit aller Kraft zu, mit einer so heftigen Bewegung, dass er nach hinten taumelt und zu Boden fällt. Sie tut es, wie sie es bei den Jungen gelernt hat, schnell und hart, damit keine Zweifel aufkommen, dass sie Samir ist und nicht Soraya. Vor einigen Jahren hat Dawuhd es einmal gewagt, sie auf der Straße mit Soraya anzureden. Damals wusste sie, dies ist der Moment, in dem sich alles entscheidet. Sie hat sich mit ihm geprügelt, und obwohl er kräftiger ist als sie, hat sie sich so heftig gegen ihn gewehrt, dass er schließlich aufgeben musste. Seitdem hat keiner der Jungen mehr versucht, ihre Existenz als Samir in Frage zu stellen.

Dawuhd springt auf. Sein Gesicht ist rot angelaufen und vor Wut verzerrt, er sieht aus, als wollte er sich im nächsten Moment auf Soraya stürzen, um ihr den Stoß heimzuzahlen. Doch bevor er dazu kommt, tritt ein anderer Junge zwischen sie. Er ist hager und groß, einen halben Kopf größer als die anderen.

»Nicht hier«, sagt er und legt Dawuhd die Hand auf die Schulter. »Lass uns die Sache mit den Drachen regeln. Ich fordere dich heraus. Im Namen von Samir.«

Soraya atmet auf. Das ist Hafiz, der Sohn des Malik, des Dorfvorstehers. Sein Vater ist dafür zuständig, Streit zwischen den Bewohnern zu schlichten, und er ist sehr geschickt darin. Wahrscheinlich wird Hafiz später selbst mal Dorfvorsteher, der Titel vererbt sich meistens und geeignet ist er auf jeden Fall. So wie sein Vater den Streit zwischen den Männern schlichtet, vermittelt Hafiz unter den Jungen. Soraya verdankt ihm viel, das weiß sie gut. Er hat sich oft vor sie gestellt, und zwar immer so, dass sie dabei nicht schwach wirkte. Ohne ihn wäre ihr Leben unter den Jungen um einiges härter, so viel steht fest.

Dawuhd schluckt seinen Ärger mühsam hinunter. Er funkelt Soraya noch einmal an, aber eine Herausforderung zum Drachenkampf darf er nicht ablehnen, er würde sein Gesicht verlieren.

»Wir treffen uns am Bach«, sagt er zu Hafiz, ohne Soraya aus den Augen zu lassen. »Hol deinen Drachen.«

Hafiz nickt, dann dreht er sich zu Soraya um. »Kommst du mit, Samir?«, fragt er.

»Ja«, antwortet Soraya. »Später. Ich komme nach.« Sie blickt Dawuhd an. »Wenn ich mit dem Spionieren fertig bin.«

Dawuhd schiebt Hafiz zur Seite und tritt zu ihr. »Glaub nicht, dass die Sache mit dem Drachenkampf erledigt ist«, sagt er. »Das machen wir noch unter uns aus. Nur wir beide.«

Er geht an ihr vorbei, wobei er sie mit der Schulter anrempelt. Hafiz sieht ihm nach. »Du wirst noch viel Freude mit ihm haben«, sagt er zu Soraya. »Aber die Freude wird wehtun.«

Er verschwindet ebenfalls, um sich auf den Drachenkampf vorzubereiten. Die anderen Jungen schließen sich den beiden an, die eine Hälfte Hafiz, die andere Hälfte Dawuhd.

Soraya blickt ihnen nach. Sie reibt sich über die Haare, dann atmet sie erleichtert durch. Die Sache ist noch mal glimpflich abgelaufen, vor allem dank Hafiz. Es ist ein Segen, dass er sich eingemischt hat, sonst könnte sie den Weg in die Berge jetzt vergessen. Trotzdem, irgendwann wird sie es mit Dawuhd ausmachen müssen, es lässt sich nicht vermeiden. Wahrscheinlich wird er sie übel zurichten, aber sie nimmt sich vor, ihre Haut so teuer wie möglich zu verkaufen.

Die Jungen sind inzwischen verschwunden. Soraya dreht sich um und setzt ihren Weg fort. Aus manchen Häusern dringt schon der Duft des frischen Fladenbrotes und der würzige Geruch gebratenen Fleisches, das die Frauen für das Mittagessen zubereiten. Als Soraya an die saftigen Hammelfleischbrocken denkt, die knusprigen Hähnchenflügel und die scharfen Lammfleischspieße mit Zwiebeln und Paprika, läuft ihr das Wasser im Mund zusammen. Aber sie darf jetzt nicht vom Essen träumen, nach der Begegnung mit den Jungen ist sie spät dran. Wenn ihr Vater und ihr Großvater zur Mittagspause vom Feld kommen, muss sie zu Hause sein, und der Weg in die Berge ist steil.

Sie kommt an der Moschee vorbei. Im Schatten der Platanen, die vor dem Eingang stehen, unter ihren weit ausladenden Ästen, sitzen der Mullah und die alten Männer des Dorfes und trinken Tee. Der Mullah ist für jeden hier ein wichtiger Mann, aber für Soraya war er vom ersten Tag ihres Lebens an besonders wichtig. Ihre Mutter hatte vor ihr bereits sechs Töchter bekommen und war das Gespött des Dorfes, weil sie es nicht schaffte, einen Sohn zur Welt zu bringen. Ihr Vater wurde bemitleidet wegen der Unfähigkeit seiner Frau. Soraya hat immer versucht, sich vorzustellen, wie groß die Hoffnung ihrer Eltern damals gewesen sein muss und wie tief die Enttäuschung, als wieder nur ein Mädchen zum Vorschein kam – nämlich sie. Sie war die siebte Tochter und der Mullah tat, worum ihre Eltern ihn baten: Er griff auf einen alten Brauch im paschtunischen Stammesrecht zurück und erklärte Soraya kurzerhand zum Jungen. Drei Tage nach der Geburt erhielt sie den Namen Samir und wurde feierlich durchs Dorf getragen. Alle wussten, dass sie in Wahrheit ein Mädchen ist, aber um die Schande der Familie zu beenden, spielten alle das Spiel mit und gratulierten zur Geburt des Sohnes.

Soraya bleibt kurz stehen, wendet sich der Moschee und dem Mullah zu und verneigt sich. Der Mullah hebt würdevoll die Hand und nickt. Die Männer, die neben ihm sitzen und ihren Tee trinken, mit ihren weißen Vollbärten, die wie Kränze um ihre Gesichter stehen, winken ebenfalls, grinsen unter ihren langen Hakennasen, rufen ihr etwas zu, das sie nicht versteht, und als sie weitergeht, lachen sie aus ihren Mündern mit den wenigen Zähnen, die ihnen noch geblieben sind, hinter ihr her. Sie beschleunigt ihre Schritte, die alten Männer sind ihr unheimlich. Sie weiß nie, was sie von ihnen halten soll. Freuen sie sich wirklich, sie zu sehen, oder machen sie sich nur über sie lustig?

Die staubige Dorfstraße beginnt jetzt anzusteigen. Soraya ist froh darüber, denn nun kann ihr kaum noch jemand begegnen, um sie aufzuhalten. Ein paar Häuser lässt sie noch hinter sich, dann hat sie den Rand des Dorfes erreicht. Das letzte Gebäude, an dem sie vorbeikommt, bevor die Straße endgültig zu dem Pfad wird, der sich in die Berge schlängelt, ist die Schule. Sie kann sich dunkel daran erinnern, wie sie gebaut wurde, es war vor einigen Jahren. Alle Männer des Dorfes haben geholfen, auch ihr Vater und ihr Großvater, sie schlugen Steine in den Bergen und schleppten sie heran, fuhren mit ihren Eselskarren zur nächsten Hauptstraße, um Ziegel und Holz und Zement zu holen und die anderen Dinge, die von den Lastwagen gebracht wurden, hoben eine tiefe Grube aus, gossen das Fundament und errichteten die Mauern, bis die Schule mit einem großen Fest eingeweiht wurde.

Bis dahin hatte nur der Mullah Unterricht in der Moschee gegeben, aber seitdem haben sie einen richtigen Lehrer, der jeden Tag aus der Stadt ins Dorf kommt, außer im Winter, da ist es zu kalt und die Schule hat keine Heizung. Doch jetzt, wo der Winter vorüber ist, wird sie in einigen Tagen wieder beginnen. Soraya freut sich darauf, sie geht gerne zur Schule, es ist wie der Eintritt in die geheimnisvolle Welt außerhalb des Dorfes, von der sie nie etwas gesehen hat. Ihre Neugierde ist groß, manchmal kann nicht einmal der Lehrer all ihre Fragen beantworten. Am liebsten mag sie das Rechnen. Da hat alles seinen festen Platz, alles ist sicher und verändert sich nicht und das hat etwas Beruhigendes. Sie liebt die Welt der Zahlen.

Sie darf vormittags zur Schule gehen, wenn die Jungen Unterricht haben. Der Unterricht für die Mädchen am Nachmittag fällt oft aus, viele Mädchen gehen nicht hin, weil ihre Eltern es für überflüssig halten oder die Rache der Taliban fürchten. Die Taliban haben verboten, dass Mädchen zur Schule gehen, und wenn sie es trotzdem tun, werden sie von ihnen zur Strafe verprügelt. Angeblich haben sie in einem Dorf in der Nähe einem Mädchen, das sich allen Verboten widersetzt hat, Säure ins Gesicht geschüttet und sie für ihr ganzes Leben verunstaltet, sodass sie nie einen Mann finden wird.

Soraya schüttelt sich, als sie daran denkt. Sie hat die Schule hinter sich gelassen und steigt nun den Pfad in die Berge hinauf. Solche Gedanken machen ihr Angst. Ihre Zeit als Junge geht in diesem Jahr endgültig zu Ende, das hat ihr Vater entschieden. Sie können nicht länger damit warten, hat er gesagt, eigentlich hätte sie das Alter der Rückverwandlung längst überschritten. Was soll dann werden? Keine Schule mehr, keine Spiele mit den Jungen! Wenn sie daran denkt, wird sie oft so entsetzlich traurig. Nicht einmal der Frühling kann ihre Trauer besänftigen und das will etwas heißen. Sie liebt es so sehr, nach draußen zu gehen und unter freiem Himmel zu sein, wann immer es ihr gefällt. Jetzt ist diese Zeit bald vorbei und sie wird auch nie wiederkommen. Nie mehr wird sie im Bach nach Münzen tauchen oder mit den Schafsknochen spielen, nie wieder einen Drachen in der Luft tanzen sehen. Sie wird nur noch in der Stille des Hauses sein, so wie ihre Schwestern, und irgendwann … Sie stöhnt. Immer wenn sie sich das vorstellt, ist ihr Herz danach so schwer wie ein Stein am Grund des Flusses.

Sie beginnt zu rennen, den Pfad hinauf, als könnte sie auf diese Weise den düsteren Gedanken entkommen. Sie rennt immer weiter, bis sie irgendwann erschöpft stehen bleibt und, die Hände auf die Knie gestützt, nach Luft ringt. Nach einer Weile richtet sie sich auf, dreht sich um und blickt ins Dorf hinunter. Da sind die Häuser, drüben der Bach, daneben eine Wiese und auf der Wiese kann sie die Jungen sehen. Sie wirken klein von hier oben, wie Insekten, aber sie kann sie trotzdem voneinander unterscheiden, an ihrem Gang und ihren Bewegungen. Auf der einen Seite ist Dawuhd, bullig wie ein Käfer, immer ein wenig angespannt und verkrampft, auf der anderen Seite Hafiz, schlank wie ein Grashüpfer, locker und leichtfüßig, dazwischen die anderen.

Dawuhd und Hafiz haben ihre Drachen geholt, sie haben die besten Drachen aller Jungen im Dorf, leicht und trotzdem stabil, sodass sie die unglaublichsten Flugmanöver ausführen können. Hafiz hat seinen Drachen aus bunten Papierfetzen zusammengenäht, sodass er leuchtet wie ein Regenbogen, und er sieht jeden Tag anders aus, je nachdem, wie die Sonne auf ihn trifft. Dawuhds Drachen dagegen ist schwarz, sowohl das Papier als auch der Rahmen, sogar die Schnur, mit der er ihn lenkt, ist schwarz, wie die Turbane der Taliban. Beide laufen jetzt los, um ihre Drachen in die Luft zu bringen, Hafiz mit weiten Sprüngen, Dawuhd mit schnellen Schritten wie ein Maschinengewehr.

Soraya springt nach vorn an den Rand des Abhangs, von wo sie den Kampf am besten beobachten kann, und legt ihre Hände wie einen Trichter an den Mund. »Los, Hafiz!«, brüllt sie ins Tal hinunter. »Zeig es ihm!«

Natürlich hört sie niemand. Die Anfeuerungsrufe der anderen Jungen dringen schwach zu ihr herauf, aber umgekehrt funktioniert es nicht. Sie lässt die Hände sinken und beobachtet schweigend den langsamen Aufstieg der beiden Drachen. Anfangs halten Hafiz und Dawuhd noch Abstand voneinander, aber kaum haben sie den Himmel erobert, bewegen sie sich langsam aufeinander zu. Zur Vorbereitung des Kampfes haben sie die Schnüre ihrer Drachen in Klebstoff getaucht und dann durch kleine Glassplitter gezogen, sodass sie jetzt mit scharfen Scherben bestückt sind. Jeder von ihnen versucht nun, die Schnur des anderen mit seiner eigenen zu durchschneiden.

Sie liefern sich ein zähes Ringen. Ihre Drachen sind etwa auf gleicher Höhe mit Soraya, sie kann den Kampf gut beobachten, besser als die Jungen unten am Bach. Der Wind zeigt sich gnädig, er ist weder zu stark noch zu schwach und bläst gleichmäßig, sodass er nicht durch eine plötzliche Laune die Entscheidung bringen kann. Zunächst umtanzen die beiden Drachen sich noch, vollführen Drohgebärden, weichen heuchlerisch voreinander zurück, um gleich darauf wieder zum Angriff überzugehen, dann verkeilen sie sich ineinander, umwickeln sich, scheinen sich verschlingen zu wollen und plötzlich – ein lauter Knall. Eine der Schnüre zerreißt. Soraya hält den Atem an. Es ist der bunte Drachen, der ins Trudeln gerät und zu Boden stürzt. Nur der schwarze steht noch am Himmel und flattert im Wind, als würde er lachen. Dawuhd hat den Kampf gewonnen.

Während seine Anhänger am Ufer des Baches einen Freudentanz aufführen, wendet Soraya sich seufzend ab. Der Ausgang des Kampfes wird es ihr nicht gerade leichter machen, so viel ist klar. Jetzt wird Dawuhd noch selbstherrlicher und überheblicher auftreten, als er es sowieso schon tut, und sie wird darunter zu leiden haben. Sie steigt den Pfad weiter hinauf und versucht den Gedanken zu vergessen. Die Stelle, von der aus sie in die Ebene blicken kann, ist jetzt nicht mehr weit, sie kann sie schon sehen. Mit jedem Schritt, den sie darauf zugeht, wird ihre Anspannung größer. Und die Vorfreude. Heute muss sie da sein, die Staubwolke, die das Kommen der Kuchi ankündigt.

Sie denkt an die letzten Jahre zurück. Immer wenn Tareks Familie mit ihrer Herde auf dem Weg ins Sommerlager hier vorbeikommt, rasten sie einige Tage, um ihre Schafe zu weiden und mit den Dorfbewohnern Handel zu treiben. Sie brauchen Getreide und Obst und Gemüse und im Gegenzug kaufen die Leute aus dem Dorf bei ihnen Fleisch und Käse und Joghurt und Felle. Sie und Tarek haben dann immer Zeit, zusammen durch die Gegend zu streifen. Er weiß viel über die Tiere und die Natur und das Wetter und diese Dinge und sie muss ihm immer erzählen, wie es ist, in einem Dorf zu wohnen, sein ganzes Leben am selben Ort zu verbringen, das kann er sich gar nicht vorstellen.

Zugegeben, Tarek ist in manchen Dingen seltsam, aber wahrscheinlich mag sie ihn gerade deswegen so. Er redet nicht viel, manchmal kriegt er seine Zähne überhaupt nicht auseinander, aber das ändert sich, wenn er eine seiner Geschichten erzählt. Darin ist er großartig, sie liebt es, ihm zuzuhören. Im letzten Jahr war sie zum ersten Mal bei seiner Familie in ihrem Lager eingeladen und am Tag danach ist Tarek zu ihnen gekommen. Beides war ziemlich anstrengend. Obwohl die Kuchi und die Leute aus den Dörfern ihre Waren tauschen, mögen sie sich nicht besonders. Sorayas Vater sagt, viele Kuchi wären Diebe. Sie würden ihre Tiere das Wasser trinken und das Gras fressen lassen, ohne zu bezahlen, und manchmal würden sie das Getreide von den Feldern stehlen. Tarek hat erzählt, dass sein Vater genauso auf die Bauern schimpft. Sie wären hochnäsig und würden sich für etwas Besseres halten, weil sie Häuser haben, und manchmal würden sie des Nachts kommen und die Schafe rauben. Soraya zuckt mit den Achseln. Sie hat keine Ahnung, ob etwas davon stimmt.

Endlich erreicht sie die Kuppe, von der sie in die Ebene schauen kann. Die letzten Schritte läuft sie, und als sie oben ist, wippt sie nervös von einem Fuß auf den anderen, schirmt ihre Augen gegen die Sonne ab und späht hinunter. Dann lässt sie die Schultern sinken. Nichts! Nichts ist zu sehen von den Herden und den Nomaden. Und das, obwohl sie längst hier sein müssten, in den letzten Jahren waren sie immer schon da, wenn die Obstbäume ihre ersten Knospen bekamen.

Enttäuscht lässt sie sich auf einen Stein sinken. Was ist nur los? Sie hat Tarek nie erzählt, dass sie in Wahrheit Soraya ist, er kennt sie nur als Samir. Ob er es gemerkt oder gespürt hat? Im letzten Jahr vielleicht. In diesem Frühling wollte sie es ihm erzählen, sie wollte ihm alles erzählen, das hat sie sich fest vorgenommen, deshalb erwartet sie ihn auch aufgeregter und sehnsüchtiger als je zuvor.

Denn eines steht fest: So sehr sie ihr Dasein als Samir liebt, mit all der Freiheit und den Vorteilen, die es mit sich bringt, so sehr sie den Moment fürchtet, in dem dieses Leben zu Ende sein wird – immer wenn der Frühling kommt und sie auf Tarek wartet, will sie kein Junge mehr sein.

Er kennt die Spuren der Schafe genau, es ist nichts Geheimnisvolles an ihnen. Von klein auf hat er gelernt, sie zu lesen. Sie sind wie eine Schrift für ihn, wie Buchstaben, die sich zu Wörtern und Sätzen und schließlich zu einer Erzählung zusammenfügen. Die Zeichen in den Büchern sind ihm fremd, die versteht er nicht, aber die Zeichen der Schafe kannte er schon als kleiner Junge. Nichts von dem, was sie hinterlassen, entgeht ihm, nicht der winzigste Teil ihrer Ausscheidungen, nicht der kleinste Kratzer auf einem Stein, den sie betreten haben, nicht die dünnste Wollfaser, die sich in einem dornigen Gestrüpp verfangen hat. Das sind die Buchstaben seiner Welt. Er setzt sie zu Bildern zusammen, die Bilder beginnen sich zu bewegen und dann steht ihm klar vor Augen, wie die Schafe hier entlanggezogen sind, in ihrem schwerfälligen Trott, die zwei, die er sucht, das Muttertier und sein Junges.

Tarek bleibt stehen und sieht sich um. Die Spuren der beiden sind vielleicht zwei Stunden alt. Er ist ihnen näher gekommen, doch wenn er Pech hat, muss er noch lange nach ihnen suchen. Wie dumm sie sind!, denkt er. Sich von der Herde zu entfernen und hinauf in die Hügel zu steigen, wo die Wölfe auf sie warten, um ihnen an die Kehle zu springen, oder die Adler, um mit ihren scharfen Krallen das Jungtier zu reißen. Die Ziegen nicht! Die Ziegen sind klug. Aber die Schafe sind so dumm, dass man es oft gar nicht begreifen kann.

»Kannst du mir sagen, wohin sie wollen, Dschamal?«, fragt er und blickt den Hund an, der sich vor Stunden mit ihm auf den Weg gemacht hat und jetzt wartend neben ihm steht.

»Und weißt du, was ich mich vor allem frage? Warum müssen sie immer weiterlaufen, selbst wenn sie sich längst verirrt haben? Warum können sie nicht einfach stehen bleiben und darauf warten, dass wir sie finden? Warum müssen sie uns das Leben so schwer machen?«

Dschamal hebt kurz den Kopf, dann läuft er weiter. Er ist ein typischer Hirtenhund aus den Bergen, schon von Weitem zu erkennen mit seinem weißen Fell, schlank und zäh und mit einem so lauten und rauen Bellen, dass jedes Schaf ihn über Kilometer zu hören vermag.

Tarek seufzt. »Ja, du hast recht«, sagt er. »Sie sind, wie sie sind, daran können wir nichts ändern. Wir müssen sie finden. Und zwar, bevor es dunkel wird.«

Er prüft kurz den Himmel, dann zieht er die Schlaufe des Gewehres, das er über der Schulter trägt, fester an und folgt dem Hund. Dschamal ist schlau. Auch er sieht die Spuren der Schafe und mit seiner empfindlichen Nase erschnüffelt er Dinge, die sogar Tarek verborgen bleiben. Sie sind fast wie Brüder, jeder von ihnen weiß, was der andere denkt und fühlt, immer und überall. Schon seit vielen Jahren sind sie unzertrennlich. Von klein auf war Tarek dafür verantwortlich, die verirrten Schafe zur Herde zurückzubringen. Als er damit begonnen hat, hat sein Vater ihm Dschamal geschenkt, denn das Suchen der Schafe ist ein einsames und gefährliches Geschäft. Von Anfang an hat sein Vater darauf bestanden, dass er nie ohne Dschamal loszieht. Hätte er es dennoch getan, wäre seine Bestrafung schmerzhaft gewesen, egal ob er mit den Schafen zurückgekehrt wäre oder nicht. Aber das war nie notwendig. Er ist kein einziges Mal auf den Gedanken gekommen, Dschamal im Lager zurückzulassen.

Tarek atmet tief die kühle, frische Luft ein, die von den Bergen herabweht. Zum Glück ist der Winter vorbei. Er war kalt in diesem Jahr, so kalt, dass die Wölfe nicht genug zu fressen fanden und sich hinunter in die Ebene wagten. Jede Nacht mussten Tarek und sein Vater und sein Bruder und die Hirten die Herde mit ihren Gewehren bewachen. Doch jetzt, mit Beginn des Frühlings, ziehen sich die Wölfe mit jedem Tag weiter in die Berge zurück. Jetzt beginnt die schönste Zeit des Jahres, die Zeit der Lämmer und der Frühjahrsschur und der Wanderung in die Sommerquartiere. Dann treiben sie Handel mit den Bauern in den Dörfern. Dann trifft er Samir.

Tarek wird auf Dschamal aufmerksam. Der Hund ist unruhig. Aber es geht nicht um Wölfe, dann würde er ihn anders warnen. Er hat die Schafe gewittert.

»Bleib hier, Dschamal«, sagt Tarek mit einem warnenden Ton in der Stimme. »Schön hierbleiben.«

Vorsichtig geht er weiter. Sie folgen einem schmalen Pfad, auf beiden Seiten liegen Felsbrocken, es sieht aus, als hätten Riesen eine Handvoll gewaltiger Saatkörner verstreut. Plötzlich tauchen vor ihnen zwei helle Flecken auf. Da sind sie! Dschamal will loslaufen, um die Ausreißer mit wütendem Gebell für den Ärger, den sie ihnen bereitet haben, zu bestrafen. Aber Tarek hält ihn zurück. Er stößt einen lauten Pfiff aus, woraufhin der Hund erstarrt und sich nicht mehr von der Stelle rührt.

»Nicht so schnell, mein Junge. Nicht so schnell. Hier stimmt etwas nicht.«

Er hebt das Fernglas, das er um den Hals trägt, an die Augen und stellt es scharf. Da ist das Jungtier. Es scheint unverletzt zu sein, aber es geht ihm nicht gut, das sieht er sofort. Direkt daneben ist die Mutter. Tarek lässt das Fernglas sinken und stößt einen Fluch aus: Das Tier ist tot. Doch es waren keine Wölfe, es war etwas Schlimmeres. Jetzt erinnert er sich daran, dass er weiter unten, vor einiger Zeit, einen dumpfen Knall gehört hat. Ein ferner Donnerschlag, hat er da noch gedacht.

Er stößt einen weiteren Pfiff aus, nicht so schrill wie der erste, sondern tiefer. Gleich darauf ist Dschamal bei ihm und drängt sich an ihn.

»Bleib eng bei mir«, sagt Tarek. »Ganz eng, wenn dir dein Leben lieb ist.«

Ohne sich zu rühren, sucht er den Boden ab. Er spürt, wie ihm kalter Schweiß auf die Stirn tritt. Wo eine Mine ist, sind meistens noch mehrere. Und immer sind sie mit der größten Heimtücke vergraben, dort wo man sie nicht erwartet.

»Wir müssen von dem Pfad runter«, sagt er zu Dschamal. »Aber vorsichtig!«

Er heftet den Blick auf den Boden. Sein Vater hat ihm erklärt, woran man die Stellen erkennt, an denen Minen vergraben sind, die verräterischen Spuren, die kleinen Hinweise, die man nicht übersehen darf. Aber manche von ihnen sind vor so langer Zeit gelegt worden, dass die Spuren verschwunden sind, und dennoch sind sie noch scharf und können bei der geringsten Berührung hochgehen. Dem Hirten einer anderen Familie, die sie gut kennen, ist das im letzten Jahr passiert. Er wurde schwer verletzt, hat ein Bein verloren und hatte Glück, dass er gefunden wurde, bevor er verblutete.

Tarek nimmt sein Gewehr von der Schulter. Er braucht es, um die Stellen, an die er seinen Fuß setzen will, vorher mit der Spitze des Laufes zu untersuchen. Dann geht er weiter. Dschamal weicht ihm nicht von der Seite. Der Hund zittert, er weiß genau, worum es geht. Doch bei den Minen kann er nicht helfen, er wittert sie nicht. Bei den Minen ist Tarek auf sich gestellt.

In einem großen Bogen nähert er sich den Schafen. Der Weg ist nicht weit, aber er braucht bestimmt eine halbe Stunde dafür. Als er sie erreicht, ist er von oben bis unten nass geschwitzt. Das Muttertier bietet einen elenden Anblick. Immerhin hat es nicht leiden müssen, die Mine ist direkt unter ihm explodiert. Seine Gedärme quellen heraus, die Fliegen haben sich schon darauf niedergelassen. In gewisser Weise ist Tarek erleichtert, dass das Tier tot ist. So muss er es nicht selbst töten, das hasst er. Obwohl er einige Male beim Schlachten geholfen hat, geht es ihm nicht so leicht von der Hand wie den Älteren.

Das Lamm ist verängstigt, es hockt neben seiner Mutter und blökt jämmerlich. Es hat einige Blutspritzer abbekommen, aber verletzt ist es nicht.

Tarek schultert sein Gewehr, dann beugt er sich zu dem Lamm hinunter und hebt es vorsichtig hoch. »Na komm«, sagt er. »Wir bringen dich zur Herde. Da suchen wir eine neue Mutter für dich.«

Als er das Tier in seinen Nacken legt, sodass er es vorne an den Läufen festhalten kann, blökt es so laut, dass es ihm in den Ohren schmerzt. Anscheinend will es nicht von seiner Mutter getrennt werden.

»Warum wart ihr auch so dumm?«, sagt Tarek und wendet sich von dem blutigen Kadaver ab. »Warum musstet ihr weglaufen? Ihr seid selbst schuld. Du hast kein Recht, dich zu beklagen. Hoffentlich war es dir eine Lehre.«

Das Lamm hört auf zu blöken, dafür zittert es jetzt am ganzen Körper. Tarek hält es fest, dann wandert er mit den Augen den Weg entlang, den sie gekommen sind.

»Los, Dschamal«, sagt er. »Wir gehen in unseren eigenen Spuren zurück. Und du bleibst immer bei mir. Keine Angst, der Simurgh wird uns helfen.«

Dschamal schmiegt sich wieder an ihn, sie machen sich auf den Rückweg. Tarek entspannt sich langsam. Die Stellen, die er mit dem Lauf seines Gewehres auf Minen untersucht hat, sind noch gut zu erkennen und er hat einen sicheren Tritt. Wenn sie keinen Fehler machen, kann ihnen nicht viel passieren. Außerdem wird er immer ruhig, wenn er an den Simurgh denkt. Die wandernden Geschichtenerzähler, die die Kuchi in ihren Lagern besuchen und abends am Feuer die Lieder der Berge singen, haben ihn mit der Legende vertraut gemacht. Einer von ihnen, ein alter Mann, der inzwischen gestorben ist, hat ihm die Geschichte, als er klein war, zum ersten Mal erzählt. Er hat sie nie vergessen.

Der Simurgh ist ein Zaubervogel. Sein Nest liegt auf dem Berg Kaf, der so weit entfernt und so schwer zu erreichen ist, dass kein Mensch ihn jemals gesehen hat. Doch wenn jemand in Not ist, hat der Alte erzählt, und der Hilfe des Simurgh würdig, dann stößt er von dort herab. Er ist wie ein großer Adler, aber er trägt Pfauenfedern am Schwanz, die aussehen wie ein Regenbogen. Seine Flügel sind so weit gespannt wie die Wolken, er hat mächtige Krallen und unter allen Tieren die schärfsten Augen. Mit ihnen kann er von seinem Nest auf dem Berggipfel die ganze Welt sehen. Seine Federn haben Zauberkräfte und können die schlimmsten Wunden heilen.

Während er an die Geschichte des Alten zurückdenkt, hat Tarek mit Dschamal und dem Lamm wieder den Pfad erreicht. Jetzt müssen sie nur noch ins Lager zurück. Das wird einige Zeit dauern, aber der Weg ist nicht länger gefährlich. Tarek lässt Dschamal laufen und steigt, das Lamm noch immer im Nacken tragend, hinter ihm den Hügel hinunter.

Die Geschichte vom Simurgh hat ihn nicht nur fasziniert, er glaubt auch daran. Als er noch jünger war und erst seit kurzer Zeit die verirrten Schafe suchte, hatte er sich einmal mit Dschamal im Gebirge verirrt. Er fand nicht mehr zurück und auch Dschamal hatte die Orientierung verloren. Sie verbrachten eine Nacht in der Kälte, eng aneinandergedrückt in einer Höhle. Am nächsten Tag waren sie hungrig und entkräftet und fast erfroren, auch ihr Wasser war aufgebraucht. In seiner Verzweiflung erinnerte Tarek sich an die Geschichte des Alten und rief den Simurgh um Hilfe an. Einige Stunden später sah er einen Adler am Himmel. Er folgte ihm, durch ein Tal, über einen Höhenzug, durch ein weiteres Tal, und irgendwie fanden Dschamal und er zu der Herde und zum Lager zurück.

Seit diesem Tag ist er überzeugt davon, dass es den Zaubervogel wirklich gibt. Und er hat keinen Zweifel daran, dass er sein Schutzengel ist und ihm beisteht, wenn er in Gefahr gerät. Manche machen sich lustig darüber, sein älterer Bruder Ashkan zum Beispiel ärgert ihn gerne damit. Wenn ein Sturm aufzieht oder im Winter das ferne Heulen der Wölfe zu hören ist, richtet Ashkan die Hände zum Himmel und ruft mit klagender Stimme nach dem Simurgh. Alle lachen und eigentlich lachen sie damit über ihn, Tarek. Aber das stört ihn nicht weiter, er wendet sich dann ab und schüttelt nur mitleidig den Kopf.

Dschamal und er haben inzwischen das Tal erreicht, das sie zum Lager zurückführt, jetzt ist es nicht mehr weit. Tarek blinzelt zum Himmel. Irgendwo da oben, über den Wolken, fliegt der Simurgh jetzt und beobachtet ihn und Dschamal. Mit seinen scharfen Augen erspäht er jedes verirrte Schaf und führt sie dorthin, er sieht auch jeden Wolf und jede Mine und bewahrt sie davor, von ihnen getötet zu werden. Es spielt keine Rolle, was andere davon halten, denkt Tarek. Wichtig ist nur, dass Dschamal und ich es wissen.

Er geht am Ufer des Flusses entlang, der das Tal geschaffen hat. Jetzt, in der Zeit der Schneeschmelze und des Regens, fließt er breit und kraftvoll dahin und führt all das Wasser mit sich, das die Wiesen ergrünen lässt und den Schafen Nahrung gibt. Nach einiger Zeit wird das Tal flacher und vereinigt sich mit einem weiteren. Nun sind es gleich zwei Flüsse, die, wenige Hundert Meter voneinander entfernt, hinaus in die Ebene fließen und genau zwischen ihnen, auf einer kleinen Anhöhe, taucht jetzt das Lager auf.

Tarek bleibt kurz stehen. Er liebt diesen Ort, den sie immer im Frühling, zwischen dem Verlassen des Winterquartiers und dem Aufbruch in die Berge, für einige Wochen beziehen. Es gibt genug Wasser hier, auf beiden Seiten des Lagers strömt es vorbei, und saftiges Gras für die Tiere. Es ist weder so kalt wie im Winter noch so heiß wie im Sommer und es ist schön, sich um die Lämmer zu kümmern. Sie sind noch so klein, dass man ihnen helfen muss, unter dem Winterfell der Muttertiere die Milch zu finden. Nie wieder werden sie etwas so Unschuldiges an sich haben wie jetzt. Das sorgt für eine eigenartige Stimmung im Lager, sie unterscheidet sich von jeder anderen Zeit des Jahres.

Tarek ruft Dschamal zu sich. »Ja, wir sind zurück«, sagt er, beugt sich zu ihm hinunter und klopft ihm mit zwei kräftigen Schlägen aufs Fell. »Ich danke dir, mein Junge.«

Das hat er sich angewöhnt. Er dankt Dschamal immer, wenn sie von einem ihrer Streifzüge zurückkehren und ihnen trotz aller Gefahren, die dort draußen lauern, nichts geschehen ist. Er findet, er ist es ihm schuldig, denn der Hund vertraut ihm jeden Tag aufs Neue sein Leben an, und das ist nichts, was man einfach so hinnehmen darf.

Als er weitergeht, kann er das Lager mit jedem Schritt deutlicher erkennen. Da ist das große, dunkelbraune Zelt, in dem sie leben, straff gespannt an vielen Pflöcken, die tief in den Boden ragen. Es sieht aus, als wäre es vom Himmel gefallen und zufällig gerade hier zwischen den Flüssen gelandet. Die Eingangsplane ist zurückgeschlagen, unter dem Blechgeschirr, das vom First baumelt, sieht er seine Mutter und seine ältere Schwester Setareh das Brot backen. Seine beiden jüngeren Schwestern, Sharifa und Nesrin, sitzen weiter hinten. Er kann sie kaum erkennen, aber er weiß, dass sie, wie immer um diese Zeit, die Decken und Kleider ausbessern, die im Winter gelitten haben.

Neben dem Zelt sind die Kamele angebunden. Tarek mag sie nicht besonders, sie sind störrisch und hochmütig und beißen mit ihren hervorstehenden gelben Zähnen nach allem, was sich bewegt. Dschamal mag sie noch weniger. Er hat einmal einen Fußtritt von einem Kamel abbekommen, nach dem er zwei Tage lang nicht mehr laufen konnte, seitdem hält er sich von ihnen fern. Aber sie brauchen die Tiere, auf ihren Wanderungen müssen die Kamele alles schleppen, was sie besitzen. Dann sind sie so schwer beladen, dass man sie unter all den Sachen kaum noch erkennen kann. Es sind acht, für jeden aus der Familie eines.

Tarek dreht den Kopf. Ein Stück vom Zelt entfernt grast die Herde, dorthin muss er mit dem Lamm, das er geholt hat. Noch sind die Lämmer mit den Müttern zusammen. Erst im Sommer werden sie getrennt, damit sie aufhören, Milch zu trinken, und lernen, Gras zu fressen. Einige dunklere Punkte heben sich von den Schafen ab, das sind die Ziegen. Sie bringen zwar nicht viel ein, denn sie haben keine schöne Wolle und ihre Milch schmeckt auch nicht jedem. Aber sie brauchen sie als Leittiere, vor allem auf den Wanderungen. Tarek muss dann nur seinen Stock vorauswerfen. Die Ziegen sehen es und laufen los und die dummen, blökenden Schafe trotten hinterher.

Am Flussufer sind die Männer damit beschäftigt, die Schafe zu scheren. Tarek erkennt seinen Vater und seinen Bruder Ashkan. Auch der Tschopan ist da, ihr Leithirte, und aus den benachbarten Tälern sind einige Männer gekommen, um bei der Arbeit zu helfen. Sein kleiner Bruder Mirza steht ebenfalls da. Er ist noch zu jung, um beim Scheren zu helfen. Aber er soll zusehen, damit er es lernt.

»Hey, Dschamal«, ruft Tarek. »Ab zur Herde mit dir. Mach dich nützlich.«

Dschamal stößt ein heiseres Bellen aus, dann läuft er los. Erdklumpen und Grasfetzen spritzen hinter ihm auf, als er auf die Herde zujagt. Schon auf dem Weg dorthin nimmt er sich eine Gruppe von Schafen vor, die sich ein Stück von den anderen entfernt haben. Sie zu erschrecken und zusammenzutreiben ist seine Lieblingsbeschäftigung. Manchmal, wenn sie ihm nicht sofort gehorchen, beißt er einem der Tiere spielerisch ins

Bein. Aber er verletzt sie nicht. Er weiß genau, wie weit er gehen darf.

Tarek folgt ihm langsam. Die Sonne steht inzwischen tief, der Horizont auf der anderen Seite des Lagers färbt sich rot. Solange er zurückdenken kann, ist dieses Zelt, sind diese Tiere, ist dieser Himmel seine Heimat. Er ist daran gewöhnt. Er kennt nichts anderes als das Umherwandern von Ort zu Ort, das Leben im Rhythmus der Jahreszeiten, das Einschlafen unter dem weiten Himmel. Wenn sie an einem Dorf vorbeikommen, bedauert er die Menschen, die dort wohnen. Er kann sich nicht vorstellen, sein ganzes Leben lang am gleichen Ort zu sein, gefesselt an ein Dorf, eingesperrt zwischen den Steinen eines Hauses. Es würde ihn krank machen, davon ist er überzeugt.

Inzwischen sind die Männer am Flussufer auf Dschamal aufmerksam geworden. Tarek beobachtet, wie sein Vater den Kopf hebt. Als er ihn sieht, wie er mit dem Lamm auf den Schultern auf die Herde zugeht, steht er auf und streicht sich die Wolle von der ledernen Hose, die er trägt. Dann sagt er etwas zu den anderen und kommt ihm entgegen.

Als sie sich treffen, muss Tarek nicht erzählen, was geschehen ist. Sein Vater blickt ihm in die Augen und betrachtet das Lamm, dann schüttelt er den Kopf.

»Das dritte Tier innerhalb von zehn Tagen«, murmelt er.

»Ja, ich weiß«, antwortet Tarek. »Ich konnte es nicht mehr retten. Wir waren zu spät.«

Er und Dschamal haben viele Schafe zurückgebracht in letzter Zeit, aber bei den dreien, von denen sein Vater spricht, ist es ihnen nicht gelungen. Eines der beiden anderen ist ebenfalls einer Mine zum Opfer gefallen, das dritte einem offenbar einzelgängerischen Wolf, einem störrischen Nachzügler, der die Ebene noch nicht räumen wollte.

Jedes tote Schaf ist ein schwerer Verlust für sie. Tarek sieht seinen Vater nachdenklich an. Vor allem für ihn, denn er ist für die Tiere und die Familie verantwortlich. Sein Gesicht ist zerfurcht und von der Sonne verbrannt. Normalerweise zeigt es kaum eine Regung, aber jetzt sind der Schmerz und die Sorge darin deutlich zu erkennen.

»Gib es mir«, sagt er und deutet auf das Lamm.

Tarek hebt das Tier von der Schulter. In der ganzen Zeit, die er es trägt, hat es sich nicht ein einziges Mal bewegt und auch kein Geräusch gemacht. Es zittert nur ohne Unterbrechung. Sein Körper bebt fast.

»Es hat einen Schock«, sagt er, während er seinem Vater das Lamm reicht.

»Das geht vorbei. Es wird sich beruhigen, sobald ich ihm ein neues Muttertier ausgesucht habe.«

»Weißt du schon, welches?«

»Sicher.« Sein Vater betrachtet das Tier prüfend und legt es sich über den Arm. »Dieses Lamm ist nicht das Problem, Tarek. Das weißt du doch.«

Tarek nickt. Natürlich weiß er das. Die Minen sind das Problem. Und das Ausbleiben des Regens. Und die Dorfbewohner. Und der Krieg. Und all die anderen Dinge, die so schwer zu durchschauen sind und von denen niemand mehr weiß, wann und warum sie begonnen haben.

»Geh zu Ashkan«, sagt sein Vater. »Er braucht deine Hilfe. Und – Tarek …«

»Ja, Vater?«

»Es ist gut, dass du wieder da bist.«

Ohne ein weiteres Wort abzuwarten, dreht sein Vater sich um und trägt das Lamm zur Herde. Tarek blickt ihm einen Moment nach, dann wendet er sich ab und geht zum Flussufer hinunter.

Der Tschopan und die Männer aus den benachbarten Tälern sehen von ihrer Arbeit auf und nicken ihm zu, als er an ihnen vorüberkommt. Durch sein Geschick beim Aufspüren verirrter Tiere hat er sich ihre Achtung erworben. Es hat sich herumgesprochen, dass er ein besonderes Talent dafür besitzt.

»Ah, endlich lässt du dich blicken«, sagt Ashkan, als Tarek zu ihm tritt. »Ich brauche dich.«

Er kniet abseits von den anderen Männern in einem Meer aus Wolle, vor sich ein Schaf, das er bereits zur Hälfte geschoren hat. Tarek grinst, als er es sieht, es wirkt wie halb nackt und halb angezogen. Anscheinend hat es keine Lust, den Rest seiner Wolle auch noch zu verlieren, denn es wehrt sich heftig. Mirza hat sich auf das Tier gekniet und versucht es festzuhalten, aber obwohl es nicht besonders groß ist, schafft er es kaum, es zu bändigen.

»Einer der Männer musste vor einer Stunde los, jetzt bin ich allein«, sagt Ashkan. »Komm, pack an, ich will weitermachen.«

»Aber das kann ich auch, Ashkan«, sagt Mirza. Er greift das Schaf fester, wobei er es halb erwürgt, sodass es heftig mit den Läufen zu strampeln beginnt. »Siehst du, ich habe es. Wir brauchen Tarek gar nicht.«

»Wenn ich sage, dass ich ihn brauche, dann ist das auch so, verstanden? Los, ab ins Zelt mit dir. Mutter sagt, du kannst beim Säubern der Wolle helfen.«

»Ich will aber nicht ins Zelt«, sagt Mirza. »Ich will Schafe scheren.«

Ashkan flucht und schiebt Mirza zur Seite. »Keine Widerrede, Kleiner. Du hast mir geholfen, aber jetzt verschwinde! Das ist noch keine Arbeit für dich.«

Mirza verzieht enttäuscht das Gesicht, es bleibt ihm nichts anderes übrig, als Ashkan zu gehorchen. Mit schleppenden Schritten, einen Stein vor sich herschießend, geht er zum Zelt.

»Sieh dir den Kleinen an«, sagt Ashkan. »Kann kaum richtig laufen und denkt, er könnte schon Männerarbeit tun.«

Tarek kniet sich hin und packt das Schaf mit einem geübten Griff im Nacken. Sofort ist es still und rührt sich nicht mehr.

»Als wenn du in seinem Alter anders gewesen wärst«, sagt er.

Ashkan grinst und fährt mit seiner Arbeit fort. Während er das Schaf an den Stellen schert, die er bisher nicht erreichen konnte, presst er mehrfach die Zähne aufeinander, seine Wangenknochen treten hervor. Schließlich hält er inne und sieht Tarek an.

»Wieder eins?«, fragt er.

Tarek nickt.

»Ein Wolf?«

»Mine«, sagt Tarek.

Ashkan presst einen Fluch zwischen den Zähnen hervor und wirft das Schermesser zur Seite. Dann schüttelt er den Kopf und blickt zu den Bergen hinüber.

»Wie viele dieser Minen gibt es noch?«, fragt Tarek. »Irgendwann müssen doch mal alle hochgegangen sein.«

Ashkan schnauft. »Vergiss es, Bruder! In diesem Land gibt es mehr Minen als Menschen. Und wir Kuchi haben stärker darunter zu leiden als alle anderen.« Er nimmt das Schermesser wieder zur Hand und sucht das Schaf nach Stellen ab, die er übersehen hat. »Kein Kuchi hat jemals so ein Ding vergraben. Das sind immer die Kriege der anderen. Los, bring das Tier zurück! Und hol mir ein neues.«

Tarek steht auf und lässt das Schaf frei. Es trabt von selbst zur Herde, mit einem eigenartig unsicheren Gang, als müsse es sich an sein vermindertes Gewicht erst gewöhnen. Tarek folgt ihm. Während er auf die Herde zugeht, schnuppert er in der Luft. Mit jedem Tag wird es jetzt wärmer, das ist deutlich zu spüren. Auch die Flüsse sind nicht mehr so eisig, der Anteil des Schneewassers nimmt ab, die letzten Spuren des Winters verschwinden.

Als er die Herde erreicht, schiebt er eine Ziege zur Seite, die sich ihm in den Weg stellt, und packt ein Schaf mit einem besonders dichten und verzottelten Fell. Bald wird das Rauschen der Flüsse nachlassen, denkt er, während er mit dem Tier zu Ashkan zurückgeht. Die Sonne wird stärker werden und das Gras verdorren lassen. Er blickt zu den Bergen, nicht zu denen in ihrer Nähe, in die die Schafe sich verirren, sondern zu den hohen im Südosten, an der Grenze zu Pakistan. Vielleicht sind die Pässe dort jetzt schon frei vom Schnee.

»Was denkst du, wann wir aufbrechen?«, fragt er Ashkan, als er das Schaf vor ihm zu Boden zwingt und sich danebenhockt.

Ashkan nimmt das Schermesser und wirft es hoch in die Luft. Es wirbelt ein paarmal um sich selbst und landet mit einem klatschenden Geräusch wieder in seiner Hand.

»Es dauert nicht mehr lange«, sagt er und prüft mit gespreizten Fingern das Fell des Schafes. »Wenn die Lämmer alt genug sind, um die Wanderung durchzustehen. Außerdem müssen wir die Wolle noch reinigen und auf dem Markt verkaufen. Ich schätze, in fünf oder sechs Tagen sind wir so weit.«

Er beugt sich vor und beginnt mit der Schur. Tarek beobachtet, wie er einen Schnitt nach dem anderen setzt. Er ist sehr geschickt darin, das Fell bis auf die Haut zu entfernen, ohne das Schaf zu verletzen. Bald wird Tarek diese Arbeit von ihm übernehmen. Denn an dem Tag, an dem sie in die Berge aufbrechen, das Zelt abbauen, die Kamele beladen und die Karawane sich in Bewegung setzt, wird Ashkan sie verlassen. Er ist jetzt alt genug, um sich als Tschopan bei einer anderen Familie zu verdingen. Für die nächsten Jahre wird er mit ihr unterwegs sein, und wenn er gut und hart arbeitet, kann er danach vielleicht seine eigene Herde aufbauen und seine eigene Familie gründen. Das ist zumindest sein Ziel, wie bei jedem Kuchi-Jungen.

»Es ist schade, dass du bald gehst«, sagt Tarek. Er wird Ashkan vermissen. Das meiste, was er kann, hat er von ihm gelernt, mehr noch als von seinem Vater. Die Lektionen waren manchmal hart, aber sie waren immer gut.

Ashkan hält kurz inne und sieht ihn an. »Brich nicht gleich in Tränen aus«, sagt er. »So laufen die Dinge nun mal. Und außerdem bist du bald selbst an der Reihe.«

Das stimmt. Tarek ist zwei Jahre jünger als Ashkan. Wenn alles gut geht, wird er im übernächsten Frühjahr seinem Beispiel folgen. Sein Vater hat schon eine Familie ausgesucht, die bereit ist, ihn als Tschopan zu nehmen. Dann wird sich alles für ihn ändern, so wie jetzt für seinen Bruder.

»Und außerdem«, sagt Ashkan, »stehen die Sommerquartiere noch nicht fest. Vielleicht ziehen wir in die gleiche Gegend, dann sehen wir uns ab und zu. Jetzt dreh das Tier um, die andere Seite ist dran.«

Tarek tut, was er sagt. Bald werden die Männer aus den Lagern ringsum zusammenkommen und sich abends um das Feuer versammeln. Dann sprechen sie darüber, welche Familien die Frühjahrswanderung gemeinsam unternehmen, und sie müssen sich auf ein Sommerquartier einigen. Er selbst ist zu jung, um dabei mitreden zu dürfen, aber trotzdem erwartet er den Abend mit großer Spannung. Er hofft, dass sie den gleichen Weg nehmen wie in den letzten Jahren. Denn dann – und nur dann – werden sie an dem Dorf vorbeikommen, in dem Samir lebt, und darauf freut er sich schon seit vielen Monaten. Den ganzen Winter über hat er sich danach gesehnt, ihn wiederzusehen.

Manchmal versteht er selbst nicht, warum diese Sehnsucht so groß ist. Er kann es sich nicht erklären, er kennt dieses Gefühl sonst nicht. Aber da ist etwas Seltsames an Samir, das ist ihm schon immer aufgefallen und mit jedem Frühling, in dem sie sich sehen, spürt er es stärker. Es ist wie ein Windhauch, der von den Bergen kommt und einen Geruch mit sich führt, der neu für ihn ist. Wie eine Blume, die er auf seinen Streifzügen mit Dschamal in einem versteckten Winkel zwischen den Felsen entdeckt und die er noch nie vorher gesehen hat.

Er weiß nicht, was es ist. Er weiß nur eins: dass er den Aufbruch in die Berge gar nicht mehr abwarten kann.

»*Wie kannst du nur* hier oben liegen, ohne dich zuzudecken, Soraya!«, sagt Djamila. »Es ist noch lange kein Sommer, es wird immer noch kalt in der Nacht. Zieh dir endlich was über, sonst wirst du krank.«

Sie will ihr die Decke überstreifen, aber Soraya wehrt ab. »Die Kälte macht mir nichts aus«, sagt sie. »Ich bin abgehärtet.«

Djamila verdreht die Augen und kriecht noch ein Stück tiefer unter ihre eigene Decke. »Abgehärtet«, wiederholt sie und schüttelt den Kopf. »Wenn ich so was schon höre!«

Soraya grinst. Sie liebt es, ihre Schwester zu ärgern, und sie weiß genau, wie ihr das am besten gelingt: mit solchen kleinen, wie achtlos dahingeworfenen Bemerkungen, die auf die Vorzüge ihres Daseins als Samir anspielen.

Sie blickt sich um. Es ist Abend, die Sonne ist längst untergegangen, jetzt ist es dunkel und still, das Leben im Dorf hat sich in die Häuser zurückgezogen. Natürlich, Djamila hat recht: Bis der Sommer kommt, wird es noch einige Zeit dauern. Aber immerhin ist der Winter vorbei und deswegen hat sie so lange gebettelt, wieder mit Djamila auf dem Dach schlafen zu dürfen, bis ihr Vater es endlich erlaubt hat. In den langen Wintermonaten, wenn es in den Bergen so kalt wird, dass morgens die Milch gefroren ist (und auch der Inhalt des Nachttopfs ihres Großvaters), haben sie jede Nacht im Zimmer der Frauen gehockt, Djamila und sie mit ihrer Mutter und der Großmutter, rund um den niedrigen Holztisch, unter den ihr Vater einen großen, in glühender Asche erhitzten Stein gelegt hat. Sie haben im Kreis gesessen, ihre Füße so nah wie möglich an den Stein gestreckt, gerade weit genug entfernt, dass sie sich nicht verbrannten, und zusätzlich haben sie eine große, mit Schafwolle gefüllte Decke über sich gebreitet. So haben sie jede Nacht verbracht und morgens fühlte sich Sorayas Rücken immer an, als hätten im Schlaf tausend Geister darauf getanzt.

Sie atmet tief die frische Abendluft ein, erleichtert, dass diese Zeit nun vorbei ist. Für ihre Mutter und ihre Großmutter mag es nicht so schlimm sein, die sind es gewöhnt, immer im Haus zu bleiben, aber für sie ist es eine Qual. Jetzt kann sie die Sterne wieder sehen, das mag sie besonders. Hier in den Bergen gibt es jede Nacht einen prächtigen Sternenhimmel, es sind so viele, dass es vielleicht gar keine Zahl mehr dafür gibt. Sie kann auf der einen Seite des Daches über die Brüstung auf die Dorfstraße schauen und auf der anderen Seite in den Innenhof ihres Hauses, und vor allem kann sie sich ungestört mit Djamila unterhalten, ohne dass ihre Mutter und ihre Großmutter immer alles mitbekommen.

Sie betrachtet Djamila von der Seite. Soraya liebt ihre Schwester über alles. Immerhin ist sie die einzige Schwester, die ihr geblieben ist, alle anderen hat ihr Vater verheiratet, sie haben das Haus verlassen und sie sieht sie, wenn überhaupt, nur noch ganz selten. Djamila aber ist noch da und Soraya hat sie nicht nur ins Herz geschlossen, sie bewundert sie auch. Sie ist wunderschön, viel schöner als sie selbst, und sie wirkt schon so groß, so erwachsen! Djamila bewegt und benimmt sich wie eine richtige Frau, während sie selbst noch mit den Jungen draußen auf der Straße spielt. Manchmal kommt sie nach Hause, verschwitzt und mit blauen Flecken, und wenn sie dann Djamila sieht, schämt sie sich fast ein wenig, zumindest ein Teil von ihr tut es, und dieser Teil hat dann nur noch einen Wunsch, nämlich so zu werden wie ihre Schwester.

Dabei ist Djamila gar nicht so viel älter als sie. Sie ist sechzehn, zwei Jahre trennen sie. Inzwischen ist sie einem Mann versprochen und soll ihn im Sommer heiraten, das Datum steht schon fest. Soraya wird jedes Mal traurig, wenn sie daran denkt, manchmal hat sie sogar Angst davor. Denn mit der Hochzeit wird Djamila ebenfalls das Haus verlassen, so wie ihre anderen Schwestern, wird in ein fremdes Dorf gehen und zu einer fremden Familie gehören, und dann, fürchtet Soraya, wird es hier im Haus so entsetzlich öde und leer sein, dass es kaum noch auszuhalten ist.

Sie rutscht zu ihrer Schwester hin, bis sie ganz dicht bei ihr ist, und berührt sie an der Schulter.

»Djamila!«

»Was ist?«

»Wenn du verheiratet bist: Glaubst du, dass ich dich dann besuchen darf? Oder du mich?«

Djamila dreht sich um, sodass sie sich in die Augen sehen können. »Ich hoffe schon«, sagt sie. »Ich weiß nicht viel über die Familie von ...« Sie stockt für einen Moment. »Von dem, der mich heiratet. Vater hat nicht viel erzählt. Wahrscheinlich weiß er selbst kaum was.«

»Du musst ihn fragen, hörst du? Immer wieder. So lange, bis er antwortet. Und dann musst du es mir weitererzählen.«

»Ach, Soraya, das tut man nicht. Außerdem: Wozu? Ich kann sowieso nichts ändern.«

»Ich will es aber wissen. Zum Beispiel dieses Dorf, in dem du dann bist: Wie weit ist es von hier?«

»Gar nicht so weit. Zu Fuß ist man in vier oder fünf Stunden da. Es gibt einen Weg über die Berge.« Djamila streicht ihr über die Haare. »Es wird schon gehen, Kleines.«

Sie wendet sich ab. Am Ton ihrer Stimme hört Soraya, dass sie mindestens genauso traurig ist wie sie selbst. Und noch etwas wird ihr klar: Auch Djamila – ihre schöne, stolze, starke Djamila, sie hätte es nie für möglich gehalten – hat Angst. Vielleicht ebenso sehr wie sie, vielleicht sogar noch mehr. Grund dazu hat sie ja auch. Sie geht in ein Dorf, in dem sie niemanden kennt, in eine Familie, in der alles fremd ist, wo sie erst mal ihre Schwiegermutter und alle möglichen Tanten davon überzeugen muss, dass sie eine gute Ehefrau und Mutter ist. Sie wird ihren Mann erst bei der Hochzeit kennenlernen, vorher darf sie ihn kein einziges Mal sehen. Ihr altes Leben wird für immer vorbei sein, ein neues fängt an, von dem sie nicht weiß, was es bringt. Wie sollte sie da keine Angst haben?

Soraya beugt sich vor und legt ihr Kinn auf Djamilas Schulter. »Komm, sag: Was weißt du über ihn?«

»Ach, Soraya! Das hast du schon tausendmal gefragt.«

»Na und? Dann frage ich eben tausendundeinmal. Vielleicht ist dir ja inzwischen etwas eingefallen.«

»Du Nervensäge, ich weiß nichts über ihn. Außer wie er heißt und dass er vier Jahre älter ist als ich.«

»Das ist nichts Neues, das hast du mir schon längst verraten«, erwidert Soraya. »Weißt du, was ich glaube? Ich glaube, dass er gut ist.«

Djamila hebt den Kopf und sieht sie verblüfft an. »Wie kommst du darauf?«

»Na, ich habe es im Gefühl.«

»Im Gefühl?« Djamila lacht. »Du bist doch ein halber Junge, was weißt du schon von Gefühlen?«

»Ich weiß eine Menge davon, das wirst du sehen.« Soraya beugt sich noch ein Stück weiter vor, bis ihr Mund an Djamilas Ohr ist. »Ich habe auch im Gefühl, dass er hübsch ist«, flüstert sie.

»Soraya! Es reicht!« Djamila schiebt sie von sich und deutet warnend mit dem Zeigefinger auf sie. »Wenn du nicht damit aufhörst, gehe ich nach unten.«

Ihre Entrüstung ist natürlich nur gespielt, ein leichtes Lächeln liegt in ihren Mundwinkeln. Und nach unten gehen wird sie sowieso nicht, diese leere Drohung kennt Soraya zur Genüge. Sie rückt wieder näher an sie heran.

»Und außerdem habe ich im Gefühl«, sagt sie und macht eine kurze Pause, »dass er dich gut behandeln wird.«

Djamila lässt ihren Zeigefinger sinken. Sie will etwas sagen, dann schluckt sie nur. »Ach du«, seufzt sie schließlich und zieht Soraya an sich. »Halbes Brüderchen und halbes Schwesterchen. Komm her!«

Sie umarmt Soraya und hält sie fest. »Wir werden es schaffen«, sagt sie. »Irgendwie werden wir es schon schaffen.«

Soraya spürt, wie ihr die Tränen kommen, aber sie drängt sie zurück. Ja! Vielleicht hat Djamila recht, vielleicht werden sie es schaffen. Sie können es nicht wissen, sie haben es nicht in der Hand. Während sie die Arme um Djamila schlingt, denkt sie an ihre anderen Schwestern. Die hatten es auch nicht in der Hand. Zwei von ihnen sind früh gestorben, eine bei der Geburt und eine als kleines Kind an einer Krankheit, Soraya hat sie nie kennengelernt. Die übrigen haben die Familie verlassen und leben jetzt verstreut in allen möglichen Dörfern, wie es auch Djamila bald tun wird.

Zahra, die Älteste, ist vor vielen Jahren verheiratet worden, Soraya kann sich kaum noch daran erinnern, es war ungefähr zu der Zeit, als die Schule gebaut wurde. Das Dorf, in dem sie jetzt lebt, ist mehr als einen Tagesmarsch entfernt und nicht besonders gut zu erreichen. Sie hat zuerst drei Töchter geboren und alle erzählten schon, es werde ihr so gehen wie ihrer Mutter und anscheinend liege ein Fluch auf dieser ganzen seltsamen Familie. Aber dann, vor zwei oder drei Jahren, hat sie einen Sohn zur Welt gebracht. Sieben Tage nach der Geburt wurde eine große Feier veranstaltet, zu der sie alle eingeladen waren, während es nach der Geburt der Töchter keine Feiern gegeben hatte. Gewehre wurden abgefeuert, Musiker sangen, es gab ein großes Festmahl. Soraya weiß noch, wie erleichtert ihre Eltern waren, vor allem ihre Mutter, und sie sieht noch das glückliche Lächeln von Zahra, denn erst seit diesem Tag galt sie als richtige Frau.

Fatima, die zweite Tochter, hat einen guten Mann geheiratet. Er ist sehr lustig, Soraya mag ihn, er treibt oft seine Späße mit ihr. Vielleicht ist er aber auch nur deswegen so lustig, weil Fatima ihm gleich im ersten Jahr einen Sohn geschenkt hat, man kann es nicht wissen. Jedenfalls gibt es alle paar Wochen gegenseitige Besuche, Fatimas Dorf ist nicht weit entfernt, man muss nur über einen Höhenzug gehen, dann liegt es im Nachbartal schon vor einem.

Aischa, die dritte Tochter, ist mit vierzehn als Zweitfrau an einen Fünfundvierzigjährigen verheiratet worden, der Sorayas Vater eine Menge Geld für sie bezahlt hat. Soraya hat sie seitdem nicht mehr gesehen, sie hat nur gehört, dass es ihr sehr schlecht gehen soll. Angeblich muss sie die ganze Arbeit im Haus allein erledigen, weil die Erstfrau ständig schwanger ist. Und ihr Mann schlägt sie, was an sich nichts Besonderes ist, aber er schlägt sie mehr, als die meisten Männer es mit ihren Frauen tun. Im letzten Jahr soll er sie so schlimm verprügelt haben, dass sie auf einem Auge nichts mehr sehen kann, zumindest ist ihnen das zu Ohren gekommen. Ihr Vater ist hingefahren, um Aischas Mann zur Rede zu stellen, doch er wurde beschimpft und bedroht und musste das Dorf verlassen, ohne Aischa auch nur gesehen zu haben. Seither haben sie nie wieder etwas von ihr gehört und auch das fremde Dorf darf keiner von ihnen mehr betreten. Sonst würde Blut fließen, heißt es.

Soraya schüttelt unwillig den Kopf, sie ist böse auf sich selbst. Sie will nicht an Aischa denken, zumindest nicht jetzt, wenn es um Djamila geht. Es ist einfach nicht gut, an so etwas zu denken. Manchmal gehen Sachen in Erfüllung, wenn man an sie denkt, und deshalb sollte man am besten nur an gute Dinge denken, vor allem wenn es um Menschen geht, die man liebt.

»Warum schüttelst du den Kopf?«, fragt Djamila.

Soraya lässt sie los und richtet sich auf. »Ach, ich habe nur gedacht: Eigentlich ist es egal, wo das Dorf liegt, in dem du sein wirst. Ich besuche dich trotzdem. Egal, wie weit es ist. Ich finde immer einen Weg, dich zu besuchen.«

Djamila lächelt. »Ja, ich weiß, Kleines«, sagt sie. Dann hebt sie plötzlich den Kopf und lauscht. »Still! Was ist das?«

Soraya horcht ebenfalls. Da sind Geräusche von der Straßenseite, Schritte und ab und zu eine Stimme. Normalerweise ist um diese Zeit fast nie jemand da unten, jedenfalls niemand aus dem Dorf. Sie schleicht zur Brüstung des Daches, beugt sich darüber und blickt hinunter. Im nächsten Moment zuckt sie zusammen: Eine Streife der Taliban kommt die Dorfstraße entlang, selbst im fahlen Licht der Sterne erkennt sie sie sofort an ihren schwarzen Turbanen und den Gewehren, die sie auf dem Rücken tragen.

Vorsichtig zieht sie den Kopf zurück und dreht sich zu Djamila um. »Taliban!«, flüstert sie.

Djamila sieht sie erschrocken an und winkt eilig mit der Hand. »Komm weg da!«, zischt sie. »Sie dürfen uns nicht sehen.«

Soraya duckt sich in den Schutz der Brüstung. »Sie können uns nicht sehen«, sagt sie.

»Ich weiß nicht«, entgegnet Djamila. »Manchmal habe ich das Gefühl, die können sogar durch Wände sehen.«

»Ach was, es sind nur Menschen.« Soraya wartet kurz, dann hält sie es nicht mehr aus. »Ich muss wissen, wohin sie gehen.«

Langsam schiebt sie den Kopf wieder vor. Die Taliban haben das Haus hinter sich gelassen und drehen ihr nun den Rücken zu. Wie schwarze Gespenster schreiten sie über die Straße, von Eingang zu Eingang, manchmal bleiben sie stehen und lauschen. Schließlich verschwinden sie in der Dunkelheit.

Soraya winkt Djamila zu. »Sie sind weg«, sagt sie. »Komm, sieh selbst.«

Djamila wagt sich zu ihr und streckt ebenfalls den Kopf über die Brüstung, allerdings so zögerlich, dass sie gar nichts erkennen kann.

»Jetzt sei doch nicht so ängstlich«, sagt Soraya.

»Was heißt hier ängstlich? Du hast gut reden. Du kennst dich da draußen besser aus als ich.«

Soraya zeigt ihr, woher die Taliban gekommen sind und welchen Weg sie genommen haben.

»Wahrscheinlich wollen sie zum Haus der Familie von Rohani«, flüstert Djamila. »Du weißt schon, der …«

Soraya nickt. »Der für die Amerikaner arbeitet. Vor ein paar Nächten haben sie einen von der Familie nach draußen geholt und vor dem Haus verprügelt. Das hat mir ein Junge erzählt, der gegenüber wohnt. Vielleicht ist heute der Nächste dran.«

Djamila zuckt eher teilnahmslos mit den Achseln. »Kein Wunder«, sagt sie. »Wenn man so gierig ist.«

Soraya denkt daran, dass vor einigen Monaten, ganz spät am Abend, so wie jetzt, eine Streife der Taliban auch bei ihnen war. Sie haben mit ihren Gewehrläufen gegen die Tür gepocht, es hörte sich an, als käme der Tod persönlich vorbei, um einen von ihnen zu holen, so unheimlich war das Geräusch. Ihr Vater hat sie hereingelassen, was sollte er sonst auch tun. Sie sind durch das Haus spaziert, haben sich umgesehen mit ihren stechenden Blicken, Fragen gestellt mit ihren knarzenden Stimmen, Drohungen ausgestoßen mit ihren spuckenden Mündern. Aber zum Glück haben sie nichts gefunden, das ihnen missfiel, deshalb sind sie nach einer Weile wieder gegangen.

Sie blickt noch einmal die Straße hinunter. Auch jetzt sind sie weg, spurlos in der Dunkelheit verschwunden, aus der sie demnächst wieder auftauchen werden. Ihr Blick fällt auf das Haus, neben dem sie sie zuletzt gesehen hat. Es gehört dem Vater von Said, der sich, wie sie von seinem jüngeren Bruder weiß, sehr für Djamila interessiert. Soraya grinst. Und sie sich auch für ihn. Die beiden sind sich einmal begegnet, als Djamila in Sorayas Begleitung auf der Straße unterwegs war, und obwohl Djamila verschleiert war, hat sie die Blicke gesehen, die die beiden sich zugeworfen haben. Sie ist die Einzige, die davon weiß, und sie wird auch die Einzige bleiben, das hat sie Djamila geschworen, dieses süße Geheimnis werden sie auf ewig teilen.

Sie stößt Djamila mit dem Ellbogen an. »Ob Said jetzt auch auf dem Dach schläft?«

Djamila zuckt zusammen. Aus den Augenwinkeln blickt sie zu dem Haus hinüber, dann wendet sie sich hastig ab. »Sprich nicht über ihn«, sagt sie. »Sprich nie wieder über ihn.«

Sie geht von der Brüstung weg und kriecht unter ihre Decke. Soraya beobachtet, wie sie sich hineinwickelt, dann schlägt sie sich mit der flachen Hand gegen die Stirn. Manchmal sagt sie einfach Dinge, die ihr gerade durch den Kopf gehen, ohne groß darüber nachzudenken. Draußen bei den Jungen ist das nicht weiter schlimm, da gibt es höchstens eine Prügelei, aber Djamila hat sie schon einige Male richtig damit verletzt und das schmerzt mehr als ein paar Schläge. Sie geht zu ihr und legt sich neben sie.

»Denkst du noch an ihn?«, fragt sie vorsichtig.

»Du sollst nicht über ihn sprechen, Soraya!«, wiederholt Djamila und dreht sich von ihr weg. »Ich muss ihn vergessen.«

Soraya spürt, wie tief ihre Traurigkeit ist, und schmiegt sich an sie. Aber Djamila wehrt sie ab.

»Du riechst nach Schweiß«, sagt sie. »Wie wäre es, wenn du dich mal waschen würdest?«

Soraya lacht, drängelt sich noch enger an sie und umarmt sie. Dann beugt sie sich, einem plötzlichen Gefühl folgend, über sie und küsst sie auf die Wange.

Djamila dreht sich überrascht um und schiebt sie ein Stück von sich.

»Was fällt dir ein?«, sagt sie. »Seit wann küsst du mich? Lass das sein!«

»Der war ja auch nicht von mir«, sagt Soraya. »Den soll ich dir von Rubina geben.«

»Rubina?« Djamila richtet sich auf und stützt sich auf ihren Ellbogen. »Hast du sie getroffen?«

»Ja, am Brunnen, Schwester.«

»Wie geht es ihr?«

»Darüber haben wir nicht gesprochen. Sie hat nur gesagt, dass ich dir einen Kuss von ihr geben soll. Und ...«

Dass es der letzte ist, hätte sie fast hinzugefügt, aber sie beißt sich gerade noch rechtzeitig auf die Lippen.

Djamila dreht sich wieder von ihr weg und vergräbt das Gesicht in ihrer Decke. »Ach, Rubina!«, murmelt sie.

Soraya betrachtet sie. Jetzt ist sie schon wieder traurig. Etwas unbeholfen umarmt sie ihre Schwester und drückt sie ein wenig, um sie zu trösten.

Djamila stöhnt auf, dann versetzt sie ihr einen Klaps auf den Arm. »Kannst du vielleicht aufhören, mich zu quetschen?«, sagt sie. »Wie kann man nur so zierlich aussehen und dabei so kräftig sein! Der Mann, der dich mal abkriegt, ist jetzt schon zu bedauern. Du wirst ihn wahrscheinlich jede Nacht halb erwürgen.«

Soraya kichert. »Kann sein, dass ich das tue.« Sie steckt ihre Nase in Djamilas Haare und atmet tief ein. »Du riechst nie nach Schweiß«, sagt sie. »Du riechst immer gut. Du musst mir beibringen, wie man das macht, hörst du?«

Djamila seufzt. »Du hast ja keine Ahnung, was ich dir noch alles beibringen muss«, sagt sie.

»Wieso? Was denn?«

»Ach, Soraya.« Djamila dreht sich um und nimmt ihr Gesicht

in beide Hände. »Willst du das wirklich wissen? Dann sag mir, wo ich anfangen soll. Wenn ich alles aufzählen würde, wäre ich nicht zur Hälfte fertig, wenn die Sonne schon wieder am Himmel steht. Nimm zum Beispiel – was weiß ich? – deine Haare!«

Soraya blickt verwundert auf, dann versteht sie, worauf Djamila anspielt. Deren Haare sind glatt und glänzen und duften, ihre eigenen dagegen stehen struppig in alle Richtungen.

»Na und?«, sagt sie. »Das ist doch nicht schlimm. Es ist einfach praktisch so.«

Djamila verdreht die Augen. »Männer wollen aber keine Frau mit praktischen Haaren. Männer wollen eine Frau mit schönen Haaren. Lang und schwarz und glänzend müssen sie sein.«

»So wie deine?«

»Ja, ungefähr so. Was glaubst du, wie schwer es ist, das hinzubekommen bei Haaren, die – so wie deine Drähte hier – seit Jahren nicht gepflegt wurden! Das dauert Monate. Wenn es einem überhaupt gelingt.«

»Ich vertraue dir«, sagt Soraya. »Du bist meine Schwester, du schaffst das schon.«

»Ja, vielleicht. Vielleicht schaffe ich es. Ich werde mich darum kümmern. Und um all die anderen Dinge werde ich mich auch kümmern. Wer soll es sonst tun?«

»Was für andere Dinge?«

»Na, tausend Kleinigkeiten. Tausend Angewohnheiten, die du dir wieder abgewöhnen musst. Und tausend Eigenschaften, die du ganz neu lernen musst. Zum Beispiel darfst du auf keinen Fall mehr so viel essen, wie du es immer tust. Erstens gehört sich das für eine Frau nicht und zweitens würde es ansetzen, weil du in Zukunft nicht mehr ständig draußen in der Gegend herumläufst.«

»Na und? Das ist nicht schwer«, sagt Soraya. »Das schaffe ich.«

»Außerdem musst du die ganzen Arbeiten lernen, die eine

Frau zu tun hat. Kannst du kochen? Nein! Wenn du etwas zubereitest, ist es entweder halb roh oder so schlimm verbrannt, dass man es wegwerfen muss. Wenn du versuchst, die Wäsche zu machen, ist nachher noch alles schmutzig. Wenn du mir bei irgendwelchen Handarbeiten hilfst, ist alles voller Blut, weil du dir ständig in die Finger stichst. Verstehst du, was ich meine?«

»Ja, schon. Du musst mir Unterricht geben, hörst du?«

Djamila setzt sich auf und sieht Soraya nachdenklich an, dann nickt sie. »Ja, das muss ich. Aber stell es dir nicht so einfach vor. Eigentlich lernt man das alles von klein auf und über viele Jahre, indem man es sich bei seiner Mutter und den anderen Frauen abschaut und dann irgendwann nachmacht. Du musst jetzt alles in kurzer Zeit lernen. Das ist schwer.«

Soraya kratzt sich am Kopf. »Aber ich kann es schaffen, oder?«, sagt sie. »Und es muss doch nicht alles gleich perfekt sein. Was meinst du, Djamila?«

»Doch, es sollte perfekt sein. Wir tun es für dich, also sollte es perfekt sein.« Djamila rückt näher an sie heran und blickt ihr ins Gesicht. »Ich muss dir beibringen, wie eine Frau sich schminkt. Und wie sie sich frisiert. Und – Himmel, deine Haut!«

»Meine Haut? Was soll damit sein?«

»Na, halt deine Hand neben meine.«

Djamila streckt ihre Hand aus und Soraya tut, was sie will. Der Unterschied ist wirklich ziemlich deutlich. Djamilas Haut ist ganz weiß und glatt, sie sieht weich und zart aus und hat nicht den kleinsten Makel. Sorayas Haut dagegen ist dunkel und von der Sonne verbrannt, ihre Hände sind zerkratzt und ihre Fingernägel schmutzig.

»Kein Mann will eine Frau mit solchen Händen«, sagt Djamila.

»Das weißt du doch gar nicht. Manche vielleicht schon.«

»Nein! Schlag dir das aus dem Kopf. Und es sind ja nicht nur deine Hände, es sind auch deine Arme und dein Hals und dein

Gesicht und deine Füße. Ach übrigens – Füße. Steh mal auf und geh ein paar Schritte.«

»Was soll das jetzt wieder?«

»Tu es einfach. Geh ganz normal, wie du es immer machst, wenn du draußen bist.«

Soraya steht auf, geht ein paar Schritte bis zur Brüstung des Daches, dreht sich um, kommt zurück und setzt sich wieder.

»Na, zufrieden?«

»Nein«, sagt Djamila. »Du gehst wie ein Bauer. Mit viel zu großen Schritten und mit viel zu breiten Beinen und du trägst den Kopf zu hoch. Eine Frau geht anders. Sie macht kleine Schritte, sie trippelt eher, verstehst du? Und sie hält den Kopf gesenkt, sieht immer zu Boden und nicht nach vorn.«

Soraya seufzt. »Noch was?«, fragt sie.

»Natürlich. Nimm nur deine Stimme. Sie ist viel zu tief und zu laut und zu rau. Du musst lernen, wie eine Frau zu sprechen. Und es ist nicht nur das. Nicht nur, wie du die Dinge sagst, sondern auch, was du sagst.«

»Ja, es ist gut, Djamila. Hör jetzt auf.«

»Nein, ich höre nicht auf! Du wolltest es ja so. Stell dir zum Beispiel vor, einer von den Jungen, mit denen du da draußen immer zusammen bist, würde dir so richtig auf die Nerven fallen. Du kannst ihn nicht ausstehen. Was tust du?«

Soraya überlegt, sie denkt an Dawuhd. »Na ja, ich geh zu ihm hin und sag es ihm.«

»Unter Frauen tust du das aber gerade nicht. Nein, du suchst dir Verbündete unter den anderen. Die lassen dann gegenüber der, die du nicht leiden kannst, immer mal wieder spitze Bemerkungen fallen. So lange, bis sie es versteht. Klar?«

Soraya hebt die Schultern. »Weiß nicht«, sagt sie. Je mehr sie von Djamila zu hören bekommt, umso niedergeschlagener wird sie.

»Gut, dann ein anderes Beispiel. Du kannst einen der Jungen gut leiden und willst, dass er dein Freund ist. Wie gehst du vor?«

Soraya denkt an Tarek. Aber nein, das passt in dem Fall nicht richtig, also denkt sie an Hafiz. »Ich fordere seinen schlimmsten Feind zum Drachenkampf heraus«, sagt sie.

Djamila schüttelt entnervt den Kopf. »Wenn du als Frau einer anderen zeigen willst, dass du sie gerne zur Freundin hättest«, sagt sie, »dann forderst du niemanden zum Kampf heraus. Du teilst einfach ein Geheimnis mit ihr.«

Soraya sinkt entmutigt in sich zusammen. Djamila zieht sie zu sich heran. »Siehst du?«, fragt sie. »Verstehst du jetzt, warum ich gesagt habe, dass es kompliziert wird?«

»Ja. Ich glaube, so langsam verstehe ich es.«

»Ach, Kleines. Das wird meine Aufgabe sein in der Zeit, die ich noch hier bin: den Jungen in dir zu töten und die Frau in dir aufzuwecken.«

»Töten«, wiederholt Soraya. Normalerweise benutzt Djamila solche Begriffe nicht. »Das hört sich ziemlich grausam an.«

»Ja, das ist es auch. Aber ich fürchte, es ist die einzige Chance, die du hast.«

Djamila umarmt sie noch enger. »Eigentlich ist es ungerecht, weißt du. Es war immer ungerecht. Als du geboren wurdest, musstest du die Familienehre retten. Später musstest du dafür herhalten, dass Mutter und wir Schwestern das Haus in deiner Begleitung verlassen durften. Deine Belohnung waren ein paar schöne, freie Jahre. Aber jetzt ist es vorbei damit, jetzt musst du für alles büßen.«

Djamila atmet heftig ein und wieder aus. »Wie soll Vater auch nur einen halbwegs vernünftigen Mann für dich finden?«, fährt sie fort. »Das habe ich mich schon immer gefragt. Kein Mann will eine Frau, die mit den Jungen herumgelaufen und dabei auf schlechte Gedanken gekommen ist. Gut, du bist zur Schule gegangen, du bist klug, klüger als die anderen Mädchen. Aber was hilft dir das? Nichts! Im Gegenteil: Männer wollen keine klugen Frauen. Männer achten bei Frauen nur auf zwei Dinge: ihre Schönheit und ihren Ruf. Das ist alles, was wir haben, und wenn wir es nicht haben, sind wir nichts wert. Ach, Soraya! Was soll bloß aus dir werden, wenn ich nicht mehr da bin? Ich habe Angst um dich.«

Als Soraya Djamila so reden hört, bekommt sie fast selbst ein wenig Angst. Steht es wirklich so schlimm um sie? Natürlich, sie hat immer gewusst, dass der Tag, an dem sie kein Junge mehr sein kann, irgendwann kommen wird, aber es schien weit entfernt, und jetzt ist es plötzlich ganz nah. In wenigen Wochen, noch vor Djamilas Hochzeit, wird es so weit sein. Ihr Vater hat fast zu lange damit gewartet, die missbilligenden Blicke mancher Dorfbewohner sind kaum noch zu übersehen. Dann wird sie von Samir zu Soraya werden, der Name Samir wird von diesem Tag an nicht mehr ausgesprochen werden, die Erinnerung daran wird getilgt, ein Fest wird gefeiert, um die Verwandlung vor aller Augen zu besiegeln. Sie wird die Seiten wechseln, von draußen nach drinnen. Von da an wird sie, wie ihre Mutter, wie Djamila, im Haus sein, still und unsichtbar.

Will ich das eigentlich?, denkt sie, während sie noch immer eng umschlungen mit Djamila auf dem Dach hockt. Aber darum geht es ja gar nicht. Bei Mädchen geht es nie darum, was sie wollen, es hat keine Bedeutung. Eine andere Frage ist viel wichtiger, das ist ihr jetzt erst klar geworden, gerade eben, bei dem Gespräch mit Djamila: Kann sie das überhaupt?

Behutsam bläst Ashkan ins Feuer, um die Flammen anzufachen, die um das trockene Holz züngeln. Für einen Moment werden sie zur Seite gedrückt und scheinen zu erlöschen. Aber als Ashkan sich aufrichtet, lodern sie wieder auf, stärker und heller als zuvor.

»Gib noch ein paar von den Hölzern dazu«, sagt er. »Schnell, Bruder!«

Tarek legt einige der Zweige nach, die er für das Anzünden des Feuers aufgespart hat. Am Nachmittag ist er mit Dschamal und einem der Kamele zu einem Wald in der Nähe gezogen, um Holz zu sammeln. Ashkan hat es zu einer Pyramide aufgeschichtet und jetzt versuchen sie seit einigen Minuten, das Feuer in Gang zu bringen.

Sie ordnen die Zweige sternförmig an, sodass sie die Flammen vom Mittelpunkt der Pyramide hinausführen, erst zu den kleinen Ästen weiter innen, schließlich zu den großen ganz außen. Langsam frisst das Feuer sich seinen Weg.

»Gut so«, sagt Ashkan. »Den Rest erledigt es allein. Lassen wir es arbeiten.«

Sie ziehen sich von den Flammen zurück und gehen zu ihren Plätzen. Einige der Männer, die um das Feuer sitzen, haben sie beobachtet und nicken zustimmend. Anscheinend sind sie mit ihrer Arbeit zufrieden.

Die Sonne ist schon untergegangen. Nur im Westen sind noch ein paar helle Streifen am Horizont, im Osten ist es dunkel. Die Abenddämmerung liegt über dem Land. Die Schafe sind aufgeregt von der Schur, Tarek hört ihr leises Blöken vom Flussufer heraufdringen. Ein Stück entfernt ragt das Zelt in die Höhe. Von dort kommt der Geruch von gebratenem Fleisch, das seine Mutter und seine Schwestern vor dem Eingang zubereiten.

Tarek sitzt zwischen Ashkan und seinem Vater. Erst seit letztem Jahr darf er zu den Männern ans Feuer, bis dahin musste er mit seiner Mutter, seinen Schwestern und Mirza im Zelt bleiben. Es war ein wichtiger Schritt für ihn. Er gehört jetzt zu den Männern, nicht mehr zu den Frauen und Kindern. Er darf bei den Beratungen zuhören und später, wenn die Versammlung vorüber ist, darf er mit seinem Vater, mit Ashkan und den Hirten hier draußen seine Decke ausrollen und in der Wärme, die die Glut des Feuers ausstrahlt, die Nacht verbringen.

Er spürt eine Berührung in seinem Rücken und grinst. Das ist Dschamal. Die Hirtenhunde versuchen immer, so nah wie möglich ans Feuer zu kommen, obwohl sie das eigentlich nicht dürfen, solange die Männer beraten. Dschamal ist sehr geschickt darin. Er weiß es meistens so einzurichten, dass nur Tarek ihn bemerkt und niemand sonst. Natürlich hofft er, dass ein paar Fleischbrocken für ihn abfallen. Und Tarek wird ihm, wie üblich, den Wunsch erfüllen, obwohl auch das verboten ist.

Er blickt sich um. Neben seinem Vater sitzt der Tschopan, der Leithirte, der schon seit einiger Zeit für sie arbeitet. Er ist ein paar Jahre älter als Ashkan, wahrscheinlich wird es nicht mehr lange dauern, bis er sie verlässt und seine eigene Herde gründet. Tareks Vater wird ihn vermissen. Er sagt, er sei der beste Hirte, den er jemals gehabt hätte. Er hätte ein Gespür für die Tiere, wie es wenige haben, und wüsste immer genau, was sie denken und fühlen. Tarek wird ihn weniger vermissen. Zwischen den Leithirten und den Söhnen herrscht Konkurrenz. Vor allem Ashkan ist oft mit dem Tschopan aneinandergeraten. Einmal war der Streit zwischen ihnen so heftig, dass sein Vater nach dem Gewehr greifen musste, um die beiden auseinanderzubringen.

Hinter dem Tschopan auf der einen und Ashkan auf der anderen Seite sitzen noch vielleicht ein Dutzend weiterer Männer im Kreis um das Feuer. Ihnen gehören die Herden in den benachbarten Tälern. Manche sind Stunden geritten, um herzukommen, andere sind schon den ganzen Tag da, um bei der Schur zu helfen. Einige von ihnen kennt Tarek gut, andere fast gar nicht. Der Wichtigste ist der Sarkhel. Er besitzt die größte Herde von allen Kuchi, die sie kennen, was bedeutet, dass er automatisch der Anführer ist, wenn sich mehrere Herden zu einer gemeinschaftlichen Wanderung zusammenschließen. Er hat fünf Söhne, die inzwischen alle erwachsen sind und ihre eigenen Herden besitzen. Sein Wort hat großes Gewicht.

Auf der anderen Seite des Feuers schließlich, Tarek gegenüber, sitzt der Geschichtenerzähler. Heute ist ein wichtiger Abend. Die Männer sind zusammengekommen, um zu beraten, wohin sie in diesem Sommer mit ihren Herden ziehen und wer von ihnen die Wanderung gemeinsam unternimmt. Das ist die wichtigste Beratung des Jahres, alles will gut überlegt sein und manchmal gibt es Streit. Deshalb hat Tareks Vater den Geschichtenerzähler eingeladen. Er soll nicht nur die Hitzigen unter ihnen mit seinen Liedern besänftigen. Oft ist es auch gut, die alten Legenden zu hören, bevor man eine Entscheidung trifft.

Tarek betrachtet ihn. Er sieht alt und verwildert aus, als hätte er eine tagelange einsame Wanderung hinter sich. Die Geschichtenerzähler achten immer darauf, alt und verwildert auszusehen, denn nur dann sind die Männer bereit, ihnen ihre Geschichten zu glauben. Neben ihm liegt die Rubab im Gras, die bauchige Laute mit dem langen, schlanken Hals, mit der er sich zu seinen Liedern begleitet. Eben, während Tarek und Ashkan mit dem Feuer beschäftigt waren, hat er schon einige davon gesungen. Inzwischen hat er die Laute zur Seite gelegt, denn das Feuer brennt nun hell genug, der Himmel ist auch im Westen dunkel und das heißt, dass die Beratung bald beginnt.

»Deine Schafe waren widerspenstig heute«, durchbricht einer der Männer, die beim Scheren geholfen haben, das Schweigen und wirft Tareks Vater einen lauernden Blick zu. »Mir scheint, du hast sie nicht ganz im Griff.«

Der Tschopan hebt den Kopf. Auf solche Bemerkungen reagiert er empfindlich, denn er fühlt sich für die Herde verantwortlich. »Manchmal liegt es nicht an den Schafen, sondern an den Menschen«, sagt er kalt. »Sie verhalten sich, wie man sie behandelt. Wenn du zum Scheren zu ungeschickt bist, solltest du ...«

Bevor er weitersprechen kann, hebt Tareks Vater die Hände. Als Gastgeber ist er verpflichtet, jeden Streit zu schlichten. »Ich danke allen, die uns heute geholfen haben«, sagt er und deutet eine Verbeugung in die Runde an. »Ohne gegenseitige Hilfe wären wir verloren. Deshalb ist es eine große Ehre für mich, euch an diesem Abend vor meinem Zelt begrüßen zu dürfen.«

Beifälliges Gemurmel erhebt sich rund um das Feuer. Auch dem Mann, der sich über die Schafe beschwert hat, bleibt nichts anderes übrig, als zustimmend zu nicken. Tarek weiß, was hinter seiner Bemerkung steckt. Vor zwei Jahren hat er für seinen Sohn um Setarehs Hand angehalten, aber Tareks Vater hat abgelehnt und auch Setareh selbst hat sich, obwohl ihr das eigentlich nicht zusteht, der Verbindung widersetzt. Diese Demütigung hat der Mann anscheinend nicht verziehen.

»Wir danken dir im Gegenzug für deine Einladung«, sagt der Sarkhel, als das Gemurmel schwächer wird. »Wie ich gesehen habe, ist die Wolle deiner Schafe bereit zum Verkauf.«

Er deutet zum Zelt hinüber. Tareks Schwestern haben den ganzen Tag damit verbracht, die Wolle zu säubern und zu verpacken. Die fertigen Ballen stehen jetzt im Eingang des Zeltes.

»So ist es«, erwidert Tareks Vater. »Morgen reite ich mit Ashkan und Tarek zum Markt. Wir werden versuchen, einen guten Preis zu erzielen.«

»Dann rate ich dir, vorsichtig zu sein«, sagt einer der Männer. Er ist schon alt, sein Gesicht ist mit Narben übersät. »Man sagt, es seien viele Patrouillen der Amerikaner unterwegs.«

»Warum sollten die sich für uns interessieren?«, sagt Tareks Vater. »Wir bringen nur Wolle zum Markt. Dagegen kann keiner etwas haben.«

»Vielleicht doch«, entgegnet der Narbige. »Ich habe gehört, dass sie bei anderen Kuchi die Ballen durchsucht haben. Weil sie dachten, es könnten Waffen darin versteckt sein. Und dabei haben sie die Wolle zerstört.«

»Die Amerikaner sind Hunde!«, stößt der Tschopan hervor und spuckt angewidert aus.

Der Narbige hebt gelassen die Schultern. »Sie sind nervös, weil die Taliban immer tiefer aus den Bergen herabkommen. Sie haben Angst vor Anschlägen, das ist alles.«

»Ja, und das sollen sie auch!«, sagt der Tschopan. »Die Amerikaner haben in diesem Land nichts verloren.«

»Ich hörte, dass sie schon mehrere Kuchi verschleppt haben«, wirft einer der anderen Männer ein. »Sie haben sie verhört und gefoltert. Nur weil jemand erzählt hat, sie hätten Kontakt zu den Taliban. Es war nicht mehr als ein Gerücht.« Er sieht Tareks Vater an. »Es ist besser, ihnen aus dem Weg zu gehen. Haltet die Augen offen, wenn ihr morgen reitet.«

Der Tschopan schnaubt. »Da hörst du es!«, sagt er und wendet sich wieder dem Narbigen zu. »Das sind ihre Methoden. Sie sind in unser Land gekommen, um zu töten. Es ist unser Recht, gegen sie zu kämpfen.«

»Unser Recht?« Der Narbige runzelt die Stirn. »Seit wann sprichst du für die Taliban?«

»Ich spreche nicht für die Taliban. Aber ich kann sie verstehen. Und wenn du das nicht kannst, solltest du überlegen, zu welchem Volk du eigentlich gehörst.«

Der Narbige zuckt zusammen. Er wirft dem Tschopan einen langen, finsteren Blick zu. Dann wandert seine Hand zu dem Gewehr, das neben ihm im Gras liegt, und bleibt drohend darauf liegen.

Tarek beobachtet ihn. Er wird nicht schießen, denkt er. Wütend genug ist er, aber er wird es nicht tun. Nicht hier, am Feuer, mitten in einer Versammlung. Er wäre für alle anderen erledigt, das weiß er. Niemand würde ihm mehr Hilfe leisten, niemand würde noch eine Herdengemeinschaft mit ihm bilden. Also wird er es nicht tun. Aber er wird sich die Beleidigung merken. Kuchi können sich Dinge über viele Jahre merken. Und irgendwann, wenn sich außer ihm kaum noch jemand daran erinnert, wird es vielleicht doch noch aus ihm herausbrechen.

Tarek sieht, wie sein Vater die Hand hebt und dem Geschichtenerzähler ein Zeichen gibt. Der greift nach der Laute und stimmt ein Lied an. Er singt über die Schönheit des Landes, die schneebedeckten Berge, die springenden Bäche und die saftigen Weiden. Langsam entspannt sich die Situation. Der Narbige nimmt die Hand von seinem Gewehr und die Männer, die wie erstarrt dagesessen haben, rühren sich wieder. Tarek beobachtet seinen Vater, der sich zu dem Tschopan hinbeugt und mit ihm flüstert. Er weiß, was er zu ihm sagt: dass er das Feuer verlassen muss, wenn er es noch einmal wagt, einem der Älteren zu widersprechen oder ihn sogar zu beleidigen. Der Tschopan hört mit unbewegtem Gesicht zu und reagiert nicht.

Kurz darauf, noch während die Klänge des Liedes in der Luft liegen, kommen Setareh und Sharifa und Nesrin und stellen die Platten mit dem gebratenen Fleisch in den Kreis. Die Männer greifen zu, die ältesten zuerst bis hinunter zu den jüngsten, sodass Ashkan und Tarek zuletzt an der Reihe sind. Tarek nimmt ein großes Stück und schlingt es hinunter, wobei er gleichzeitig Dschamal etwas zusteckt, der hinter seinem Rücken nur darauf wartet und ihm die Bissen regelrecht aus der Hand reißt. Er hört ihn leise schmatzen.

»Hör auf damit, Tarek!«, flüstert Ashkan.

»Womit?«

»Das weißt du genau.«

»Er ist hungrig, Ashkan. Er hat hart gearbeitet.«

Ashkan legt ihm die Hand auf die Schulter und beugt sich zu ihm hin. »Er kann Brot fressen, aber kein Fleisch. Das gehört sich nicht für die Hunde. Du darfst ihn nicht verwöhnen, das ist schlecht für ihn. Und für dich auch.«

»Wieso für mich?«

»Ach, Bruder, muss ich dir eigentlich alles erklären? Du musst aufhören, Dschamal so zu behandeln, wie ein Junge es tut. Geh endlich so mit ihm um, wie es sich für einen Mann gehört. Sonst nehmen die anderen dich nie ernst. Verstanden?«

Tarek seufzt. Also gut, Ashkan, denkt er. Ich werde Dschamal ab jetzt so behandeln, wie ein richtiger Mann es tut. Ich werde ihn nicht mehr verwöhnen und ihm kein Fleisch mehr geben. Er streckt seine Hand nach hinten und streicht Dschamal über das Fell. Dann grinst er. Außer, wenn es niemand sieht.

Inzwischen ist der Geschichtenerzähler zu einem neuen Lied übergegangen. Es erzählt von Ka'is, dem Urvater aller Paschtunen, von seinen Söhnen Sarbun, Gurgescht und Beitan, die die großen Stammesverbände begründet haben. Es berichtet von ihren Abenteuern und ihren Taten. Tarek kennt das Lied, er hat es schon oft gehört. Während er sich noch ein Stück Fleisch nimmt, beobachtet er den Geschichtenerzähler. Er ist sehr geschickt, denkt er. Er weiß genau, welche Wirkung seine Lieder haben. Er weiß, welches Lied er zu welchem Zeitpunkt singen muss. Man kann einiges von ihm lernen.

Als das Lied verklungen ist, hebt der Sarkhel die Hand. »Nun«, sagt er und blickt zuerst den Narbigen und dann den Tschopan an. »Ich kann die Wut der jungen Männer verstehen. Aber wir dürfen uns von ihr nicht hinreißen lassen. Der Krieg zwischen den Amerikanern und den Taliban geht uns nichts an. Wir sind Kuchi. Die Kriege der anderen sind nicht unsere Kriege.«

Tarek sieht, wie der Tschopan den Kopf hebt. Er scheint etwas sagen zu wollen, beherrscht sich aber.

»Wir stehen weder auf der einen noch auf der anderen Seite«, stimmt der Narbige zu. »Die Amerikaner hassen uns, weil wir nicht in Häusern leben und sie uns deshalb nicht kontrollieren können. Die Taliban hassen uns, weil wir unsere Frauen nicht verschleiern und die Gebetszeiten nicht einhalten. Wir müssen uns aus ihrem Streit heraushalten.«

»Gut, aber – was heißt das für den Sommer?«, sagt Tareks Vater. »Denn das zu entscheiden ist der Grund, warum wir hier zusammengekommen sind.«

Der Sarkhel blickt eine ganze Weile nachdenklich ins Feuer. »Viele von uns sind in den letzten Jahren in die Berge an der Grenze zu Pakistan gezogen«, sagt er schließlich. »Aber man hört schlimme Dinge aus der Gegend. Die Taliban und die Amerikaner bekämpfen sich, angeblich wird es von Tag zu Tag schlimmer. Wer dort hingeht, riskiert sein Leben.«

»Man sagt auch, die Dorfbewohner würden immer feindseliger«, fügt der Narbige hinzu. »Sie sind misstrauisch und abweisend geworden, trauen niemandem mehr. Sie wollen ihre Felder und ihr Wasser nicht mehr teilen. Ihr wisst ja, gemocht haben sie uns nie. Aber sie haben uns immerhin geduldet, weil sie auf den Handel mit uns nicht verzichten wollten. Man erzählt sich, in vielen Dörfern wäre es jetzt vorbei damit.«

Tareks Vater nickt langsam. »Was schlagt ihr also vor?«

Der Sarkhel streicht über seinen Bart, der ihm in verfilzten

Zotteln bis auf die Brust reicht. »Ich habe lange darüber nachgedacht«, sagt er. »Und ich habe mich entschieden. Ich ziehe in diesem Sommer mit meiner Herde nicht mehr in die Berge an der Grenze. Sondern ins Hazarajat, ins zentrale Hochland. Nach allem, was man hört, ist es dort friedlicher und die Menschen sind offener und weniger feindselig.«

»Ich werde mich dem Sarkhel anschließen«, sagt der Narbige. »Und ich kann euch nur raten, das Gleiche zu tun. Im Hazarajat können wir den Amerikanern und den Taliban und ihrem Krieg aus dem Weg gehen. Es ist besser für unsere Herden und für unsere Familien.«

Tarek blickt die Männer über das Feuer hinweg an. Er ist immer unruhiger geworden, je länger das Gespräch dauert. Natürlich, er hat Respekt vor dem Sarkhel. Aber in den letzten Jahren ist ihnen in ihrem Sommerquartier doch nie etwas passiert. Warum sollte es in diesem Jahr anders sein? Warum soll in diesem Jahr auf einmal alles anders sein? Nur wegen ein paar Gerüchten? Als er sich im letzten Frühling von Samir trennen musste, hat er ihm versprochen, ihn dieses Jahr wiederzusehen. Tarek gibt selten ein Versprechen, aber wenn, dann ist es ihm heilig. Er sieht seinen Vater an. Das hat er doch von ihm gelernt!

Sein Vater bemerkt seinen Blick nicht. »Was ihr sagt, klingt vernünftig«, erwidert er. »Ich denke, wir werden auch ...«

»Vater!«, fährt Tarek hoch. »Wir wollten doch ...«

Verärgert über die Unterbrechung, dreht sein Vater sich zu ihm um und runzelt wütend die Stirn. Zugleich legt Ashkan ihm von der anderen Seite die Hand auf die Schulter.

»Halt den Mund!«, flüstert er ihm ins Ohr. »Was fällt dir ein!«

Tarek will sich erklären. Aber als er die Blicke sieht, die die Männer ihm zuwerfen, manche verständnislos, andere regelrecht verurteilend, verzichtet er lieber darauf. Er hat kein Rederecht in der Versammlung, dafür ist er zu jung. Und einen Älteren zu unterbrechen, noch dazu den eigenen Vater, gilt als schwere Verfehlung. Jedes weitere Wort würde die Sache nur schlimmer machen.

»Entschuldigung«, murmelt er und senkt den Kopf.

»Nun gut«, hört er seinen Vater mit irritierter Stimme fortfahren. »Ich denke, wir werden auch unsere Pläne ändern. Wer ist noch dieser Meinung?«

Tarek spürt, wie die Blicke von ihm abfallen, und atmet auf. Trotzdem wird seine Stimmung immer düsterer, denn einer der Männer nach dem anderen meldet sich zu Wort und fast alle schließen sich dem Sarkhel an.

»Was ist bloß in dich gefahren?«, flüstert Ashkan ihm zu. »Hast du den Verstand verloren?«

»Ich wollte doch nur ...«

»Liegt dir etwas daran, auch in Zukunft mit am Feuer zu sitzen?«

»Ja, natürlich, aber ...«

»Dann verhalte dich gefälligst so, wie es von dir erwartet wird. Also: Was sollte das?«

Tarek blickt kurz in die Runde, keiner der Männer beachtet ihn mehr. Er dreht sich zu Ashkan hin. »Erinnerst du dich an den Jungen, den ich in diesem Dorf kennengelernt habe?«

»Welcher Junge?«

»Ich habe ihm versprochen, dass wir uns dieses Jahr wiedersehen, und deshalb wollte ich ...«

Ashkan schneidet ihm mit einer energischen Bewegung das Wort ab und legt ihm die Hand in den Nacken. »Das ist der Grund, warum du die Versammlung unterbrichst?«, flüstert er ungläubig.

»Ich weiß ja selbst. Es klingt ...«

»Moment mal.« Mit einem forschenden Blick sieht Ashkan ihm in die Augen. »Was ist da mit diesem Jungen? Ist irgendetwas nicht in Ordnung mit dir?«

»Nein. Es ist alles in Ordnung.«

»Hör jetzt gut zu.« Ashkan hält ihm drohend den Zeigefinger vors Gesicht. »Du redest nie wieder über diesen Jungen, verstanden? Mach unsere Familie bloß nicht lächerlich, sonst kriegst du es mit mir zu tun!«

Wütend wendet er sich ab und rückt zur Seite. Tarek lässt die Schultern sinken. Die Männer reden weiter, aber er hört nicht länger zu. Wie es aussieht, ist die Entscheidung über die Sommerquartiere gefallen, jetzt geht es nur noch um die Einzelheiten. Was immer sie am Ende beschließen werden: Er kann es sowieso nicht ändern. Seufzend blickt er zu Boden. Als er daran denkt, dass sie in wenigen Tagen aufbrechen werden, in eine ganz andere Richtung, als er gehofft hat, und dass Samir dann vergeblich auf ihn warten wird, überfällt ihn plötzlich eine tiefe Traurigkeit. Er hat ein solches Gefühl noch nie gehabt, es verwirrt ihn. Hat Ashkan vielleicht recht? Ist etwas nicht in Ordnung mit ihm?

Er greift hinter sich, bis er das Fell Dschamals ertastet. Dann spürt er auch die nasse Schnauze auf seiner Haut. So bleibt er sitzen, bis der Sarkhel schließlich die Beratung für beendet erklärt. Nach einer kurzen Pause winkt Tareks Vater dem Geschichtenerzähler zu. Der richtet sich auf, beglückwünscht die Runde zum Ergebnis der Verhandlungen und schließt dann einige der Legenden an, die von der großen Vergangenheit handeln, von den ruhmreichen Taten der Krieger, von legendären Reiterwettkämpfen, von der Uneinnehmbarkeit des Landes und vom Stolz seiner Bewohner.

Tarek sieht, dass auch Mirza und seine Schwestern jetzt zuhören. Bei den Geschichten und den Liedern ist ihnen das erlaubt, allerdings in respektvoller Entfernung. Auf halber Strecke zwischen dem Feuer und dem Zelt hocken sie im Gras, so wie Tarek es bis zum letzten Jahr auch getan hat. Er liebt die Legenden, viele von ihnen hat er so gut im Kopf und so oft in seiner Fantasie durchgespielt, dass es ihm fast so vorkommt, als hätte er das, wovon sie berichten, mit eigenen Augen gesehen. Normalerweise liebt er es auch, sie zu hören. Aber heute ist er nicht in der Stimmung dazu.

»Nun denn«, sagt der Geschichtenerzähler schließlich, als das Feuer schon fast heruntergebrannt ist. »Genug der Legenden unseres Volkes. Zum Abschluss erzähle ich euch etwas anderes. Man könnte es ein Märchen nennen. Und ihr dürft sicher sein, dass keiner von euch es jemals gehört hat.«

Er sieht die Männer einen nach dem anderen an. »Es war einmal«, sagt er. Sein Blick wandert weiter, bis er auf Tarek fällt. »Oder nicht?« Kaum merklich nickt er ihm zu und lächelt.

»Doch, es war«, fährt er dann fort. »Es war nämlich ein Kaufmann, der vier Söhne hatte. Vier prachtvolle Söhne waren es, sodass er gar nicht zu sagen vermochte, welchen davon er am meisten liebte oder auf welchen er am meisten stolz war. Als die vier herangewachsen waren, begann er zu überlegen, wie er sein Vermögen unter ihnen aufteilen sollte. Er besaß ein großes Segelschiff, das wollte er einem der Söhne vererben, damit er Waren von einem Ende der Welt zum anderen und wieder zurück transportieren konnte. Er besaß Ländereien, die wollte er dem zweiten Sohn vererben, denn auf den Feldern wuchs prächtiges Getreide und Gemüse. Und er besaß ein Bergwerk, das wollte er dem dritten Sohn vererben, denn die Bergleute förderten reines Silber aus den Tiefen der Erde.

Das war sein Besitz. Er war sehr ansehnlich, gewiss, und doch reichte er nur für drei seiner Söhne, denn weder das Schiff noch die Ländereien noch das Bergwerk konnte er teilen. Drei seiner Söhne konnte er damit ausstatten und hoffte, dass sie auf diese Weise eine gute Frau finden und eine Familie gründen würden. Was aber sollte mit dem vierten geschehen? Der Kaufmann überlegte hin und her, aber es fiel ihm keine gerechte Lösung ein. In seiner Verzweiflung entschied er schließlich, dass der vierte seiner Söhne in die Fremde ziehen sollte, wo er hoffentlich aus eigener Kraft sein Glück und eine Frau finden würde.

Welchen der vier aber sollte dieses Schicksal treffen? Da der Kaufmann sie alle gleichermaßen liebte, brachte er es nicht über das Herz, die Entscheidung selbst zu fällen. Schließlich warf er einen Schafsknochen und ließ das Los entscheiden, welcher seiner Söhne das Schiff, welcher die Ländereien und welcher das Bergwerk erben sollte und welcher in die Ferne ziehen musste. Der Sohn, den dieses schwere Schicksal ereilte – hört, ihr Männer! –, trug den Namen Harun.

Er war natürlich traurig, dass er seine Familie und seine Heimat verlassen musste, um mittellos in die Ferne zu ziehen, aber da er seinen Vater nicht enttäuschen wollte, fügte er sich in sein Los. Der Kaufmann gab ihm alles mit auf den Weg, was er neben dem Schiff, den Ländereien und dem Bergwerk noch besaß. Das waren zwei alte Knöpfe, eine dreieckige Scherbe und das abgerissene Ende eines Schnürsenkels. Er schämte sich, seinem Sohn nur das geben zu können, aber er wollte ihn zumindest nicht völlig leer ausgehen lassen.

So machte Harun sich auf den Weg. Er durchquerte viele Dörfer und Städte, bis er zu einem düsteren Wald kam, der von Räubern bewohnt war. Niemand, erzählte man ihm, hätte diesen Wald jemals heil durchquert. Während er noch überlegte, wie ihm das gelingen könne, traf er auf eine Ratte, die ihren Schwanz verloren hatte und ihn nirgends wiederfinden konnte. Er schenkte ihr das abgerissene Ende des Schnürsenkels und es passte ihr wunderbar. Zum Dank trug die Ratte ihn durch ihren unterirdischen Bau auf die andere Seite des Waldes.

Wieder durchquerte er Dörfer und Städte, bis er zu einem Gebirge kam, das von Schnee bedeckt war. Keiner, sagten die Leute, die dort wohnten, hätte dieses Gebirge jemals lebend überquert. Während er noch überlegte, wie er das schaffen könne, traf er auf einen Vogel, der seine Augen verloren hatte und nun verzweifelt nach ihnen suchte. Er schenkte ihm die beiden alten Knöpfe und sie passten ihm so gut, dass er wieder sehen konnte. Zum Dank ließ der Vogel ihn auf seine Flügel steigen und trug ihn auf die andere Seite des Gebirges.

Ein drittes Mal durchquerte er Dörfer und Städte, bis er zu einem Meer kam, dessen Wellen gegen die Felsen schlugen. Keine Menschenseele, sagten die Fischer, die dort lebten, hätte dieses Meer jemals lebend durchschwommen. Während er noch überlegte, wie er das anstellen könne, traf er auf einen Fisch, der seine Flosse verloren hatte und sie sehr vermisste. Er schenkte ihm die dreieckige Scherbe und sie passte ihm ausgezeichnet. Zum Dank trug der Fisch ihn durch die Wellen hinüber auf die andere Seite des Meeres.

Dort kam er in ein Land, das wenige vor ihm je erreicht hatten, denn durch den Räuberwald, das Gebirge und das Meer war es zu gut geschützt. Er fand Arbeit bei einem Hufschmied, und weil er sich mit den Pferden hervorragend verstand, erledigte er seine Aufgaben besser als jeder Lehrling, den der Meister vor ihm gehabt hatte. Der Hufschmied war schon alt und hatte keine Nachkommen und deshalb ging die Schmiede, als er starb, in Haruns Besitz über. Er arbeitete gut und hart und gelangte in wenigen Jahren zu erheblichem Reichtum. Auch eine Frau fand er, die ihm zwei Töchter schenkte.

Irgendwann bekam er Heimweh und wollte zurück zu seinem Vater und seinen Brüdern. Er verkaufte alles, was er besaß, und machte sich mit dem Geld auf die Reise. Diesmal überwand er das Meer auf einem Schiff, das Gebirge mit einer Karawane aus Maultieren und den Wald mit einer bewaffneten Eskorte. Als er jedoch in seiner Heimat ankam, erfuhr er, dass seine Brüder großes Pech gehabt hatten. Das Schiff war in einen Sturm geraten und mit allen Waren, die es geladen hatte, gesunken. Die Ländereien waren von Hagelfällen verwüstet worden, die alles Getreide und Obst und Gemüse vernichtet hatten. Und ein Erdbeben hatte schließlich sämtliche Stollen des Bergwerks einstürzen lassen. So war Haruns Brüdern von ihrem Erbe nicht mehr geblieben als die bloße Erinnerung daran. Sie waren verarmt und konnten sich und ihre Familien kaum noch ernähren.

Ihr könnt euch vorstellen, wie glücklich sie und ihr alter Vater waren, als sie Harun, von dem sie seit vielen Jahren nichts mehr gehört, ja den sie in manch düsterer Stunde schon für tot gehalten hatten, nun nicht nur lebend und gesund wieder in die Arme schließen konnten, sondern auch das viele Geld sahen, das er aus der Fremde mit nach Hause brachte. Die Brüder und der Vater konnten sich nicht genug wundern und am Ende waren es vor allem zwei Dinge, die sie begriffen –«

Der Geschichtenerzähler legt eine Pause ein und sieht Tarek wieder mit diesem merkwürdigen Lächeln an. »Erstens«, fährt er dann fort, »dass am Ende alles gut werden kann, wenn man seinem Schicksal nur vertraut. Und zweitens, dass drei winzige, scheinbar völlig unbedeutende Gegenstände, sofern sie mit Liebe und Hoffnung verschenkt werden, mehr wert sein können als ein Schiff, Ländereien und ein Bergwerk zusammen.«

Er steht auf, nimmt seine Laute, verbeugt sich und verschwindet in der Dunkelheit. Tarek blickt ihm nach, über das Feuer hinweg, das inzwischen in sich zusammengefallen ist. Die Legenden, die der alte Mann erzählt hat, haben ihn heute kaum erreicht, er hatte zu viel mit sich selbst zu tun. Aber dieses Märchen hat ihn getroffen, tief berührt. Er weiß gar nicht, warum.

Er blickt seinen Vater an. Der müsste jetzt eigentlich die Männer verabschieden, als Gastgeber ist das seine Aufgabe. Aber er rührt sich nicht. Er starrt nur nachdenklich in die Glut, die das Feuer hinterlassen hat. Auch ihn muss das Märchen beeindruckt haben. Er ist vollkommen versunken.

»***Du hast deinen Zeh losgelassen,*** Samir, das habe ich genau gesehen. Als du hingefallen bist. Du hast ihn mindestens fünf Sekunden lang losgelassen. Und dann hast du ihn wieder angefasst und gehofft, dass es keiner merkt.«

»Das ist nicht wahr!«, brüllt Soraya nach vorn, ihre Stimme überschlägt sich fast. »Du bist ein Lügner, Arif. Oder du bist blind, wie dein Großvater.«

»Mein Großvater geht dich einen Dreck an!«, brüllt Arif zurück. »Lass ihn gefälligst aus dem Spiel. Sonst hast du bald keine Zehen mehr zum Festhalten.«

Soraya explodiert fast. Sie will zu der anderen Gruppe nach vorn laufen, aber Hafiz hält sie zurück. »Ach, sei still, Arif«, ruft er. »Ist doch seltsam, dass du das als Einziger gesehen hast. Ich weiß, was mit dir los ist: Du bist wütend, weil du als Erster ausgeschieden bist.« Er stößt ein spöttisches Lachen aus, nicht sehr laut, aber laut genug, dass alle es hören können. »Wie üblich als Erster.«

Sie gehen den Pfad entlang, der vom Bach ins Dorf führt. Auf der Wiese haben sie, wie so oft, wenn genügend viele von ihnen zusammen sind, eines ihrer Lieblingsspiele gespielt. Dabei werden zwei Mannschaften gebildet, in ihrem Fall eine um Dawuhd und eine um Hafiz, und Soraya hat zu der Mannschaft von Hafiz gehört, natürlich, zu welcher sonst? Die beiden Anführer müssen versuchen, eine Fahne zu erreichen, die sie auf einem kleinen Hügel in den Boden gerammt haben und die einen wertvollen Schatz markiert, der dort vergraben ist. Wer von ihnen das als

Erster schafft, dessen Mannschaft hat gewonnen. Dabei beschützen immer einige aus der Mannschaft den eigenen Anführer, während die restlichen versuchen, den feindlichen Anführer zu bekämpfen. Je nachdem, wie man die Mannschaft aufteilt, kann man mehr angreifen oder mehr verteidigen.

Das Besondere dabei ist nur, dass alle auf einem Bein stehen müssen, nämlich auf dem rechten. Der linke Fuß muss hoch in der Luft sein, und um das sicherzustellen, muss jeder von ihnen mit der rechten Hand den linken großen Zeh festhalten. Das zu tun ist einigermaßen schwierig, denn zugleich muss man ja auch noch balancieren und mit der linken Hand Fausthiebe gegen die anderen austeilen. Wer seinen Zeh loslässt, gilt als tot und muss auf der Stelle ausscheiden.

Heute war der Kampf besonders hartnäckig, es ging hin und her, mal war Dawuhd näher am Schatz, dann wieder Hafiz, aber irgendwann übernahm Sorayas Mannschaft eindeutig die Führung. Sie selbst war immer an Hafiz' Seite und wollte ihm gerade die letzten Meter zur Fahne freiboxen, als sie einen Stoß erhielt und hinfiel. Und der Versager Arif, der zu dem Zeitpunkt schon so lange tot war, dass er fast als vermodert gelten konnte, brüllte, sie hätte ihren Zeh losgelassen – was natürlich nicht stimmte, sie würde sich lieber das linke Bein ausreißen, als ihren Zeh fahren zu lassen. Es kam zu einem heftigen Streit, der wie üblich in einer Schlägerei endete, nun allerdings auf zwei Beinen. So sind sie um den Sieg betrogen worden und jetzt, auf dem Weg ins Dorf, fliegen noch immer wüste Beschimpfungen von der einen Seite zur anderen.

»Ich weiß, warum Samir seinen Zeh losgelassen hat«, sagt Dawuhd und blickt höhnisch zurück, seine Gruppe ist der um Hafiz vielleicht zwanzig Schritte voraus. »Er hatte Hunger und wollte sich in der Nase bohren.«

Seine Leute brechen in wildes Gelächter aus. Soraya ballt in ohnmächtiger Wut die Fäuste, dann spürt sie die Hand von Hafiz auf ihrer Schulter.

»Wir haben gewonnen«, sagt er. »Löwen lassen sich von Hyänen nicht ärgern, Samir.«

Der Spruch ist typisch für ihn. Er gefällt Soraya und zugleich besänftigt er sie. Als sie versucht, sich Dawuhds feixende Bande als eine Ansammlung von Hyänen vorzustellen, muss sie lachen. Hafiz hat recht, wie eigentlich immer. Er lässt sich nie provozieren und wird selten wütend, wahrscheinlich weil er sich seiner Kräfte sicher ist. Er muss nichts beweisen, alle respektieren ihn. Das ist bei Soraya nicht so. Sie muss sich jeden Tag von Neuem hier draußen beweisen, mehr als alle anderen.

Dawuhds Gruppe hat unterdessen eine Stelle erreicht, an der es einen Engpass gibt, weil der Pfad zwischen zwei schroffen Felsen hindurchführt. Sie werden langsamer und die Jungen um Soraya und Hafiz laufen von hinten auf sie auf. Sofort gibt es Schubser und Hiebe, Beleidigungen und Gegenbeleidigungen werden ausgestoßen. Sie sind so damit beschäftigt, sich gegenseitig durch den Engpass zu rempeln, dass sie den Reiter, der dahinter wartet, erst bemerken, als sie schon vor ihm stehen.

Das Pferd, auf dem er sitzt, dampft in der Sonne und wirkt riesig. Es schüttelt seine Mähne und schnaubt nervös, als die Jungen vor ihm auftauchen, dann schlägt es seine Hufe auf den steinigen Boden. Der Mann auf seinem Rücken sitzt schweigend und völlig regungslos da. Er trägt einen auffälligen schwarzen Turban. Es ist ein Talib.

Soraya erstarrt, als sie ihn sieht. Am hellen Tag!, ist das Erste, das ihr durch den Kopf geht. Normalerweise kommen die Taliban nur nachts, aber sie hat gehört, dass die Amerikaner inzwischen all die Männer getötet hätten, die sie töten wollten, also jene, die damals die Flugzeuge in die Hochhäuser geschickt haben. Jetzt würden sie das Land bald verlassen, und seitdem das bekannt ist, wagen sich die Taliban immer offener aus den Bergen herab. Trotzdem ist der hier der Erste, der ihr bei hellem Sonnenschein begegnet.

Er schaut die Jungen unter seinem Turban hinweg an, einen nach dem anderen. Ohne etwas zu sagen oder sich zu rühren, starrt er ihnen in die Augen, mit diesem kalten, stechenden Blick, den sie alle fürchten. Nur ein Talib, denkt Soraya, kann einen so mit seinen Augen durchbohren, dass man es fast im Körper spürt, wie einen Messerstich.

Mit einem Schlag sind die Jungen still. Keiner denkt jetzt noch an das Spiel, an die Beleidigungen, die sie sich bis vor wenigen Augenblicken zugerufen haben, an die Rivalität zwischen Dawuhd und Hafiz. All das ist unwichtig, jetzt gibt es einen Gegner, vor dem sie alle gleich sind – und zwar alle gleich schwach. Keiner von ihnen hält dem Blick des Mannes stand, alle senken die Augen und sehen zu Boden. Dann versuchen sie sich so leise und unauffällig wie möglich an dem Talib vorbeizuschleichen, ohne ihn anzusehen. Er bleibt regungslos sitzen und betrachtet sie düster, hält sie jedoch nicht auf.

Soraya ist die Letzte. Als sie an dem Pferd vorbeigeht, schnaubt es wieder, besonders heftig, wie ihr scheint, und bläht die Nüstern auf. Sie hält den Atem an und geht weiter, den Kopf tief gesenkt. Jetzt hat sie den Talib erreicht. Nur noch wenige Schritte, dann …

»Halt! Du nicht«, hört sie da plötzlich seine Stimme und zuckt zusammen. »Du bleibst hier. Der Rest kann gehen.«

Warum ich?, würde sie im ersten Moment am liebsten fragen, wagt es aber nicht. Sie sieht die anderen an. Dawuhd wirft ihr einen hämischen und irgendwie vielsagenden Blick zu, dann geht er grinsend weiter. Die übrigen Jungen folgen ihm. Nur Hafiz zögert, er scheint nicht zu wissen, was er tun soll.

»Ich sagte, der Rest kann gehen«, wiederholt der Talib, nun lauter und mit einem drohenden Unterton in der Stimme.

Hafiz sieht Soraya an, besorgt und ratlos zugleich. Schließlich zuckt er entschuldigend mit den Schultern, so als wenn er sagen wollte: Tut mir leid, Samir, aber sich dem Befehl eines Talib zu widersetzen kann auch für den Sohn des Malik böse enden. Er dreht sich um und geht.

Der Talib wartet, bis die Jungen hinter der nächsten Biegung des Pfades verschwunden sind. Auch danach bleibt er noch eine Zeit lang schweigend sitzen, hebt dann aber plötzlich seinen Fuß aus dem Steigbügel und dreht Soraya damit zu sich herum.

»Wie ist dein Name?«, fragt er.

Vorsichtshalber hält sie den Kopf weiter gesenkt und vermeidet es, ihn anzusehen. Doch ihr Herz rast und sie ist in Schweiß gebadet, obwohl die Sonne zu dieser Jahreszeit noch gar nicht so heiß scheint.

»Samir«, antwortet sie.

Der Talib zeigt zunächst keine Reaktion, wiederholt den Namen nur, allerdings auf eine seltsam spöttische Art. Doch dann plötzlich, ohne jede Vorwarnung, greift er nach der Peitsche an der Seite des Pferdes, reißt sie aus ihrer Halterung und schlägt zu, einmal über Sorayas linke Wange, einmal über die rechte, und zwar so schnell, dass sie nicht einmal die Zeit findet, ihre Hände zu heben, um sich zu schützen. Sie stolpert zurück und fällt zu Boden, und erst als sie versucht, sich wieder aufzurappeln, spürt sie den Schmerz. Ihr Gesicht brennt wie Feuer.

Der Talib steigt in aller Seelenruhe vom Pferd und baut sich vor ihr auf. »Also gut«, sagt er. »Ich frage dich hiermit ein zweites Mal nach deinem Namen.«

Jetzt versteht sie. Er hat sie nicht zufällig ausgewählt. Im Gegenteil: Anscheinend hat er schon einiges über sie in Erfahrung gebracht, wahrscheinlich über Dawuhd.

»Soraya«, sagt sie leise.

»Siehst du, die Antwort gefällt mir schon besser. Und jetzt sag mir: Wie alt bist du?«

Die Gedanken jagen ihr nur so durch den Kopf. Was will er von ihr? Was weiß er über sie? Auf jeden Fall ist es gut, wenn er sie für jünger hält, als sie in Wahrheit ist, daran besteht kein Zweifel. Darüber muss sie nicht lange nachdenken.

»Zwölf«, lügt sie also.

Aber kaum hat sie es gesagt, hebt der Talib erneut die Peitsche und schlägt zu, erst links, dann rechts. Diesmal klatschen die Schläge auf ihre Unterarme, die sie vors Gesicht hält.

»Lass die Hände unten!«, donnert der Talib sie an. »Sonst bekommst du die Peitsche auch auf deinem Rücken zu spüren.«

Er hockt sich vor sie und sieht ihr eine Weile prüfend ins Gesicht. »Ich würde schätzen, du bist bestimmt vierzehn. Auf jeden Fall in einem Alter, in dem ein anständiges Mädchen nicht mehr alleine draußen herumrennt, und schon gar nicht in diesem Aufzug.« Er dreht den Kopf und spuckt in die Richtung, in der die Jungen verschwunden sind. »War einer der anderen dein Bruder?«

»Nein«, antwortet Soraya. »Ich habe keinen Bruder. Ich …« Sie zögert kurz. »Der Mullah hat mich zum Jungen gemacht, weil ich die siebte Tochter war«, fügt sie dann leise hinzu.

Der Talib lacht geringschätzig. »Ach, so ist das. Deine Mutter ist eine, die nur Töchter zur Welt bringt. Na, ich vermute, es gibt einen Grund, warum Gott sie straft. Meinst du nicht auch?«

»Ich weiß nicht.«

»Oh, vielleicht weißt du es doch. Du musst nur darüber nachdenken. Hat sie dir nie erzählt, dass sie als Kind einmal etwas Verbotenes getan hat?«

»Nein. Meine Mutter tut nichts Verbotenes.«

Der Talib grinst spöttisch. »Dann sind die sieben Töchter also reiner Zufall, ja? Nun, lassen wir das. Du sagst, es war die Idee des Mullah?«

»Ja.«

»Gut, ich werde ihn bei Gelegenheit danach fragen. Wir sehen manchmal über diese alte Sitte hinweg, weil sie bis zu einem gewissen Grad ihren Sinn hat. Aber du hast das Alter, in dem wir sie dulden, längst überschritten. Das hättest du nicht tun sollen. Es war ein großer Fehler.«

Der Talib erhebt sich und geht zu seinem Pferd. »Ein Fehler, den du noch bereuen wirst«, sagt er. »Steh auf!«

Aus einer der Satteltaschen zieht er ein Seil hervor, knüpft es an einem Ende zu einer Schlinge und legt sie Soraya, die sich inzwischen wieder auf die Füße gequält hat, um den Hals. Dann steigt er auf das Pferd und befestigt das andere Ende des Seils am Sattelknauf.

»Führ mich zum Haus deines Vaters!«, befiehlt er.

Soraya bleibt nichts anderes übrig, als ihm zu gehorchen. Vorsichtig geht sie los, den Pfad entlang, wobei sie den heißen Atem aus den Nüstern des Pferdes in ihrem Nacken spürt. Sie muss darauf achten, nicht zu stolpern, denn der Talib hat die Schlinge um ihren Hals so eng gezogen, dass sie sich dann vermutlich halb erdrosseln würde. Leise stöhnt sie auf, als der Schweiß von ihrer Stirn in die Wunden läuft, die die Peitsche geschlagen hat, der Schmerz treibt ihr die Tränen in die Augen.

Nach einigen Minuten biegen sie auf die Dorfstraße ein. Sie müssen fast den gesamten Ort durchqueren, um zu Sorayas Haus zu gelangen, und sie spürt geradezu die Blicke, die ihnen aus den Fenstern, aus spaltbreit geöffneten Türen und von den Dächern herab zugeworfen werden. Nie zuvor in ihrem Leben hat sie sich so geschämt – wie eine Diebin, wie eine Aussätzige, wie eine Ehebrecherin führt der Talib sie den Dorfbewohnern vor.

Endlich erreichen sie das Haus ihres Vaters, Soraya kann inzwischen kaum noch stehen. Der Talib steigt vom Pferd, geht an ihr vorbei und pocht gegen die Tür.

Nach einer Weile wird geöffnet, Soraya erkennt undeutlich das Gesicht ihrer Mutter. Sie hört ihren Schrei, als sie sie erblickt, blutend und mit einer Schlinge um den Hals, aber zu ihr nach draußen wagt sie sich nicht.

»Hol deinen Mann!«, befiehlt der Talib.

»Mein Mann ist auf dem Feld«, antwortet Sorayas Mutter mit einer hohlen und dünnen Stimme, die so zittrig klingt, als würde sie gleich in Ohnmacht fallen. »Mein Schwiegervater auch. Es sind keine Männer im Haus.«

Der Talib zögert und scheint nachzudenken, dreht sich dann um und nähert sich Soraya. Er nimmt ihr die Schlinge vom Hals, packt sie im Nacken, schleift sie zum Haus und wirft sie davor in den Staub.

»Wie du siehst, bringe ich dir deine Tochter, Frau«, sagt er. »Ich habe sie vor dem Dorf gefunden. Falls ich sie dort noch mal antreffen sollte, wirst du sie nicht mehr wiedersehen.«

Er geht zu seinem Pferd zurück und schwingt sich in den Sattel. Soraya lässt den Kopf sinken und legt ihn in den Staub, sie hat keine Kraft mehr.

»Richte deinem Mann aus, dass ich wiederkommen werde«, hört sie noch die Stimme des Talib, gleich darauf die Hufe des Pferdes, dann wird ihr schwarz vor Augen.

»Ich werde schon bald wiederkommen. Und ich werde nicht allein sein.«

Soraya zuckt zurück. Die Flüssigkeit, mit der Djamila die Wunde auf ihrer Wange reinigt, ist scharf, und auch wenn ihre Schwester sie so vorsichtig wie möglich auftupft, hat sie doch bei jeder Berührung das Gefühl, ihr Gesicht müsse gleich in Flammen aufgehen. Außerdem ist ihr allmählich schlecht von dem betäubenden Geruch, den das Mittel ausströmt.

»Ist ja gut«, sagt Djamila. »Ich bin fast fertig. Halt still, jetzt kommt die Salbe.«

Soraya wendet ihr das Gesicht wieder zu. Die Salbe ist nicht so schlimm, im Gegenteil, sie kühlt und riecht gut, irgendwie frisch und ein bisschen süßlich. Als sie nach ihrer Begegnung mit dem Talib vor zwei Tagen im Haus wieder aufgewacht ist, hat Djamila sie zum ersten Mal auf diese Art behandelt und seitdem tut sie es mehrmals am Tag, vor allem, so wie jetzt, abends auf dem Dach vor dem Einschlafen, dann kann die Salbe die ganze Nacht in die Haut einziehen und wirken.

»Glaubst du, es bleiben Narben zurück?«, fragt Soraya.

»Nicht, wenn du tust, was ich dir gesagt habe«, antwortet Djamila und dreht vorsichtig ihren Kopf, um auch die Wunde auf der anderen Seite zu versorgen. »Beweg das Gesicht so wenig wie möglich. Vor allem keine Grimassen schneiden, nicht laut lachen, nicht schreien und so. Dann wird es schon. Außerdem ist es eine gute Übung. Frauen tun das alles nämlich sowieso nicht.«

Am liebsten würde Soraya das Gesicht verziehen, wie sie es oft bei solchen Bemerkungen tut, aber sie verkneift es sich. Das Erlebnis mit dem Talib ist ein Schock für sie gewesen, wie überhaupt für die ganze Familie. Sie haben hin und her überlegt, was sie tun sollen, dann hat ihr Vater entschieden, dass sie das Haus bis auf Weiteres nicht mehr verlassen darf. Das ist hart für sie, in den letzten beiden Tagen hat sie einen Vorgeschmack bekommen auf das, was sie in Zukunft erwartet.

»So, fertig«, sagt Djamila und schraubt den Deckel auf die Dose mit der Salbe. »Leg dich auf den Rücken und bleib am besten die ganze Nacht über so liegen. Morgen früh machen wir das Gleiche wieder.«

»Ach, Djamila!«, stöhnt Soraya und lässt sich auf ihre Decke sinken. »Ohne die Nächte auf dem Dach wäre ich unten im Haus längst erstickt.«

»Ja, ich weiß«, sagt Djamila und legt sich ebenfalls hin. »Da unten bist du unerträglich. Komm, schlaf jetzt!«

Eine Weile liegen sie still nebeneinander, dann hört Soraya an Djamilas gleichmäßigen Atemzügen, dass sie eingeschlafen ist. Sie selbst ist noch nicht müde genug dafür, das spürt sie, zu viel geht ihr durch den Kopf. Immer wieder denkt sie an den Talib, wie er sie mit der Schlinge um den Hals vor seinem Pferd herlaufen ließ und welche Schande er ihr und ihrer Familie damit bereitet hat. Dann betrachtet sie den Himmel und sucht nach den Sternbildern, die sie kennt. Schließlich denkt sie an die letzten Tage im Haus. Ihre Mutter hat ihre Unruhe bemerkt. Einmal hat sie sich zu ihr gesetzt und gesagt, die Frauen hätten einen großen Vorteil gegenüber den Männern, etwas, das sie sehr stark mache: Sie könnten sich an alles gewöhnen. Soraya seufzt. Wie soll sie sich jemals an dieses Leben gewöhnen? Vielleicht gilt der Spruch ja für mich nicht, denkt sie. Vielleicht war ich zu lange ein Junge und habe diese Stärke verloren.

Sie schreckt auf. Da sind sie wieder, die Schritte und Stimmen, die inzwischen jede Nacht auf der Dorfstraße zu hören sind: die Streifen der Taliban, die Sitten- und Tugendwächter, die nur auf den Abzug der Amerikaner warten, um in den Dörfern endlich wieder die Macht zu übernehmen. In den letzten beiden Nächten sind sie an ihrem Haus vorbeigezogen, hatten zum Glück ein anderes Ziel, haben gegen andere Türen geklopft. Aber jetzt bleiben sie unten auf der Straße stehen, beraten sich kurz mit flüsternden Stimmen und gleich darauf hört Soraya das gefürchtete Pochen ihrer Gewehrläufe – an der Tür ihres eigenen Hauses.

»Djamila!«, flüstert sie und packt ihre Schwester an der Schulter. »Wach auf! Sie sind da!«

Djamila fährt hoch und reibt sich die Augen. »Wer ist da?«, murmelt sie schläfrig.

»Na, die Taliban! Was sollen wir tun?«

Djamila lauscht kurz, unten wird die Tür geöffnet, die aufgeregte Stimme ihres Vaters ist zu hören. Dann springt sie auf. »Komm mit!«, zischt sie. »Schnell!«

Sie laufen die Steintreppe hinunter, die in den Innenhof führt. Djamila nimmt Sorayas Hand und zerrt sie in ein winziges Zimmer, in dem die Kleidungsstücke aufbewahrt werden. Dort öffnet sie eine Truhe.

»Vielleicht wollen sie dich sehen«, sagt sie, während sie eilig in der Truhe herumwühlt. »Du ziehst dir welche von meinen Sachen über. Ich muss nur die richtigen finden, die dir passen.«

Das Zimmer, in dem sie sich befinden, liegt direkt neben dem Hauptraum des Hauses und in den hat ihr Vater die Taliban nun offenbar hereingelassen, denn ihre Stimmen dringen dumpf durch die Tür. Soraya zittert am ganzen Körper, die Striemen in ihrem Gesicht beginnen zu schmerzen. Sie beobachtet, wie Djamila einige Kleidungsstücke aus der Truhe holt, dann kommt sie zu ihr und streift sie ihr hastig über. Zum Schluss legt sie ihr einen Tschador über die Haare und zupft ihn zurecht.

»So wird es gehen«, sagt sie und deutet dann auf die Tür nach nebenan. »Still jetzt! Vielleicht kann Vater sie ja abwimmeln.«

Sie schleichen zu der Tür, legen ihre Ohren dagegen und horchen. Gerade bietet ihr Vater den Taliban an, sich zu setzen, und den Geräuschen nach zu urteilen, tun sie es auch.

»Wo hast du deine Augen, Frau?«, hört Soraya dann die donnernde Stimme ihres Vaters. »Bring etwas zu essen!«

Die Aufforderung kann nur ihrer Mutter gelten. Normalerweise spricht er nicht auf diese Weise mit ihr, doch jetzt, vor den Taliban, scheint er es für angemessen zu halten.

»Nein«, kommt als Antwort. Aber nicht ihre Mutter sagt das,

es muss einer der Taliban sein. Er redet auffällig leise, nicht wie einer, der schüchtern ist, sondern wie jemand, der es gewohnt ist, gehört zu werden, egal in welcher Lautstärke er spricht.

»Nicht sie«, sagt er. »Deine jüngste Tochter soll uns bedienen.«

Als Soraya das hört, weicht sie gleich mehrere Schritte von der Tür zurück. Sie spürt, wie die Angst ihren Nacken heraufkriecht.

»Djamila!«, flüstert sie. »Was soll ich tun?«

Djamila zögert kurz, dann zieht sie ihr die Kleider noch einmal zurecht. »Tu alles, was sie von dir verlangen«, sagt sie. »Stell keine Fragen. Sprich nicht, außer du wirst dazu aufgefordert. Steh leicht gebückt und halte den Kopf gesenkt. Sieh ihnen nicht in die Augen. Und versuch ...«

Sie kann nicht weitersprechen, denn in diesem Moment wird die Tür geöffnet. Soraya dreht sich um, ihr Vater steht da, in seinem weiten, weißen Baumwollumhang, den er sich offenbar eilig übergestreift hat, auch ihm ist die Sorge in sein faltiges, viel zu früh gealtertes Gesicht geschrieben.

»Danke, Djamila«, sagt er kurz und kommt dann zu Soraya.

»Sei stark, Tochter.« Er zieht sie zu sich heran und küsst sie auf die Stirn – das hat er noch nie getan. »Vertrau auf Gott, dann wird alles gut. Jetzt komm!«

Sie folgt ihm nach nebenan. Rund um den niedrigen Tisch in der Mitte des Raumes hocken die Taliban, breitbeinig und feist, als wären sie die Herren des Hauses. Es sind drei, zwei Jüngere, darunter auch der, dem sie das alles hier zu verdanken hat, und ein Älterer, der schon leicht ergraut ist und dem die leise, irgendwie gefährlich klingende Stimme gehört. Soraya stellt sich neben den Tisch, gebückt und mit gesenktem Blick, wie Djamila ihr geraten hat.

»Meine Tochter Soraya wird euch bedienen«, sagt ihr Vater.

Dann ist es still. Soraya spürt, wie die Blicke der Taliban prüfend über sie gleiten, von oben nach unten und wieder zurück. Sie rührt sich nicht.

»Du hast dich verändert, siebte Tochter«, hört sie die spöttische Stimme des Talib, der sie ausgepeitscht hat. Im ersten Moment hätte sie fast ihren Blick gehoben, wie sie es gewohnt ist von den Jungen, die sich immer gegenseitig in die Augen sehen, denn alles andere gilt als Schwäche, aber sie schafft es gerade noch, sich zu beherrschen.

»Also gut«, ertönt nach einer Weile die leise Stimme des Anführers. »Bring uns zu essen, Mädchen.«

Soraya verbeugt sich, dann geht sie los. Im Hintergrund des Raumes, wo das Licht der Petroleumlampen kaum noch hindringt, stehen ihre Mutter und ihre Großmutter. Zum Glück haben sie aus dem Innenhof bereits einige Schüsseln mit Fleisch, Gemüse und Brot herbeigeschafft und drücken sie ihr nun eine nach der anderen in die Hand, sodass sie sie nur noch zum Tisch tragen und servieren muss. Sie bemüht sich, an alles zu denken, was Djamila ihr jemals eingeschärft hat, und doch zittern ihre Hände bei jeder Schüssel, die sie auf den Tisch stellt. Es ist so still, dass nur ihre Geräusche zu hören sind, und sie hat das Gefühl, schon die kleinste falsche Bewegung, schon der winzigste Fehler könnte in dieser Situation zur Katastrophe führen.

Während die Taliban essen, steht sie erneut daneben und sieht zu Boden. Sie schmatzen und rülpsen in größter Selbstverständlichkeit und werfen ab und zu Essensreste in Sorayas Richtung, die sie dann aufzuheben hat. Als die drei fertig sind, bringt sie ihnen Schälchen mit Wasser, in denen sie ihre Hände waschen, dann zieht sie sich erleichtert dorthin zurück, wo auch ihre Mutter und ihre Großmutter stehen.

»Nun gut«, sagt schließlich der ältere Talib, während er sich die Zähne säubert. »Wir wollten uns das Haus einmal näher ansehen, in dem der Mann wohnt, der seine Tochter wie einen Jungen auf der Straße herumlaufen lässt.«

Er bricht ab und starrt finster vor sich hin. Eine Weile ist es ruhig, dann tritt Sorayas Vater an den Tisch.

»Es ist mit Zustimmung des Mullah geschehen«, sagt er. »Wie hätten wir die Schande meiner Frau sonst tilgen sollen? Wer hätte meine Frau und meine Töchter nach draußen begleiten sollen, ich selbst und mein Vater, wir arbeiten den ganzen Tag, um die Familie zu ernähren. Bitte versucht uns zu verstehen.«

Soraya betrachtet ihren Vater, während er spricht. Sie erkennt ihn kaum wieder. Sonst wirkt er immer so stark und weiß in jeder Situation, was zu tun ist, jetzt erscheint er ihr mit einem Mal schwach und hilflos. So hat sie ihn noch nie gesehen. Er sucht mühsam nach den richtigen Worten, zwischendurch stammelt er, seine Hände sind schweißnass, er wischt sie mehrmals an seinem Umhang ab. Und doch: Als sie ihn sieht, wird ihr ganz warm ums Herz. Er ist nicht schwach, denkt sie. Er kämpft für mich.

»Genug!«, fällt der Anführer der Taliban ihm schließlich ins Wort und fegt die Schüsseln vom Tisch, sodass sie über den Boden scheppern und an der Wand zerbersten. »Ich kann deine Ausreden nicht mehr hören. Deine Worte beleidigen meine Ohren. Sag mir jetzt, was du mit deiner Tochter tun wirst. Und sag es schnell!«

»Ihr Leben als Junge wird enden«, antwortet Sorayas Vater. »Das ist beschlossen. Es ist unwiderruflich.«

»Wann?«

»In – in kurzer Zeit.«

»In kurzer Zeit?«, wiederholt der Talib scharf. Dann steht er auf und greift nach seinem Gewehr, das an der Wand lehnt. Er blickt sich suchend um, geht zu einem Regal und stößt mit dem Gewehrkolben die Krüge herab, die darauf stehen. Während sie am Boden zerschellen, sucht er bereits nach dem nächsten Ziel für seine Zerstörungswut. Doch genau in diesem Moment erhebt sich Sorayas Großvater. Sie hat ihn bisher noch gar nicht bemerkt, er muss schweigend in einer Ecke gesessen haben. Nun tritt er ins Licht.

Als der Talib ihn sieht, hält er inne. Vor der Würde des Alters haben alle Paschtunen Ehrfurcht, das gilt auch für die Taliban. In Anwesenheit eines alten Mannes verhält man sich respektvoll, das haben sie von klein auf gelernt. Der Talib zögert, dann stellt er sein Gewehr wieder an die Wand, kommt zum Tisch zurück und setzt sich.

Soraya betrachtet ihren Großvater. Sie liebt ihn, auch wenn er sehr streng ist und fast nie lacht. Sie muss daran denken, dass sie mit ihm und ihrem Vater manchmal die Früchte, die sie von den Obstbäumen gepflückt haben, zum Markt bringt, um sie zu verkaufen. Es ist ein weiter Weg und es geht bergauf und bergab. Ihr Großvater schleppt, obwohl er schon so alt ist, immer die größten und schwersten Säcke, gefüllt mit Granatäpfeln, Aprikosen oder Pfirsichen, während sie selbst die kleinen, leichteren nehmen darf. Wenn er die Säcke über die Schulter wirft, geht er so gebeugt, dass sein langer weißer Bart beinahe über den Boden schleift, aber nie zeigt er ein Anzeichen von Müdigkeit. Es ist bei jedem Weg zum Markt das Gleiche. Etwa auf halber Strecke fragt ihr Vater zum ersten Mal, ob sie nicht eine Pause machen wollen. Ihr Großvater bleibt kurz stehen und sagt: »Nein, jetzt noch nicht.« So geht das mehrere Male. Irgendwann, wenn der Markt nicht mehr fern ist, ändert er seine Antwort und sagt von da an: »Nein, jetzt nicht mehr.« So geht das immer. Soraya kann sich nicht erinnern, dass sie jemals eine Pause gemacht hätten.

»Verehrte Herren«, beginnt ihr Großvater, »ich heiße euch in unserem Haus willkommen. Falls wir etwas getan haben sollten, das euch erzürnt, bitte ich um Vergebung, es war nicht unsere

Absicht. Wir respektieren euch für euren Kampf gegen die Feinde unseres Volkes. Bitte respektiert ihr uns auch.«

Der Anführer der Taliban blickt immer noch finster, aber jetzt hebt er kurz die Hand und nickt gnädig. Die beiden anderen sitzen nun aufrechter, nicht mehr so breitbeinig wie bisher.

»Ich versichere euch«, fährt Sorayas Großvater fort, »dass meine Enkelin von nun an genau so leben wird, wie es sich für ein Mädchen und später für eine Frau gehört. Ich persönlich werde dafür sorgen. Das ist alles, was ich zu sagen habe.«

Mit diesen Worten beendet er seine Ansprache, geht, ohne eine Reaktion abzuwarten, zurück in seine dunkle Ecke und setzt sich wieder. Danach ist es still, für eine ganze Weile ist nicht das geringste Geräusch zu hören, nur die Scherbe eines Kruges, die noch immer nicht zur Ruhe gekommen ist und langsam von einer Seite auf die andere und wieder zurück rollt, scheppert leise vor sich hin.

Auch die Taliban sitzen schweigend da, die Worte von Sorayas Großvater scheinen Eindruck auf sie gemacht zu haben. Der Ältere lässt seinen Blick durch den Raum wandern, über die rauen, schmucklosen Lehmwände, über die Decken im Hintergrund, auf denen die Männer schlafen, über Sorayas Vater, der ihr Urteil erwartet, über ihre Mutter und Großmutter, die fast unsichtbar im Halbdunkel stehen, bis er auf ihr selbst haften bleibt. Der Talib betrachtet sie nachdenklich, wobei er sich mit der immer gleichen Bewegung über seinen Bart streicht. Schließlich steht er auf, nimmt sein Gewehr und hängt es sich über die Schulter. Die beiden Jüngeren folgen seinem Beispiel.

»Ihr solltet darauf achten, in Zukunft kein Aufsehen mehr zu erregen«, sagt der Ältere und wendet sich an Sorayas Vater. »Deine jüngste Tochter wird von nun an im Haus bleiben. Bis zu ihrer Verheiratung wird sie die Straße nicht mehr betreten. Du weißt, was geschieht, wenn sie es dennoch tut.«

Ihr Vater dreht sich um und sieht Soraya an. Sie hat das Gefühl, dass in seinem Blick eine ganze Welt liegt, ein ganzes Leben. Ihr Leben.

»Ja, ich weiß«, sagt ihr Vater und wendet sich wieder den Taliban zu. »Ich weiß, was dann geschieht. Es wird sein, wie du sagst.«

Der ältere Talib nickt zufrieden. Er gibt den beiden anderen einen Wink, woraufhin sie zur Tür gehen und das Haus verlassen.

»Wir werden deine Familie von nun an sehr aufmerksam beobachten«, sagt er. »Und du weißt ja: Unsere Augen sind überall.«

In der Tür bleibt er noch einmal stehen und sieht Soraya an. Dann lacht er spöttisch. Gleich darauf ist er verschwunden.

»Sie werden langsamer«, sagt Tareks Vater. »Der Wagen an der Spitze hält an. Ich kann nicht erkennen, warum, es ist kein Hindernis da. Jetzt stoppen auch die anderen.«

»Ich sehe es«, sagt Ashkan. »Der ganze Zug hält an. Vorne steigen welche aus, oder?«

»Ja.« Tareks Vater dreht am Regler des Fernglases. »Es sind drei. Sie zeigen in unsere Richtung.« Plötzlich lässt er das Fernglas sinken. »Ich glaube, sie haben uns entdeckt«, sagt er und senkt unwillkürlich die Stimme. »Jetzt beobachten sie uns genauso wie wir sie.«

»Aber – wie können sie uns von da unten gesehen haben?«, fragt Tarek. »Wir haben uns nicht bewegt.«

Ashkan zeigt auf die Sonne, die ihnen hier am späten Nachmittag direkt gegenübersteht. »Doch«, sagt er. »Wir haben das Fernglas bewegt. Ich schätze, sie haben die Spiegelung gesehen. Und wenn es das nicht war, war es eine der Drohnen.« Er deutet auf den Himmel. »Du kannst dich nicht vor ihnen verstecken. Ich habe gehört, sie erkennen sogar, welche Schuhe du trägst.«

Tarek blickt zu dem Militärkonvoi hinunter. Die Staubfahne, die er während der Fahrt aufgewirbelt hat, legt sich langsam. Es sieht bedrohlich aus, wie die Fahrzeuge jetzt grau und stumm in der Ebene stehen.

»Sollten wir nicht besser in Deckung gehen?«, fragt er.

»Nein«, sagt Ashkan. »Mit hastigen Bewegungen machen wir uns nur verdächtig. Sollen sie uns beobachten, so lange sie wollen. Wir sehen nicht aus wie Taliban.«

Tarek betrachtet die trägen, schwer bepackten Kamele, auf denen sie sitzen. Ashkan hat recht. Man sieht ihnen an, dass sie keine Kämpfer sind, sondern vom Markt kommen. Früh am Morgen haben sie wie geplant die Ballen mit der Wolle auf die Kamele geladen und sind losgeritten. Sie haben nicht den Weg durch die Ebene genommen, obwohl der kürzer und weniger beschwerlich ist, sondern – und das war Tareks Idee – einen Pfad durch die Berge, den er auf einem seiner Streifzüge mit Dschamal entdeckt hat. So sind sie den Patrouillen der Amerikaner aus dem Weg gegangen und haben den Markt erreicht, ohne von ihnen belästigt zu werden.

Schon nach kurzer Zeit hatten sie ihre Wolle verkauft. Es ist gute Ware und es gab genug Interessenten. Von dem Geld haben sie sich mit allem versorgt, was sie für die Frühjahrswanderung und die Zeit im Sommerlager brauchen: Tee und Reis, Mehl und Zucker und Trockenobst, Petroleum für die Lampen, Medikamente und etwas Geschirr, Stoffe für die Frauen und Werkzeuge für die Männer. Alles baumelt nun, während sie zum Lager zurückreiten, in großen Säcken von den Kamelen herab. Sie haben erneut den Weg durch die Berge genommen. Und hier, an einer Stelle, wo sie weit in die Ebene hinunterschauen können, haben sie die Fahrzeuge der Amerikaner entdeckt.

»Es ist nicht nur eine Patrouille«, sagt Ashkan, der das Fernglas inzwischen übernommen hat. »Es ist ein Kampfverband. Sie haben Panzer. Und Raketenwerfer.«

»Das heißt«, sagt Tarek, »sie könnten uns ...«

Der Konvoi ist sicher mehr als einen Kilometer von ihnen entfernt, vielleicht sogar zwei. Aber trotzdem: Tarek hat gehört, die Gewehre der Amerikaner seien so gut, dass sie auch über diese Entfernung hinweg treffen können. Und der Knall des Schusses würde erst zu ihnen heraufdringen, wenn sie bereits tot wären. Er spürt die Übelkeit in seinem Magen, als er daran denkt.

»Ja«, erwidert Ashkan. »Das könnten sie. Wir sollten die Kamele langsam drehen, Vater. Damit sie sehen, dass wir auch auf der anderen Seite keine Waffen haben.«

Tareks Vater nickt. Sie tun, was Ashkan vorgeschlagen hat. Jeder lässt sein Kamel dort, wo sie gerade stehen, eine Drehung um die eigene Achse machen. Die Tiere wollen zuerst nicht, weil sie nicht begreifen, wofür die Mühe gut sein soll. Aber nach ein paar kräftigen Schlägen mit den Stöcken auf ihre empfindlichen Stellen geben sie den Widerstand auf.

»Beobachten sie uns noch immer?«, fragt Tarek, als sie ihr Manöver beendet haben.

»Nein, sie stecken ihre Feldstecher weg«, antwortet Ashkan und reicht Tarek das Fernglas. »Anscheinend sind sie beruhigt.«

Tarek blickt hindurch. Jetzt kann er den Konvoi besser erkennen. Er sieht aus wie eine Kolonne tödlicher Insekten, die Panzer ähneln Käfern, die Raketenwerfer Heuschrecken. Die Soldaten, die ausgestiegen sind, tragen Kampfanzüge in Tarnfarben. Sie klettern zurück in ihren Wagen, der Zug fährt los. Bald steigt die Staubfahne wieder auf, die sie überhaupt erst auf die Amerikaner aufmerksam gemacht hat.

»Es ist gut, dass wir den Weg durch die Berge genommen haben«, sagt Tareks Vater, schnalzt mit der Zunge und versetzt seinem Kamel einen Hieb mit dem Stock. »Es war ein kluger Vorschlag, Tarek.«

Sein Kamel setzt sich in Bewegung, die beiden anderen schließen sich an. Tarek blickt verwundert nach vorn. Er hat erwartet, dass sein Vater ihn den Fehler, den er gestern Abend am Feuer begangen hat, heute spüren lassen würde. Aber er tut es nicht. Im Gegenteil: Schon mehrmals hat er ihn gelobt. Das ist ungewöhnlich. Eigentlich folgt er dem Grundsatz, dass zu viel Lob den Charakter verdirbt. Doch heute scheint das nicht zu gelten, zumindest nicht für Tarek.

Nach einer Weile erreichen sie das Tal eines Flusses, der sich tief in die Berge eingegraben hat. Der Pfad führt in engen Windungen zum Ufer hinunter. Sie müssen sehr vorsichtig sein, ein Fehltritt eines der Kamele an dieser Stelle könnte schlimme Folgen haben. Als sie unten sind, lassen sie die Tiere saufen und trinken auch selbst von dem klaren, kalten Wasser. Dann durchqueren sie den Fluss und reiten auf der anderen Seite in ähnlich schmalen Serpentinen wieder hinauf.

Dabei hat Tarek die ganze Zeit das Gefühl, dass sie beobachtet werden. Und als sie am oberen Rand des Abhangs ankommen, sieht er, dass ihn seine Ahnung nicht getäuscht hat. Der Pfad biegt um einen Felsbrocken und führt vom Tal des Flusses fort. Und hinter dem Felsen, auf einem Absatz etwas oberhalb des Pfades, kauern, fast wie Raubvögel, fünf Gestalten. Sie hocken auf ihren Fersen und es macht den Eindruck, als würden sie schon seit Stunden dort sitzen. Jeder von ihnen trägt ein Gewehr auf dem Rücken, einer zusätzlich eine Rakete von der Art, die Panzer zerstören können. Sie haben schwarze Turbane und schwarze Bärte. Es sind Taliban.

Tareks Vater zögert für einen Moment, als er sie sieht. Er legt die rechte Hand auf sein Herz und nickt ihnen zu. Dann schnalzt er wieder mit der Zunge und will an ihnen vorbeireiten. Doch im gleichen Augenblick erhebt sich einer von ihnen, der etwas älter als die anderen zu sein scheint, springt mit einem Satz auf den Pfad und versperrt den Weg.

»Man trifft so selten auf andere Menschen hier oben«, sagt er. Seine Stimme ist sehr hoch und dünn und passt gar nicht zu seiner kriegerischen Erscheinung. »Da wäre es doch schade, wenn wir die Gelegenheit verpassen würden, uns ein wenig auszutauschen. Oder ist eure Zeit so knapp bemessen?«

Tareks Vater deutet eine Verbeugung an. »Entschuldigt bitte«, sagt er. »Wir wollten nicht unhöflich erscheinen. Aber wir haben einen weiten Weg hinter uns und müssen vor Sonnenuntergang in unserem Lager sein.«

Der Talib grinst. »In eurem Kuchi-Lager«, ergänzt er und die Art, wie er es betont, klingt nicht gerade freundlich.

»Ja«, entgegnet Tareks Vater. »In unserem Kuchi-Lager. Das hast du sehr gut erkannt.«

Währenddessen sind auch zwei der jüngeren Taliban von dem Felsabsatz auf den Pfad gesprungen. Einer beginnt die Säcke zu durchsuchen, die an Ashkans Kamel hängen, der andere wendet sich Tarek zu. Er ist noch sehr jung, kaum älter als Tarek selbst, und betrachtet ihn neugierig. Irgendwie kommt Tarek sein Gesicht bekannt vor.

Sein Vater dreht sich im Sattel um. Mit finsterer Miene beobachtet er, wie die beiden jüngeren Taliban die Säcke nicht nur betasten, sondern sie jetzt auch öffnen und mit ihren Gewehren darin herumstochern. Er dreht sich wieder zu dem Älteren um.

»Wir haben großes Glück«, sagt er.

Der Talib hebt verblüfft die Augenbrauen. »Wie meinst du das?«, fragt er.

»Nun, wie ich hörte, gibt es Räuber in diesen Bergen«, erwidert Tareks Vater. »Deshalb ist es doch ein Glück, dass wir auf euch treffen. Denn ihr seid ja keine Räuber. Sondern Taliban.«

Die Ironie in seinen Worten ist sehr fein. Man kann sie nicht überhören, aber sie ist auch keine direkte Beleidigung. Der Talib sieht ihn finster an, dann hellt seine Miene sich auf.

»Ja, wir sind Taliban«, sagt er. »Das wiederum hast du sehr gut erkannt. Ich sehe, wir verstehen uns.«

Er gibt den Jüngeren ein kurzes Kommando, woraufhin sie von den Säcken ablassen und sich zurückziehen. Sie bleiben jedoch, mit ihren Gewehren in den Händen, am Rand des Pfades stehen.

»Nun, da ihr, wie du behauptest, einen so weiten Weg hinter

euch habt«, sagt der ältere Talib, »kannst du mir sicher verraten, ob euch auf diesem Weg jemand begegnet ist. Amerikaner zum Beispiel.«

»Möglich«, sagt Tareks Vater.

»Möglich? Was soll das bedeuten?«

»Möglich heißt möglich. Wir sind ihnen nicht direkt begegnet. Aber wir haben sie gesehen. Ein Zug mit Panzern und Raketen. Unten in der Ebene.« Er beschreibt den Weg, den der amerikanische Militärkonvoi genommen hat.

Der Talib mit der Rakete, der noch immer auf dem Absatz über dem Pfad hockt, stößt ein verächtliches Lachen aus. »Die Amerikaner sind feige«, sagt er. »Sie trauen sich nicht in die Berge. Weil sie sich hier nicht in ihren Panzern verstecken können.«

Tareks Vater zuckt mit den Schultern. »Die einen trauen sich nicht herauf, die anderen trauen sich nicht hinab«, sagt er. »So ist das Leben.«

Tarek spürt, wie ihm feine Schweißperlen auf die Stirn treten. Er wünscht, sein Vater würde mit den Sticheleien aufhören. Bei einem Kampf hätten sie keine Chance. Sie tragen zwar auch ihre Gewehre, aber erstens sind sie drei gegen fünf und zweitens benutzen sie ihre Waffen nur, um Wild zu schießen oder sich gegen Wölfe und Bären zu verteidigen. Sie setzen sie nicht gegen Menschen ein. Die Taliban hätten damit keine Probleme.

»Ich danke dir für deine Auskunft«, sagt der ältere Talib, der noch immer den Weg versperrt. »Wir wissen die Hilfe der Kuchi zu schätzen. Noch mehr allerdings würden wir es zu schätzen wissen, wenn sie sich an die Regeln des Islam hielten.«

»Wie kommst du darauf, dass wir das nicht tun?«, fragt Tareks Vater.

»Man erzählt sich, dass ihr die Gebetszeiten nicht so einhaltet, wie es geschrieben steht. Und den Fastenmonat missachtet. Und dass eure Frauen sich anstößig kleiden. Aber – vielleicht kannst du mich da ja eines Besseren belehren?«

»Das Leben der Kuchi ist hart«, sagt Tareks Vater. »Wir müssen uns alles schwer erkämpfen. Es mag sein, dass wir da nicht jeden Tag die Zeit finden, uns fünfmal zum Gebet zu versammeln. Aber wir führen ein gottgefälliges Leben und lassen uns nichts zuschulden kommen. Der Herr weiß das.«

»Ach ja? Wie kommst du darauf?«

»Ich fühle es. Es gibt zwei Sorten von Menschen. Die einen tragen Gott im Herzen, die anderen tragen ihn nur im Mund. Ich gehöre zur ersten Sorte.«

Der Talib betrachtet ihn düster. Er setzt mehrmals zu einer Erwiderung an, überlegt es sich dann aber anders. Schließlich tritt er zur Seite und betrachtet Ashkan und Tarek.

»Wie ich sehe, hast du zwei prächtige Söhne«, sagt er. »Ich beglückwünsche dich dazu.«

»Genau genommen habe ich sogar drei«, sagt Tareks Vater. »Aber ich danke dir trotzdem.«

»Drei!«, wiederholt der Talib und geht mit langsamen Schritten zu Ashkans Kamel. »Wenn Gott einen so reich beschenkt, sollte man gut überlegen, was man mit diesem Reichtum anfängt.«

Er sieht Ashkan in die Augen. Der starrt finster und abweisend zurück. Tarek weiß, dass er von den Taliban nicht viel hält. Sie haben selten darüber gesprochen, aber aus dem Wenigen, das Ashkan gesagt hat, war es deutlich herauszuhören. Vielleicht ist er auch nur deshalb gegen sie, denkt Tarek, weil der Tschopan sie immer verteidigt.

Der ältere Talib wendet sich von Ashkan ab, tritt nun zu ihm und betrachtet ihn ebenfalls. Tarek hält seinem Blick eine Weile stand, dann senkt er die Augen. Der Talib dreht sich zu dem Jüngeren um, der eben in den Taschen von Tareks Kamel herumgewühlt hat.

»Ist er das?«, fragt er.

Der Jüngere nickt.

»Gut«, sagt der Talib und wendet sich wieder Tarek zu. »Wie ich höre, bist du viel in diesen Bergen unterwegs?«

Tareks Vater dreht sich um. »Er hilft mir ein wenig«, sagt er. »Es ist nichts ...«

»Halt den Mund!«, fährt der Talib ihn an. »Ich rede jetzt mit deinem Sohn. Also?«

Tarek blickt den Jüngeren an. Jetzt weiß er auch, woher er ihn kennt. Bei seinen Streifzügen mit Dschamal durch die Berge, auf der Suche nach verirrten Tieren, ist er zwei- oder dreimal einem Trupp der Taliban begegnet. Sie haben ihn nie aufgehalten oder bedroht, einmal haben sie ihm sogar geholfen, weil sie das Schaf, das er suchte, aus der Ferne gesehen hatten. Er glaubt sich zu erinnern, dass der Jüngere bei dieser Begegnung dabei war.

»Ja, ich – ich kenne die Berge ganz gut«, sagt er.

»Ganz gut?« Der Talib lacht spöttisch. »Bescheidenheit ist eine ehrenwerte Eigenschaft. Aber man sollte es nicht übertreiben damit. Ich wette, du kennst diese Berge sogar sehr gut. Und wie ich hörte, bist du auch ein guter Spurenleser?«

Tarek zögert. Er ist nicht sicher, was der Mann von ihm will. Er spürt nur, dass er vorsichtig sein muss.

»Ich weiß nicht«, antwortet er.

Der Talib dreht sich zu dem Jüngeren um. »Was sagst du?«

»Ja, das ist er. Er kann alle Spuren lesen.«

»Da hörst du es! Deine Fähigkeiten haben sich bereits herumgesprochen, junger Kuchi. Zufällig können wir Spurenleser brauchen. Wir können sie sogar sehr gut brauchen.«

Der Talib wendet sich von ihm ab, geht an Ashkan vorbei nach vorn und nimmt seine alte Position auf dem Pfad wieder ein. Tareks Vater will etwas sagen, aber er schneidet ihm mit einer knappen Handbewegung das Wort ab.

»Wir werden bald wieder herrschen in diesem Land«, sagt er. »Und glaubt mir: Für die Kuchi wird es dann keine Sonderrechte geben, nur weil sie in Zelten wohnen und von dem einen Lagerplatz zum nächsten ziehen. Wer nicht nach den Regeln des Islam lebt, wird zur Rechenschaft gezogen. Und wer es uns gegenüber an Respekt fehlen lässt, ebenfalls. Allerdings«, er sieht Tareks Vater an, »wenn ein Sohn von dir in unseren Reihen sein sollte, könnte es sein, dass wir bei der einen oder anderen Verfehlung ein Auge zudrücken.«

Tareks Vater schweigt eine Weile, dann nickt er widerwillig. »Ich verstehe«, sagt er.

»Oh, davon bin ich überzeugt. Schon als ich dich gesehen habe, wusste ich, dass du ein kluger Mann bist. Wir werden dich demnächst aufsuchen. Dann hast du, was deinen Sohn betrifft, sicher die richtige Entscheidung getroffen.«

Der Talib tritt zur Seite. »Wenn ihr noch rechtzeitig in eurem Lager sein wollt, solltet ihr jetzt weiterreiten«, sagt er. »Und achtet darauf, keinen Räubern in die Hände zu fallen.«

Die vier Jüngeren brechen in schallendes Gelächter aus. Tarek spürt die ohnmächtige Wut seines Vaters. Auch Ashkans Hand zuckt für einen Moment in Richtung seines Gewehres. Aber angesichts der Übermacht bleibt ihnen nichts anderes übrig, als, gedemütigt von den spöttischen Blicken der Taliban, ihren Weg fortzusetzen.

Erst als sie außer Sicht sind, atmet Tarek auf. Die ganze Zeit hat er das Schlimmste befürchtet. Jeder weiß, dass die lauernden Blicke der Taliban von einem Augenblick zum nächsten in brutale Gewalt umschlagen können. Er ist erleichtert, dass es nicht so weit gekommen ist. Gleichzeitig beunruhigt ihn das, was sie gesagt haben. Anscheinend sind sie auf ihn aufmerksam geworden und das ist nicht gut. Es nimmt meistens ein schlechtes Ende, denkt er, wenn solche Leute sich mit einem beschäftigen.

Er wartet, bis sie eine Stelle erreichen, an der der Pfad sich verbreitert. Dann treibt er sein Kamel an und reitet an Ashkan vorbei zu seinem Vater nach vorn.

»Sie sahen aus, als wären sie nur wegen uns da«, sagt er. »Aber woher konnten sie wissen, dass wir kommen?«

»Ich wette, es war der Tschopan«, sagt Ashkan von hinten. »Er war dabei, als wir heute Morgen entschieden haben, durch die Berge zu reiten.«

»Ja, aber – es gibt viele Wege durch die Berge. Dass wir ausgerechnet den hier nehmen, wusste nur ich.«

»Deshalb haben sie am Fluss gewartet. Egal, welchen Weg du nimmst, über den Fluss kannst du nur an dieser Stelle.« Ashkan schnaubt wütend. »Wenn ich den Kerl sehe, werde ich ihn …«

»Du wirst gar nichts!«, unterbricht Tareks Vater ihn. »Und jetzt seid still und lasst mich in Ruhe. Ich muss nachdenken.«

Tarek zuckt mit den Schultern und lässt sich wieder zurückfallen. Schweigend reiten sie weiter, sein Vater an der Spitze, Ashkan und er ein gutes Stück dahinter. Während Ashkan, immer noch wütend, mit den Zähnen knirscht, beobachtet Tarek seinen Vater. Er sitzt tief in sich zusammengesunken da und scheint seine Umgebung kaum noch wahrzunehmen. Selbst als sie an einer Biegung des Pfades zwei Bergziegen aufscheuchen, die polternd vor ihnen fliehen, blickt er nicht auf. Tarek weiß, worüber er nachdenkt. Über ihn. Er spürt es. Er spürt es immer, wenn sein Vater über ihn nachdenkt.

Als sie, vielleicht eine Stunde später, endlich das Lager erreichen, bricht schon die Dämmerung herein. Der Pfad biegt um einen letzten Felsen, dann sehen sie das Zelt und die Herde unter sich auf der Anhöhe zwischen den Flüssen. Die Lampen im Eingang des Zeltes brennen bereits, gerade wird das Feuer entzündet. Als die Kamele das Lager wittern, wechseln sie sofort aus ihrem langsamen Trott in schnelleren Trab. Aber Tareks Vater hält sie zurück, zwingt sein eigenes Tier zu Boden und steigt ab. Er geht zu einer Stelle, von der aus das Lager gut zu sehen ist, und setzt sich auf einen Stein.

»Kommt!«, sagt er und winkt Ashkan und Tarek heran.

Sie sehen sich verwundert an. Dann lassen sie ihre eigenen Kamele ebenfalls niederknien und gehen zu ihm.

»Ich muss mit euch reden«, sagt er, als sie bei ihm sind. »Und es ist besser, wenn niemand dabei zuhört. Setzt euch!«

Nachdem sie seiner Aufforderung gefolgt sind, hockt er zuerst nur eine Weile da. Irgendwann zeigt er auf das Lager.

»Das da unten«, sagt er, »ist unser Leben. Als ich vorhin zu dem Talib gesagt habe, es sei ein gutes Leben, war das nicht nur eine Antwort auf seine albernen Vorwürfe. Nein, es ist das, woran ich glaube. Ich glaube daran mehr als an irgendetwas sonst auf der Welt. Wir leben mit der Natur, nicht gegen sie. Wir zerstören nichts und tun keinem etwas zuleide. Wir wollen nicht immer mehr besitzen, immer mehr Häuser, immer mehr Ländereien. Die anderen können das nicht verstehen, aber das ist unwichtig. Es reicht, wenn wir danach handeln.«

Tarek hört ihm schweigend zu. Es ist ihm noch nicht ganz klar, worauf sein Vater hinauswill, normalerweise redet er nie so viel. Aber was er meint, versteht er nur zu gut. Er blickt zum Lager hinunter. Das dort unten ist auch für ihn das einzige Leben, das er kennt. Er hat nie ein anderes gewollt. Dass es überhaupt ein anderes gibt, denkt er, weiß ich eigentlich nur aus den Gesprächen mit Samir.

»Aber unsere Art zu leben ist bedroht«, fährt sein Vater fort. »Die Zeiten ändern sich und sie tun es nicht zu unseren Gunsten.

Die Weidegründe werden knapper, denn der Regen fällt nicht mehr so wie früher. Viele Bäche, die es noch gab, als ich so jung war wie ihr, sind heute vertrocknet.«

Ashkan greift nach einem verwitterten Stein, der vor seinen Füßen liegt, und hält ihn prüfend in der Hand. »Was verschwindet, kann wiederkommen, Vater«, sagt er.

»Glaub mir, Ashkan, darauf habe ich am Anfang auch gehofft. Ich dachte, vielleicht ist es nur ein schlechtes Jahr und der Regen wird zurückkehren. Aber er ist nicht zurückgekehrt. Und ich glaube, er wird es auch nicht mehr tun. Und dann – der Krieg! Ich habe immer gehofft, dass er endet, denn jeder Krieg geht doch einmal zu Ende. Aber dieser hier nicht. Er dauert nun schon fast so lange wie ein Menschenleben. So viele Tiere sind durch Minen verendet, so viele Hirten zu Krüppeln geworden, man kann es nicht mehr zählen. Und dazu kommt das Misstrauen der Dorfbewohner. Ihr habt es gehört: Sie wollen ihre Weidegründe und ihr Wasser nicht mehr teilen, jetzt, wo der Regen ausbleibt und die Zeiten so gefährlich sind.«

Er schweigt kurz, dann winkt er mit einer müden Handbewegung ab. »Unsere Welt versinkt«, sagt er, mit einem so traurigen Klang in der Stimme, wie Tarek es noch nie bei ihm gehört hat. »Nicht so schnell wie ein Schiff, das leckgeschlagen ist. Sie versinkt langsam. Mit jedem Tag ein Stückchen mehr. Und es gibt nichts, was wir dagegen tun können.«

»Aber das stimmt doch nicht, Vater«, protestiert Ashkan. »Wir können härter arbeiten. Wir können ...« Er will noch etwas hinzufügen, aber anscheinend fällt ihm nichts mehr ein.

»Du weißt, dass das nicht wahr ist, Ashkan. Härter, als wir es in den letzten Jahren getan haben, kann niemand mehr arbeiten. Und dennoch ist unsere Herde immer kleiner geworden. Erinnerst du dich noch, wie viele Schafe wir hatten, als du ein Junge warst?«

»Es waren über hundert.«

»Als du ganz klein warst, hatten wir sogar einhundertzwanzig. Und wie viele sind es jetzt?«

»Nachdem wir wieder drei verloren haben«, sagt Ashkan, »bleiben uns noch fünfundsiebzig.«

»So ist es. Und ihr wisst ja: Um eine Familie ernähren zu können, braucht man zehn Schafe pro Kopf. Wir sind acht. Wenn Ashkan uns verlässt, sind wir noch sieben. Im Moment reicht es. Aber bald wird es nicht mehr reichen.«

Ashkan schleudert den Stein, den er aufgehoben hat, wütend von sich. »Warum redest du so, Vater?«, stößt er hervor. Dann versucht er sich zu beherrschen. »Wenn du so sicher bist, dass unsere Welt untergeht, warum willst du dann, dass ich Tschopan werde? Das ergibt keinen Sinn.«

»Doch, Ashkan, das tut es. Zumindest für uns ergibt es Sinn. Weil in unserer Welt der älteste Sohn immer das tun sollte, was der Vater tut. Sonst würde die Tradition der Familie ausgelöscht und das darf nicht sein. Du bist stark, du musst es versuchen. Trotz aller Hindernisse. Wenigstens der Älteste, Ashkan. Wenigstens der Älteste.«

Tarek blickt Ashkan und seinen Vater an. Sie schweigen jetzt beide und sehen zu Boden, fast als hätten sie sich abgesprochen. Und da plötzlich wird ihm klar, worum es geht. Er spürt, wie sein Herz sich zusammenzieht.

»Und ich?«, fragt er. »Was ist mit mir? Deshalb sitzen wir doch hier, oder? Es geht um mich.«

»Ja«, sagt sein Vater. »Das stimmt, Tarek. Es geht um dich.«

»Du willst mich doch nicht zu den Taliban schicken?«

Sein Vater fährt auf und hebt die Hand, als wollte er ihm eine Ohrfeige versetzen. Dann lässt er sie wieder sinken. »Sag das nie wieder! Ich habe dich nicht großgezogen, damit du zum Mörder wirst. Hörst du? Sag so etwas nie wieder.«

»Aber – was dann? Du wolltest doch immer, dass ich das Gleiche tue wie Ashkan. Gilt das nicht mehr?«

»Nein«, sagt sein Vater. »Ich habe mich anders entschieden. Schon in den letzten Monaten habe ich viel darüber nachgedacht. Aber die endgültige Entscheidung ist erst gestern Abend gefallen. Als wir am Feuer saßen.«

Tarek denkt an den Abend zurück. Dann plötzlich wird es ihm klar. »Der Geschichtenerzähler«, sagt er.

Sein Vater nickt. »Ihr wisst, die Geschichten der Erzähler sind nicht einfach nur Geschichten. Man könnte sagen, dass sie uns suchen. Und finden. Immer im richtigen Moment. Dann erzählen sie uns etwas über unser Leben. Und zeigen uns den Weg.«

Er dreht sich zu Tarek hin und blickt ihm in die Augen. »Einer von uns muss die Familie verlassen und sein Glück in der Fremde suchen«, sagt er. »Falls die Welt der Kuchi untergeht, soll es nicht alle meine Söhne zugleich treffen. Du bist der, dem dieses Schicksal zugedacht ist.«

Tarek sitzt da wie versteinert. Was sein Vater sagt, kommt so plötzlich, dass er im ersten Augenblick glaubt, er träume. Tastend streckt er die Hand aus, wie auf der Suche nach Dschamal. Aber der Hund ist nicht da. Und es ist auch kein Traum.

»Warum – gerade ich?«, stammelt er.

»Seine Töchter schickt man nicht in die Fremde und Mirza ist noch zu klein«, sagt sein Vater. »Aber der eigentliche Grund ist ein anderer. Der eigentliche Grund ist: Du findest immer deinen Weg. Jedes Mal, wenn ich dich ausschicke, ein verirrtes Schaf zu suchen, bringst du es mir zurück. Das war immer so. Schon als Junge hattest du die Begabung, deinen Weg zu finden.«

»Das bin nicht ich«, murmelt Tarek. »Das ist der Simurgh.«

Ashkan schnauft, aber Tareks Vater hebt die Hand.

»Nein, mach dich nicht über deinen Bruder lustig«, sagt er. »An den alten Geschichten ist mehr Wahres, als man glaubt. Natürlich darf man sie nicht wörtlich nehmen, doch wenn es wirklich so ist, dass Tarek unter dem Schutz von – wem auch immer steht, ist er erst recht der Richtige für diesen Weg.«

»Aber dieses Land hier«, sagt Tarek, »und das Lager und die Schafe, das ist doch alles, was ich kenne. Ich habe keine Ahnung von der Welt. Wie soll ich …« Ratlos hebt er die Hände und lässt sie wieder sinken.

»Ja, ich weiß, Tarek«, sagt sein Vater und beugt sich zu ihm. »Ich verlange viel von dir. Vielleicht mehr, als ein Vater von seinem Sohn verlangen darf. Aber im Interesse der Familie muss ich es verlangen.«

Tarek blickt zu Boden. Tausend Gedanken rasen durch seinen Kopf und dennoch fühlt er sich vollkommen leer. Er hat den Eindruck, dass die Steine, auf denen sie sitzen und auf denen er sich bisher immer so sicher bewegt hat, plötzlich ins Wanken geraten.

»Und jetzt kommt noch etwas hinzu«, sagt sein Vater. »Wir haben nicht mehr viel Zeit. Du hast gehört, was die Taliban gesagt haben. Sie werden bald kommen, um dich zu holen. Dann darfst du nicht mehr hier sein. Wir dürfen kein Risiko eingehen.«

Tarek hebt den Kopf und sieht Ashkan an. Der sitzt genauso fassungslos da wie er selbst. Und als er seinen Bruder sieht, so ratlos und verwirrt, da fasst er seltsamerweise Mut. Er richtet sich auf.

»Und – wohin soll ich gehen?«, fragt er.

»Ich habe darüber nachgedacht«, sagt sein Vater. »Ein Bruder von mir – ihr habt ihn nie kennengelernt – hat schon vor langer Zeit das Leben als Kuchi aufgegeben. Viele, die das tun und in unserem Land bleiben, enden als Tagelöhner, die im Dreck der Städte versinken. Deshalb ist er fortgezogen, weit fort, in ein Land namens Deutschland. Zu ihm sollst du gehen. Es gibt keinen Krieg dort, und wer hart arbeitet, kann es zu etwas bringen.«

Er zögert. »Allerdings werden wir einige Schafe verkaufen müssen, um dir die Reise zu ermöglichen.«

»Aber ...«

»Nein! Du kannst eine so weite Reise auf keinen Fall mit leeren Händen antreten. Ich habe mich erkundigt. Wir müssen Leute bezahlen, die dich über die Grenze bringen und über eine zweite Grenze und über eine weitere und irgendwann über das Meer. Wenn du in Deutschland angekommen bist, suchst du dir Arbeit und schickst uns regelmäßig Geld. Wenn dir das gelingt, wird es den Verlust der Schafe mehr als aufwiegen. Vielleicht kannst du später auch Mirza nachholen und möglicherweise sogar irgendwann deine Mutter und mich, wenn wir alt geworden sind. Das ist deine Aufgabe, Tarek. Ich weiß, sie ist schwer. Aber all unsere Hoffnungen werden dich begleiten.«

Er atmet tief durch, plötzlich sieht er müde aus. Erst jetzt wird Tarek klar, wie sehr das Gespräch auch seinen Vater mitgenommen hat. »Das ist es, was ich euch zu sagen hatte«, fügt er hinzu und steht auf. »Kommt jetzt! Noch länger dürfen wir eure Mutter und eure Schwestern nicht warten lassen.«

Tarek beobachtet ihn, wie er zu seinem Kamel geht und wieder in den Sattel steigt. Er sieht Ashkan an.

»Hast du davon gewusst?«

»Nein.« Ashkan schüttelt den Kopf. »Ich weiß nicht, was ich sagen soll. Sei stark, Bruder.«

Sie gehen ebenfalls zu den Kamelen. Ashkan hilft Tarek in den Sattel, was er bisher noch nie getan hat, es wirkt ein wenig unbeholfen. Dann steigt er selbst auf und sie folgen ihrem Vater, der schon losgeritten ist, weiter den Pfad entlang, der nun steil ins Tal hinunterführt.

Als sie unten sind und auf den Fluss zureiten, um ihn an einer seichten Stelle zu überqueren, treibt Tarek sein Kamel an, überholt Ashkan und reitet nach vorn.

»Warte, Vater!«, sagt er. »Weiß Mutter schon davon?«

Sein Vater blickt ihn an, dann senkt er den Kopf. »Ich habe letzte Nacht mit ihr gesprochen«, sagt er. »Ihr Herz ist schwer. Ich hoffe, sie wird nicht daran zerbrechen.«

Er sieht nach vorn. Das Feuer brennt inzwischen. Die Frauen stehen im Eingang des Zeltes unter den Lampen und warten auf sie.

»Aber – ich glaube, sie hat es verstanden.«

Soraya fährt Djamila behutsam mit dem Finger über die Schulter. Ihre Schwester seufzt, aber sie wacht nicht auf, anscheinend schläft sie tief und fest. Soraya gibt ihr einen Abschiedskuss, greift nach ihren Sandalen und steht auf. Dann überquert sie das Dach und steigt in den Innenhof hinunter.

In dem kleinen Raum, in dem Djamila sie auf die Begegnung mit den Taliban vorbereitet hat, öffnet sie die Truhe und wühlt darin herum, bis sie ihre Samir-Kleidung gefunden hat. Seit über zwei Wochen liegt sie dort, unbenutzt, wie eine alte Haut, die abgestreift wurde, wie die Erinnerung an ein scheinbar endlos weit zurückliegendes Leben. Soraya zieht sie über, öffnet die Tür nach nebenan und lauscht auf das gleichmäßige Schnarchen ihres Vaters und ihres Großvaters. Lautlos, die Sandalen in den Händen, schleicht sie durch den Raum, öffnet die Haustür und schlüpft ins Freie.

Nun ist sie da, wo sie nicht mehr sein darf. Sie blickt die Straße entlang, aber niemand ist zu sehen. Die Streifen der Taliban kommen immer schon bald nach Einbruch der Dunkelheit, jetzt ist es viel später, weit nach Mitternacht. Dennoch bleibt sie kurz stehen, um sich zu vergewissern, dass keiner der Dorfbewohner mehr auf der Straße ist. Dann macht sie sich auf den Weg, mit jener Geschmeidigkeit und Geschicklichkeit, die sie sich in ihrem Leben als Samir angeeignet hat, jede Deckung und jeden Schatten ausnutzend, nicht das geringste Geräusch verursachend, wie ein Kaninchen, das darauf achten muss, weder den Wölfen noch den Adlern zum Opfer zu fallen.

Sie lässt das Dorf hinter sich und läuft den Pfad entlang, der zum Bach führt. Hier kennt sie jede Wurzel, jeden Stein und jeden Grashalm und auch ohne den Mond, der die Umgebung in sein weiches Licht hüllt, würde sie ihren Weg finden. Nach einer Weile taucht der Bach vor ihr auf. Schon aus einiger Entfernung kann sie ihn hören, er führt viel Wasser in dieser Jahreszeit. Sie geht an seinem Ufer entlang, bis zu der Stelle, wo sie oft mit den Jungen gewesen ist. Hier weitet sich der Bach zu einem Teich, er ist nicht tief, selbst in der Mitte kann man stehen, dort haben sie oft gebadet oder nach Münzen getaucht.

Soraya setzt sich auf einen Stein am Rand des Teiches. Es tut gut, hier draußen zu sein: den Wind im Gesicht zu spüren und das Gras an den Füßen. Für einen Moment glaubt sie die Stimmen der Jungen zu hören, ihr Lachen und ihre Angebereien, und dann wird ihr wieder klar, wie sehr sie das alles vermisst. In den letzten beiden Wochen, seit dem Besuch der Taliban, hat sie das Haus nicht mehr verlassen, so wie ihr Vater es hatte versprechen müssen. Sie hat begonnen, hinter dem Vorhang zu leben. Was mit diesem Ausdruck gemeint ist, hat sie schon immer gewusst, aber jetzt hat sie es zum ersten Mal am eigenen Leib erlebt – und es war die reinste Qual für sie.

Sie hat gar nicht gewusst, was sie im Haus mit sich anfangen soll. Djamila hat ihre Ankündigung wahr gemacht und sich um sie gekümmert, sie unterrichtet in all den seltsamen Dingen, die eine Frau angeblich wissen und beherrschen muss, aber was immer es war, sie konnte kein Interesse dafür aufbringen. Nur Djamila zuliebe hat sie versucht, wenigstens den Anschein zu erwecken, sie sei bei der Sache. Allerdings hat sie sich dabei so ungeschickt angestellt, dass selbst ihre sanftmütige Schwester manchmal die Geduld verlor. Und kaum besser verlief der Versuch, äußerlich eine Frau aus ihr zu machen – eine Frau, die einem Mann gefallen würde. Jeden Tag pflegt Djamila ihre Haare mit Kämmen und Bürsten und duftenden Ölen und das Ergebnis ist, dass sie jetzt weder wie ein Junge noch wie eine Frau aussieht, sondern wie ein hässlicher Fehler der Natur. Jeden Morgen und jeden Abend muss sie sich die Haut eincremen, von oben bis unten, damit sie nicht mehr so rau und dunkel ist, seitdem juckt es sie am ganzen Körper und sie kann gar nicht beschreiben, wie sie den Gestank dieser Creme hasst!

In den Stunden, die ihr daneben bleiben, sitzt sie meistens nur irgendwo herum und fühlt sich leer und nutzlos. Sie vermisst die Jungen, das Herumtollen mit ihnen unter freiem Himmel, den weiten Blick auf die Berge, die Sonne auf der Haut und den Geruch des Frühlings. Und die Schule, die ausgerechnet in diesen Tagen wieder beginnt, die vermisst sie auch. Es ist ihr klar geworden, dass ihre Neugierde jetzt für immer ungestillt bleiben wird, und das alles hat sie so traurig werden lassen, wie sie es sich in ihrem ganzen Leben nicht hat vorstellen können.

Sie traut sich nicht, mit Djamila darüber zu reden, denn die gibt sich so viel Mühe mit ihr, sie will sie nicht enttäuschen oder undankbar wirken. Ihr Vater und ihre Mutter wiederum sind so streng zu ihr, wie sie es noch nie waren, manchmal hat sie das Gefühl, dass sie sich selbst bestrafen wollen für alles, was geschehen ist. Nur ihre Großmutter hat sie einmal zur Seite genommen, nachdem sie sich zum wiederholten Mal so ungeschickt angestellt hatte, dass sie wütend auf die ganze Welt war. Sie ist mit ihr in einen stillen Winkel des Innenhofs gegangen und da hat Soraya ihr alles erzählt, ihre Ängste und Sorgen und ihre Verzweiflung. Ihre Großmutter hat ruhig zugehört und nicht viel gesagt, aber Soraya hat gespürt, dass sie sie versteht.

Sie zieht ihre Sandalen aus, setzt sich nach unten ans Wasser und streckt ihre Füße hinein. Es ist kalt, es kommt aus den Bergen, von ganz weit oben, wo der Schnee jetzt schmilzt. Für einen

Moment zieht sie die Füße zurück, dann taucht sie sie wieder ein und schiebt sie noch ein Stück tiefer hinab.

Bei dem Gespräch mit ihrer Großmutter ist ihr klar geworden, dass das Schlimmste von allem der Gedanke an ihre Zukunft ist. Denn was wartet schon auf sie? Vielleicht wird es kommen, wie Djamila befürchtet: Es wird sich kein Mann finden, der sie will. Dann muss sie bei ihren Eltern bleiben, auf ewig im Haus, verlacht und verspottet, nutzlos und unsichtbar, als gäbe es sie gar nicht. Und auch wenn ihr Vater es schafft, einen Mann für sie zu besorgen, wird es einer sein, der eben nichts Besseres als sie kriegen kann, wie bei Aischa, irgendein alter, vertrockneter Kerl mit schlechten Zähnen, der sie für sich schuften lässt und sie dazu noch verprügelt, wann immer ihm der Sinn danach steht.

Sie stöhnt. Selbst wenn sie das unverschämteste Glück der Welt hat, so wie Fatima, sie bekommt einen guten Mann und schafft es auch noch, einen Jungen zur Welt zu bringen oder am besten gleich mehrere: Was würde es ändern? Ein Mädchen, das nie etwas anderes gesehen und nie etwas anderes erwartet hat, kann damit vielleicht glücklich werden, auch wenn sie ihr ganzes Leben lang eingesperrt bleibt. Aber sie? Sie hat den Duft der Welt gerochen, sie hat ihn so tief in sich aufgesogen, dass sie ihn nie wieder vergessen kann, egal was passiert. Wenn sie an all das denkt, hockt sie manchmal in einer dunklen Ecke und weint einfach nur vor sich hin. Und in diesen verzweifelten Momenten ist schließlich auch der Gedanke in ihr entstanden, der sie in dieser Nacht aus dem Haus getrieben hat.

Sie steht auf und steigt in den Teich. Das Wasser ist so kalt, dass es ihr den Atem nimmt. Schließlich reicht es ihr bis fast zu den Schultern. Sie geht zu der Stelle, an der das Ufer des Teiches ganz steil ist, dort ist der Boden weich, ihre Füße versinken im Schlamm. Mit beiden Händen umfasst sie die Wurzel eines Baumes, die dort, knapp über dem Wasser, fast wie eine Trittstufe aus dem Erdreich ragt. Für einige Augenblicke zögert sie, dann holt sie tief Luft, stößt sich mit beiden Armen hinab und taucht mit dem Kopf unter.

Das Wasser umspült sie und rauscht in ihren Ohren. Sie kniet sich hin und hält die Wurzel mit aller Kraft umklammert. Eine ganze Weile hockt sie so auf dem Grund des Teiches, ohne sich zu rühren. Alles geht ihr noch einmal durch den Kopf, all die Bilder der letzten Wochen. Und dann denkt sie: Ich sollte das hier einfach durchstehen. Sollte es aushalten und nie mehr auftauchen. Entschlossen stößt sie die letzte Luft aus, die noch in ihrer Lunge ist. Dann ist da nichts mehr, nur Leere und ein pochendes Gefühl, das immer stärker wird. Sie drückt sich tief nach unten und schließt die Augen. Wofür soll dieses Leben noch gut sein?, denkt sie. Für eine Gefangenschaft bis zum Tod? Für ein paar schöne Erinnerungen, die ihr geblieben sind, an unbeschwerte Momente, die nie wiederkehren? Sie hat gehofft, wenigstens Tarek noch einmal zu sehen, doch wann immer sie ihren Vater abends nach dem Auftauchen der Schafherden gefragt hat …

Sie stutzt. Tarek? Dann reißt sie die Augen auf und will Luft holen. Aber es ist nur Wasser, das von allen Seiten in ihren Mund und ihre Lunge dringt. Hastig zieht sie sich an der Wurzel nach oben, schnellt aus dem Wasser und nimmt einen tiefen, gierigen Atemzug. Doch gleich darauf rutscht sie auf dem schlammigen Boden aus und taucht erneut unter, quält sich wieder nach oben, rettet sich mit letzter Kraft ans Ufer und kriecht röchelnd und spuckend aus dem Teich.

Es dauert lange, bis sie all das Wasser, das in ihr steckt, aus sich herausgehustet hat und ihre Lebensgeister wieder zurückkehren. Mühsam richtet sie sich auf, dann spürt sie die Kälte und läuft los, läuft einfach los, egal in welche Richtung, nur um warm zu werden. Ihr Atem geht anfangs noch rasselnd und pfeifend, ihre Lunge schmerzt, doch mit der Zeit wird es besser, der Hustenreiz lässt nach und irgendwann ist ihr Kreislauf so in Schwung, dass sie die Kälte kaum noch wahrnimmt.

Schwer atmend bleibt sie stehen. Die ganze Zeit hat sie auf den Weg gar nicht geachtet, jetzt merkt sie, dass sie den Bach entlanggerannt ist und danach den Pfad genommen hat, der in die Berge führt. Sie ist schon ein gutes Stück nach oben gelaufen, es ist nicht mehr weit bis zu der Stelle, an der sie in die Ebene schauen kann. Sie wirbelt den Kopf von einer Seite zur anderen, damit das Wasser aus ihren Haaren fliegt, und steigt weiter hinauf.

Während sie dort vorbeikommt, wo sie vor einigen Wochen den Drachenkampf zwischen Hafiz und Dawuhd beobachtet hat, erinnert sie sich plötzlich an etwas, das Tarek ihr im letzten Frühling erzählt hat. Es war an dem Tag, an dem sie sich verabschieden mussten, weil seine Familie mit der Herde weiter hinauf in die Berge zog. Er hat erzählt, auch bei den Kuchi würden, genau wie bei den Dorfbewohnern, immer die Väter entscheiden, wen ihre Töchter heiraten dürfen. Aber es gebe da einen uralten Brauch. Wenn ein Mädchen einen Jungen gegen den Willen ihres Vaters heiraten wolle, dann müsse sie heimlich das Zelt ihrer Eltern verlassen, ins Zelt des Auserwählten laufen, ihm eine Locke ihrer Haare überreichen und dabei in Gegenwart von Zeugen ausrufen: »Du bist mein Mann, ich will keinen anderen als dich!« Dann bliebe den Vätern nichts anderes übrig, als sie zu verheiraten, sie müssten sich nur noch auf den Brautpreis einigen.

Soraya steigt die letzten Meter hinauf, dann ist sie oben auf dem Pass. Sie war noch nie in der Nacht hier. Im Mondlicht sehen die Hügel ganz verändert aus, nicht so schroff und zerklüftet wie am Tag, sondern weich und rund, wie ein Drache, der sich schlafen gelegt und seine Stacheln und Krallen eingezogen hat. Sie muss erneut husten, anscheinend steckt das Wasser aus dem Teich noch immer in ihrem Hals. Dann denkt sie wieder an Tarek.

Sie weiß nicht, warum er das im letzten Jahr zum Abschied gesagt hat, eigentlich passt es nicht zu ihm. Sonst erzählt er meistens die Sagen oder Legenden, die er von den wandernden Geschichtenerzählern gehört hat.

Die Ebene unter ihr liegt im Dunkeln. Selbst wenn sich dort etwas bewegen würde, könnte sie es nicht erkennen, aber sie weiß auch so, dass die Herden in diesem Jahr nicht mehr kommen werden, es ist viel zu spät dafür. Sie fröstelt und schlingt die Arme um ihren Körper, es wird sofort wieder kalt, wenn sie aufhört, sich zu bewegen. Vielleicht sollte ich es tun, denkt sie. Vielleicht sollte ich eine Strähne meiner borstigen Haare nehmen und damit in Tareks Zelt laufen. Egal was daraus wird, es ist immer noch besser als alles, was mich hier erwartet. Andererseits: Vielleicht gilt der Brauch nur für Kuchi-Mädchen, sie hat Tarek nicht danach gefragt. Und abgesehen davon gibt es ein viel größeres Problem: Wo soll sie ihn finden?

Sie schüttelt resigniert den Kopf. Wo in diesem riesigen Land soll sie ihn bloß finden?

Soraya beobachtet, wie ihre Mutter und Djamila und ihre Großmutter das Essen hereintragen. Sie ist verwirrt. Schon den ganzen Tag über hat sie gespürt, dass etwas anders ist als sonst, eine seltsame Stimmung liegt in der Luft, die sie sich nicht erklären kann. Alle benehmen sich merkwürdig, so als hätten sie ein Geheimnis, von dem sie als Einzige nichts erfahren darf. Schon am Vormittag hat Djamila auf ihren Unterricht verzichtet. Sie sagte, sie hätte Wichtigeres zu tun, doch auf die Frage, was so wichtig sei, wollte sie nicht antworten. Auch jetzt, bei der Vorbereitung des Abendessens, darf Soraya nicht helfen, und das, obwohl in den letzten Wochen noch alle so großen Wert darauf gelegt haben, dass sie das Kochen endlich lernt. Sie schnaubt unwillig: Was ist nur los?

Als sie ihren Vater und ihren Großvater anschaut, die mit ihr am Tisch sitzen, erwidern sie ihren Blick nicht, sondern hocken völlig regungslos da. Wie üblich ist ihnen nicht anzusehen, was in ihnen vorgeht. Im Lauf des Tages ist Soraya der Verdacht gekommen, die Merkwürdigkeiten könnten etwas mit ihrem verbotenen Ausflug von letzter Nacht zu tun haben, aber inzwischen hat sie den Gedanken verworfen. Das ist unmöglich, dabei kann sie niemand beobachtet haben.

Eine Schüssel nach der anderen kommt auf den Tisch, sie traut ihren Augen kaum. Das ist kein Abendessen, das ist ein Festmahl! Es gibt Kofta tschalau, gewürzten Reis mit Fleischklößchen, Kichererbsen und Pflaumen, Sorayas Leibspeise, dazu frische Joghurtsauce mit Knoblauch und Zitronensaft und als Beilagen Nüsse und leckeres Obst.

»Djamila?«, fragt sie verwundert, als ihre Schwester auch noch den süßen Pudding auf den Tisch stellt, den sie so gerne mag.

Djamila richtet sich auf und sieht sie an. Sie lächelt kurz, dann wendet sie sich ab und für einen Moment kommt es Soraya so vor, als hätte sie Tränen in ihren Augen gesehen.

Als alle um den Tisch Platz genommen haben, eröffnet Sorayas Vater die Mahlzeit. Sie essen schweigend, auch das ist ungewöhnlich, normalerweise wird immer alles besprochen, was am Tag passiert ist. Jetzt sagt niemand etwas, außer wenn sie sich über den Tisch hinweg eine der Schüsseln zureichen. Soraya fühlt sich unbehaglich, sie blickt von einem zum anderen, aber sie wagt nicht, die Stille zu durchbrechen.

Erst als alle Schüsseln geleert sind, etwa zu der Zeit, wenn normalerweise die Frauen aufstehen, um den Tisch abzuräumen, erhebt sich plötzlich Sorayas Großvater. Das geschieht selten, eigentlich nur zu besonderen Anlässen, etwa wenn es Dinge zu erklären gibt, die die Jüngeren seiner Ansicht nach nicht durchschauen können.

»Wie ihr wisst«, sagt er, nachdem er eine Zeit lang nur schweigend dagestanden hat, »lebe ich nun schon sehr lange in diesem Dorf. Alles, was hier geschehen ist, über viele Jahrzehnte, habe ich mit eigenen Augen gesehen. Es waren gute Dinge darunter und weniger gute. Aber eines habe ich in dieser Zeit gelernt: Alles, was von außen in unser Dorf kam, war schlecht. Immer waren es Fremde, die uns ein Leben aufzwingen wollten, das nicht das unsere ist. Das war bei den Sowjets so, die nur Tod und Vernichtung gebracht haben. Es war bei den Mudschaheddin so. Sie haben die Sowjets vertrieben, aber am Ende haben sie auch nur geraubt und geplündert. Es war bei den Taliban so. Ich habe sie mit großer Hoffnung begrüßt und musste mit ansehen, wie aus gläubigen Männern Tyrannen wurden. Und es war bei den Amerikanern so, die gekommen sind, um dieses Land zu bestrafen für etwas, das kein Paschtune getan hat.«

Soraya blinzelt zu ihm hinauf. Warum erzählt er das?, denkt sie. Er hat sie immer wieder angeschaut, während er sprach, öfter als alle anderen am Tisch. Was hat das zu bedeuten?

»Lange Zeit habe ich gehofft, irgendwann wird der Krieg vorbei sein«, fährt ihr Großvater fort. »Und es wird Frieden geben. Aber ich habe mich geirrt. Ich habe so alt werden müssen, wie ich jetzt bin, um endlich zu erkennen, dass es niemals Frieden gibt in unserem Land.«

Er dreht den Kopf und wendet sich nun direkt an Soraya. Sie zuckt zusammen. Das hat er noch nie getan, bei keiner seiner Ansprachen an diesem Tisch, so weit sie zurückdenken kann.

»In den letzten Wochen habe ich viel über dich nachgedacht, Enkeltochter«, sagt er. »Anscheinend ist dir ein Schicksal zugedacht, wie es normalerweise nicht vorgesehen ist. Das ist für uns alle schwer zu verstehen, aber wir müssen es akzeptieren. Ich habe mit deinem Vater darüber gesprochen.«

Soraya sieht ihren Vater an, dann wandert ihr Blick zu ihrer

Großmutter. Die lächelt. Wahrscheinlich hat er vor allem mit ihr gesprochen, denkt sie. Aber das darf er natürlich nicht zugeben.

»Wir haben uns gefragt, ob du einem Mann hier bei uns in den Bergen eine gute Frau sein kannst«, sagt ihr Großvater. »Und wir sind zu dem Schluss gekommen, dass dies nicht der Fall ist. Daraufhin bin ich zur Schule gegangen und habe mit deinem Lehrer gesprochen. Er hat mir gesagt, wie sehr er es bedauert, dich nicht mehr unterrichten zu dürfen. Du seist der Begabteste von all seinen Schülern, sehr wissbegierig, du könntest gut beobachten und in der Welt der Zahlen würdest du dich so gut auskennen, dass es eine Schande wäre, dieses Talent verkümmern zu lassen. Daraufhin bin ich zur Moschee gegangen und habe mit dem Mullah gesprochen. Wir kennen uns seit unserer Kindheit, wir reden offen miteinander. Er hat mich sehr deutlich darauf hingewiesen, welcher Platz einem Mädchen in dieser Welt zusteht, und er hat hinzugefügt, dass es andererseits durchaus als Sünde angesehen werden kann, ein großes Talent, das Gott einem Menschen verliehen hat, ungenutzt zu lassen.«

Er bricht ab, dann zeigt er auf das Regal, wo früher die Krüge gestanden haben, die der Talib zerstört hat. »Außerdem – wer weiß, was aus dir wird, wenn die Taliban hier wieder herrschen. Dein Vater und ich, wir haben deshalb beschlossen, dich an einen Ort gehen zu lassen, an dem du deine Talente entfalten kannst. Du wirst uns verlassen, Enkeltochter.«

Mit diesen Worten setzt er sich wieder. Soraya sieht ihn ungläubig an, sie weiß nicht, ob sie ihn richtig verstanden hat. Hilflos wendet sie sich von einem zum nächsten, alle senken die Augen. Nur Djamila nicht. Sie beugt sich vor und legt ihr die Hand auf den Arm, in ihrem Blick liegt eine seltsame Mischung aus Trauer und Stolz.

»Was soll das heißen?«, fragt Soraya schließlich und dreht sich zu ihrem Vater um. »Aba! Was soll das heißen?«

»Ach, Soraya!«, seufzt er. »Im Grunde haben wir es doch immer gewusst. Wir haben gewusst, dass wir dich nicht einsperren können. Dich an ein Haus zu fesseln kann nur zwei Dinge zur Folge haben: Entweder du stirbst oder du verlässt uns. Es ist einfach nicht deine Bestimmung, so zu leben. Du weißt, jeder Mensch hat eine Bestimmung, sie ist ihm von Gott gegeben, und dieser Bestimmung nicht zu folgen heißt, unglücklich zu werden oder sogar großes Leid über seine ganze Familie zu bringen. Hier in diesem Land gibt es keinen Platz für ein Mädchen wie dich, also musst du es verlassen.«

»Ich soll nicht nur aus unserem Dorf weggehen, sondern gleich aus dem Land?«

»Ja. Dein Großvater und ich, wir haben alles lange durchdacht und wir glauben, dass dies der beste Weg ist. Für dich und für uns alle.«

Soraya sitzt da, als hätte der Blitz sie getroffen. Jetzt wird es ihr klar: Dies ist weder ein Abendessen noch ein Festmahl, es ist ihre Abschiedsfeier.

»Aber – wo soll ich denn hin?«

»Auch darüber haben wir lange nachgedacht«, antwortet ihr Vater. »Wir denken, du solltest in die Türkei gehen.«

»In die Türkei?« Sie versucht sich in Erinnerung zu rufen, was sie in der Schule über das Land gelernt hat. Es ist groß, das weiß sie, und es leben viele Menschen dort, viel mehr als in Afghanistan. Es liegt weit im Westen, fast schon in Europa. »Wieso gerade dorthin?«

»Aus mehreren Gründen«, sagt ihr Vater. »Erstens lebt ein alter Freund von mir mit seiner Familie in Istanbul, der Hauptstadt. Er stammt aus unserem Dorf, ist aber seit vielen Jahren dort. Vor einigen Tagen, als ich auf dem Markt war, habe ich mit ihm gesprochen, man kann von dort in andere Länder telefonieren. Du kannst zu ihm gehen, er wird dir helfen. Und zweitens ist die Türkei zwar ein gläubiges Land – nicht wie Europa –, aber trotzdem ist dort vieles anders als bei uns. Jedes Mädchen geht zur Schule, genauso lange wie die Jungen, Frauen dürfen studieren, sie dürfen einen Beruf haben und eigenes Geld verdienen.« Er zuckt mit den Schultern. »Das ist zwar nicht das Leben, wie es für ein Mädchen vorgesehen ist, aber – du bist eben eine siebte Tochter, Soraya, und sogar der Mullah musste bei deiner Geburt zugeben, dass für dich besondere Regeln gelten. Du bist klug und in deiner Zeit als Junge hast du gelernt, auf der Straße zu überleben. Ich weiß, du wirst es schaffen. Auch für uns. Denn ...«

Er sieht Sorayas Mutter an, die ihm auf der anderen Seite des Tisches gegenübersitzt.

»Du weißt, da wir keinen Sohn haben, gibt es niemanden, der uns im Alter versorgen kann, deine Mutter und mich. Wenn du aber in der Türkei eine Arbeit findest und Geld verdienst, kannst du uns vielleicht später auch dorthin holen. Dann wärest du für uns in gewisser Weise doch noch das, was wir uns immer gewünscht haben: ein echter Sohn.«

Nachdem er das gesagt hat, ist es still, nur ein gelegentliches Husten und das Scharren der Füße unter dem Tisch ist zu hören. Soraya begreift noch immer nicht, was gerade mit ihr geschieht. Ihr ist schwindlig, beinahe hat sie das Gefühl, von dem Kissen zu rutschen, auf dem sie sitzt. Sie greift nach der Tischkante und hält sich daran fest.

»Ich war noch nie weiter weg als im nächsten Ort«, murmelt sie. »Wie soll ich in die Türkei kommen?«

»Als ich auf dem Markt war, habe ich mich erkundigt«, antwortet ihr Vater. »Wir müssen nach Herat. Du weißt, die Stadt ganz im Westen von Afghanistan. Dort gibt es Männer, die dich in die Türkei bringen können. Ich werde mir diese Männer sehr genau ansehen, wenn wir in Herat sind, dann werde ich einen von ihnen auswählen und dich ihm anvertrauen. Und wir müssen dir einen Brief mitgeben, einen gefälschten Brief, in dem die Taliban drohen, dich umzubringen.«

»Wofür brauche ich das?«

»Dieser Brief ist sehr wichtig. Als ich mit meinem alten Freund telefoniert habe, hat er mir erzählt, dass nicht jeder Fremde, der in die Türkei kommt, dort einfach bleiben darf. Man muss einen guten Grund vorweisen. Und ein solcher Brief wäre ein guter Grund.« Er stockt kurz und atmet tief durch. »Allerdings ist das auch sehr teuer. Der Mann, der dich in die Türkei bringt, wird viel Geld dafür verlangen. Und der Mann, der diesen Brief für uns schreibt, ebenfalls.«

»Aber wir haben doch überhaupt kein Geld. Wovon sollen wir das bezahlen?«

Ihr Vater sieht Djamila an. »Von dem Brautgeld für deine Schwester«, sagt er. »Du weißt, es hat nicht nur ein Mann um Djamila geworben. Die Familie ihres künftigen Ehemannes hat viel Geld für sie bezahlt.«

»Ja, aber von dem Geld wolltest du doch ein weiteres Feld mit Obstbäumen kaufen.«

»Das muss eben warten«, sagt ihr Vater. »Deine Reise ist jetzt wichtiger.«

Soraya blickt zu ihrer Mutter hinüber. Sie sitzt klein und gebeugt am Tisch, und als sie sie ansieht, zerreißt es ihr fast das Herz. In ihren Augen liegt eine stumme Verzweiflung, aber als sie Sorayas Blick bemerkt, lächelt sie und versucht es zu verbergen. So wie sie ihre Gefühle immer verbergen musste, denkt Soraya. Ihr ganzes Leben lang hat sie sich um sie und ihre Schwestern gekümmert, hat alles für sie getan. An jedem Tag war sie die Erste, die aufstand, und die Letzte, die schlafen ging. Eigentlich hat Soraya sie immer nur arbeitend erlebt, von früh bis spät, wie ein Schatten, immer da und gerade deshalb nahezu unsichtbar. Immer ist sie verspottet und gedemütigt worden, weil sie keinen

Sohn zur Welt gebracht hat, und jetzt wird sie ein weiteres Mal bestraft, denn sie muss mit ansehen, wie eine Tochter nach der anderen das Haus verlässt. Bestimmt hat sie sich oft selbst verflucht, nicht wenigstens einen einzigen Jungen geboren zu haben. Doch jetzt ist es zu spät, jetzt gehen Soraya und Djamila auch, dann ist sie endgültig allein in diesem Haus.

Soraya springt auf, läuft um den Tisch und quetscht sich zwischen ihre Mutter und ihre Großmutter. Das darf sie eigentlich nicht, aber an diesem Abend ist es egal. Sie umarmt ihre Mutter und drückt sich an sie.

»Youmi«, sagt sie leise.

So nennen nur die kleinen Kinder ihre Mütter, sie hat den Ausdruck seit Jahren nicht mehr benutzt, aber jetzt ist ihr wieder danach.

Ihre Mutter tätschelt ihr den Arm. »Ist schon gut, Soraya«, sagt sie. »Du bist stark. Und Gott wird mit dir sein.«

Erst in diesem Moment, als sie ihre Mutter das sagen hört, begreift Soraya, was dieser Abend wirklich für sie bedeutet. Sie wird ihre Familie verlassen, das Dorf, ihre Heimat, sie wird alles verlassen, was sie kennt und was ihr lieb und teuer ist. Und es ist seltsam: So sehr sie ihr Dasein in den letzten Wochen auch verflucht hat, so verzweifelt und verlassen sie sich gefühlt hat bis hin zu jener verrückten Tat in der vergangenen Nacht, als sie versucht hat, sich im Teich zu ertränken, so sehr hat sie jetzt plötzlich das Gefühl, ohne ihre Familie ein Nichts zu sein, ein Gespenst, etwas vollkommen Wertloses, wie ein vom Baum gefallenes Blatt, das vom Wind durch die Gegend getrieben wird, bis es irgendwo liegen bleibt und vermodert.

Sie lässt ihre Mutter los und setzt sich aufrecht hin. Der Gedanke an das einsame Blatt hat etwas unendlich Trauriges. Auf der anderen Seite: Irgendwann wird sie ihre Familie ja doch verlassen müssen, so wie ihre Schwestern, der Tag kommt nun einfach früher, als sie es vermutet hat. Sie denkt an die vergangene Nacht zurück, an das eiskalte Wasser, an ihre Sehnsucht, allem ein Ende zu setzen. Ist das, was hier geschieht, nicht fast wie eine Antwort darauf? Liegt sie nicht plötzlich und unerwartet vor ihr, die Chance, diesem trüben Dasein zu entkommen?

Die Vorstellung, so weit fortzugehen, erschreckt sie. Natürlich, es wird schmerzen, möglicherweise so, dass sie es kaum aushalten kann. Und es wird gefährlich sein, gefährlich und einsam und fremd. Aber vielleicht ist es das Beste, das ihr passieren kann. Es ist gut, dass ich nicht im Wasser geblieben bin, denkt sie. Nie, niemals, wird sie jemandem erzählen, was letzte Nacht geschehen ist.

Sie hebt langsam den Kopf, dann blickt sie von einem zum anderen.

»Ja«, sagt sie. »Ich werde gehen.«

Die Welt hinter dem Fenster ist Wüste und Dschungel zugleich. Eine unendliche Wüste aus grauen Häusern und staubigen Straßen, die sich in nichts voneinander unterscheiden. Und ein Dschungel aus hupenden Autos und knatternden Motorrädern, die sich, auf geheimnisvolle Weise und nach Regeln, die Tarek nicht versteht, in der Wüste voranbewegen.

Er lehnt seine Stirn gegen die Scheibe des Busses. Die Stadt dort draußen macht ihm Angst. Sie verwirrt ihn, denn es gibt keine Punkte, an denen er sich orientieren kann. Da sind keine Berggipfel, keine Täler, keine Schleifen eines Flusses, keine Spuren wandernder Tiere, keine kreisenden Geier. Da ist nichts, was seinem Auge Halt gibt. Und zugleich macht sie ihn nervös. Er kennt nur die Weite der Steppe und die Stille der Berge. Die größte Ansammlung von Menschen, die er jemals gesehen hat, waren die Besucher des Viehmarktes. Das hier ist, als würde man tausend Märkte nebeneinander abhalten.

Im Winter, denkt er, wenn ich die Schafe bewache, die sich vor Angst aneinanderdrängen, kann ich einem hungrigen Wolf entgegentreten. Ich kann es mit dem Gewehr tun oder auch nur mit einem brennenden Holzscheit in der Hand. Es kostet mich keine Überwindung. Ich weiß dann, was ich tue, ich kenne meinen Gegner. Mein Puls geht ein wenig schneller, das ist alles. Aber hier bin ich hilflos, obwohl mich nicht einmal jemand bedroht. Hier schlägt mir das Herz bis zum Hals.

Er wendet sich vom Fenster ab und sieht seinen Vater an, der neben ihm sitzt. Der war schon einige Male in einer Stadt. Einmal sogar in Kabul, der Hauptstadt. Das war vor vielen Jahren, er hat ihm und Ashkan davon erzählt. Sein Vater weiß also, wie es an einem Ort wie diesem zugeht. Trotzdem scheint auch er sich nicht besonders wohlzufühlen.

»Wie schaffen die Leute es hier, ihren Weg zu finden?«, fragt Tarek.

Sein Vater blickt ihn an. »Wie meinst du das?«

»Na, da sind Hunderte von Straßen. Und Tausende von Häusern. Aber sie sind alle gleich. Es gibt keinen Unterschied zwischen ihnen.«

»Ah, jetzt verstehe ich dich«, sagt sein Vater. »Die Häuser haben Nummern. Und die Straßen tragen Namen. Es steht auf diesen Schildern dort.«

Er deutet auf ein Haus, an dem sie gerade vorbeifahren. Tatsächlich ist dort ein Schild, auf dem etwas geschrieben steht. Tarek hat schon mehrere davon gesehen, während sie die Straßen durchquerten. Aber die Schilder sagen ihm nichts. Er kann sie nicht lesen.

»Außerdem sind die Häuser nie völlig gleich«, fährt sein Vater fort. »Es kommt dir so vor, weil du zum ersten Mal in einer Stadt bist. Aber wenn du dich daran gewöhnt hast und dir alles genauer ansiehst, kannst du die Unterschiede erkennen.«

Tarek betrachtet die Häuser, an denen der Bus, immer wieder bremsend und von Neuem beschleunigend, entlangfährt. Einige Unterschiede gibt es tatsächlich, aber sie erscheinen ihm unbedeutend. Etwa so, wie sich ein Grashalm von jedem anderen Grashalm unterscheidet.

»Für die Menschen, die hier leben, ist jedes Haus unverwechselbar«, sagt sein Vater. »Umgekehrt wären sie verloren, wenn man sie ins Gebirge schickt.«

»Wieso? Was würde passieren?«

»Sie würden sich verlaufen und manche von ihnen würden

nie wieder herausfinden. Sie könnten die Berge nicht voneinander unterscheiden. Und die Flüsse. Und die Sträucher.«

»Wie kann man zwei Berge verwechseln?«

»Siehst du? Genauso fragen sich die Leute hier, wie man zwei Häuser verwechseln kann. Es hat nichts damit zu tun, wie klug oder wie dumm jemand ist. Es kommt nur darauf an, wo man aufwächst und was einem vertraut ist.«

Tarek blickt weiter nach draußen. Sie sind in Herat angekommen, der Stadt im Westen Afghanistans, wo, wie sein Vater ihm erzählt hat, die Schleuser zu finden sind, die Menschenschmuggler, die die Leute in andere Länder bringen. Es ist noch gar nicht lange her, dass sie ihr Lager verlassen haben. Gestern war es, drei Tage nach ihrer Begegnung mit den Taliban. Und doch sehnt Tarek sich jetzt schon zurück nach der Steppe und dem kalten Wind in den Bergen.

»Vielleicht wirst du in Deutschland in einer Stadt leben, die noch größer ist als diese«, sagt sein Vater. »Dort wirst du lernen, die Häuser zu unterscheiden. Du wirst überhaupt viel Neues lernen. Während du das tust, wirst du aber auch vieles aus deinem alten Leben vergessen. Und wenn du dann, irgendwann, nach vielen Jahren, einmal zurückkehrst – wer weiß? Vielleicht stellst du dann fest, dass für dich plötzlich auch alle Berge und alle Täler und alle Flüsse gleich aussehen.«

»Niemals!«, fährt Tarek auf.

Sein Vater lächelt. »Du weißt noch nicht, wie das Leben einen verändern kann«, sagt er. »Aber du wirst es herausfinden. Du wirst es schon bald herausfinden. Und glaub mir: Du wirst dich darüber wundern.«

Tarek runzelt verärgert die Stirn. Wie kann sein Vater ihm nur so etwas zutrauen! Das ist ausgeschlossen. Aber gut, denkt er, ich werde es ihm beweisen. Egal, was passiert oder wie lange es dauert: Ich werde zurückkommen. Und dann werde ich ihm beweisen, dass ich noch jeden Berg und jeden Stein und jeden Strauch kenne. Dann wird er sehen, dass er unrecht hatte. So etwas vergisst man nicht. In seinem ganzen Leben kann man so etwas nicht vergessen.

Er schaut seinen Vater an, und als er ihn betrachtet und daran denkt, dass sie sich heute wohl zum letzten Mal für viele Jahre sehen, ist seine Entrüstung im nächsten Moment schon wieder verflogen. Fünf Schafe und ein Kamel haben sie auf dem Markt verkauft, um das Geld für seine Reise zusammenzubringen, und jetzt wissen sie nicht einmal, ob es reicht. Sein Vater hat versucht, sich nicht anmerken zu lassen, wie tief ihn der Verkauf jedes einzelnen Tieres schmerzte. Aber Tarek hat es trotzdem gespürt.

Der Abschied gestern war schwer. Von Ashkan, natürlich. Sie haben versucht, es mit einigen lockeren Sprüchen zu überspielen, wie man es unter Brüdern eben tut. Doch irgendwann blieben ihnen die Sprüche im Hals stecken. Ashkan versetzte ihm nur noch einen Abschiedsstoß in die Rippen und verschwand. Anscheinend konnte er es nicht mehr ertragen. Aber Schwäche wollte er natürlich auch keine zeigen.

Von den Kleinen, Mirza und Nesrin. Tarek wollte ihnen erklären, warum er gehen muss, aber sie haben es nicht verstanden. Wie sollten sie auch? Sie versuchten ihn zurückzuhalten, indem sie sich an ihn klammerten. Am Ende mussten Setareh und Sharifa sie von ihm wegziehen und festhalten, damit sie nicht wieder zu ihm hinsprangen. Ihre traurigen Gesichter zu sehen war schwer auszuhalten.

Von seiner Mutter. Das war am härtesten. Immer wenn er in den letzten Jahren aufgebrochen ist, um ein verirrtes Tier zu suchen, ist er vorher zu ihr ins Zelt gegangen, um sich von ihr zu verabschieden. Das hat er ihr versprechen müssen, nachdem er sich damals im Gebirge verirrt hatte. Aber dieser Abschied war etwas anderes. Ihren letzten Blick wird er nie vergessen.

Und von Dschamal. Er hat seinen Vater gefragt, ob der Hund ihn auf seiner Reise begleiten darf. Aber sein Vater meinte, das ginge nicht. Erstens würden die Schleuser es nicht mitmachen, spätestens in Herat müsste er ihn also ohnehin zurücklassen. Zweitens kämen sie durch Länder, in denen Hunde nicht sehr beliebt seien, auch deshalb würde er die Reise wahrscheinlich nicht überleben. Und drittens wäre Dschamal als Hütehund viel zu wertvoll, sie könnten gar nicht auf ihn verzichten. Also musste er sich von Dschamal ebenfalls verabschieden. All das liegt ihm jetzt, während sie durch Herat fahren, noch immer schwer auf dem Herzen, auch wenn er versucht, es nicht zu zeigen.

Draußen auf der Straße hat der Verkehr noch einmal zugenommen, eine ganze Weile bewegen sie sich nur im Schritttempo voran. Dann biegen sie auf einen Platz ein, auf dem Dutzende von Bussen stehen. Mit einem lauten Zischen öffnen sich die Türen, alle, die im Bus sitzen, müssen aussteigen.

Eine Zeit lang stehen sie unentschlossen da, zwischen Hunderten von Reisenden. Seltsamerweise scheinen alle anderen um sie herum ein klares Ziel zu haben und auch den Weg dorthin zu kennen, nur sie nicht. Tarek kommt sich verloren und hilflos vor und das ist ein Gefühl, das er bisher noch nicht kannte. Zu Hause in den Bergen wusste er immer, was zu tun ist. Selbst in der tiefsten Wildnis hat er sich nie verloren gefühlt. Zumindest nicht so wie hier.

Irgendwann fragt sein Vater einen Mann, der alt und verwildert genug aussieht, um sich auszukennen, wo in dieser Stadt die Menschenschmuggler zu finden seien. Die Frage scheint den Mann zu irritieren, er sieht sie erstaunt an. Dann zeigt er in eine Richtung.

»Geht dorthin«, sagt er. »Zum Basar Chahar Su. Da findet ihr alles, was ihr sucht. Auch die Männer, nach denen ihr fragt. Aber wenn ihr sie gefunden habt, solltet ihr darauf achten, sie nicht Schmuggler zu nennen. Das schätzen sie nicht besonders.«

»Wie sollen wir sie dann nennen?«, fragt Tareks Vater.

»Nennt sie Reiseveranstalter«, antwortet der Mann, betrachtet sie noch einmal mit einem spöttischen Lächeln in den Mundwinkeln und verschwindet.

Sie gehen in die Richtung, die er angedeutet hat, und erreichen nach einer Weile den Basar. Als sie in das Gedränge des Marktes eintauchen, raubt es Tarek beinahe den Atem. Nie zuvor ist in so kurzer Zeit so viel Neues auf ihn eingestürmt. An vielen Ständen werden Dinge angeboten, die er nicht kennt und von denen er nicht einmal sagen könnte, wozu sie dienen. Die Verkäufer brüllen in einer Lautstärke, als müssten sie einen Sandsturm übertönen. Überall dampfen Rauchschwaden aus offenen Küchen, in denen Männer stehen, deren Gesichter schwarz sind vom Fett und Ruß.

Sein Vater fragt mehrmals, wo sie die Reiseveranstalter finden können, und schließlich erreichen sie einen ruhigeren, dafür aber auch dunkleren Teil des Basars. Hier begegnen ihnen Männer, die Waffen im Gürtel tragen, und in düsteren Ecken liegen Gestalten, deren Augen zwar geöffnet sind, die aber dennoch wie tot wirken. Tarek fragt seinen Vater nach ihnen. Der sagt, es seien Drogenabhängige, die wahrscheinlich nicht mehr lange zu leben hätten. Ihre Glieder sind seltsam verrenkt, einige haben Schaum vor dem Mund. Tarek schaudert, während er sie betrachtet.

Als sie weitergehen, erreichen sie eine schmale, schmutzige Gasse, in der ihnen Stimmen aus den Fenstern auf beiden Seiten zuflüstern, ob sie über die Grenze wollen. Aus den Eingängen greifen Hände nach ihnen und zupfen sie am Ärmel. Tarek drängt sich enger an seinen Vater. Das müssen sie sein, die Reiseveranstalter. Aber welchem der Angebote sollen sie folgen? Auch sein Vater scheint ratlos.

Da springt vor ihnen ein kleiner Mann in die Gasse und versperrt ihnen den Weg. Er hat ein schiefes Gesicht und ein lahmes Bein, das er mühsam hinter sich herzieht. Als er sie betrachtet, erscheint plötzlich ein freudiger Ausdruck auf seinem Gesicht, so als würde er alte Bekannte treffen.

»Ihr seid Kuchi!«, sagt er, hinkt auf sie zu und streckt ihnen zur Begrüßung die Hand entgegen.

Tarek sieht ihn verwundert an. Auch sein Vater wirkt überrumpelt, denn er lässt es wehrlos geschehen, dass der Kleine seine Hand packt und sie schüttelt.

»Ihr müsst wissen, ich mache besonders gerne Geschäfte mit Kuchi«, sagt der Mann. »Es sind ehrliche Leute, auf deren Wort man sich verlassen kann. Das schätze ich. Ich habe schon viele von ihnen über die Grenze gebracht.«

Tareks Vater zieht seine Hand zurück. »Das heißt, du bist – ein Reiseveranstalter?«, fragt er vorsichtig.

Der Kleine zögert, dann kichert er. »Ein Reiseveranstalter?«, wiederholt er, der Ausdruck scheint ihm zu gefallen. »Ja, das bin ich. Das kann man wohl sagen!«

»Und – du hast schon öfter einem Kuchi geholfen?«

»Oh, sehr oft«, sagt der Kleine mit einer großspurigen Handbewegung. »Die Kuchi sind meine liebsten Kunden. Letzte Woche zum Beispiel ...«

Er kommt nicht dazu, den Satz zu Ende zu bringen, denn eine tiefe Stimme unterbricht ihn. »Glaubt diesem Lügner kein Wort. Er hat nie einen einzigen Kuchi irgendwohin gebracht.«

Tarek dreht sich um. Hinter ihm und seinem Vater ist ein weiterer Mann aufgetaucht. Er ist groß und kräftig und hat einen vollkommen kahlen Schädel. Eines seiner Augen wirkt seltsam starr. Es scheint aus Glas zu sein und sieht unheimlich aus.

»Ihr solltet nicht auf diesen Betrüger hereinfallen«, fährt er fort. »Er wird euch ein unschlagbar günstiges Angebot machen, aber ihr werdet nie euer Ziel erreichen. Das ist schon vielen seiner Kunden passiert. Erst wird er euer Geld einstecken, dann steigt ihr nachts in einen düsteren Wagen und danach wird man nie wieder etwas von euch hören.«

Er schiebt Tarek zur Seite und geht zu dem Kleinen, packt ihn und hebt ihn hoch. Der andere protestiert und trommelt ihm mit den Fäusten auf die Schultern. Ohne darauf zu achten, trägt der Glatzköpfige ihn zu dem Eingang, aus dem er hervorgesprungen ist, und schleudert ihn nach drinnen. Dann dreht er sich um.

»Nun denn, meine Freunde«, sagt er und breitet die Arme aus. »Kommt in mein Büro!«

Er führt sie zu einer Tür, die dem Eingang des Kleinen direkt gegenüberliegt. Eilig schiebt er sie hindurch und schließt die Tür wieder, nachdem er, anscheinend aus alter Gewohnheit, noch zwei rasche Blicke in beide Richtungen der Gasse geworfen hat.

»Ihr könnt froh sein, dass ich gekommen bin«, sagt er. »Hier seid ihr sicher. Aber bitte, setzt euch doch!«

Tarek blickt sich um. Der Raum, in dem sie gelandet sind, ist düster, nur zwei kleine Petroleumlampen geben etwas Licht. Ein merkwürdiger Geruch liegt in der Luft, ähnlich dem, den sie in den Gassen gerochen haben, wo die Drogenabhängigen mit ihren verrenkten Gliedern auf dem Boden lagen. Beherrscht wird der Raum von einem breiten, klobigen Tisch, auf dem mehrere Telefone liegen. Davor steht ein altes Sofa.

Sie zögern. Das plötzliche Erscheinen und das überfallartige Auftreten des Mannes haben sie derart überrascht, dass sie ihm gefolgt sind, ohne darüber nachzudenken, ob sie das überhaupt wollen. Tarek sieht seinen Vater an. Der nickt ihm kaum merklich zu. Sie gehen zu dem Sofa und setzen sich.

Der Glatzköpfige stellt zwei Tassen Tee vor ihnen ab, die er unterdessen aus einer Kanne gefüllt hat, geht um den Tisch und lässt sich auf einem Stuhl ihnen gegenüber nieder.

»Also, meine Freunde«, sagt er. »Was kann ich für euch tun?«

»Es geht um meinen Sohn«, sagt Tareks Vater, seine Stimme klingt unsicher. »Ich will ihn …« Er bricht kurz ab. »Nein, ich muss ihn in ein fremdes Land schicken. Und ich suche jemanden, der ihn sicher dorthin bringt.«

»Ich verstehe.« Der Glatzköpfige wirft Tarek aus dem Winkel seines gesunden Auges einen forschenden Blick zu, während das Glasauge nach wie vor auf seinen Vater gerichtet ist. »Die Zeiten sind hart. Ist es nicht so?«

»Ja«, sagt Tareks Vater. »Das sind sie allerdings.«

»An welches Land hast du gedacht?«

»Deutschland.«

»Deutschland!« Das Gesicht des Mannes hellt sich auf. »Ein schönes Land. Nette Menschen. Gute Arbeit. Genau das Richtige für deinen Sohn. Wie viel gedachtest du auszugeben?«

Tarek blickt zu seinem Vater hinüber. Er lässt sich viel Zeit mit der Antwort. Verhandlungen um Geld sind nichts Neues für ihn. Wenn sie auf den Märkten ihre Wolle an die Händler verkaufen oder Käse und Butter an die Bauern, muss er oft lange über den Preis verhandeln. Daher weiß er, dass man nie verraten sollte, wie viel Geld man bei sich trägt.

»Welches Angebot kannst du mir machen?«, fragt er im Gegenzug.

Der Glatzköpfige beugt sich vor und stützt sich auf den Tisch, der unter seinem Gewicht knarrt. »Wie ich sehe, bist du ein vorsichtiger Mann«, sagt er. »Der hinkende Halunke dort draußen hätte sich an dir womöglich seine schiefen Zähne ausgebissen. Aber ich kann dir versichern, dass deine Vorsicht bei mir unnötig ist. Ich habe noch nie jemanden betrogen. Deshalb antworte ich dir offen und ehrlich auf deine Frage.«

Mit einem raschen Blick prüft er die Telefone, die vor ihm auf dem Tisch liegen. »Ich kann dir drei verschiedene Angebote machen«, fährt er dann fort. »Das erste ist das Basis-Angebot. Das bedeutet, dass meine Leute – und ich beschäftige nur die Besten und Zuverlässigsten – deinen Sohn an allen riskanten Abschnitten der Strecke persönlich begleiten. Vor allem natürlich an den Grenzen. Dazwischen setzen sie ihn auch schon einmal in einen Bus oder einen Zug, aber das ist kein Problem, die Tickets sind im Preis inbegriffen. Das Preis-Leistungs-Verhältnis dieses Angebotes ist unschlagbar. Viele einfache Leute vom Land wählen es und sind immer hochzufrieden. Zugegeben, die Transportmittel sind nicht die bequemsten und die Wege manchmal beschwerlich, aber jemanden wie deinen Sohn dürfte das nicht schrecken. Wie ich ihn einschätze, ist er ein zäher Bursche.«

Er lehnt sich auf seinem Stuhl zurück und verschränkt die Arme. Dann betrachtet er sie auffordernd, anscheinend wartet er auf eine Reaktion.

»Wir werden sehen«, sagt Tareks Vater. »Was sind die anderen Angebote?«

»Da wäre zunächst einmal das Komfort-Angebot«, erwidert der Glatzköpfige. »In diesem Fall kümmert sich einer meiner Mitarbeiter vom Anfang bis zum Ende der Reise um deinen Sohn, während er beim Basis-Angebot wechselnde Begleiter hat. Die Reise geht schneller und ist bequemer, aber – das muss ich nicht extra erwähnen – sie kostet natürlich auch mehr. Viele Leute aus der Stadt entscheiden sich dafür, weil sie den damit verbundenen Komfort schätzen, wie es der Name des Angebotes ja bereits ausdrückt. Schließlich gibt es noch das Luxus-Angebot, das für euch aber, ohne euch zu nahe treten zu wollen, voraussichtlich nicht in Frage kommt. In diesem Fall würde ich deinem Sohn eine falsche Identität und einen falschen Pass besorgen, außerdem eine Ausreisegenehmigung und ein Flugticket zum Ort deiner Wahl. Auf Wunsch selbstverständlich auch Erster Klasse. Je nach Geldbeutel können noch Extras hinzugebucht werden, zum

Beispiel ein Zwischenstopp in Dubai und andere Dinge. Allerdings kommt dieses Angebot, wie ihr euch denken könnt, nur für die wirklich Reichen in Frage und von denen gibt es leider nicht mehr allzu viele in diesem Land.« Er seufzt und schickt einen bedauernden Blick zur Decke. »Wie wir ja bereits übereinstimmend festgestellt haben: Die Zeiten sind hart.«

»Ja, das sind sie«, sagt Tareks Vater und nickt langsam. Dann macht er eine Pause. Anscheinend muss er die vielen Informationen erst einmal überdenken. »Ich glaube, du hast vergessen zu erwähnen, wie viel die einzelnen Angebote kosten sollen«, fügt er schließlich hinzu.

»Oh, habe ich das?«, sagt der Glatzköpfige und schlägt sich gegen die Stirn. »Wie nachlässig von mir!«

Er überlegt kurz, dann nennt er drei Summen. Tarek hält den Atem an, als er sie hört. Alle drei liegen deutlich über dem, was sie für die Schafe und das Kamel bekommen haben, vor allem die beiden letzten. Er blickt verstohlen zu seinem Vater hinüber. Der zeigt zwar keine Reaktion, ist aber sicher genauso böse überrascht.

»Ich denke, darüber müssen wir noch reden«, sagt er zögernd. »Zuerst: Wie steht es mit der Sicherheit?«

»Deswegen musst du dir keine Sorgen machen«, beruhigt ihn der Glatzköpfige. »Sicherheit ist mein oberster Grundsatz. Wer bei mir eine Reise bucht, ist so gut wie am Ziel. Und das gilt für alle Angebote. Der Unterschied liegt nur in der Dauer der Reise und im Grad der Bequemlichkeit.«

»Gut, dann«, Tareks Vater atmet tief durch, »werden wir uns wohl für die einfachste der drei Möglichkeiten entscheiden.«

»Eine ausgezeichnete Wahl!« Der Mann klopft zustimmend auf den Tisch. »Dein Sohn sieht aus, als wäre er an einfache Verhältnisse gewöhnt, also wird ihm die Reise keine Schwierigkeiten bereiten. Und – sprechen wir die Dinge aus, wie sie sind – das

Geld, das du durch die Wahl dieses Angebotes sparst, wird er in seiner neuen Heimat dringend brauchen.«

»Gut, dass du es erwähnst«, sagt Tareks Vater. »Der Preis erscheint mir reichlich hoch. Ich denke, wir sollten uns – noch ein wenig aufeinander zubewegen.«

»So, denkst du das? Nun, ich will mich deinem Wunsch nicht verschließen. An welche Summe hast du gedacht?«

Tarek sieht, wie die Hände seines Vaters zucken. Er nennt eine Summe, die etwas unter der liegt, die er bei sich trägt. Anscheinend will er sich einen Verhandlungsspielraum bewahren.

Der Glatzköpfige kneift für einen Moment die Augen zusammen. Dann öffnet er eine Schublade des Tisches und zieht einen Apfel sowie ein langes Messer hervor. Während er Tareks Vater anstarrt, beginnt er den Apfel zu schälen. Das Messer ist anscheinend sehr scharf. Die Geräusche klingen, als würde er ein Tier häuten.

»Ich glaube, ich erwähnte bereits, dass ich ein großes Herz für meine Kunden habe«, sagt er, während er mit dem Messer hantiert. »Deshalb nenne ich zwei Möglichkeiten, wie ich dir entgegenkommen kann. Erstens verstehen sich die Preise, die ich genannt habe, so, dass man die Hälfte hier und die Hälfte am Zielort zahlt. Solltest du die gesamte Summe sofort zahlen, wäre es günstiger. Und zweitens könnte ich dir eine Reise verkaufen, die deinen Sohn nicht direkt nach Deutschland führt, sondern nur, sagen wir, bis zum Mittelmeer. Von dort ist die Weiterreise für einen klugen Burschen wie ihn ein Kinderspiel. Auch damit würdest du eine große Summe sparen. Was sagst du?«

Er ist mit dem Schälen des Apfels fertig und rammt die Spitze des Messers in den Tisch, dessen Platte schon mit Löchern übersät ist. Dann schlägt er seine Zähne in den Apfel und lehnt sich zufrieden zurück.

Tareks Vater betrachtet ihn düster, unterbreitet einen Gegenvorschlag und schließlich beginnen sie zu verhandeln. Tarek beobachtet sie dabei, verfolgt, wie es zwischen ihnen hin und her geht, und dann wird ihm eines klar. Nämlich dass sein Vater, der in der Weite der Steppe und in der Welt der Berge so erfahren wirkt, so überlegen ist und auf alles eine Antwort weiß, der für ihn immer der Inbegriff von Stärke und Selbstsicherheit war, hier an diesem Ort, obwohl er es verzweifelt zu überspielen versucht, unsicher und schwach ist. In dieser fremden Welt kennt er sich nicht aus, hier wirkt er fast wie ein Kind. Und wenn ihm das schon so geht, denkt Tarek, was soll dann erst aus mir werden? Der Gedanke macht ihm Angst.

Er sieht, wie der Glatzköpfige mit seinem Vater spielt. Immer wenn dieser gerade dabei ist, ein Argument vorzubringen, unterbricht er ihn, greift nach einem der Telefone und brüllt in befehlendem Ton etwas hinein. Oder er zieht das Messer aus dem Tisch und rammt es gleich darauf an einer anderen Stelle wieder hinein, um sein Gegenüber aus dem Konzept zu bringen. Seiner Redegewandtheit und Verschlagenheit hat Tareks Vater nichts entgegenzusetzen. Am Ende muss er fast das gesamte Geld bieten, das er hat, und auch noch hinnehmen, dass Tarek für diese Summe nicht einmal nach Deutschland, sondern nur bis zum Mittelmeer gebracht wird.

»Wenn du darauf eingehst«, sagt der Glatzköpfige, »ist dein Sohn schon so gut wie dort. Ein günstigeres Angebot wirst du nicht bekommen. Denk an die Begleiter, die bezahlt werden müssen, die Bestechungsgelder für die Grenzpolizisten, die Fahrkarten, die Lebensmittel. Das Geld, das du mir gibst, deckt gerade die Kosten. Ich verdiene daran praktisch nichts.«

Mit einem leidenden Blick streckt er Tareks Vater seine Hand entgegen. Dieser zögert. Müde streicht er sich über das Gesicht, dann schlägt er ein. Mit zitternden Fingern greift er in seine Tasche und schiebt das Geld über den Tisch.

»Glaub mir, du hast die beste Wahl getroffen«, sagt der Glatzköpfige, während er die Scheine zählt. »Du wirst es nicht bereuen. Dein Sohn wird seinen Weg machen. Das sehe ich ihm an.«

Tareks Vater nickt, er sieht erschöpft aus. »Wie geht es jetzt weiter?«, fragt er.

»Sicher wollt ihr euch verabschieden. Ich weiß, das ist schwer. Ihr habt jetzt die Zeit dafür. Aber nicht allzu viel. Heute Abend, bei Einbruch der Dunkelheit, muss dein Sohn wieder hier sein. Dann beginnt seine Reise.«

Sie stehen auf und gehen zur Tür. Dort bleibt Tareks Vater noch einmal stehen und dreht sich um.

»Wenn meinem Sohn auf dieser Reise etwas zustößt«, sagt er, und seine Stimme ist plötzlich wieder so fest wie in den Bergen, »dann werde ich wiederkommen. Und ich werde bewaffnet sein.«

»Oh, daran habe ich keinen Zweifel«, sagt der Glatzköpfige, öffnet die Schublade und lässt das Geld darin verschwinden. »Aber es wird nicht nötig sein. Deinem Sohn wird nichts zustoßen.«

Er winkt ihnen noch einmal zu. Sie treten auf die Gasse hinaus, dann gehen sie den gleichen Weg zurück, den sie gekommen sind. Tarek atmet tief durch. Er ist froh, dass sie die düstere, rauchige Bude verlassen haben. Er fühlt sich nicht wohl in geschlossenen Räumen. Und jetzt gerade hat er es länger in einem geschlossenen Raum aushalten müssen als jemals zuvor. Er ist nass geschwitzt.

Sein Vater schweigt lange. Erst nach einigen Minuten bleibt er plötzlich stehen und fasst Tarek am Arm. »Ich bin mir nicht sicher, ob ich das Richtige getan habe«, sagt er. »Ich habe versucht, es so gut zu tun, wie ich konnte.«

»Das weiß ich doch, Vater«, sagt Tarek. »Ich weiß das.«

Sie gehen weiter und kämpfen sich erneut durch das Gewühl des Basars. Nach einer Weile lassen sie es hinter sich und erreichen den Platz, von dem die Busse fahren. Am Rand finden sie eine ruhige Stelle mit einer steinernen Bank, auf der sie sitzen können. Es ist später Nachmittag. Sie haben vielleicht noch zwei Stunden Zeit, bis die Dunkelheit hereinbricht. Irgendwann wird Tareks Vater in einen der Busse steigen und wieder in jenen Ort zurückfahren, von wo er zum Lager findet.

»Was wirst du tun, wenn die Taliban kommen?«, fragt Tarek. »Wenn sie sehen, dass ich nicht mehr da bin?«

»Mach dir darüber keine Gedanken«, sagt sein Vater. »Mir fällt schon etwas ein. Du musst dich ganz auf dich konzentrieren.«

»Ja, aber – wer soll jetzt die verirrten Schafe zur Herde bringen? Hast du dir das schon überlegt?«

»Mirza wird es tun. Er ist alt genug. Ich werde ihn anlernen, zusammen mit Dschamal. Er schafft das bestimmt, Tarek. Ich glaube, er hat mehr von dir gelernt, als du ahnst.«

»Kannst du ...«, Tarek zögert. »Kannst du mich noch ein Stück begleiten?« Im nächsten Augenblick wünscht er sich bereits, er hätte es nicht gesagt.

»Nein, Tarek.« Sein Vater schüttelt den Kopf. »Hier ist der Ort, an dem wir uns trennen müssen. Von hier an geht jeder von uns seinen eigenen Weg. Das weißt du doch?«

»Ja«, sagt Tarek.

»Ich gehe den Weg, den ich immer gegangen bin. Du musst einen ganz neuen finden. Ich musste das in deinem Alter nicht, weil ich den Weg meines eigenen Vaters fortgesetzt habe. Deshalb wäre es vermessen, dir Ratschläge zu geben. Ich hoffe, du hast in den letzten Jahren genug von mir gelernt, um dich durchzusetzen.«

Tarek lässt seinen Blick über den Platz wandern. Ja, natürlich ist es so. Fast alles, was er weiß und kann, hat er von seinem

Vater gelernt. Und von Ashkan natürlich, aber der hat es auch wieder von ihm. Er überlegt, ob er seinem Vater das sagen soll. Ob er sich bei ihm bedanken soll für alles, was er für ihn getan hat. Aber schließlich lässt er es und sie sitzen nur schweigend nebeneinander. Das sind Dinge, die sie wissen, ohne sie aussprechen zu müssen. Warum sollen sie hier damit anfangen?

Wir verstehen uns auch ohne Worte, denkt er. Das war schon immer so. Und: Ist das nicht vielleicht das Beste, was man über einen Vater und einen Sohn sagen kann?

»Sie haben nicht gerufen, als sie vom Wagen rutschten«, sagt der Dicke und lacht spöttisch. »Der Schleuser hatte ihnen eingeschärft, keinen Lärm zu machen, also haben sie nicht gerufen. Gott, was für Idioten! Ihre Gehirne müssen die von Spatzen gewesen sein. Sie sind einfach runtergefallen, ohne einen Ton von sich zu geben. Keiner hat es gemerkt, erst als es hell wurde, ist den anderen aufgefallen, dass sie fehlten. Da war es natürlich zu spät, sie konnten nicht mehr zurück, um sie zu suchen.«

»Was ist aus ihnen geworden?«, fragt einer der anderen.

»Was ist aus ihnen geworden!«, wiederholt der Dicke. »Was soll schon aus ihnen geworden sein? Verdurstet sind sie natürlich, es war ja mitten in der Wüste. Sie sind tagelang in der Gegend herumgeirrt, aber da gibt es nichts, keinen Bach, keine Oase, nicht mal einen verkrüppelten Strauch, aus dessen Blättern man etwas Wasser pressen könnte. Am Ende hat man nicht mehr von ihnen gefunden als ihre bleichen Ge...rippe!«

Bei dem Wort »Gerippe« rumpelt der Wagen in eines der tiefen Schlaglöcher, mit denen die Piste, auf der sie fahren, übersät ist. Alle, die auf der Ladefläche sitzen, werden nach oben geschleudert und knallen dann mit voller Wucht wieder herunter. Soraya stöhnt auf. Sie versucht die Stöße so gut wie möglich abzufedern, aber sie sind jetzt seit über einer Stunde auf dieser Piste unterwegs, mitten in der Nacht, und längst spürt sie jeden Knochen in ihrem Körper.

Sie blinzelt über die Abdeckung der Ladefläche hinweg, doch da draußen ist nichts zu erkennen, anscheinend wohnt niemand in der Gegend, die sie durchqueren. Die beiden Schleuser, die in der Fahrerkabine sitzen, haben die Scheinwerfer des Geländewagens ausgeschaltet, um die Grenzpolizisten nicht zu alarmieren. Aus dem gleichen Grund sind sie auch nicht auf einer richtigen Straße unterwegs, sondern auf dieser abgelegenen Schotterstrecke. Soraya blickt nach vorn, in der Fahrerkabine brennt ein schwaches Licht, durch die hinteren Fenster kann sie die Schleuser sehen. Sie fragt sich, wie sie es schaffen, in dieser Finsternis den Weg zu finden. Einer von ihnen schaut ab und zu auf ein kleines Gerät, vielleicht hilft ihnen das ja dabei.

Sie müssen jetzt etwa an der Grenze sein, vielleicht noch in Afghanistan, vielleicht aber auch schon auf der iranischen Seite. Bevor sie in Herat aufgebrochen sind, gestern Abend, etwa bei Einbruch der Dunkelheit, haben die Schleuser ihnen erzählt, die Kontrollen an der Grenze seien scharf, vor allem wegen der Schmuggler, aber auch wegen Leuten wie ihnen. Es gebe Dutzende von Beobachtungstürmen, auf denen die Grenzer säßen, mit Ferngläsern und Nachtsichtgeräten, überall dazwischen wären Gräben und Stacheldrähte, die sich über Hunderte von Kilometern hinzögen. All diese Hindernisse müssten sie auf kleinen, geheimen Nebenstrecken umfahren und genau das tun sie jetzt anscheinend.

Soraya reibt über ihre Knie, sie schmerzen. Zu gerne würde sie ihre Beine von sich strecken, wenigstens für einen Moment, aber es geht nicht. Die Schleuser haben so viele Leute auf die Ladefläche gepackt, dass kaum Platz für alle ist. Sie hocken dicht nebeneinander wie Obstbäume, die als Schößlinge zu eng gepflanzt wurden und irgendwann kaum noch Luft bekommen. Seit Stunden schon presst Soraya die Knie an den Körper und zieht die Schultern ein, inzwischen kann sie kaum noch atmen.

Die meisten anderen, die neben und vor und hinter ihr sitzen, sind Männer, nur wenige Frauen, sie selbst ist die Jüngste. Fast alle scheinen allein unterwegs zu sein, sie sprechen nicht viel miteinander, hocken nur schweigend da und starren zu Boden. Ein Stückchen weiter sitzt eine Frau, die Soraya manchmal, wenn ihre Blicke sich zufällig treffen, scheu anlächelt, das gefällt ihr. Außerdem ist ihr einer der Männer aufgefallen, ein großer, düsterer Kerl, der ganz für sich sitzt, sogar hier auf der engen Ladefläche versuchen alle Abstand von ihm zu halten. Er hat etwas Bedrohliches und er hat diesen stechenden Blick, den sie von den Taliban kennt. Schließlich ist da noch der Dicke. Er sieht aus wie ein Elefant, mit einem riesigen, massigen Körper, sodass er die Armen, die neben ihm hocken, fast zerquetscht. Mit seiner tiefen, dröhnenden Stimme erzählt er schon seit einer halben Ewigkeit Geschichten über das, was anderen Leuten angeblich an der Grenze zugestoßen sein soll. Alle müssen zuhören, ob sie wollen oder nicht.

»Einmal gab es eine Verfolgungsjagd«, sagt er gerade. »Auf einer Schotterpiste so wie der hier. Ein Jeep der Grenzer hat einen Wagen der Schleuser verfolgt, am hellen Tag. Die Ladefläche war voller Leute und die Grenzer, diese verfluchten Hunde, haben auf sie geschossen. Was haben sie also gemacht? Natürlich haben sie versucht, sich hinzulegen, damit sie nicht getroffen werden. Aber bei jedem Schlagloch wurden sie nach oben geschleudert und genau in dem Moment haben die Grenzer gefeuert. So haben sie einen dieser armen Teufel nach dem anderen erledigt.«

»Und weiter?«, fragt ein Mann, der neben ihm sitzt.

»Und weiter! Was soll schon weiter gewesen sein? Die, die es noch nicht erwischt hatte, haben sich an die Toten geklammert, Gott sei ihrer armen Seele gnädig, weil sie gehofft haben, dann würden sie beim nächsten Mal nicht mehr hochgeworfen, sondern blieben unten. Da haben die Grenzer angefangen, auf den Tank des Wagens zu schießen. Irgendwann haben sie ihn getroffen, der Tank ist explodiert, der Wagen ist in Flammen aufgegangen und die Leute ... Hey! Was hat das zu bedeuten?«

Der Geländewagen hat angehalten. Die Schleuser steigen aus, gehen nach hinten und öffnen die Abdeckung der Ladefläche. Mit einem knappen Befehl geben sie allen zu verstehen, dass sie herunterkommen sollen. Soraya kann sich kaum noch bewegen, und dem allgemeinen Stöhnen nach zu urteilen, trifft das auf die anderen auch zu. Die Schleuser allerdings interessieren sich dafür nicht, ihnen scheint alles zu langsam zu gehen, ungeduldig zerren sie einen nach dem anderen von der Ladefläche herab. Manche fallen hin, dann werden sie hochgerissen und weitergestoßen, ein wenig erinnert es Soraya an das Entladen von Viehtransportern auf dem Markt.

Sie weicht den Händen der Schleuser aus und springt alleine vom Wagen. Dann streckt sie sich, macht sich einmal ganz lang und hüpft eine Weile auf und ab, um ihren Blutkreislauf wieder in Gang zu bringen. Einige der anderen betrachten sie erstaunt. Sie versteht zunächst nicht, warum, dann wird es ihr klar. Sie trägt Mädchenkleidung und ein Kopftuch, ihr Vater hat darauf bestanden. Erstens, hat er gesagt, müssten die Leute so nicht ständig rätseln, ob sie ein Junge oder ein Mädchen ist, und das würde ihr bestimmt einige Schwierigkeiten ersparen, und zweitens sei sie so einfach besser geschützt. Die Turnübungen, die sie jetzt macht, passen aber eher zu einem Jungen als zu einem Mädchen und das scheint manche zu irritieren. Sie hört also lieber auf damit, bleibt stehen und sieht zu Boden.

Inzwischen haben alle den Wagen verlassen. Einer der Schleuser knallt die Abdeckung wieder zu, steigt ein und fährt davon. Der andere hält eine kurze Ansprache. Soraya kann ihn nicht besonders gut verstehen, ihre Muttersprache ist Paschto, die Sprache der Paschtunen, er spricht Dari, die afghanische Form des Persischen. Zum Glück hat sie es in der Schule ein wenig gelernt, sodass sie begreift, worum es geht. Er sagt, die Grenze liege nun unmittelbar vor ihnen. Um hinüberzukommen, müssten sie einen

Fluss überqueren, aber weil die einzige Brücke bewacht werde, müssten sie zu Fuß hindurch. Er werde sie führen, während der andere den Wagen über die Brücke fahre, um sie jenseits des Flusses an einer verabredeten Stelle wieder einzusammeln.

Als er seine Rede beendet hat, zieht er drei Kappen hervor, von der Art, wie die Amerikaner sie tragen. Sie leuchten schwach im Dunkeln. Eine davon setzt er selbst auf, die anderen verteilt er an zwei Männer, denen er aufträgt, am Ende der Gruppe zu gehen und darauf zu achten, dass niemand zurückbleibt. Gleich darauf setzt er sich in Bewegung, alle stolpern hinter ihm her.

Soraya reiht sich weit vorne ein, dicht hinter dem Schleuser, das ist ihr am liebsten. Es ist so dunkel, dass sie kaum den Boden unter den Füßen erkennen kann. Aber das macht ihr nichts aus, weniger vermutlich als den meisten hier, von den Spielen mit den Jungen ist sie an unwegsames Gelände gewöhnt.

Inzwischen ist etwa eine Woche seit dem großen Abendessen vergangen. Wenige Tage später ist sie mit ihrem Vater aufgebrochen. Der Abschied von ihrer Familie war schlimm, vor allem von ihrer Mutter und von Djamila natürlich. Sie möchte lieber gar nicht daran denken, es tut einfach zu weh und es wird noch sehr lange wehtun, das weiß sie – vielleicht für immer. Ihr Vater hat sie quer durch das Land nach Herat gebracht, sie sind in einen Bus nach dem anderen gestiegen. Es war eine weite Fahrt, weiter, als sie jemals gefahren ist, weiter auch, als ihr Vater jemals gefahren ist, zweimal mussten sie in einer Karawanserei übernachten. Dann kamen sie in Herat an, der ersten Stadt, die Soraya jemals gesehen hat. Sie erschien ihr endlos, die Straßen breit wie Felder und manche der Häuser so hoch, dass sie aus dem Bus kaum die Stockwerke zählen konnte. Manches davon hat sie beunruhigt, es war neu und ungewohnt, aber mehr noch fasziniert das Fremde sie.

Auf dem Basar fanden sie einen Schleuser, es war ein kleiner, hinkender Mann, der ihnen anbot, Soraya nicht nur bis Istanbul zu bringen, sondern bis zu dem Haus, wo der Freund ihres Vaters lebt. Zuerst wirkte er seltsam auf sie, aber dann fassten sie Vertrauen zu ihm, weil er sie vor dem Schleuser in der Bude gegenüber warnte, einem grobschlächtigen Kerl mit einem Glasauge. Er sei ein Betrüger, der seine Dienste völlig überteuert anbiete und seine Kunden ausquetsche wie Zitronen. Vor einiger Zeit hätte er zum Beispiel einem Mann, der für seinen Sohn eine Reise nach Deutschland buchen wollte, eine Passage gerade mal bis zum Mittelmeer verkauft, und das zu einem Preis, für den er selbst gleich zwei Leute nach Europa bringen würde. Sie waren ihm sehr dankbar, dass er sie vor dem Betrüger gewarnt hatte, und nahmen sein Angebot an.

Danach mussten sie sich trennen. Als ihr Vater sich von ihr verabschiedete, hatte Soraya das Gefühl, dass er sich am liebsten bei ihr entschuldigt hätte, dass er am liebsten gesagt hätte: »Es tut mir leid, Soraya. Dass wir dich zum Jungen gemacht haben, um die Ehre der Familie zu retten. Dass wir dich viel zu lange einen Jungen haben sein lassen, weil wir den Dingen nicht ins Auge sehen wollten. Und dass du jetzt, ganz allein, aus diesem Land fliehen musst wie ein Hund.«

Natürlich hat er nichts davon gesagt, weil ein Vater so etwas nicht sagen kann. Ein Vater kann sich nicht einfach bei seiner Tochter entschuldigen, schon gar nicht auf diese Weise. Und, denkt sie, während sie noch immer hinter dem Schleuser herstapft, er muss es auch nicht. Natürlich ist es schwer, was vor ihr liegt. Aber hat Djamila ein leichteres Schicksal? Oder Aischa? Vielleicht hat sie es am Ende von allen Schwestern am besten getroffen, das wird sich zeigen. Es ist, wie es ist, und niemand muss sich entschuldigen, schon gar nicht ihr Vater.

Als sie gestern Abend mit ihm zusammensaß, bevor sie auf den Wagen der Schleuser stieg, hat sie das Gleiche gedacht. Sie hat ihren Vater angeblickt, mit seinem faltigen Gesicht und seinem gebeugten Rücken, ihm die Hand auf den Arm gelegt und dann gesagt: »Es ist schon gut, Aba.« Seine Augen wurden feucht, das hat sie vorher erst einmal bei ihm gesehen, damals, als er von dem Besuch in Aischas Dorf zurückkam. Er zog etwas aus seiner Tasche und schenkte es ihr zum Abschied. Es war ein Dolch mit einem silbernen Griff, an dem viele Verzierungen waren. Er erzählte ihr, dass er ihn von ihrem Großvater bekommen hätte, als er etwa so alt gewesen sei wie sie jetzt, ihr Großvater wiederum hätte ihn von seinem Vater bekommen und so weiter, nun gehöre er ihr. Sie trägt ihn bei sich in einem kleinen Halfter, sie spürt ihn auf der Haut. Sie kann sich nicht daran erinnern, jemals etwas so Kostbares besessen zu haben.

Inzwischen ist das Rauschen des Flusses zu hören, sie wird aus ihren Gedanken gerissen und blickt hoch. Der Schleuser hält an und wartet, bis alle aufgeschlossen haben. Dann sagt er, hier sei die beste Stelle, den Fluss zu durchqueren, hier sei er am breitesten und deshalb seicht. Sie sollten eine lange Reihe bilden und jeder solle die Schultern des Vordermannes festhalten. Wenn sie im Wasser seien, sollten sie kleine Schritte machen und darauf achten, dass sie immer einen guten Tritt finden, damit niemand von der Strömung mitgerissen und abgetrieben werde.

Er steigt die kleine Böschung, die vor ihnen liegt, zum Ufer des Flusses hinunter, alle schließen sich ihm an. Soraya blickt sich suchend um. Endlich entdeckt sie die Frau, deren Lächeln ihr so gut gefällt, und drängelt sich vor sie. Wenn schon jemand ihre Schultern anfassen muss, dann soll sie es sein. Bloß nicht der Düstere, mit dem will sie nichts zu tun haben, zum Glück ist er ein ganzes Stück hinter ihnen.

Der Weg durch den Fluss ist nicht allzu schwierig. Das Wasser fühlt sich zwar ziemlich kalt an, aber selbst an der tiefsten Stelle reicht es Soraya nur knapp über die Hüften und die Strömung ist eher schwach. Sie spürt die Hände der Frau an ihren Schultern, ihr Griff ist fest, doch auch irgendwie sanft, es fühlt sich gut an. Vor ihr geht ein Mann, der nicht viel größer ist als sie selbst, aber bestimmt doppelt so breit. Er ragt aus dem Wasser wie ein Baum, sie kann sich gut an ihm festhalten.

Nach einigen Minuten erreichen sie das jenseitige Ufer, es ist steil. Soraya klettert hinauf, dreht sich um und reicht der Frau die Hand, um ihr ebenfalls nach oben zu helfen.

Die Frau schüttelt sich das Wasser aus den Kleidern. »Danke«, sagt sie und lächelt ihr wieder zu. »Wie heißt du?«

»Soraya. Und du?«

»Leila.« Seufzend deutet sie auf den Schleuser, der, noch immer mit der leuchtenden Kappe auf dem Kopf, schon wieder weitergeht. »Ach, sie lassen uns keine Verschnaufpause. Komm, Soraya. Wir dürfen nicht stehen bleiben.«

Wieder laufen sie hinter dem Schleuser her, das Gelände unterscheidet sich kaum von dem auf der anderen Seite des Flusses. Soraya ist aufgefallen, dass Leila zwar Paschto spricht, aber mit einem Akzent, den sie noch nie gehört hat.

»Woher kommst du?«, fragt sie nach einer Weile.

»Aus einem Dorf in der Nähe von Kundus«, entgegnet Leila. »Weißt du, wo das ist?«

»Ja. Im Norden von Afghanistan.«

»Das stimmt. Du kennst dich gut aus. Bist du zur Schule gegangen?«

»Ja, mit den Jungen«, sagt Soraya und winkt ab, als sie Leilas erstaunten Blick sieht. »Ach, das ist eine lange Geschichte. Jedenfalls durfte ich die Schule besuchen. Bis letztes Jahr.«

»Jedes Mädchen sollte zur Schule gehen«, sagt Leila. »Das ist sehr wichtig für unser Land. Dann können sie später als Mütter ihr Wissen an ihre Kinder weitergeben. Ich bin selbst Lehrerin, weißt du.«

Soraya blickt sie von der Seite an. Bei ihnen im Dorf waren

die Lehrer ausschließlich Männer, aber sie hat gehört, dass in anderen Schulen manchmal auch Frauen unterrichten, und die Vorstellung hat sie immer fasziniert.

»Das würde ich später auch gerne werden«, sagt sie. Eigentlich ist das ein Geheimnis, sie hat noch nie darüber gesprochen, weil sie dafür ja sowieso nur ausgelacht würde, doch irgendwie hat sie das Gefühl, dass Leila es versteht. »Aber – wieso musst du das Land verlassen, wenn du so einen guten Beruf hast?«

»Die Schule, an der ich war, haben die Deutschen gebaut«, erwidert Leila. »Sie haben sie auch beschützt. Aber jetzt sind sie nicht mehr da und die Taliban werden immer stärker. Du weißt ja, sie wollen nicht, dass Mädchen zur Schule gehen, und erst recht wollen sie nicht, dass Frauen unterrichten. Sie haben gedroht, mich zu töten. Das ist der Grund, warum ich gehe. Verstehst du?«

»Ja«, sagt Soraya. »Das verstehe ich gut.«

Eine Weile folgen sie dem Schleuser noch durch die Dunkelheit, dann sehen sie vor sich den Geländewagen, der wie vereinbart auf sie wartet und ihnen durch ein kurzes Aufblenden seiner Scheinwerfer die Richtung weist. Soraya ist inzwischen ziemlich müde, Leila auch, sie halten sich an den Händen, trotten in ihren feuchten Kleidern zu dem Wagen und klettern wieder auf die Ladefläche. Zum Glück finden sie zwei Plätze nebeneinander, mit dem Rücken an der seitlichen Abdeckung, sodass sie sich anlehnen können, das ist gut. Auf die andere Seite von Soraya quetscht sich der Dicke mit der dröhnenden Stimme, das ist weniger gut.

Soraya wendet sich von ihm ab, er riecht ziemlich streng, und dreht sich zu Leila hin. »Wohin wirst du gehen?«, fragt sie.

»Nach Istanbul.«

»Istanbul?« Sorayas Herz macht einen Sprung. »Dahin will ich auch. Ein alter Freund meines Vaters lebt dort.«

»Wirklich?« Leila lacht. »Ich gehe zu meinem Bruder, er wohnt schon länger da. Ich will versuchen, dort wieder eine Stelle als Lehrerin zu finden.«

Soraya atmet tief durch. Die Dunkelheit, die vor ihr zu liegen scheint, hellt sich für einen Moment auf. Wer weiß, vielleicht hat sie ja jetzt bereits eine Freundin in der fremden Stadt, in die sie fährt. Und was für eine! Eine echte Lehrerin. Sie lehnt den Kopf gegen die Abdeckung und lächelt. Bei dem Gedanken fühlt sie sich schon nicht mehr so allein wie gestern Abend, in dem Moment, als sie Herat verlassen und ihrem Vater ein letztes Mal zugewinkt hat.

Inzwischen haben sie die Fahrt fortgesetzt. Anders als vorhin sind sie nun aber auf einer richtigen Straße, es gibt kein Holpern und Rumpeln mehr wie auf der afghanischen Seite der Grenze, der Wagen zieht ruhig seine Spur und nur am Fahrtwind ist die Geschwindigkeit zu spüren. Irgendwann sieht Soraya, dass Leila eingeschlafen ist, auch sie spürt die Müdigkeit wieder. Nur der Dicke neben ihr stört, er nimmt immer mehr Raum ein, sodass sie schon ganz krumm und schief dasitzt und sich kaum noch bewegen kann. Sie drückt vorsichtig ihren Ellbogen in seine Richtung, um ihn auf sich aufmerksam zu machen. Er dreht den Kopf und betrachtet sie, rückt aber keinen Millimeter zur Seite.

»Allein unterwegs, was?«, sagt er schließlich.

Etwas in seiner Stimme gefällt ihr nicht. Sie ist unsicher, was es ist, ein seltsamer Tonfall, den sie noch nie gehört hat. Sie weiß nur, dass sie vorsichtig sein muss.

»Sieht so aus«, sagt sie, so unfreundlich wie möglich.

Er beugt sich über sie, selbst im Sitzen ist er fast einen Kopf größer. »Woher hast du die Striemen in deinem Gesicht?«, fragt er lauernd.

Sie zuckt mit den Schultern. »Einfach so.«

»Einfach so? Was soll das heißen – einfach so? Das ist keine Antwort. Kannst du einem Mann, der dir eine Frage stellt, keine vernünftige Antwort geben?«

Sie wendet sich von ihm ab und sieht in Leilas Richtung, aber kaum hat sie es getan, spürt sie seine Finger in ihrem Gesicht. Er packt sie am Kinn, ziemlich roh und mit großer Kraft, und dreht ihren Kopf wieder zu sich.

»Also! Woher sind die ...«

»Lass sie in Ruhe!«, unterbricht Leila ihn, die von dem Streit aufgewacht ist. »Du siehst doch, dass sie nicht mit dir sprechen will.«

Der Dicke runzelt die Stirn und wirft ihr einen verächtlichen Blick zu. »Warum mischst du dich ein, Frau? Bist du ihre Mutter? Nein! Also halt gefälligst den Mund.«

Trotzdem lässt er Soraya los und zieht sich ein Stück von ihr zurück. Aber er ist wütend, das spürt sie, er zittert und bebt, ab und zu stößt er ein zorniges Schnaufen aus. Dann sind plötzlich seine Hände an ihrem Körper, er betastet sie.

»Nicht!«, sagt sie. »Ich will das nicht.«

Er scheint es nicht zu hören, oder wenn er es hört, interessiert es ihn nicht, er wird immer zudringlicher.

»Hast du noch mehr von diesen Striemen?«, flüstert er und der Ton seiner Stimme wirkt jetzt noch ekelhafter. »Warst du so ein ungezogenes Mädchen?«

Jetzt sind seine Finger an ihrer Brust. Sie überlegt fieberhaft, was sie tun soll. Aufspringen und sich einen anderen Platz suchen? Aber das geht nicht, er umklammert sie inzwischen so fest, dass sie sich nicht mehr rühren kann. Sie fühlt sich wie gelähmt.

Da sieht sie, wie der Düstere, der ihnen gegenüber auf der anderen Seite der Ladefläche sitzt, aufsteht, über die Leute, die mit gesenkten Köpfen zwischen ihnen kauern, hinwegsteigt, sich vor den Dicken hockt und ihn anstarrt. Der scheint es zuerst nicht zu bemerken, vielleicht tut er auch nur so, aber irgendwann dreht er doch den Kopf.

»Was willst du?«, knurrt er den Mann an.

Der betrachtet ihn noch immer, wobei er jetzt langsam den Kopf schräg legt. Seine Finger zucken. Und dann schlägt er zu. Er schlägt dem Dicken seine Faust mit einer solchen Gewalt ins Gesicht, dass dessen Kopf wie ein Stein gegen die Abdeckung prallt und eine Delle darin hinterlässt.

Soraya weicht zur Seite, sie spürt, dass Leila sie umarmt. Aus den Augenwinkeln kann sie sehen, dass der Dicke für einen Moment geradezu weggetreten ist. Dann scheint er wieder zu sich zu kommen, aber sein Blick ist glasig, mit offen stehendem Mund glotzt er den Düsteren an.

Der hockt vollkommen ungerührt vor ihm, er scheint die Ruhe selbst zu sein. »Du wirst dieses Mädchen in Frieden lassen«, sagt er und nickt zu Soraya hin, ohne sie anzusehen. »Sicher hat sie einen Vater, der sich um sie sorgt. Hast du verstanden?«

Der Dicke antwortet nicht, vielleicht kann er es auch gar nicht.

»Solltest du sie nicht in Frieden lassen«, fährt der andere fort, »werde ich dich töten müssen.«

Er sagt es fast beiläufig, so als würde er ankündigen, einen Schluck Wasser zu trinken. Aber der Blick in seinen Augen lässt keinen Zweifel daran, dass er es ernst meint. Dann geht er an seinen Platz zurück und setzt sich, als wäre nichts geschehen.

Der Dicke sitzt fassungslos da, Blut läuft ihm aus der Nase über das Kinn und tropft auf seinen Bauch. Er rückt von Soraya ab, als hätte sie eine ansteckende Krankheit.

Sie zieht ihr Kopftuch tiefer ins Gesicht und blinzelt zu ihrem düsteren Retter hinüber, aber der würdigt sie keines Blickes. Er ist ein Paschtune, kein Zweifel, irgendwo aus den Bergen in ihrer Heimat, seine Aussprache verrät es. Vielleicht ist er sogar ein Talib, denkt sie. Die Art, wie er sich verhält, würde dazu passen. Sie hat gehört, dass auch manche Taliban, die sich von der Bewegung abgewendet haben, fliehen müssen, denn auf alle Abtrünnigen und Verräter wartet der Tod.

Vielleicht ist er so jemand, geht es ihr durch den Kopf – wahrscheinlich sogar. Aber es ist ihr egal. Er hat sie beschützt, wie ein echter Paschtune es tut. Und dafür ist sie ihm dankbar.

»Ich werde meinem Bruder sagen, dass ich nicht mehr allein unterwegs bin«, kündigt Leila an. »Weil ich dich getroffen habe. Das wird ihn beruhigen. Du lernst ihn ja sicher kennen, wenn wir in Istanbul sind.«

»Ja, tu das«, antwortet Soraya. »Wie heißt er eigentlich?«

»Obeid.«

»Dann grüß Obeid von mir. Auch wenn er mich noch nie gesehen hat.«

Leila nickt und verschwindet zwischen den Bäumen. Einer der Schleuser besitzt ein Satellitentelefon, und wer will, darf es heute benutzen, um seine Angehörigen anzurufen. Allerdings ist es teuer, sie müssen eine Menge Geld dafür bezahlen. Leila will sich trotzdem bei ihrem Bruder in Istanbul melden, sie sagt, er würde sich sonst Sorgen machen. Soraya weiß nicht, wen sie anrufen soll, in ihrem Dorf in den Bergen hat niemand ein Telefon. Also bleibt sie an der Stelle, wo Leila und sie ihre Decken ausgerollt haben, um auf ihre Rückkehr zu warten. Nach einer Weile steht sie auf, geht zu dem kleinen Bach, der zwischen den Bäumen dahinfließt, und setzt sich ans Ufer.

Sie ist froh, sich in dieser Nacht wieder einmal so richtig ausschlafen zu können. Den Rest der vergangenen Nacht und den ganzen Tag sind sie durchgefahren, mit wenigen Pausen. Sie hat keine Ahnung, wie die Städte und Dörfer hießen, durch die sie gekommen sind. Ab und zu hat die Polizei den Geländewagen angehalten, dann sind die Schleuser mit den Polizisten zur Seite gegangen und haben mit ihnen verhandelt oder ihnen auch, wie Soraya beobachten konnte, heimlich etwas Geld zugesteckt. Irgendwann konnten sie dann immer weiterfahren.

Jetzt ist es dunkel, sie rasten in einem kleinen Wäldchen. Es sind schon gar nicht mehr alle zusammen, einige haben im Lauf des Tages die Gruppe verlassen. Anscheinend hatten sie nur für die Fahrt nach Iran bezahlt, denn ab und zu, wenn sie in eine Stadt kamen, hat der Wagen angehalten, jemand ist hinuntergeklettert, hat den Schleusern das restliche Geld gegeben, das er ihnen noch schuldete, und ist gegangen. Auch der große, düstere Paschtune, der ihr geholfen hat, ist fort. Sie hat versucht, ihm zu danken, als er von der Ladefläche stieg, aber er hat sie nicht beachtet und ist einfach verschwunden.

Sie schaut über die Schulter zurück, durch die Bäume fällt etwas Licht. Da hinten steht der Geländewagen, die Scheinwerfer sind eingeschaltet. Diejenigen von ihnen, die übrig geblieben sind, es sind vielleicht noch zwanzig, haben sich unter den Bäumen verteilt. Die meisten sind in der Nähe des Wagens geblieben, Leila und sie haben sich ein Stück abgesondert, damit sie sich in Ruhe unterhalten können.

Sie wendet sich von dem Licht ab und betrachtet den Bach. Es ist ziemlich dunkel hier, aber sie kann doch etwas von dem Spiel der Wellen erkennen und hört die leisen Geräusche, die das Wasser verursacht. Es erinnert sie an die Nacht, in der sie ihrem Leben fast ein Ende gesetzt hätte, und das wiederum erinnert sie an ihr Dorf und ihre Familie. Ein plötzliches Gefühl von Heimweh überfällt sie, wie schon öfter in den letzten Tagen, sie spürt Tränen in sich aufsteigen und drängt sie zurück.

Hinter ihr ist ein Geräusch. Anscheinend ist Leila schon wieder da, sie dreht sich um. Da ist ein Schatten, aber er ist größer als Leila, fast wie ein Bär. Sie will aufspringen, doch bevor sie dazu kommt, ist der Schatten schon über ihr, jemand greift nach ihren Handgelenken und umklammert sie. Dass es der Mann ist, der sie bereits auf der Fahrt belästigt hat, merkt sie zuerst am Geruch, dann erkennt sie ihn auch. Sein Gesicht ist rot, vor Zorn oder vor

Erregung, anscheinend hat er den Schlag und die Demütigung nicht vergessen. Er drückt sie zu Boden und kniet über ihr, sie riecht seinen stinkenden Atem, ihr wird fast schlecht.

Kurz bevor der Ekel sie überwältigt, schafft sie es gerade noch, ihm ihr Knie zwischen die Beine zu rammen. Er stöhnt und atmet pfeifend aus, sein Griff wird für einen Moment schwächer. Soraya entwindet ihm eine Hand und schlägt ihm mit der Faust ins Gesicht. Dann bekommt sie auch die andere Hand frei und kriecht von ihm weg.

Der Mann wirkt überrascht, anscheinend hat er nicht mit einer derart entschlossenen Gegenwehr gerechnet. Er hält kurz inne, dann grinst er.

»Du willst also härter angefasst werden«, flüstert er und kommt auf sie zu. »Auch gut!«

Soraya blickt sich um. Sie könnte weglaufen oder um Hilfe rufen, aber das hat sie nicht gelernt in der Welt der Jungen. Auf ihrer Haut spürt sie das Halfter mit dem Dolch. Sie greift unter ihre Kleidung, zieht ihn hervor und hält ihn schützend vor sich.

Der Mann ist für einen Moment verblüfft, als er die Waffe sieht, dann lacht er verächtlich.

»Damit kannst du nicht umgehen«, sagt er. »Zustechen muss man gelernt haben.«

Soraya zögert. Die Hand, mit der sie die Waffe hält, zittert, das ärgert sie. Auch der Mann scheint es zu bemerken, er lacht erneut und tut wieder einen Schritt auf sie zu. Sie fasst den Griff des Dolches fester, dann denkt sie an die Auseinandersetzungen mit den Jungen. Da haben sie zwar nicht mit Messern gekämpft, sondern mit den Fäusten, aber das ist im Prinzip das Gleiche. Sie sieht dem Mann ins Gesicht, sieht sein selbstzufriedenes Grinsen und seine ekelhafte Gier. Du täuschst dich, denkt sie. Ich habe es gelernt.

Sie wirft sich nach vorn, zielt auf die Brust des Mannes und sticht zu. Die Klinge des Dolches dringt durch sein Gewand, wird aber von einem harten Gegenstand, den er bei sich trägt, zur Seite abgelenkt. Soraya ist nicht sicher, ob sie ihn verletzt hat. Sie springt zurück und hält den Dolch wieder vor sich.

Der Mann taumelt zurück und greift sich an die Brust. Er stammelt etwas Unverständliches, dann starrt er Soraya fassungslos an und schüttelt den Kopf.

»Du bist kein Mädchen«, zischt er. »Du bist der Sheitan, der Teufel.«

Erneut tastet er seine Brust ab. Anscheinend ist er nicht verletzt, zumindest nicht ernsthaft. Aber die Lust auf weitere Auseinandersetzungen scheint ihm gründlich vergangen zu sein.

»Du bist der Sheitan«, murmelt er noch einmal und verschwindet zwischen den Bäumen.

Soraya lässt den Dolch sinken. Erst jetzt merkt sie, dass sie am ganzen Körper zittert. Sie wankt zu der Stelle, an der Leila und sie ihr Nachtlager aufgeschlagen haben. Dort kniet sie nieder und wickelt sich in ihre Decke.

Eine Weile bleibt sie so sitzen, dann lacht sie plötzlich trotzig. So wird es jedem ergehen, denkt sie. Ich bin jetzt Soraya, aber in mir drin bin ich zugleich auch Samir. Immer noch. Und das wird jeder, der mich anfasst, zu spüren bekommen.

Einige Minuten später kehrt Leila zurück. »Ich soll dich von Obeid grüßen«, ruft sie, während sie zwischen den Bäumen auftaucht. »Er freut sich darauf, dich kennenzulernen.«

Sie lässt sich auf ihre Decke sinken und blickt Soraya an. »Sag mal, ist etwas passiert?«, fragt sie. »Du siehst seltsam aus. Irgendwie mitgenommen.«

Soraya nimmt einen tiefen Atemzug. Dann spürt sie, dass sie den Dolch unter der Decke noch immer in der Hand hält. Sie tastet nach dem Halfter auf ihrer Haut und schiebt ihn behutsam wieder hinein.

»Nein, wieso?«, sagt sie. »Es ist alles in Ordnung.«

Der Wind rüttelt an den Zeltplanen, Tarek hört sie leise hin und her schlagen. Es ist kein boshafter Wind, keiner von denen, die einem den Schlaf rauben. Eher einer von der freundlichen Sorte, die beruhigen und die Gedanken davonfliegen lassen. Sein Rauschen vermischt sich mit dem Klang der Schafe, mit ihrem Blöken, das vom Flussufer herüberdringt. In der Ferne ist das gelegentliche Heulen eines Wolfes zu hören, es klingt einsam und frei.

Nur – all das stimmt nicht. Nichts davon ist wahr. Höchstens der Wind, aber der rüttelt nicht an den Zeltplanen, sondern an den Fensterläden, die schief in den Angeln hängen. Und er ist auch nicht freundlich, sondern hinterhältig. Tarek kennt diese Form des Windes. Er gibt sich harmlos, aber er verstellt sich, in Wahrheit kündigt er bereits den Sturm an. Die Geräusche der Schafe und des Wolfes sind nichts weiter als das Schnarchen und Grunzen der Männer, die mit ihm zusammen in diesem kleinen, stickigen Raum liegen. Es sind mehrere Dutzend. Und sie sind alles andere als einsam und frei.

Tarek hebt den Kopf und stützt sich auf die Ellbogen. Die Hütte ist die letzte Unterkunft, bevor es hoch in die Berge geht, die sie noch von der Türkei trennen. Mehrere Gruppen sind hier zusammengekommen. Seine eigene, mit der er in Herat aufgebrochen ist, an dem Abend, nachdem er sich von seinem Vater verabschiedet hatte, besteht aus etwa zwanzig Leuten. Hier in der Hütte sind bestimmt fünfzig oder sechzig versammelt. Die meisten von ihnen sind Männer, aber auch ein paar Frauen und Kinder sind dabei. Sie liegen in einem eigenen Raum, der noch kleiner ist als dieser.

Die Schleuser haben ihnen eingeschärft, sich früh hinzulegen und gut auszuruhen. Es sei vorerst die letzte Nacht, die sie geschützt in einem Haus verbringen. Für die meisten anderen, denkt Tarek, klingt das bestimmt so, wie es gemeint ist: wie eine Warnung, vielleicht sogar wie eine Drohung. Für ihn nicht. Er ist es nicht gewohnt, in einem Haus zu übernachten, umgeben von Mauern wie in einem Sarg. Er kennt nur das Schlafen im Zelt oder unter freiem Himmel. Hier drin hat er das Gefühl zu ersticken. Die Männer liegen so eng nebeneinander, dass man sich kaum von der einen Seite auf die andere drehen kann. Es riecht nach Schweiß und getrocknetem Urin und muffigen Kleidern. Der Gestank ist kaum zu ertragen.

Tarek setzt sich auf. Er weiß, dass es zwecklos ist, den Schlaf erzwingen zu wollen, wenn er nicht von selbst kommt. Der Schlaf ist sein eigener Herr. Er lässt sich nichts befehlen.

»Das ist nichts für uns, Dschamal«, sagt er und klopft mit zwei kräftigen Schlägen auf seine Decke. »Komm, mein Junge. Wir gehen nach draußen.«

In den letzten Tagen hat er sich angewöhnt, ab und zu mit Dschamal zu sprechen, auch wenn der natürlich nicht da ist. Das hat er auf ihren Streifzügen immer so gemacht und er hat auch immer eine Antwort bekommen. Natürlich nicht mit Worten. Dschamal antwortete mit Blicken und mit seinem Bellen und seinen Bewegungen. Jetzt antwortet niemand, auch die Decke nicht. Tarek steht leise auf. Hoffentlich sind die Selbstgespräche nicht das erste Zeichen dafür, dass ich allmählich verrückt werde, denkt er.

Von dem Gestank ist ihm inzwischen richtig übel. Er steigt, vorsichtig balancierend, über die Schlafenden hinweg, wie er es auch manchmal bei den Schafen getan hat, und kämpft sich zu der Tür, die nach draußen führt. Als er sie öffnet, strömt ihm ein

Schwall klarer, kalter Luft entgegen. Er atmet tief ein, geht hinaus und schließt die Tür wieder. Dann tritt er an das Geländer der kleinen Veranda, die die Hütte umgibt, und zieht die warme, gut gefütterte Schafsfelljacke an, nach der er beim Aufstehen noch schnell gegriffen hat. Seine Mutter hat sie für ihn genäht, vor einiger Zeit, speziell für die Ausflüge mit Dschamal in die Berge. Sie gehört zu den wenigen Dingen, die er auf die Reise mitgenommen hat.

Er lehnt sich an das Geländer und blickt zu den schneebedeckten Berggipfeln hinauf, die er im Mondlicht gerade noch erkennen kann. Wie schweigende Riesen stehen sie am Horizont. Da oben wird mir die Jacke gute Dienste leisten, denkt er. Hier, im Vorgebirge, sind die Nächte zwar auch schon kühl, aber es gibt noch keinen Schnee und keinen Sturm. Oben in den Bergen wird sie etwas anderes erwarten. Er schnuppert in der Luft, die von den Gipfeln herabweht. Fast kann er sie schon riechen, die eisige Kälte, die dort herrscht.

Ein Geräusch schreckt ihn auf, er blickt zur Seite. Da geht jemand um die Hütte. Es ist einer der Schleuser, anscheinend auf einem Kontrollgang. Als er näher kommt, erkennt er ihn. Er gehört zu seiner eigenen Gruppe, sein Name ist Shukur. Tarek hustet kurz, um ihn auf sich aufmerksam zu machen.

»Halt!«, ruft Shukur und nimmt sein Gewehr von der Schulter. »Wer da?« Er kommt mit schnellen Schritten näher und springt die Stufen zur Veranda hinauf. Als er Tarek sieht, entspannt er sich und streift das Gewehr wieder über.

»Ach, Ziegenficker!«, sagt er. »Du bist es.«

Das ist der Name, den er ihm gegeben hat. Sie haben sich erst gestern mit ihm und den beiden anderen Schleusern getroffen, die sie über die Berge in die Türkei schaffen sollen. Von Herat haben andere sie über die Grenze nach Iran gebracht, bis in die Stadt Mashhad. Dort sind sie, wie der Glatzköpfige angekündigt hatte, in einen Bus gesetzt worden, der sie quer durch das Land bis nach Tabriz fuhr. Überall wo sie umsteigen mussten, wartete jemand auf sie, um dafür zu sorgen, dass sie den richtigen Weg fanden.

In Tabriz schließlich holten ihre neuen Schleuser sie vom Bus ab und einer von ihnen, anscheinend der Anführer, war Shukur. Schon in dem Moment, als Tarek aus dem Bus stieg und Shukur ihn sah, lag ein merkwürdiger Ausdruck auf seinem Gesicht, ein Lächeln, halb spöttisch, aber halb auch fast erfreut. Er kam zu ihm, spuckte kurz aus und begrüßte ihn mit »Hallo, Ziegenficker«. Anscheinend hatte er sofort gesehen, dass er ein Kuchi ist, woran auch immer. Tarek war so verblüfft, dass ihm nichts Besseres einfiel, als zu stammeln, er hätte eigentlich nicht so sehr Ziegen gehütet, sondern vielmehr Schafe. Shukur blickte ihn für einen Moment völlig verdattert an, dann brach er in ein brüllendes Gelächter aus, drehte sich zu den beiden anderen Schleusern um und rief: »Hey, wisst ihr, was der Kleine hier gesagt hat, als ich ihn Ziegenficker genannt habe? Er sagt, er hütet keine Ziegen, sondern Schafe. O Mann, was für ein Komiker!« Als die beiden anderen das hörten, brachen sie in das gleiche brüllende Gelächter aus.

Tarek versteht noch immer nicht, was daran so komisch sein soll. Vielleicht würde sein Vater es verstehen oder Ashkan. Oder auch Samir. Ja, Samir ist klug, der könnte es ihm vielleicht erklären. Jedenfalls nennt Shukur ihn seitdem, wann immer er mit ihm spricht, nur noch »Ziegenficker«. Es scheint ihm großes Vergnügen zu bereiten, ihn so zu nennen, für seinen wahren Namen interessiert er sich gar nicht. Aber im Grunde ist es schon eine Auszeichnung, dass er überhaupt mit ihm spricht. Die meisten anderen in der Gruppe beachtet er nicht, vor allem die Frauen. Auch für die Männer, die aus der Stadt kommen, hat er nicht viel übrig, sie sind einfach Luft für ihn. Selbst wenn sie ihn etwas fragen, sieht er durch sie hindurch, als wären sie gar nicht vorhanden. Er redet nur mit Tarek und mit einem oder zwei anderen. Der Himmel weiß, warum.

»Wie sieht es aus?«, fragt Shukur und lehnt sich neben ihm an das Geländer. »Alles ruhig?«

»Ja«, sagt Tarek. »Es ist niemand hier.«

Er hat gute Ohren und außerdem von klein auf ein Gespür dafür, ob jemand in der Dunkelheit herumschleicht oder nicht. Hier ist außer ihnen keiner, da ist er sicher.

»Gut«, sagt Shukur. »Dann kann ich mir den Gang um die Hütte ja sparen.«

Er zieht eine zerknüllte Packung aus seiner Jacke, fingert eine Zigarette heraus und zündet sie an. »Was ist los mit dir?«, fragt er und spuckt aus. »Kannst du nicht schlafen?«

»Nein«, sagt Tarek und zeigt mit dem Daumen über die Schulter auf die Hütte. »Zu laut da drin. Und es stinkt.«

»O Mann, das kann ich mir vorstellen.« Shukur spuckt erneut aus. Tarek hat schon gemerkt, dass das eine besondere Angewohnheit von ihm ist. Manchmal spuckt er so oft, dass man sich fragen muss, wo er die ganze Flüssigkeit eigentlich hernimmt.

Eine Zeit lang lehnen sie schweigend am Geländer. Dann deutet Shukur auf die Berggipfel.

»Tja, da oben müssen wir rüber«, sagt er. »Natürlich nicht über den Gipfel. Aber über den Pass und der ist hoch genug.«

»Ich weiß«, entgegnet Tarek. »Und auf der anderen Seite liegt die Türkei, ja?«

»Könnte man so sagen.«

»Wie lange wird es dauern, bis wir drüben sind?«

»Das muss dich jetzt noch nicht interessieren«, meint Shukur und winkt unwillig ab. »Sag mal: Du kennst dich mit den Bergen doch aus, oder?«

»Ja.«

»Ihr Kuchi seid doch immer den ganzen Sommer in den Bergen. Was macht ihr da?«

»Im Sommer?«, sagt Tarek. »Wir melken die Schafe und aus der Milch machen wir Butter und Käse. Außerdem scheren wir sie noch mal. Die Butter und den Käse verkaufen wir auf dem Markt. Und aus der Wolle machen wir ...«

»Ja, schon gut, schon gut«, wehrt Shukur ab. »Quatsch mich nicht voll. Ich wollte wissen, was deine Aufgabe dabei ist.«

»Ich bringe die verirrten Schafe zur Herde zurück.«

»Ah!« Das scheint ihn zu interessieren. »Erzähl mir mehr davon. Wie machst du das?«

»Ich ziehe mit meinem Hund Dschamal los und suche sie. Wenn ich sie gefunden habe, bringe ich sie zurück. Die kleinen muss ich tragen. Das ist alles.«

»Und – du findest sie immer?«

»Ja.«

»Wie machst du das?«

»Ich folge ihren Spuren.«

»Auch im Winter? Wenn es richtig kalt ist?«

»Ja.«

Shukur blickt ihn von der Seite an. Dann nickt er langsam und verzieht dabei respektvoll den Mund. »Pass auf, Ziegenficker«, sagt er schließlich. »Ich mache dich zu meinem Gehilfen. Verstehst du das?«

»Nein.«

Shukur lacht. »Deine Antworten gefallen mir. Ja. Nein. Du bist ein Mann klarer Worte.« Er schlägt Tarek krachend die Hand auf die Schulter. »Das mag ich. Also: Du wirst dafür zuständig sein, die verirrten Schäfchen zu unserer Herde zurückzubringen. Verstehst du jetzt?«

»Ich weiß nicht«, sagt Tarek. »Meinst du, ich soll ...«

»Genau das.« Shukur schnippt seine Zigarette davon. »Stell dir vor, ihr seid unterwegs mit eurer Herde. Ein Schaf träumt in der Gegend herum und verliert den Anschluss an die anderen. Was tust du?«

»Ich schicke meinen Hund Dschamal los.«

»Schön, aber der ist nicht hier«, sagt Shukur. »Was tust du, wenn er gerade woanders ist?«

»Ich nehme meine Schleuder und schieße einen Stein auf das Schaf. Wenn ich es richtig treffe, erschrickt es so, dass es zur Herde zurückläuft.«

Shukur zögert kurz, dann lacht er. »Das ist gut«, sagt er. Die Vorstellung mit der Schleuder scheint ihm zu gefallen. Er blickt kurz zu der Hütte, wo die anderen schlafen, dann wendet er sich wieder dem Gebirge zu.

»Was ich dir jetzt sage, wirst du für dich behalten. Hast du das kapiert?«

»Ja.«

»Der Weg über das Gebirge wird hart«, sagt Shukur. »Die anderen müssen das nicht in allen Einzelheiten wissen. Es hat keinen Zweck, sie unnötig zu beunruhigen. Deine Schafe müssen schließlich auch nicht immer alles wissen, oder?«

»Nein.«

»Siehst du.« Shukur zeigt wieder auf die Gipfel, die jetzt hinter einigen Wolkenschwaden verschwinden. »Wir müssen sehr hoch hinauf. Der Weg ist steil und steinig. Es wird immer kälter. Irgendwann sind wir im Schnee. Der Wind ist scharf.«

»Und es gibt Sturm«, unterbricht Tarek ihn.

Shukur wirft ihm einen kurzen Blick zu. »Woher weißt du das?«

»Ich rieche es.«

»Hm. Na gut, dann kommt das eben auch noch dazu. Wir können nicht viel Proviant mitnehmen, weil wir nur zwei Pferde haben. Es reicht gerade so, aber nur, wenn nichts schiefgeht. Und dazu kommen noch die Grenzsoldaten. Sie schießen manchmal auf uns und behaupten hinterher, sie hätten uns für Schmuggler gehalten. So, jetzt verstehst du vielleicht, warum ich gesagt habe, der Weg wird hart. Ich will aber, dass alle, die hier aufbrechen, auch auf der anderen Seite ankommen. Kannst du dir vorstellen, warum?«

Tarek zuckt mit den Schultern. »Man will nie, dass jemand stirbt«, sagt er.

»Ja, aber das ist nicht der Grund. Ich werde für jeden, der auf der anderen Seite ankommt, bezahlt. Wenn jemand nicht ankommt, kriege ich auch kein Geld. Verstehst du? Es ist nicht, weil ich ein guter Mensch bin. In Wahrheit bin ich ein Arschloch. Es hat nur ganz praktische Gründe.«

»Warum erzählst du mir das?«

»Weil ich will, dass du mir hilfst«, sagt Shukur. »Und da solltest du wissen, mit wem du es zu tun hast.«

»Und wieso gerade ich?«

»Weil du ein Kuchi bist. Die Kuchi sind zäh und ausdauernd und verlieren nicht mal im Schneesturm die Nerven. Also: Immer wenn einer zurückbleibt, kümmerst du dich um ihn und bringst ihn wieder zur Herde. Es ist mir völlig egal, wie du das anstellst. Du kannst ihn mit Steinen bewerfen oder ihm in den Arsch beißen, du hast freie Hand. Hauptsache, du machst ihm wieder Beine. Das ist deine Aufgabe. Was sagst du dazu?«

Tarek überlegt. »Was bekomme ich dafür?«

»Was du dafür bekommst?« Shukur spuckt besonders kräftig aus. »Eigentlich sollte ich dir alleine für die Frage eins aufs Maul hauen.«

»Wieso?«, sagt Tarek. »Du kriegst Geld dafür, dass du die Leute über die Berge bringst, das hast du eben selbst gesagt. Wenn ich dir helfe, muss ich auch etwas kriegen. Das ist nur gerecht.«

»So!« Shukur lacht spöttisch. »Du glaubst noch daran, dass es in der Welt gerecht zugeht, ja?«

»Ich glaube daran, dass irgendwann alles, was man tut, zurückkommt. Im Guten wie im Schlechten.«

»O Mann! Na schön, ich will dir deinen Kinderglauben nicht nehmen.« Shukur zündet sich eine weitere Zigarette an. Dann kneift er ein Auge zusammen und betrachtet Tarek eine Weile nachdenklich.

»Also gut«, sagt er schließlich. »Pass auf, großer Krieger, hier ist mein Angebot. Erstens: Du schläfst heute Nacht – und auch in der Hütte auf der anderen Seite der Berge – nicht bei denen da«, wobei er auf den Raum zeigt, aus dem Tarek gekommen ist, »sondern bei uns Schleusern. Da ist es ruhiger und die Luft ist besser. Zweitens: Während der ganzen Zeit in den Bergen wird das Essen rationiert. Das gilt aber nur für die da«, wobei er erneut auf den Eingang der Hütte zeigt, »nicht für uns. Du bekommst unser Essen. Und drittens: Wenn du dich bewährst, zahle ich dir auf der anderen Seite der Berge auch noch einen Lohn. Na, was sagst du dazu? Sind wir im Geschäft?«

Er streckt die Hand aus. Tarek überlegt. Besonders sympathisch ist Shukur ihm nicht. Auf der anderen Seite hat er das Gefühl, dass er ihm trauen kann. Und warum sollte er diese Arbeit nicht tun? Letzten Endes wird er nur dafür bezahlt, dass er den anderen hilft. Dagegen ist nichts einzuwenden. Und wenn man es sich genau überlegt, ist diese Arbeit tatsächlich nicht so verschieden von dem, was er in seiner Heimat getan hat. Er zögert noch kurz, dann schlägt er ein.

»Na also«, sagt Shukur und nickt zufrieden. »War doch nicht so schwer. Los, hol deine Sachen. Und dann ab ins Zelt der Könige, Ziegenficker der Große!«

Wieder pfeift eine Kugel über sie hinweg. Anscheinend schießen die Grenzer nicht wirklich scharf, das Projektil schlägt weit über ihnen gegen den Berg. Dennoch ziehen sie die Köpfe ein und ducken sich in ihr Versteck hinter den Felsen. Tarek hört, wie der Querschläger nach dem Aufprall mit einem hohen, sirrenden Geräusch durch die Luft jagt.

»Sie wollen uns nicht treffen«, sagt Shukur. »Sie jagen uns nur Angst ein. Sie wissen, dass wir keine Schmuggler sind.«

»Das hilft dir aber nichts, wenn dich ein Querschläger trifft«, knurrt einer der beiden anderen Schleuser. »Und außerdem: Bei den Grenzertypen weißt du nie, woran du bist. Manche von ihnen sind komplett verrückt. Die können jederzeit ausrasten.«

»Na gut«, sagt Shukur und spuckt aus. »Also: Wer von uns holt jetzt den Kerl?«

Sie liegen hinter einem großen Felsbrocken im Schnee: Tarek und die drei Schleuser. Auch die anderen aus ihrer Gruppe haben sich in Sicherheit gebracht. Sie hocken in einer Senke ein Stück hinter ihnen, ziehen die Köpfe ein und blicken ängstlich zu ihnen hin. Im Schussfeld der Grenzer, die ihnen gegenüber lauern, auf der anderen Seite einer Schlucht, befindet sich jetzt nur noch einer von ihnen. Es ist der, der Tarek schon in den letzten Tagen am meisten Arbeit gemacht hat: ein Mann aus Pakistan, groß und kräftig, von dem man auf den ersten Blick eigentlich annehmen müsste, dass er einiges aushalten kann.

Aber der erste Blick täuscht oft, denkt Tarek. Was einer wirklich aushalten kann, zeigt sich erst in einer Situation wie dieser. In der letzten Stadt auf der iranischen Seite namens Orumiyeh haben sie sich mit robusten Bergschuhen und warmer Kleidung versorgt. Der Pakistani hat keine passenden Schuhe gefunden, weil er zu große Füße hat. Also musste er welche nehmen, die ihm zu klein waren. Deshalb hat er sich schon am ersten Tag in den Bergen Blasen gelaufen und am zweiten Tag ist einer der

Schuhe vorne aufgeplatzt. Am dritten Tag, also gestern, als sie in die Kälte und den Schnee kamen, hat er sich die Zehen erfroren. Seitdem humpelt er und bleibt ständig zurück. Tarek hat mehr Arbeit mit ihm als mit allen anderen zusammen. Es ist wie bei den Schafen, denkt er. Da sind es in einer Herde meistens auch nur zwei oder drei, die Ärger machen, die dann aber richtig.

Er blickt zu dem Pakistani hinüber. Als eben die ersten Schüsse gefallen sind, nach dem Moment des Erschreckens, als die Schleuser brüllten, sie sollten in Deckung gehen, und alle auf einmal losliefen, da muss er ausgerutscht sein. Er ist einen vereisten Abhang hinabgeschlittert und da unten liegt er jetzt und kommt anscheinend von alleine nicht mehr auf die Füße.

»Schick doch deinen Kuchi«, sagt einer der Schleuser zu Shukur. »Wofür hast du ihn?«

Shukur wirft ihm einen verächtlichen Blick zu. »Na gut, ich mache es selbst«, knurrt er. Dann sieht er Tarek an. »Was ist? Hilfst du mir?«

Tarek zögert kurz, dann nickt er.

»Gut. Denk daran: Auch wenn du einen Schuss hörst, sie zielen nicht auf uns. Sie machen sich nur einen Spaß daraus, uns rennen zu lassen. Hast du verstanden?«

»Ja.«

»Wir geben euch Feuerschutz«, sagt einer der beiden anderen.

»Halt's Maul, du Idiot!«, fährt Shukur ihn an. »Willst du uns umbringen? Ihr nehmt gefälligst die Finger vom Abzug und verhaltet euch ruhig, ihr Feiglinge.«

Er schlägt Tarek gegen die Schulter. »Los jetzt!«

Im nächsten Moment verlässt er das Versteck, läuft in geduckter Haltung zu dem Abhang, an dessen unterem Ende der Pakistani liegt, und rutscht hinab.

Tarek steht ebenfalls auf. »Komm, Dschamal«, flüstert er und klopft auf den Felsen. »Immer schön bei mir bleiben!«

Er rennt los. Wie er es bei Shukur gesehen hat, springt er mit einem weiten Satz auf den Abhang und schlittert hinunter. Shukur ist schon bei dem Pakistani und reißt ihn hoch. Tarek packt ebenfalls zu, legt sich einen Arm des Mannes um den Hals und dann versuchen sie ihn mit vereinten Kräften den Abhang hinaufzuzerren. Es ist fast unmöglich. Der Mann ist schwer wie ein Ochse und entweder nicht dazu bereit oder nicht mehr dazu fähig, ihnen zu helfen. Tarek muss seine Stiefel bei jedem Schritt tief in den vereisten Schnee rammen, um Halt zu finden. Dennoch kommen sie nur langsam voran.

Ein Schuss fällt. Tarek sieht, wie der Schnee in vielleicht zehn Schritt Entfernung wie eine Fontäne aufspritzt.

»Schneller!«, brüllt Shukur. »Nicht nachlassen! Und hilf endlich mit, Fettwanst!«

Mühsam, Schritt für Schritt, quälen sie sich den Abhang hinauf. Tareks Oberschenkel brennen. Er bekommt kaum noch Luft, und als sie oben sind, ist ihm schwarz vor Augen. Wieder fällt ein Schuss. Diesmal sieht er nicht, wo die Kugel einschlägt, aber es ist nah, das fühlt er.

»Die sind wahnsinnig!« Shukurs Stimme überschlägt sich fast. »Los, los, nicht stehen bleiben!«

Mit letzter Kraft schleppen sie den Pakistani hinter den schützenden Felsen und in die Senke hinunter, in der die anderen lagern. Dort lassen sie ihn fallen.

Shukur schäumt vor Wut. »Verfluchter Jammerlappen!«, stößt er hervor und versetzt dem Mann einen Tritt. »Du bringst uns noch alle ins Grab.« Wieder tritt er zu.

Tarek zieht ihn zurück. »Lass ihn«, sagt er. »Er hat genug.«

»Scheißkerl!«, flucht Shukur, lässt den Pakistani aber in Ruhe. »Los, kümmer dich um ihn. Wir müssen weiter.«

Er wendet sich ab und treibt die Leute, die verängstigt in der Senke hocken, mit zornigen Kommandos an. Die beiden anderen

Schleuser versuchen die Pferde zu bändigen, die beim Lärm der Schüsse in Panik geraten sind und sich wiehernd aufbäumen. Tarek beobachtet, wie der Tross sich mühsam in Bewegung setzt. Der Pfad, dem sie folgen, führt jenseits der Senke zwischen zwei Felswänden hindurch. Dort sind sie endgültig vor den Blicken der Grenzer geschützt. Vermutlich werden sie nicht versuchen, ihnen zu folgen, denn um die Schlucht zu durchqueren, würden sie Stunden brauchen.

Der Pakistani liegt noch immer am Boden. Tarek kniet sich zu ihm. »Sieh zu, dass du aufstehst und weiterkommst«, sagt er und nickt zu Shukur hinüber. »Ich kenne ihn. Mit ihm ist nicht zu spaßen, wenn er in Wut gerät. Glaub mir: Er wird dich glatt erschießen, wenn du noch einmal zurückbleibst.«

Das stimmt natürlich nicht. Aber für den Moment scheint es ihm die beste Möglichkeit zu sein, den Mann anzutreiben. Es ist wie bei den Schafen. Manche muss man trösten oder ihnen gut zureden. Anderen droht man damit, dass man ihnen den Hund auf den Hals hetzt. Wieder anderen versetzt man am besten sofort einen Tritt in den Hintern. Für jede Situation und jedes Tier gibt es das passende Mittel. Und hier ist es eben dieses.

Tatsächlich quält der Pakistani sich auf die Füße und humpelt hinter den anderen her. Tarek folgt ihm und atmet auf, als er den schmalen Durchgang zwischen den Felswänden erreicht. Alle gehen jetzt in einer langen Reihe hintereinander und er bildet den Schluss der Gruppe. Das tut er, seit sie die Hütte am Fuß der Berge verlassen haben. Anfangs, am ersten Tag, führte der Weg sie noch sanft hinauf, aber dann wurde er steiler, manchmal so steil, dass sie auf Händen und Füßen nach oben klettern mussten. Gestern sind sie in den Schnee gekommen, es wurde kalt und stürmisch. Seitdem hat Tarek alle Hände voll zu tun, die Leute zusammenzuhalten und aufzupassen, dass niemand den Anschluss verliert. Sie gehen jetzt nur noch nachts, im Licht des

Mondes, damit die Grenzer sie nicht sehen. Aber in der vergangenen Nacht sind sie schlecht vorangekommen und haben den Marsch in die Morgenstunden verlängert und das wäre ihnen gerade fast zum Verhängnis geworden.

Tarek blickt nach vorn. Der Pfad ist schnurgerade, er kann die ganze Gruppe überblicken. Als sie von der Hütte aufgebrochen sind, hat Shukur den Leuten gesagt, es werde vier Tage dauern, die Berge zu überqueren. Tarek hat schon damals gewusst, dass es eine Lüge war. Er musste sich dazu nur die Gipfel ansehen. Inzwischen weiß er von Shukur, dass sie – wenn alles gut geht – mindestens zehn Tage brauchen werden. Und die beiden härtesten liegen noch vor ihnen. Die Schleuser lügen die Leute an, damit keine Panik ausbricht. Vier Tage hört sich machbar an, zehn Tage wie eine halbe Ewigkeit.

Als sie eine Weile unterwegs sind, sieht er, dass Shukur, der bis dahin an der Spitze gegangen ist, zur Seite tritt. Er lässt einen nach dem anderen aus der Gruppe an sich vorbeigehen und betrachtet die Leute dabei scharf. Erst als Tarek ihn erreicht, setzt er sich wieder in Bewegung und schließt sich ihm an. Seine Wut ist anscheinend verraucht. Er hat wieder den gleichmütigen, spöttischen Gesichtsausdruck, der so typisch für ihn ist.

»Halbe Stunde noch«, sagt er. »Dann sind wir am Lagerplatz.«

»Glaubst du, die Grenzer folgen uns?«, fragt Tarek.

»Nein. Sie sind zu faul, die Schlucht zu durchqueren. Wahrscheinlich haben sie andere per Funk über uns informiert. Also müssen wir vorsichtig sein. Aber das müssen wir sowieso. Es ändert nichts.«

Vor ihnen treten die Felswände auseinander. Die Berggipfel sind wieder zu sehen, sie sind näher gerückt. Shukur hebt den Kopf und schnuppert in der Luft.

»Was meinst du?«, fragt er. »Gibt es Sturm?«

»Ja«, erwidert Tarek. »Das habe ich dir doch schon gesagt.«

»Tja, dann wird es hart. Du wirst viel zu tun kriegen in den nächsten Nächten. Du darfst nicht zimperlich sein, hörst du? Vielleicht musst du die Leute prügeln, um sie voranzutreiben. Glaubst du, du kannst das?«

»Ich weiß nicht.«

»Du musst dir immer vor Augen halten, dass du ihnen damit das Leben rettest«, sagt Shukur. »Du prügelst sie, damit sie weiterleben können. Das macht die Sache einfacher.« Er zögert kurz, dann deutet er auf den Pakistani, der ein Stück vor ihnen durch den Schnee humpelt. »Was hältst du von ihm? Schafft er es?«

»Schwer zu sagen. Im Moment macht er sich ganz gut. Ich habe ihm gesagt, du erschießt ihn, wenn er zurückbleibt.«

»Keine üble Idee«, sagt Shukur anerkennend und grinst. »Vielleicht tue ich's ja.«

»Nein, tust du nicht. Dann würdest du kein Geld mehr an ihm verdienen.«

»Siehst du?« Shukur lächelt überlegen. »Der Weg durch die Berge hat sich für dich gelohnt. Du hast dazugelernt. Was ist mit den anderen? Hast du noch mehr Sorgenkinder?«

»Ja, ein paar. Aber wenn sich keiner verletzt, kriege ich die schon über den Pass.«

»Auch die Frauen?«

Tarek lässt den Blick über die Gruppe wandern. Sie besteht aus sechzehn Männern und drei Frauen. Und einem Kind. Die meisten sind aus Afghanistan, einige aus Pakistan. Zum Glück kommen nur wenige aus der Stadt, denkt er. Das sind seine Sorgenkinder. Die, die immer am Ende der Gruppe sind.

»Um die Frauen musst du dir keine Gedanken machen«, sagt er. »Die stammen aus den Dörfern. Sie sind zäh.«

»Auch die mit dem Kind?«

»Die ist die Zäheste von allen. Sie schafft es schon.«

»Hoffentlich«, sagt Shukur. »Wenn sie trotzdem nicht mehr kann, trägst du das Kind für sie.«

»Glaubst du, das habe ich nicht schon längst getan? Kümmer dich um deinen eigenen Mist.«

»Gut«, sagt Shukur zufrieden. Tarek weiß inzwischen, dass er einen rauen Umgangston nicht übel nimmt. Im Gegenteil: Das gefällt ihm sogar.

»Sag den anderen nichts davon«, fügt Shukur hinzu und senkt die Stimme. »Aber wir haben inzwischen genug von den Vorräten aufgebraucht, dass die Pferde zur Not jemanden tragen können. Es ist der letzte Ausweg, verstehst du? Sie sollen es so weit wie möglich alleine versuchen. Gib mir Bescheid, wenn es bei einem gar nicht mehr anders geht. Aber denk daran: Wir haben nur zwei Plätze auf den Pferden. Alle anderen müssen es selbst schaffen.«

Ein plötzlicher eisiger Windstoß fährt zwischen den Felswänden hindurch und wirbelt den Schnee auf. Sie wenden sich ab, schlagen die Krägen ihrer Jacken hoch und warten, bis es wieder ruhiger geworden ist.

»Sag mal«, Tarek wischt sich den Schnee aus dem Gesicht, »sind hier oben schon mal Leute von dir gestorben?«

Shukur blickt ihn finster an und presst die Zähne aufeinander. Eine ganze Zeit lang schweigt er, dann nickt er zu den Berggipfeln hinüber.

»Da oben haben sich mal welche verlaufen«, sagt er. »Keine Angst, sie gehörten nicht zu mir. Sie haben sich verirrt und sind erfroren. Vierzehn Leute. Sie liegen noch heute da im Schnee. Steif gefroren wie Dachlatten. Ich weiß, wo die Stelle ist. Ich kann sie dir zeigen.«

»Nein«, sagt Tarek. »Ich glaube dir auch so.«

Shukur legt ihm die Hand auf die Schulter. »Das passiert uns nicht«, sagt er. »Die Menschen halten mehr aus, als man ihnen zutraut. Manchmal bekomme ich unten im Tal eine Lieferung und ich sehe sie mir an und denke: Verflucht, die traurigen Gestalten soll ich über die Berge bringen? Die brechen mir doch schon an der ersten Steigung zusammen. Aber ich sage dir, viele von denen überraschen dich. Wenn sie wirklich müssen, schaffen sie mehr, als sie sich vorstellen können.«

Er geht weiter, dreht sich aber nach einigen Schritten noch einmal um. »Es ist wie mit den Schafen«, sagt er und lacht. »Die ertragen auch mehr, als du ihnen zutraust.«

»Du musst mithelfen«, keucht Soraya. »Ich schaffe es nicht allein, du steckst zu tief drin.«

Leila schüttelt den Kopf. »Ich kann nicht mehr«, sagt sie. Ihre Stimme ist kaum zu verstehen, so schwach und matt klingt sie. »Geh ohne mich weiter.«

»Ohne dich gehe ich nirgendwohin«, erwidert Soraya und bückt sich zu Leila hinunter. »Leg deine Arme um meinen Hals. So fest, wie du kannst. Lass bloß nicht los!«

Ein falscher Schritt hat Leila in diese Lage gebracht. Die ganze Nacht sind sie nun schon unterwegs, auf den schmalen Gebirgspfaden, die unter dem Schnee kaum zu erkennen sind, und die vielen kalten, stürmischen Stunden haben Leila so entkräftet, dass sie kaum noch gehen kann. Sie ist gestolpert, vom Pfad abgekommen und in eine Schneewehe gerutscht und dort steckt sie nun fest, bis über die Hüften, so tief, dass sie selbst mit Sorayas Hilfe kaum mehr herausfindet.

Soraya schlingt ihre Arme um Leila. »Jetzt!«, brüllt sie, stemmt sich mit aller Kraft in den Schnee und versucht sich aufzurichten. Die Anspannung ist so groß, dass sie einen lauten Schrei ausstößt. Aber Leila scheint freizukommen. Einen Zentimeter nach dem anderen zieht sie sie zu sich herauf, bis sie endlich mit letzter Kraft aus ihrem kalten Gefängnis herausklettern kann. Erschöpft sinken beide daneben zu Boden.

»Danke«, murmelt Leila, nachdem sie wieder zu Atem gekommen ist. »Woher bist du bloß so kräftig? Du siehst gar nicht danach aus.«

»Ach, das hat nichts zu bedeuten«, antwortet Soraya und winkt mit einer müden Bewegung ab. »Ich musste als Kind schon immer auf den Feldern mitarbeiten.«

»Und die Kälte? Ich bin halb erfroren und dir scheint es gar nichts auszumachen.«

»Ich komme aus einem Dorf in den Bergen, das weißt du doch. Da sind die Winter eisig, ich bin daran gewöhnt.«

Sie klopft Leila den Schnee von den Kleidern. Eigentlich sind sie nicht richtig ausgestattet für die Kälte. In der Hütte im Tal, als sie in die Berge aufgebrochen sind, vor fünf Tagen, haben die Schleuser Jacken und Bergstiefel verteilt, aber die Sachen sind alt und zerrissen. Leila sitzt zitternd da, auch die Handschuhe, die sie trägt, sind durchlöchert. Soraya kann erkennen, dass ihre Finger schon blau angelaufen sind. Kurz entschlossen zieht sie ihre eigenen Handschuhe aus und hält sie ihr hin.

»Hier, nimm meine«, sagt sie. »Die sind noch gut. Und deine Finger sehen übel aus.«

»Nein«, wehrt Leila ab. »Die brauchst du selbst.«

»Bei uns im Dorf«, sagt Soraya, »da hat sich ein Mann im Winter mal die Hände erfroren. Am Anfang waren seine Finger auch so blau wie deine, irgendwann sind sie schwarz geworden und am Ende mussten ihm drei davon abgenommen werden. Also stell dich nicht so an.«

Sie tauscht die Handschuhe einfach aus, Leila ist zu schwach, sich dagegen zu wehren. Dann hilft sie ihr auf die Füße. Alle anderen sind inzwischen an ihnen vorbeigestolpert, nur der Schleuser, der immer das Ende des Zuges bildet, steht noch da und blickt sie wütend an. Er brüllt etwas, aber Soraya kann es nicht verstehen, der Wind faucht von den Berggipfeln herab und verschluckt seine Worte. Ungeduldig deutet er nach vorn. Sie klettern auf den Pfad und schleppen sich weiter.

Es ist jetzt die fünfte Nacht, die sie in den Bergen verbringen, und jede davon war kälter und stürmischer als die vorherige. Doch nun sind sie oben, das spürt Soraya. Eine kältere und stürmischere Nacht als diese, in der ihnen der Wind die vereisten Schneeflocken wie Nadeln in die Gesichter getrieben hat, wird es nicht mehr geben. Manche aus ihrer Gruppe hätten sie kaum überstanden, immer wieder sind sie in sich zusammengesunken, völlig entkräftet, und wollten nicht mehr weiter, wollten einfach sitzen bleiben, um den Strapazen ein Ende zu bereiten, aber die Schleuser treiben sie unerbittlich voran. Zuerst brüllen sie ihnen ins Gesicht, beschimpfen und verspotten und beleidigen sie. Wenn das nicht hilft, schlagen sie sie mit ihren Stöcken, und wenn sie sich noch immer nicht rühren, reißen sie sie fluchend hoch und schubsen sie weiter. Eine Frau und einen älteren Mann, die immer wieder zusammengebrochen sind, haben sie auf den Pferden festgeschnallt, aber auch die Gäule sehen aus, als würden sie nicht mehr lange durchhalten, sie haben nur noch wenig Futter für sie.

Soraya stützt Leila, die sich kaum noch alleine auf den Beinen halten kann. Angetrieben von der rauen Stimme des Schleusers in ihrem Rücken, stolpern sie voran. Zum Glück führt der Pfad jetzt ein Stück bergab und hinter ihnen erscheint ein erster heller Streifen am Horizont.

»Es fängt an zu dämmern«, sagt Soraya, um Leila aufzuheitern. »Bald ist die Nacht vorbei. Dann machen wir irgendwo Rast und können schlafen.«

Eine Weile kämpfen sie sich noch voran, dann stoßen sie auf die anderen aus ihrer Gruppe, die stehen geblieben sind und auf sie warten. Inzwischen ist es so hell, dass es zu gefährlich wäre weiterzugehen. Überall in den Bergen sind Streifen der Grenzpolizei, sie könnten von ihnen gesehen werden. Die Schleuser setzen ihre Ferngläser an die Augen und suchen die Umgebung ab auf der Suche nach einem Platz, an dem sie den Tag möglichst geschützt verbringen können.

Gestern waren sie in einer Höhle, gut verborgen vor den Blicken der Grenzer, ungestört von den fauchenden Winden, doch hier scheint es so etwas nicht zu geben. Die Schleuser suchen lange, immer wieder gehen sie noch ein Stück weiter, heben erneut die Ferngläser an die Augen, dann scheinen sie etwas gefunden zu haben. Sie gehen darauf zu, und als sie näher kommen, sieht Soraya, dass es eine Art Felsvorsprung ist, fast wie eine Kerbe, die ein Riese mit seiner Axt in den Berg geschlagen hat. Allerdings sind sie nicht die Einzigen, die den Platz entdeckt haben, es lagern schon andere dort.

Soraya kann es kaum glauben. In all der Zeit in den Bergen sind sie fast niemandem begegnet, nur ein paar Schmugglern, die schweigend auf ihren Pferden an ihnen vorbeiritten, die Kapuzen tief ins Gesicht gezogen. Und einmal haben sie auf dem Hang eines anderen Berges, durch eine Schlucht von ihnen getrennt, eine Patrouille der Grenzpolizei gesehen, vor der sie sich verstecken mussten. Es erscheint ihr fast unvorstellbar, dass es noch andere gibt, die die gleichen Mühen und Qualen wie sie auf sich nehmen, um über die Berge zu kommen, aber anscheinend ist es so.

Auch die Schleuser haben die andere Gruppe entdeckt. Eine Zeit lang beobachten sie sie, dann hebt einer die Hand und winkt hinüber, nach einer Weile winkt von drüben einer zurück. Vielleicht kennen sie sich, denkt Soraya. Die Schleuser, die sie über die Berge bringen, sind Kurden hier aus der Gegend, möglicherweise kennen sie sich alle untereinander. Einer von ihnen sagt, es sei in Ordnung, der Platz sei groß genug für alle, und wenn sie Glück hätten, könnten sie vielleicht noch Informationen und Vorräte austauschen. Er spricht Farsi, das ist die Sprache der Iraner, ganz ähnlich wie Dari. Soraya kann es halbwegs verstehen, und wenn sie doch einmal nicht mitkommt, gibt es ja noch Leila, die übersetzt es ihr.

Sie gehen zu dem Felsvorsprung hinüber. Die Leute aus der anderen Gruppe sehen genauso mitgenommen und abgekämpft aus wie sie, manche sind schon eingeschlafen, andere blicken teilnahmslos vor sich hin, kaum einer beachtet sie. Soraya und Leila nehmen ihre Rucksäcke von den Pferden und suchen sich einen Platz unter den Felsen, ganz weit hinten, wo der Wind keinen Schnee hingeweht hat. Dort breiten sie ihre Decken aus und lassen sich erleichtert darauf nieder. Es ist immer noch kalt, aber sobald die Sonne aufgeht, wird die Temperatur rasch steigen und am Mittag und Nachmittag werden sie froh sein, im Schatten zu liegen.

Leila streckt sich auf ihrer Decke aus und schläft im nächsten Moment ein. Soraya macht sich Sorgen um sie. Leila ist nicht für Strapazen wie diese gemacht, sie wirkt zart, hat ein schmales Gesicht und dünne Hände und es ist deutlich zu sehen, dass sie am Ende ihrer Kräfte ist. Sie bekommen nur wenig zu essen hier oben, denn die Schleuser haben die Vorräte rationiert und die Portionen sind so klein, dass einem schon eine halbe Stunde nach dem Essen wieder der Magen knurrt. Alle sind abgemagert und ausgehungert. Auch Soraya kann sich nicht daran erinnern, sich jemals so schwach gefühlt zu haben.

Sie beobachtet, wie im Osten die Sonne hinter den Berggipfeln aufgeht, und denkt daran, dass sie über ihrem Dorf, irgendwo da hinten in der Ferne, jetzt wahrscheinlich schon hoch am Himmel steht. Was die anderen wohl gerade tun? Ihr Vater und ihr Großvater sind vermutlich auf den Feldern, ihre Großmutter stickt womöglich an einer Decke oder webt an einem Teppich, ihre Mutter bereitet das Mittagessen zu und Djamila hilft mal der einen und mal der anderen – um Sorayas Erziehung muss sie sich ja nicht mehr kümmern. Sie seufzt. Ob einer von ihnen jetzt auch an sie denkt?

Lärm schreckt sie auf, sie dreht den Kopf. Eines der Pferde aus der anderen Gruppe ist mit einem ihrer Pferde aneinandergeraten, sie schnauben und jedes schnappt nach dem anderen. Kein

Wunder, auch sie sind erschöpft und bekommen viel zu wenig Futter. Die Schleuser stehen ein Stück entfernt und sprechen miteinander. Ab und zu hebt einer die Hand und deutet mal hierhin und mal dahin, anscheinend informieren sie sich darüber, wo Grenzer sein könnten oder welchen Weg sie von hier aus nehmen wollen. Dann schicken sie einen von sich los, um die Pferde zu beruhigen. Er ist noch jung und auf den ersten Blick passt er gar nicht zu den anderen, aber mit Tieren scheint er sich auszukennen, denn es gelingt ihm erstaunlich schnell, die beiden Streithähne zu trennen. Als er sie voneinander wegführt, wendet er Soraya das Gesicht zu. Sie betrachtet ihn und dann durchzuckt es sie plötzlich wie ein Schlag.

»Tarek!«, brüllt sie und springt auf.

Alle, die noch wach sind, drehen den Kopf in ihre Richtung, auch die Schleuser, und Tarek natürlich ebenfalls. Er scheint sie nicht zu erkennen. Während er die Leine des Pferdes, um das er sich gerade kümmert, um einen Felsen schlingt, blickt er unverwandt in ihre Richtung. Dann kommt er langsam näher, bleibt aber einige Meter vor ihr stehen.

»Samir?«, fragt er ungläubig.

»Ja«, sagt sie. »Und nein.« Sie schiebt ihr Kopftuch ein Stück zurück. »Soraya.«

Tarek steht vollkommen fassungslos da, mit großen Augen und weit aufgerissenem Mund. Er sieht aus wie jemand, dem gerade am hellen Tag ein Geist begegnet. Und Soraya geht es kaum anders. Sie kann gar nicht begreifen, was los ist. Ist es wirklich Tarek, der vor ihr steht? Was tut er hier? Was hat er mit diesen Schleusern zu schaffen? Sie geht einen Schritt auf ihn zu, dann bleibt sie stehen und betrachtet ihn von oben bis unten.

»Du bist gewachsen seit letztem Frühling«, stellt sie schließlich fest, immer noch ganz verblüfft.

»Ja«, erwidert er. »Du nicht.« Er kratzt sich ratlos am Kopf.

»Wie – wie kommst du hierher?«, stammelt er, mustert sie misstrauisch und zeigt auf ihr Kopftuch. »Und – warum hast du dich als Mädchen verkleidet?«

»Verkleidet?« Soraya stutzt, dann muss sie lachen. Ja, kein Zweifel: Das ist wirklich Tarek! »Komm, ich erkläre es dir«, sagt sie, greift nach dem Ärmel seiner Jacke und zieht ihn tiefer in den Schutz des Felsvorsprungs. Dort setzt sie sich mit ihm an eine Stelle, wo sie keiner hören kann, und fängt an zu erzählen. Sie erzählt ihm alles, was geschehen ist. Alles, was in den letzten Wochen auf sie eingestürmt ist, vom Tag des Drachenkampfes bis zu ihrer Flucht vor den Taliban. Und warum sie jetzt plötzlich ein Mädchen ist, obwohl er sie doch bisher nur als Jungen kannte.

Tarek hört sich alles schweigend an, schüttelt nur manchmal erstaunt den Kopf oder hebt verwundert eine Augenbraue.

»Ganz schön viel auf einmal, was?«, sagt Soraya, als er, auch nachdem sie längst zu Ende erzählt hat, den Mund noch immer nicht aufmacht.

»Ja. Ziemlich viel.«

»Hast du es nie gemerkt?«

»Was gemerkt?«

»Na, dass ich immer nur ein halber Junge war. Hast du das nie gemerkt?«

»Du warst schon anders«, sagt er. »Aber alle haben dich wie einen Jungen behandelt. Und du hast auch immer wie einer ausgesehen.« Er beugt sich zu ihr hin und blickt ihr ins Gesicht. »Jetzt sieht man es besser.«

»Und? Was denkst du darüber?«

»Was denke ich worüber?«

»Na, wie ich jetzt aussehe.«

»Hm. Weiß nicht. Muss mich erst daran gewöhnen.«

Soraya zuckt für einen Moment enttäuscht mit den Mundwinkeln, dann platzt ein lautes Lachen aus ihr heraus. Ja, da sitzt er wirklich vor ihr: der Tarek, den sie kennt. Sie könnte sich manchmal totlachen über ihn.

»Jetzt erzähl du aber«, sagt sie. »Warum bist du nicht gekommen? Und warum bist du auf einmal hier?«

Tarek erzählt von den Schafen und den Minen, von dem Regen, der nicht mehr fällt, und von den Taliban, die sich mehr für ihn interessiert haben, als es gut ist, dann erzählt er von seinem Weg hierher und schließlich von dem Onkel in Deutschland, zu dem er will.

»Unsere Geschichten sind gar nicht so verschieden«, sagt Soraya, als er geendet hat. »Ich meine, sie sind schon verschieden, aber irgendwie auch ähnlich. Und jetzt treffen wir uns hier oben wieder, mitten in der Wildnis, an dem unwahrscheinlichsten Ort, den man sich vorstellen kann. Ist das nicht seltsam?«

»Wenn man jemanden unerwartet wiedertrifft, ist das meistens seltsam«, sagt Tarek.

»Ja, kann sein. Sag: Was hast du vor, wenn du in Deutschland bist?«

»Ich muss Geld verdienen und es meinem Vater schicken. Er musste Schafe für mich verkaufen, weißt du.«

»Und wie willst du das anstellen?«

»Weiß nicht. Vielleicht in der Fabrik, wo mein Onkel arbeitet.«

»Du in einer Fabrik?«, sagt Soraya und schüttelt den Kopf. »Das kann ich mir nicht vorstellen. Du musst entweder Schafhirte oder Geschichtenerzähler werden.«

Tarek verzieht den Mund. »Ich glaube, in Deutschland gibt es nicht so viele Schafe«, sagt er. »Und nicht so viele Geschichten.«

»Wer weiß, vielleicht doch. Wie willst du deinen Onkel überhaupt finden? Hast du seine Adresse?«

»Ja.«

»Gib sie mir! Falls wir wieder getrennt werden, kann ich dich immer wiederfinden.«

Aus der Innentasche seiner Jacke zieht Tarek einen Brief hervor. »Den hat mein Onkel mal meinem Vater geschrieben«, sagt er. »Du weißt ja, bei uns in der Familie kann keiner lesen, aber wir haben ihn uns vorlesen lassen. Auf dem Umschlag steht die Adresse und im Brief selbst ist sie auch.« Während er den Brief wieder in seiner Jacke verstaut, reicht er Soraya den Umschlag. »Hier, nimm. So haben wir sie beide.«

Soraya faltet den Umschlag zusammen und steckt ihn ein, fast wie einen Schatz.

Tarek beobachtet sie dabei. »Deine Handschuhe sind kaputt«, sagt er. »Damit kannst du nicht weiter. Warte!«

Er steht auf und sieht sich um, dann ruft er: »Shukur!«

Einer der Schleuser, die nach wie vor zusammenstehen, hebt den Kopf, sagt etwas zu den anderen und schlendert dann langsam herüber. Er ist groß und trägt einen verwilderten Schnurrbart. Als er Soraya sieht, runzelt er die Stirn.

»Hey, Ziegenficker!«, sagt er zu Tarek. »Was für ein Schäfchen hast du denn da gefunden? Das ist nicht aus unserer Herde.«

»Nein«, antwortet Tarek. »Es ist«, er zögert kurz und sieht Soraya an, »meine Kusine.«

Der Schleuser lacht spöttisch. »So! Deine Kusine, ja?«

»Ja. Sie braucht neue Handschuhe. Haben wir noch ein Ersatzpaar?«

»Möglich«, sagt der Schleuser, beugt sich zur Seite und spuckt aus. »Aber nicht für sie. In den Bergen ist jeder für seine Handschuhe selbst verantwortlich.«

»Sieh sie dir an! Mit den Teilen erfriert sie sich die Finger.«

»Na und?« Der Schleuser zuckt mit den Schultern. »Die tauen wieder auf. Sie ist jung, daran stirbt sie nicht. Außerdem gehört sie nicht zu unserer Gruppe.«

Tarek geht auf ihn zu, bis er direkt vor ihm steht. »Sie braucht neue Handschuhe, Shukur!«, wiederholt er.

Der Schleuser versetzt ihm einen Stoß. »Seit wann hast du hier Forderungen zu stellen?«, knurrt er.

»Seit heute«, sagt Tarek. »Du kannst es mir vom Lohn abziehen, wenn du willst.«

Der Schleuser lacht verächtlich. »Du bist wirklich ein seltsamer Kerl. Aber gut, komm mit! Da du ordentlich gearbeitet hast, mache ich eine Ausnahme. Du kriegst neue Handschuhe für deine«, er wirft Soraya noch einen spöttischen Blick zu, »Kusine.«

Soraya beobachtet, wie sie zu einem der Pferde gehen und in den Kisten und Säcken, die darauf verschnürt sind, herumsuchen. Als sie Tarek betrachtet, scheint ihr die Kälte mit einem Mal wie fortgeblasen zu sein, auch der Hunger und die Schwäche und das Heimweh und die Sorgen um Leila und all die anderen düsteren Gedanken, die sie zuletzt mit sich herumgeschleppt hat. Alles ist weg, wie von Zauberhand, fast als wäre dieser Vogel gekommen, von dem Tarek manchmal in seinen Geschichten erzählt, und hätte es in seinen Fängen davongetragen.

Nach einigen Minuten kehrt Tarek mit neuen Handschuhen zurück. »Wir hatten wirklich noch welche«, sagt er und setzt sich wieder neben sie.

»Warum nennt der Kerl dich Ziegen…?«, fragt Soraya.

»Ach, so nennt er alle Kuchi. Er hält es für witzig.«

»Ist es aber nicht.«

»Nein.« Tarek streift ihr die zerrissenen Handschuhe von den Fingern. »Dafür, dass sie so kaputt sind, hast du aber ziemlich warme Hände«, sagt er.

»Ich weiß. Mir wird nicht so schnell kalt.«

»Trotzdem«, erwidert Tarek und zieht ihr die neuen über. »Es ist besser so.«

Die Handschuhe fühlen sich gut an, warm und weich. »Ich habe auf dich gewartet im Frühling«, sagt Soraya, während sie sie prüfend gegeneinanderschlägt. »Jeden Tag.«

»Warst du oben in den Hügeln?«

»Ja, war ich. Einmal, das war mitten in der Nacht, da habe ich sogar überlegt, ob ich zu dir …« Sie bricht ab. »Na, egal. Erzähl mir eine Geschichte.«

»Was, jetzt? Hier?«

»Ja, warum nicht? Ich freue mich seit über einem Jahr darauf. Jetzt will ich sie hören. Wer weiß, was morgen ist.«

Tarek sieht sie erstaunt an. Dann lächelt er, was bei ihm selten vorkommt, und es ist eigentlich auch kein richtiges Lächeln, sondern ein leichtes Verziehen der Mundwinkel. Gleich danach verfällt er in tiefes Nachdenken, und zwar so lange, dass Soraya irgendwann ungeduldig wird.

»Tarek!«, sagt sie. »Lebst du noch?«

»Ja. Ich musste nur kurz überlegen. Aber jetzt weiß ich, welche Geschichte ich dir erzähle. Es ist eine vom Simurgh.«

»Ah, vom Simurgh!« Soraya lacht. In besonderen Situationen erzählt Tarek gerne vom Simurgh. Letztes Jahr hat er ihr sein tiefstes Geheimnis anvertraut, nämlich dass er überzeugt ist, von diesem Zaubervogel beschützt zu werden.

»Eigentlich ist die Geschichte nicht direkt über den Simurgh«, sagt Tarek. »Aber er spielt eine Rolle darin. Also, hör zu. Es geht um einen Jungen, er heißt Milat.«

»Was ist er für einer?«, fragt Soraya.

»Na, ein ganz normaler Junge eben. Er zieht immer mit seinen Eltern auf einem Planwagen durch die Gegend. Von Stadt zu Stadt. Sie sind fahrende Händler und verkaufen Kleider und Decken und solche Dinge. Das heißt, sein Vater verkauft sie, auf den Märkten. Seine Mutter näht sie im Planwagen zusammen, aus alten Lumpen. Und Milat sammelt die Lumpen.«

»Hört sich ziemlich traurig an.«

»Was heißt schon traurig? Es ist einfach ihr Leben, sie kennen nichts anderes. Jedenfalls, eines Tages kommen sie mit ihrem

Planwagen an einem Schloss vorbei. Es steht auf einem Hügel, sodass man es von überall gut sehen kann. Und in einem Fenster des Schlosses sieht Milat ein Mädchen.«

»Ah! Wie sieht sie aus? Beschreib sie.«

»Sie ist wunderschön. Und zwar so schön, dass Milat sich auf der Stelle in sie verliebt und an nichts anderes mehr denken kann als an sie. Er ist für nichts mehr zu gebrauchen. Er schafft es nicht mal mehr, Lumpen zu sammeln. Seine Eltern sind schon ganz verzweifelt.«

»Was tun sie?«

»In der nächsten Stadt, in die sie kommen, erkundigen sie sich nach dem Mädchen. Die Leute erzählen, ihr Name sei Farah und sie sei die Tochter eines Königs. Der König aber sei eifersüchtig und wolle seine Tochter nur an den mutigsten und stärksten Mann des ganzen Landes verheiraten. Deshalb hätte er sie in dieses Schloss eingesperrt. Da würde sie nun seit vielen Jahren sitzen und darauf warten, dass endlich der mutigste und stärkste Mann des Landes vorbeikäme, um sie zu befreien.«

»Da kann sie ja lange warten.«

»Ja, aber ...« Tarek bricht ab und versetzt Soraya einen Klaps gegen die Schulter. »Kannst du vielleicht mal aufhören, mich ständig zu unterbrechen? Wenn ich dir eine Geschichte erzähle, musst du auch zuhören.«

»Ja, ist ja gut. Ich bin nur so gespannt, weißt du. Wie geht es weiter?«

»Milat ist nicht der Erste, der sich in Farah verliebt. Eigentlich geht es jedem so, der vorbeikommt und sie sieht. Aber der König will sichergehen, dass wirklich nur der Mutigste und Stärkste von allen seine Tochter gewinnen kann. Also hat er sich mit der Hilfe eines Zauberers drei Prüfungen ausgedacht, die derjenige vorher bestehen muss.«

»Was sind das für Prüfungen?«

»Die erste ist ein Labyrinth, das so viele Wege hat, wie Sterne am Himmel sind, und nur einer dieser Wege führt hindurch. Die zweite ist ein hoher Berg, den man erklimmen muss, aber er ist so spiegelglatt, dass man nirgendwo Halt findet. Und die dritte ist ein See, durch den man schwimmen muss, aber er ist von oben bis unten voll mit hungrigen Krokodilen.«

»Ganz schön hart. Hört sich nicht so an, als könnte das einer schaffen.«

»Eigentlich soll es auch keiner schaffen, weißt du. Der König will seine Tochter für sich. Trotzdem gibt es immer wieder neue Bewerber, die es versuchen. Königssöhne sind darunter, große Krieger, reiche Kaufleute und listige Zauberer. Aber keiner besteht die Prüfungen. Entweder sie verdursten im Labyrinth oder sie zerschellen am Berg oder sie werden von den Krokodilen gefressen. Keiner, der antritt, überlebt es.«

»Und Milat?«

»Milat sagt zu den Leuten in der Stadt: Es ist mir egal, was ihr erzählt. Und wenn es noch so gefährlich ist: Ich werde es schaffen. Ich werde Farah befreien und heiraten. Die Leute machen sich natürlich lustig über ihn. Sie sagen: Du, ein kleiner Lumpensammler? Du willst vollbringen, woran all die großen Männer vor dir gescheitert sind? Und Milat sagt: Ja, ich werde es vollbringen. Ihr werdet sehen.«

»Na ja, dass er es will, ist klar. Aber – wie?«

»Das fragt er sich natürlich auch. Er geht durch die Stadt und dann verlässt ihn der Mut. Er denkt: Wie soll ich diese fürchterlichen Prüfungen bestehen? Ausgerechnet ich, der ich in meinem Leben nie etwas anderes getan habe, als Lumpen zu sammeln? Während er darüber nachgrübelt, kommt er an einem kleinen Vogel vorbei. Ein hässlicher Spatz, der aus dem Nest gefallen ist. Die Leute gehen einfach an ihm vorüber und denken: Was geht mich dieser Spatz an? Soll sich seine Mutter um ihn kümmern!

Aber Milat hat Mitleid. Er hebt den Vogel auf, um ihn wieder in sein Nest zu tragen. Da verwandelt sich der Spatz in den Simurgh.«

»Ah, endlich! Er hat also auf Milat gewartet?«

»Das kann man so genau nicht sagen. Jedenfalls dankt er Milat für sein Mitleid und im Gegenzug gibt er ihm drei Federn aus seinem prächtigen Pfauenschwanz. Er sagt, es seien Zauberfedern. Immer wenn Milat eine davon anzünde, werde er kommen und ihm helfen. Milat bedankt sich und der Simurgh verschwindet.«

»Drei Federn? Das heißt: für jede Prüfung eine?«

»Vielleicht. Milat hat natürlich von den Zauberkräften des Simurgh gehört und denkt: Mit so einem mächtigen Verbündeten an meiner Seite werde ich es schaffen. Er stellt sich den Prüfungen. Immer wenn er eine davon angeht, entzündet er eine Feder und der Simurgh erscheint am Himmel. Er hat riesige Schwingen und mit den Bewegungen seiner Flügel leitet er Milat durch das Labyrinth. Außerdem hat er einen kräftigen Schnabel. Damit hackt er Stufen in den Berg, sodass Milat über sie hinaufsteigen kann. Und er hat gewaltige Krallen, mit denen er Fische in den See wirft. An denen fressen die Krokodile sich satt und haben an Milat kein Interesse mehr, sodass er einfach zwischen ihnen hindurchschwimmen kann.«

Als er an dieser Stelle seiner Geschichte angekommen ist, hebt Tarek den Kopf. Der Schleuser, den er Shukur genannt hat, ruft nach ihm und winkt.

»Ich muss helfen«, sagt er. »Die Pferde abladen und die Essensrationen verteilen.«

»O nein, nicht jetzt, Tarek«, protestiert Soraya. »Bitte! Das hat doch noch ein paar Minuten Zeit.«

»Leider nicht. Weißt du, Shukur kann ziemlich wütend werden, wenn ich …«

»Aber es ist gerade so spannend. Komm, nur das noch! Er hat

die drei Prüfungen also bestanden. Und dann? Dann ist der Weg ins Schloss frei, oder?«

»Nicht ganz«, sagt Tarek und wendet sich Soraya wieder zu. »Es wartet noch eine weitere Prüfung auf ihn. Es ist die härteste von allen und ausgerechnet bei der kann der Simurgh ihm nicht helfen. Er darf das Schloss nämlich nur an einem einzigen Tag des Jahres betreten, um Farah zu befreien, und das ist am ersten Tag des Frühlings. Bis dahin sind es aber noch viele Monate und in der ganzen Zeit – das ist die Prüfung – darf er kein anderes Mädchen auch nur ansehen.«

»Nicht mal mit einem einzigen Blick?«

»Nein.«

»Das heißt, er muss immer mit gesenktem Kopf herumlaufen?«

»Ja.«

»Rennt er da nicht ständig irgendwo gegen?«

»Doch. Er rennt immer gegen Mauern und Häuser. Aber das macht ihm nichts aus, er nimmt es auf sich. All die vielen Monate steht er durch. Und dann, am ersten Tag des Frühlings …«

Soraya schreckt auf. Ohne dass sie es gemerkt haben, ist der Schleuser mit dem Schnurrbart an sie herangetreten und versetzt Tarek einen Fußtritt.

»Hör auf zu quatschen, Ziegenficker«, fährt er ihn an. »Du hast doch gehört, dass ich dich brauche. Also komm gefälligst!«

Dann dreht er sich zu Soraya hin und droht ihr mit dem Zeigefinger. »Lass ihn in Ruhe!«, sagt er warnend, wirft Tarek noch einen wütenden Blick zu und verschwindet wieder.

Tarek steht auf. »Tut mir leid«, sagt er. »Am besten schläfst du jetzt. Den Rest der Geschichte erzähle ich dir heute Abend.«

Er verzieht wieder die Mundwinkel und diesmal ist es ein echtes Lächeln. Dann betrachtet er sie noch einmal neugierig von oben bis unten.

»Soraya«, sagt er leise.

Es ist ein lauter, klagender Ruf, fast wie der Schrei eines Kindes, der noch eine ganze Weile in der Stille der Berge nachhallt. Tarek lauscht, aber es kommt keine Antwort. Er kennt diesen Ruf. Die Adler in den Bergen seiner Heimat klingen genauso, vermutlich ähneln sich ihre Schreie überall auf der Welt.

»Hörst du, Dschamal?«, sagt er. »Das ist das Zeichen, dass wir bald da sind.«

Wahrscheinlich liegt der echte Dschamal jetzt am Feuer. Wenn die Morgendämmerung kommt, öffnet er zuerst immer nur ein Auge, bevor er den Kopf hebt. Er stößt ein leises Knurren aus, das fast wie ein Seufzer wirkt, verlässt die wohlige Wärme der Glut und läuft mit noch etwas ungelenken Schritten zu den Schafen, um zu sehen, ob alle beisammen sind. Dann trabt er vermutlich zum Zelt. Dahin, wo Mirza schläft.

Tarek dreht sich um. Auch hier geht die Nacht allmählich zu Ende, hinter ihnen zieht die Dämmerung herauf. Die hohen Gipfel liegen jetzt seit einigen Tagen nicht mehr im Westen, sondern im Osten. Und das ist gut so. Sie haben den Schnee und die eiskalten Stürme hinter sich gelassen. Die ganze letzte Nacht und auch diese sind sie nur noch bergab gegangen. Längst haben sie die Grenze überquert, irgendwo da oben, die Stelle war nicht markiert. Jetzt sind sie in der Türkei und es kann nicht mehr lange dauern, bis sie, zum ersten Mal seit ewiger Zeit, wieder eine Hütte und irgendwann auch ein Dorf erreichen.

»Das war der Ruf des Simurgh«, sagt Tarek zu Dschamal. »Er hat uns geführt, mein Junge. Oben im Schneetreiben, als selbst

Shukur den Weg nicht mehr wusste, da hat er uns geführt. Wir müssen ihm dankbar sein.«

Es klingt fast wie ein Gebet. Einer der Männer, die vor Tarek den steilen, steinigen Gebirgspfad nach unten stolpern, dreht sich um. Anscheinend hat er ihn gehört.

»Sieh gefälligst nach vorn und geh weiter!«, ruft er ihm zu.

Er hat sich den anderen gegenüber inzwischen einen Ton angewöhnt, über den er manchmal selbst erschrickt. Aber oben in den Bergen, als es so kalt war, dass ihnen der Speichel fast im Mund gefror, als der Sturm ihnen wie ein entfesseltes Ungeheuer in die Gesichter brüllte, sodass jeder Schritt zur Qual wurde, da ging es um Leben und Tod. Da konnte er keine Rücksicht nehmen. Die Schleuser schlugen jene, die hinfielen und nicht mehr auf die Füße kamen, manchmal mit Stöcken, wie man es mit einem störrischen Esel tut oder einem mürrischen alten Kamel. So weit ist er nicht gegangen. Aber manchmal hat er die Nerven verloren und die Leute angeschrien und beleidigt, und jetzt ist es schwer, wieder zu einem normalen Ton zurückzufinden. Es hat sich ja auch bewährt, denkt er. Sie haben niemanden verloren. Alle sind noch zusammen.

Tarek geht wie üblich als Letzter, damit er den Überblick hat. Es sind kaum Sterne am Himmel, er kann nur schemenhaft die Gestalten erkennen, die in einer langen Reihe den Pfad hinunterwanken. An der Spitze geht Shukur, wie er es meistens tut. Er hat Tarek inzwischen erzählt, dass es nicht immer gelingt, alle über die Berge zu bringen, mit denen sie auf der iranischen Seite aufbrechen. Manche würden oben im Schnee und in der Kälte jede Energie und jede Widerstandskraft verlieren, und wenn man sie ihnen nicht wieder einprügeln könnte, müsste man sie eben verloren geben. Um die Gruppe zu retten, bleibe einem irgendwann nichts anderes übrig, als sie zurückzulassen.

Tarek weiß noch, wie Shukur vor ihm stand, als er das sagte.

Wie er bedauernd die Schultern hob und dann ausspuckte. »Niemand macht so etwas gerne«, fügte er noch hinzu. »Aber es ist nicht zu ändern. So ist es nun mal: Bei manchen Geschäften gibt es Verluste. Deshalb habe ich dich angestellt. Um sicherzugehen, dass wir diesmal keine Verluste haben.«

Tarek denkt über Shukur nach. Vieles an ihm kann er nur schwer verstehen. Er wirkt auf den ersten Blick kalt und herzlos und seine spöttische Art und die abfällige Bezeichnung, die er für ihn gefunden hat, verstärken diesen Eindruck noch. Aber inzwischen hat Tarek das Gefühl, dass vieles davon nur gespielt ist. Shukur ist für den gefährlichsten Teil der Reise verantwortlich. Er muss die Leute über die Berge bringen, wo der Tod lauert. Er kann es sich nicht erlauben, Mitleid zu haben – weder ihnen noch sich selbst gegenüber.

»Weißt du, was ich glaube?«, sagt er zu Dschamal. »Wenn du einen Job machst wie er, hast du irgendwann keine andere Wahl, als dir einzureden, dass es sich bei den Leuten nicht um Menschen, sondern um Waren handelt. Musst du dann einen von ihnen im Gebirge zurücklassen, ist es nicht so, als wäre er gestorben. Es kommt dir nur so vor, als hättest du irgendwo eine Kiste stehen lassen.«

Shukur ist Kurde wie die beiden anderen Schleuser. Das hat er ihm auch erzählt, als sie an dem Morgen, nachdem die Grenzer auf sie geschossen hatten, den Lagerplatz erreichten und die Pferde versorgten. Die Kurden würden hier entlang der Grenze leben, hat er gesagt. Sie hätten kein eigenes Land, fast ein wenig wie die Paschtunen. Und weder die Iraner noch die Türken würden sie besonders mögen.

»Wenn du Kurde bist und hier in den Bergen groß wirst«, sagte er zu ihm, während sie die Vorräte abluden und die Rationen zusammenstellten, »dann hast du eigentlich nur drei Möglichkeiten. Du wirst entweder Rebell oder Schmuggler oder

Schleuser. Etwas anderes kommt nicht in Frage. Aber als Rebell musst du ständig Leute erschießen und als Schmuggler wirst du irgendwann selbst erschossen. Also bin ich Schleuser geworden. So einfach ist das.«

Tarek weiß nicht, ob das stimmt. Vielleicht ja, vielleicht nein. Jedenfalls hat er eines festgestellt, nämlich dass Shukur, so hart und abweisend er oft auch ist, immer sein Wort hält. Er kann sich auf ihn verlassen und das ist viel wert – vor allem wenn man in der Wildnis ist.

Hinter Shukur gehen jene, die den Marsch über die Berge halbwegs gut überstanden haben. Fast alle stammen aus den Dörfern und sind es von klein auf gewohnt, kilometerweit zu Fuß zu gehen. Hinter ihnen wiederum trotten die Pferde, die von den beiden anderen Schleusern am Zügel geführt werden. Sie tragen inzwischen keine Vorräte mehr, denn die sind aufgebraucht. Vor wenigen Stunden, bei einer kurzen Rast am Ufer eines Baches, haben sie die letzten Rationen mit Trockenfleisch, Dörrobst und Nüssen ausgegeben, die sie noch hatten. Stattdessen hocken jetzt die beiden aus der Gruppe in den Sätteln, denen es am schlechtesten von allen geht.

Der eine ist der Pakistani. Nach dem Vorfall mit den Grenzern hat er noch eine Nacht durchgehalten, dann war es endgültig vorbei mit ihm. Weder gutes Zureden noch Drohungen noch Schläge konnten ihn dazu bringen, einen einzigen weiteren Schritt zu machen. Also haben sie eines der Pferde von seiner Last befreit und ihn mit vereinten Kräften in den Sattel gehoben. Tarek war froh darüber, denn sein größtes Sorgenkind hat ihm von da an keinen Ärger mehr gemacht. Allerdings sind die erfrorenen Zehen des Pakistani inzwischen schwarz wie ein verkohltes Holzscheit. Shukur sagt, sie müssten ihm abgenommen werden, aber er würde es überleben.

Der andere ist ein älterer Mann, der in der vorletzten Nacht, kurz bevor sie die Schneegrenze erreichten, bei einem unvorsichtigen Schritt ausgerutscht, über ein Eisfeld geschlittert und mehrere Meter tief in einen Bach gestürzt ist. Er hat es zwar überlebt, sich bei dem Sturz aber beide Beine gebrochen. Ihn mussten sie nicht nur in den Sattel setzen, sondern sogar auf dem Pferd festbinden, weil er sich aus eigener Kraft nicht halten konnte. Seitdem wimmert er bei jedem Schritt.

»Ich war direkt hinter ihm, Dschamal, du hast es ja gesehen«, sagt Tarek. »Aber es ging zu schnell, ich konnte ihn nicht mehr packen. Na, wir versuchen uns besser nicht vorzustellen, welche Schmerzen er jetzt aushalten muss.«

Hinter den Pferden schließlich gehen jene, die eigentlich nicht mehr können und sich nur noch mit letzter Kraft voranschleppen. Tarek kennt sie inzwischen genau, es sind die Schäfchen, auf die er seit Tagen aufpasst. Ihm selbst geht es halbwegs gut. Seine Füße schmerzen, natürlich. Aber in Orumiyeh hat Shukur bei ihm besonders darauf geachtet, dass er gute Bergschuhe bekam, und das zahlt sich jetzt aus. Seine Lippen sind aufgeplatzt, er fühlt sich matt und hat Hunger wie ein Wolf. Selbst für die Schleuser waren die Rationen in den letzten Tagen knapp bemessen. Doch er kann sich nicht beklagen, er hat den Marsch besser überstanden als die meisten der anderen.

Für einen Augenblick bleibt er stehen und dreht sich um. Es ist heller geworden, die Berggipfel hinter ihm sind jetzt klar vor dem Horizont zu erkennen. Vor allem der eine, der höchste von allen, in dessen Schatten sie den Tag verbracht haben, an dem er Samir wiedergesehen hat. Er lächelt. Nein! Soraya natürlich, er muss sich an den Namen erst gewöhnen. Er denkt an die Begegnung zurück und für einen Moment kommt es ihm vor, als wäre es ein Traum gewesen. Wenn er eingeschlafen ist dort oben, in der tiefen Erschöpfung nach den anstrengenden Nächten in Schnee und Sturm, hatte er oft wirre Träume. Und es erscheint ja auch so unwirklich. Wie enttäuscht war er gewesen, Samir in diesem Frühling nicht sehen zu können! Und dann trifft er ihn, nein, sie, ausgerechnet dort oben. Wie hat sie gesagt? »An dem unwahrscheinlichsten Ort, den man sich vorstellen kann.« Ja, besser kann man es nicht ausdrücken.

Er wendet sich wieder nach vorn und geht weiter. Er hat lange gebraucht an jenem Tag, bis er Samir erkannte, und noch viel länger, um zu begreifen, dass es nicht Samir war, sondern Soraya. Eigentlich hat er es während des ganzen Gesprächs nicht begriffen, so überrumpelt war er. Obwohl: Die Tatsache an sich, dass Samir in Wahrheit ein Mädchen ist und kein Junge, hat ihn gar nicht so sehr überrascht. Das hat er, wenn er ehrlich ist, schon im letzten Frühling gespürt. In den Jahren davor noch nicht. Natürlich, Samir war immer anders als die anderen Jungen, gerade das hat ihn ja so angezogen. Doch das will nichts heißen. Jeder ist irgendwie anders als der Rest.

Im letzten Frühling aber war Samir verändert. Seine Stimme war noch immer hell und klar, nicht rau und gebrochen wie die der anderen Jungen. Seine Augen waren größer geworden, noch größer als sowieso schon. Seine Bewegungen waren nicht mehr kantig und eckig, sondern weich und geschmeidig, sein Lachen nicht mehr herausfordernd, sondern irgendwie hintergründig. Schon da hatte er gespürt, dass etwas anders war. Aber es war eben nur ein Gefühl, nichts weiter.

Als Tarek darüber nachdenkt, fällt ihm plötzlich etwas ein. »Dschamal!«, stößt er hervor. »Jetzt wird es mir klar. Erinnerst du dich an den Tag, an dem wir Samir zum ersten Mal gesehen haben? Immer wenn wir einem Mann oder einem Jungen begegnen, den wir nicht kennen, gibst du Laut. Wenn du spürst, dass er gefährlich ist, bellst du. Wenn du ihn für ungefährlich hältst, knurrst du nur. Aber bei Samir hast du keinen Ton von dir gegeben. Du hast sofort gemerkt, was los war. Schon da hätte ich es ahnen können. Ach, ich wünschte, ich hätte deine Nase, mein Junge!«

Kopfschüttelnd geht er weiter. Dann denkt er an das, was Soraya über sich erzählt hat. Es ist unglaublich, was ihr passiert ist, es hat ihn ganz mitgenommen. Wenn er all das nur vorher gewusst hätte! Auf der anderen Seite: Was hätte er schon tun können? Er weiß nur eins: Immer wenn er jetzt an Soraya denkt, auch wenn es in den kältesten Nächten ist, fühlt er plötzlich eine angenehme Wärme in sich aufsteigen. Das Gefühl ist neu für ihn, als hätte die Verwandlung Samirs in Soraya es erst in ihm geweckt.

Er denkt an die Geschichte, die er ihr erzählt hat. Zuerst hat es ein bisschen gedauert, bis sie ihm eingefallen ist. Aber dann war es genau die richtige Geschichte zur richtigen Zeit. Wie die alten Erzähler am Feuer hat er ein Gespür dafür. Es tut ihm nur leid, dass er sie nicht zu Ende bringen konnte. Auch am Abend, als sich alle wieder zum Aufbruch fertig machten, ist er nicht mehr dazu gekommen. Die Schleuser der beiden Gruppen wollten unterschiedliche Wege in die Türkei nehmen und natürlich haben er und Soraya es nicht geschafft, sie davon abzubringen. Er hat einen ziemlichen Aufstand gemacht, weil die Vorstellung, sofort wieder von Soraya getrennt zu werden, nachdem sie sich gerade erst wiedergefunden hatten, ihm unerträglich war. Dabei hat er sich anscheinend im Ton vergriffen. Die Schleuser brüllten auf ihn ein und einer von denen, die zu der anderen Gruppe gehörten, schlug ihm die Faust ins Gesicht.

Wahrscheinlich hätte er noch Schlimmeres mit ihm angestellt, wenn Shukur nicht dazwischengegangen wäre und ihm versichert hätte, er werde die Angelegenheit regeln. Der andere nickte wütend und Shukur packte Tarek ziemlich grob am Kragen und zerrte ihn davon.

»Was fällt dir ein?«, fuhr er ihn an, als sie außer Hörweite waren. »Bist du übergeschnappt? Bei diesen Dingen hast du nicht mitzureden, das steht dir nicht zu.«

»Ich wollte ja nur ...«

»Nein, wolltest du nicht. Du willst gar nichts! Hast du das verstanden?«

»Doch, ich will, dass wir den gleichen ...«

»Halt jetzt den Mund!« Shukur hob die Faust, als wenn er ihm einen zweiten Schlag versetzen wollte, ließ sie aber wieder sinken. »Hör jetzt zu. Drüben in der Türkei gibt es einen Ort, an dem die Gruppen wieder zusammentreffen. Wir nehmen nur einen unterschiedlichen Weg dorthin. Da kannst du deine – Kusine oder wen auch immer wiedersehen. Hat sich das jetzt bis in deinen Kindskopf herumgesprochen?«

Als Tarek das hörte, beruhigte er sich langsam. Kurz darauf brach Sorayas Gruppe als Erste auf, er konnte ihr nur noch nachwinken. Wenig später machten sie sich ebenfalls auf den Weg. Ein paarmal hat er Sorayas Gruppe noch gesehen, auf einem anderen Pfad, der sich immer weiter von ihrem entfernte. Irgendwann hatten die Berge sie verschluckt.

Er wacht aus seiner Erinnerung auf und seufzt. Das ist jetzt auch schon wieder fünf Tage her. Mehrmals hat er Shukur seitdem darauf angesprochen und ihn gefragt, wo dieser Ort denn sei und wann sie ihn erreichen würden. Aber Shukur ist jedes Mal wütend geworden und hat geantwortet, er solle ihn gefälligst mit seinem Kinderkram in Frieden lassen, sie hätten andere Sorgen. Jetzt kann Tarek es gar nicht mehr abwarten, in die Türkei zu kommen und an diesen Ort zu gelangen.

Dann plötzlich hält er an. Etwas hat sich verändert und im nächsten Moment weiß er auch, was es ist. Der Geruch! Seit zehn Tagen hat er nichts Gebratenes oder Gekochtes mehr gerochen. Er geht weiter, dann sieht er unter sich, zwischen den Bäumen, eine Hütte. Es ist das erste Gebäude, das sie erreichen, seit sie ins Gebirge aufgebrochen sind. Auch die anderen scheinen es bemerkt zu haben. Tarek beobachtet, wie sie sich gegenseitig darauf aufmerksam machen und ihre Schritte beschleunigen. Mit letzten Kräften wanken sie den Pfad entlang. Er lacht. Er weiß, was sie jetzt denken: Endlich wieder unter einem Dach schlafen! Endlich wieder etwas Warmes essen!

Er spürt den Schmerz in seinen Füßen jetzt nicht mehr. Als er genauer hinblickt, tauchen unterhalb der Hütte Häuser auf, er sieht Stromleitungen und Wäscheleinen und einen Geländewagen. Er sieht Rauch, der aus Schornsteinen aufsteigt. Ein Dorf! Ein türkisches Dorf! Sie haben es geschafft. Die Berge liegen hinter ihnen.

»Ja, wir sind zurück, Dschamal«, sagt er und klopft mit zwei kräftigen Schlägen gegen die Rinde eines Baumes, der am Rand des Pfades steht. »Ich danke dir, mein Junge.«

Er sieht, dass Shukur stehen geblieben ist, alle anderen an sich vorbeigehen lässt und auf ihn wartet. Als Tarek näher kommt, spuckt er besonders kräftig aus und streckt ihm die Hand entgegen.

Tarek geht zu ihm und schlägt ein.

Shukur haut ihm anerkennend auf die Schulter und grinst. »Gut gemacht, Ziegenficker!«, sagt er.

Am Abend fühlt sich Tarek fast wie ein neuer Mensch. Noch am Morgen, bald nach ihrer Ankunft, haben sie etwas zu essen bekommen, zum ersten Mal seit zehn Tagen etwas Warmes. Es war keine karge, abgezählte Ration, nein, alle durften essen, so viel sie wollten. Kein Trockenfleisch aus Dosen oder gedörrtes Obst aus Plastiktüten, sondern eine heiße, dicke Suppe mit Hammelfleisch und Bohnen, damit sie zu Kräften kamen. Dann haben sie geschlafen, wobei Tarek, wie Shukur ihm versprochen hatte, wieder in den Raum mit den Schleusern durfte. Nach dem Aufwachen haben sie erneut gegessen und jetzt steht Tarek mit den Schleusern vor der Hütte und betrachtet das abendliche Treiben in dem Dorf, das ein Stück unter ihnen liegt, an demselben Bach, dem sie in der vergangenen Nacht gefolgt sind auf ihrem Weg bergab.

Das Dorf wirkt auf eine seltsame Art ärmlich und wohlhabend zugleich. Nicht alle Häuser sind aus Stein, einige auch aus Lehm oder einfach in die Felsen hineingeschlagen, die das Tal begrenzen. Die Dorfstraße ist ein staubiger Weg und das Wasser holen die Bewohner aus dem Bach oder aus einem Brunnen, wie Tarek es auch von den paschtunischen Dörfern kennt. Aber neben jedem zweiten Haus steht ein Auto und sie sehen ziemlich neu aus. Auf den Dächern sind Satellitenempfänger, die sich leuchtend weiß vom Grau der Häuser abheben, als stammten sie aus einer anderen Welt.

Tarek beobachtet eine Gruppe von Männern, die schon seit einiger Zeit auf der Dorfstraße stehen und ihre Pferde mit großen, verstaubten Kanistern beladen. Jetzt steigen sie auf und reiten den Pfad nach oben. Als sie an der Hütte vorbeikommen, nicken sie den Schleusern zu.

Tarek schaut ihnen nach, während sie den gleichen Weg hinaufreiten, den ihre Gruppe heute Morgen herabgestiegen ist. »Was ist in den Kanistern?«, fragt er Shukur.

»Ihre Schwiegermütter«, sagt einer der beiden anderen Schleuser, bevor Shukur antworten kann. »Sie haben ihnen die Kehlen durchgeschnitten, jetzt bringen sie sie in die Berge, um sie zu verscharren.«

Er und der andere lachen. Auf der iranischen Seite der Berge haben sie es noch nicht geduldet, dass Tarek sich in ihre Gespräche einmischt. Jetzt, nachdem er sich bewährt hat, nehmen sie es hin, nutzen aber noch immer jede Gelegenheit, sich über ihn lustig zu machen.

»Die Kanister sind leer«, sagt Shukur. »Aber nicht mehr lange.

Sie holen Benzin über die Grenze, auf der anderen Seite kostet es nämlich fast nichts. Hundertfünfzig Liter auf jedem Pferd. Ein gutes Geschäft. Sie dürfen sich nur nicht erwischen lassen.«

»Das heißt – es sind Schmuggler?«, fragt Tarek.

»Natürlich«, sagt Shukur und blickt den Reitern nach, bis sie außer Sicht sind. »Was hast du gedacht? Dass Schmuggler irgendwelche finsteren Gestalten sind, die oben in den Bergen in Höhlen hausen?«

Er zeigt auf das Dorf. »Was glaubst du, woher die Autos kommen? Und die Fernseher und das ganze andere Zeug. Was willst du tun in einem Drecksnest, in dem nicht mal etwas wächst? Du musst sehen, wo du bleibst. Wenn eine Grenze in der Nähe ist, musst du sie auch nutzen.« Er lacht. »Schmuggeln ist ein ganz normaler Beruf, wenn man näher darüber nachdenkt. Mit der kleinen Besonderheit, dass es verboten ist.«

Er bricht ab. Auf der Straße, die vom Dorf hinunter ins Tal führt, ist eine Staubfahne zu sehen. Gleich darauf kommen mehrere Geländewagen um eine Biegung und fahren auf das Dorf zu. Jetzt ist auch das Brummen ihrer Motoren zu hören.

»Na endlich«, sagt Shukur und spuckt erleichtert aus. »Unsere Ablösung. Wurde auch Zeit.«

»Was heißt das?«, fragt Tarek.

»Das heißt, dass unsere Wege sich trennen. Wir reiten über die Berge zurück. Ein paar Tage Pause, dann kriegen wir die nächste Lieferung.« Er sieht Tarek an und deutet kurz auf die Hütte. »Ich hoffe nur, es ist nicht wieder ein Pakistani mit zu großen Füßen dabei.«

Er betrachtet die Geländewagen, die inzwischen, ohne ihre Geschwindigkeit zu verlangsamen, durch das Dorf rasen. Alle Häuser verschwinden unter einer Staubwolke.

»Da kommen eure neuen Reiseleiter«, sagt Shukur. »Ab hier ist der Weg leichter.«

»Wo bringen sie uns hin?«, fragt Tarek.

»Nach Van. Das ist die nächste größere Stadt. Und dann quer durch die Türkei. Bis ans Mittelmeer.«

»Van«, wiederholt Tarek. »Ist das der Ort, wo ich Soraya wiedertreffe?«

»Wen?«, fragt Shukur.

»Na, meine Kusine.«

Shukur blickt ihn an, als hätte er den Verstand verloren. Dann wendet er sich seufzend ab. »O Mann!«, sagt er und schüttelt den Kopf. »Sag bloß, du hast das immer noch nicht verstanden.«

»Was?«

»Jetzt stell dich nicht dümmer, als du bist. Du wirst sie nicht wiedertreffen. Hast du wirklich gedacht ...«

Tarek sieht ihn fassungslos an. Kalter Zorn steigt in ihm hoch. »Aber du hast es versprochen«, unterbricht er ihn. »Du bist ein verdammter ...«

Noch bevor er das Wort »Lügner« aussprechen kann, wirbelt Shukur herum. Während er ihm mit der einen Hand ins Gesicht greift und ihm die Wangen zusammendrückt, richtet er den Zeigefinger der anderen Hand auf seine Augen. Sein Gesicht ist wutverzerrt. Für einen Moment bleibt er so stehen, dann lässt er Tarek los.

»Komm mit!«, sagt er nur.

Er geht los. Tarek zögert kurz, dann folgt er ihm hinter die Hütte. Auf ihrer Rückseite sind einige Stapel Brennholz aufgeschichtet, aber es gibt kein Fenster und keine Tür. Niemand kann sie sehen.

»Bleib da stehen!«, sagt Shukur und schlägt mit der Faust gegen die Wand der Hütte, anscheinend, um sich abzureagieren. Dann baut er sich vor Tarek auf.

»Was habe ich dir gesagt?«, herrscht er ihn an. »Ganz am Anfang? Komm, komm, starr mich nicht an, raus damit!«

»Ich weiß nicht, was du …«

»Widersprich mir nie vor den anderen. Niemals! Das habe ich dir gesagt.«

»Aber du hattest es mir versprochen«, sagt Tarek trotzig.

Shukur streckt die Arme aus. »O Himmel, ich hatte es ihm versprochen«, sagt er und verdreht die Augen. »Ja, und im gleichen Moment wusste ich, dass es nicht stimmt. Na und? Was hast du zu dem Scheiß-Pakistani gesagt, als er nicht mehr weiter wollte? Komm, sag es mir!«

»Dass du ihn erschießen wirst.«

»Eben. Obwohl du genau wusstest, dass ich es nicht tue. So etwas nennt man eine Lüge.«

»Ich wollte ihm doch nur helfen.«

»Siehst du!« Shukur klatscht höhnisch Beifall. »Jetzt fängst du an zu kapieren. Ich habe das da oben nämlich auch nur gesagt, um dir zu helfen. Geht das in deinen Schädel?«

Tarek sieht ihn finster an. »Du hast mir damit aber nicht geholfen. Außerdem will ich deine Hilfe nicht.«

»Hast du den Typen von der anderen Gruppe gesehen?«, fragt Shukur. »Hast du gesehen, wie wütend er auf dich war, als du deinen Aufstand gemacht hast?«

»Na und?«

»Glaub mir, ich kenne den Kerl. Der ist ziemlich schnell mit dem Gewehr bei der Hand. Und ob da oben eine Leiche mehr oder weniger in der Gegend herumliegt, interessiert niemanden. Verstehst du? Absolut niemanden.«

Er kommt einen Schritt näher und senkt die Stimme, nachdem sie sich bis dahin mehr oder weniger angeschrien haben. »Ich wollte nur, dass du ruhig bist. Ob du es glaubst oder nicht: Ich habe dir deinen dreckigen kleinen Ziegenficker-Hals gerettet. Das ist alles.«

Shukur geht zur Seite und lehnt sich gegen einen der Holzstapel. Tarek bleibt stehen, wo er ist, er atmet noch immer schwer. Ganz langsam ebbt seine Wut ab. Er lässt den Kopf sinken und dann begreift er, dass Shukur recht hat. Wie dumm ich gewesen bin!, denkt er. Wie entsetzlich dumm! Die ganze Zeit bilde ich mir ein, die anderen wären Schäfchen, um die ich mich kümmern muss. Dabei bin ich das dümmste Schaf von allen. Natürlich werden sie nicht dafür sorgen, dass ich Soraya wiedertreffe. Warum sollten sie auch? Es ist ihnen völlig egal. Wie konnte ich nur darauf hoffen?

Shukur betrachtet ihn eine Weile schweigend. Dann kommt er wieder zu ihm.

»Hör zu, Tarek«, sagt er.

Tarek hebt verblüfft den Kopf. »Woher kennst du meinen Namen?«

Shukur winkt ab. »Deinen Namen habe ich von Anfang an gewusst. Der Typ aus Herat schickt mir immer eine Liste mit allen Namen aufs Handy. Meistens schreibt er zu jedem noch was dazu. Bei dir stand: Kuchi. Da wusste ich, was ich mit dir vorhabe. Ich wusste es von Anfang an. Oder glaubst du, ich kaufe die Katze im Sack?«

Tarek nickt langsam. So ist das also! Ja, Dschamal, denkt er. Wir beide, wir sind nicht die, die entscheiden, was mit uns geschieht. Wir können es nur hinnehmen. Es ist albern, sich etwas anderes einzubilden.

»Du hast deine Sache gut gemacht«, fährt Shukur fort. »Wirklich, das hast du. Du hast keinen Grund, irgendjemandem nachzutrauern. Eigentlich ist für dich alles so gut gelaufen, wie es nur konnte. Du bist hier, auf der anderen Seite der Berge, du bist gesund, dir ist nichts passiert und …«, er greift in seine Jacke und zieht ein paar Geldscheine heraus, »hier ist dein Lohn.«

»Nein.« Tarek wehrt ab. »Lass dein Geld stecken. Ich will es nicht. Es ist schmutziges Geld.«

»Sei nicht dumm.« Shukur stopft ihm die Scheine in seine Jacke und klopft wohlwollend darauf. »Du wirst es brauchen. Und, was dieses Mädchen angeht: Vielleicht hast du Glück und triffst sie irgendwo wieder. Schön! Vielleicht auch nicht, dann findest du eine andere. Scheißegal! So ist das Leben. Und jetzt sind wir hübsch vernünftig und steigen in einen dieser Wagen, ja?«

Shukur dreht ihn um und versetzt ihm einen Stoß. Gemeinsam gehen sie wieder nach vorn. Dort haben die beiden anderen Schleuser inzwischen die Leute aus der Hütte geholt und sie an ihre Nachfolger übergeben. Gerade werden sie auf die Geländewagen verteilt, die auf der Straße parken.

Auch Tarek stolpert zu den Wagen hin. Was bleibt ihm schon anderes übrig? Sich hier auf die Suche zu begeben wäre sinnlos. Vielleicht ist Soraya schon längst auf der Fahrt Richtung Westen. Was passiert ist, ist passiert, er kann es nicht ändern. Er klettert auf die Ladefläche und hockt sich neben die anderen.

Einige Minuten später hat jeder einen Platz gefunden. Die Abdeckungen werden zugeschlagen, die Wagen fahren los. Tarek wirft einen letzten Blick auf die Berge. Da oben sind Shukur und die beiden anderen Schleuser, sie reiten den Gebirgspfad hinauf. Shukur sieht kein einziges Mal zurück.

Die Wagen durchqueren das Dorf und fahren ins Tal hinunter, die Berggipfel verschwinden hinter einer Biegung. Tarek lässt den Kopf sinken. Wer weiß, Dschamal?, denkt er. Vielleicht war die Begegnung ja wirklich nur ein Traum.

Im letzten Augenblick duckt Soraya sich zur Seite. Die Peitsche schwirrt an ihr vorbei, wirbelt durch den Schnee und schlägt eine tiefe Kerbe in den Felsen. Sie dreht sich um. Der Talib mit dem schwarzen Turban steht wie ein Riese hinter ihr. Er lässt die Peitsche kurz sinken, doch gleich darauf holt er schon zum nächsten Schlag aus.

Fieberhaft klettert sie weiter hinauf, um ihm zu entkommen. Über ihr, weit oben an dem steilen Berghang, ist der Simurgh zu erkennen, er krallt sich an den Felsen und schlägt mit seinem Schnabel Stufen in den Stein, eine nach der anderen, für Tarek und sie. Sie greift nach einer Stufe über ihrem Kopf und zieht sich nach oben.

»Soraya!«, hört sie Tareks Stimme durch den Sturm. »Wo sind deine Handschuhe?«

Sie blickt zu ihm hinüber, auch er klettert in den Stufen des Simurgh den Berg hinauf und muss den Peitschenhieben des Talib ausweichen. Dann fällt ihr auf, dass sie tatsächlich nichts an den Händen hat. Ihre Finger sind bereits schwarz und – schlimmer noch – es sind gar nicht mehr alle da, einige fehlen.

Tarek versucht ihr seine eigenen Handschuhe zu reichen. »Hier, nimm!«, ruft er. Sie will nach ihnen greifen, kann sie aber nicht erreichen, die Entfernung ist zu groß.

»Lass ihn in Ruhe!«, hört sie eine Stimme hinter sich. Als sie sich umdreht, ist aus dem Talib mit dem schwarzen Turban der Schleuser mit dem schwarzen Schnurrbart geworden, aber auch er trägt eine Peitsche. Er holt aus und lässt sie zwischen ihr und

Tarek auf den Felsen klatschen. Eine tiefe Spalte entsteht und gleich darauf bricht der Berg, an dem sie hängen, auseinander. Das Letzte, was sie von Tarek sieht, ist, wie er in die Tiefe stürzt, dann verliert sie selbst den Halt. Sie fällt durch den Schnee und den Sturm, immer tiefer. Nur den Simurgh hört sie noch, weit oben am Berg, sein Schnabel hämmert auf den Felsen, und wieder gibt es einen Schlag, und wieder ...

Soraya wacht auf. Aus dem rhythmischen Hämmern des Simurgh ist das laute Signal des Weckers geworden, schnell hebt sie die Hand und stellt ihn aus. Dann richtet sie sich auf und streckt sich. Das dünne Nachthemd, das sie trägt, klebt ihr regelrecht am Körper, sie ist schweißgebadet. Für einen Moment ist sie verwirrt und weiß nicht, wo sie sich befindet, dann fällt es ihr ein. Das Nachthemd gehört ja Leila und sie schläft wie üblich in dem kleinen Verschlag unter der knarrenden Treppe.

Der Wecker zeigt fünf Uhr. Sie stöhnt, am liebsten würde sie noch einige Minuten liegen bleiben, aber das geht nicht, sie muss los. Schnell öffnet sie die winzige, dreieckige Tür des Verschlages und kriecht in den Flur. Durch die Dunkelheit tastet sie sich zum Badezimmer, wäscht sich und putzt sich die Zähne, dann zieht sie sich an und geht in die Küche. Dort muss sie nur noch den Tee aufbrühen, das Frühstück steht bereit, wie immer hat Leila es gestern Abend vorbereitet, als sie selbst schon schlief. Leila hat es gut, sie muss erst um sieben aufstehen, ihr Türkischkurs beginnt spät.

Soraya hockt sich an den Tisch und beginnt zu essen. Ihr ist immer noch ein wenig schwindlig, weil der Wecker sie so brutal aus ihrem Traum gerissen hat. Sie träumt oft solche wilden Sachen in letzter Zeit, manchmal hat es etwas mit ihrer Heimat zu tun, dann ist sie morgens immer traurig, manchmal hat es auch mit Tarek zu tun, dann ist sie meistens noch trauriger.

Während sie einen Schluck Tee nimmt, ganz vorsichtig, um

sich nicht die Zunge zu verbrennen, denkt sie an ihr kurzes Zusammentreffen mit ihm in den Bergen. Wie schön das gewesen ist – und wie furchtbar schnell wieder vorbei! Auf dem weiteren Weg durch das Gebirge, hinab in die Türkei, als die Kälte langsam nachließ, der Schnee irgendwann aufhörte und die kahlen Felsen grasbewachsenen Berghängen wichen, hat sie es noch gar nicht so schlimm empfunden. Immerhin hatte der Schleuser mit dem Schnurrbart ihnen ja versprochen, dass die beiden Gruppen sich in der Türkei wiedersehen würden, und darauf hat sie vertraut. Aber – sie stößt wütend ihr Messer auf den Teller – inzwischen hat sie gelernt, dass man verloren ist, wenn man einem Schleuser vertraut.

An die letzten Nächte in den Bergen kann sie sich kaum noch erinnern, sie waren alle so erschöpft, dass nur der nackte Überlebenswille sie vorantrieb. In dem ersten Dorf, das sie auf der türkischen Seite der Berge erreichten, waren sie mehr tot als lebendig und fielen erst mal in einen richtigen Tiefschlaf. Als Soraya daraus erwachte, beschloss sie, sich auf die Suche nach Tarek zu machen. Das Bild, wie einer der Schleuser sie anblickte, als sie ihn fragte, wo Tareks Gruppe sei, steht ihr noch deutlich vor Augen. Er hatte nicht die leiseste Ahnung, wovon sie redete. Als sie ihn daran erinnerte, was der Schleuser mit dem Schnurrbart oben im Gebirge gesagt hatte, winkte er nur unwillig ab. Dessen Gruppe hätte einen anderen Weg genommen, sagte er. Nur der Himmel wisse, wo sie jetzt seien, jedenfalls sei es nie geplant gewesen, sich wiederzutreffen, weder hier noch an einem anderen Ort.

Soraya schlingt die letzten Bissen ihres Frühstücks hinunter, dann steht sie auf, um ihren Teller zu spülen. Sie weiß noch gut, wie wütend sie war. Wie von Sinnen brüllte sie die Schleuser an, aber die betrachteten sie nur verdutzt, lachten sie aus und drohten ihr schließlich Prügel an. Also ging sie zu Leila, die unterdessen auch aufgewacht war. Aus ihrer Wut wurde tiefe Traurigkeit, sie hockte sich zu ihr und erzählte ihr alles. Leila hörte ihr zu und riet ihr, die Fahrt nach Istanbul wie geplant fortzusetzen. Immerhin sei es möglich, sagte sie, dass Tarek auch dort ankomme, denn fast alle Schleuser brächten ihre Leute zunächst nach Istanbul und erst danach zur Küste. Also hätte sie dort bessere Chancen, ihn zu finden, als wenn sie am Fuß der Berge nach ihm suchte.

Soraya blickt auf die Uhr. Sie muss jetzt wirklich los, um sechs beginnt ihre Arbeit, und wenn sie sich verspätet, wird ihr zur Strafe etwas von ihrem Lohn abgezogen. Das hat sie einmal erlebt, genau fünf Minuten war sie zu spät und dann hat sie für eine ganze Stunde kein Geld bekommen. Hastig greift sie nach dem kleinen Verpflegungspaket, das Leila ihr für den Tag zurechtgemacht hat, und wirft es über die Schulter. Noch mal passiert ihr das nicht, das hat sie sich fest vorgenommen.

Draußen ist es noch dunkel, sie zieht die Tür hinter sich zu und läuft los. Ihre Sandalen klappern auf dem Gehsteig, das Paket mit dem Essen tanzt auf ihrer Schulter. Inzwischen kennt sie den Weg zur Fabrik auswendig und auch an die Stadt hat sie sich gewöhnt, zumindest ein wenig. Als sie vor einigen Wochen mit Leila und den anderen hier angekommen ist, am Busbahnhof, war die Stadt für sie wie ein Schock. Überall sind Dinge, von denen sie vorher noch nie etwas gehört hat. Es gibt Häuser, die bis in den Himmel ragen, mit Fenstern, von denen jedes einzelne größer ist als ein ganzes Haus in ihrem Dorf. Es gibt Straßenbahnen, die unter der Erde fahren, es gibt riesige Leinwände an den Häusern, über die Filme laufen, die mit Limonade oder Schuhcreme zu tun haben, im Hafen gibt es Schiffe, die so hoch sind wie die Berge in ihrer Heimat. Jeden Tag, den sie hier ist, entdeckt sie wieder etwas Neues, noch Unglaublicheres.

Sie biegt um eine Hausecke, jetzt ist sie auf einer der größeren Straßen. Obwohl es noch so früh ist, sind schon viele Autos unterwegs und Leute kommen ihr entgegen. Viele schauen sie gar nicht an, selbst wenn sie direkt aufeinander zulaufen. Das kennt sie nicht aus ihrem Dorf, da hat sie mit jedem, den sie traf, ein paar Worte gesprochen. Sie weicht zur Seite aus und geht an den Schaufenstern entlang. Seitdem der ekelhafte Dicke versucht hat, über sie herzufallen, ist sie vorsichtig geworden. Auf jedem Weg durch die Stadt trägt sie den Dolch bei sich, den ihr Vater ihr geschenkt hat. Er hat mich bereits einmal beschützt, denkt sie. Und er wird mich auch weiter beschützen.

Damals, am Tag ihrer Ankunft, hat sie sich hilflos gefühlt. An das Versprechen des Schleusers, seine Leute würden sie zu dem Haus des Freundes ihres Vaters bringen, konnte sich niemand erinnern, man ließ sie einfach stehen. Zum Glück war Leila bei ihr, die nahm sie zu ihrem Bruder Obeid mit und der fuhr mit ihr zu dem Haus. Doch da gab es keinen Freund ihres Vaters mehr. Ein Nachbar erzählte, er und seine Familie hätten überstürzt fortziehen müssen, keiner wisse, warum und wohin. Soraya war verzweifelt, aber Obeid, der von Leila gehört hatte, dass sie die Überquerung der Berge ohne Sorayas Hilfe wohl kaum überlebt hätte, bot ihr an, bei ihm zu wohnen. Seine Wohnung ist klein und liegt in einem armen Stadtteil, denn als Gelegenheitsarbeiter verdient er nicht viel. Er konnte ihr nur den Verschlag unter der Treppe anbieten und sein Geld reicht gerade fürs Nötigste, aber weil Leila ihre Ersparnisse aus Afghanistan mitgebracht hat, kommen sie zurecht. Soraya war froh, weiter mit Leila zusammen zu sein, und ging auf Obeids Angebot ein.

Am Ende der Straße sieht sie den riesigen, hell beleuchteten Busbahnhof. Dort ist immer Verkehr, sogar mitten in der Nacht, ständig kommen Busse an und spucken Hunderte von Leuten aus, andere sammeln Hunderte ein und fahren mit ihnen weg. In der ersten Zeit nach ihrer Ankunft war sie jeden Tag dort, von morgens bis abends, und hat nach Tarek Ausschau gehalten. Von einem Bus zum nächsten ist sie gelaufen, aber Tarek war nie dabei unter den müden Gestalten, die ausstiegen.

Soraya seufzt, als sie daran zurückdenkt, dann biegt sie in eine Nebenstraße ein und von dieser wiederum in eine kleine Gasse. Sie geht schneller, irgendwann rennt sie fast, das Viertel, das sie jetzt durchquert, ist ihr unheimlich. Überall stehen halb verfallene Häuser mit zerbrochenen Fenstern und tiefen Löchern im Putz, dazwischen gibt es dunkle Ecken, in denen sie manchmal verwilderte Hunde erkennen kann oder schlafende Männer, die irgendwie krank aussehen. Fast alle Laternen hier sind kaputt und Soraya atmet erleichtert auf, als sie endlich den Strom der anderen Frauen und Mädchen sieht, in den sie sich einreihen und von dem sie sich mitziehen lassen kann.

Nach etwa einer Woche hatte sie damals begriffen, dass Tarek nicht mehr kommen würde. Sie war ratlos und wusste nicht, was sie tun sollte. Sie hätte Asyl beantragen können mit Hilfe des gefälschten Briefes, den ihr Vater ihr mitgegeben hat, aber Leila erzählte, es werde Monate oder sogar über ein Jahr dauern, bis darüber entschieden sei, und ihr Gefühl sagte ihr, dass sie so lange nicht warten konnte. Schließlich besorgte Obeid ihr Arbeit in einer Fabrik und dorthin ist sie nun unterwegs, wie jeden Morgen um diese Zeit.

Aus den kleinen Fenstern, die jetzt auf beiden Seiten der Gasse auftauchen, knapp über dem Boden, dringen Stimmen und vereinzelte Rufe. Der Strom der Frauen teilt sich auf, hier gibt es Dutzende dieser unterirdischen Fabriken. Soraya muss nur noch ein kurzes Stück laufen, dann springt sie eine Treppe hinunter und durchquert eine offen stehende Eisentür. Geschafft: Die Uhr zeigt zwei Minuten vor sechs. Schnell geht sie zum Tisch des Aufsehers. Er heißt Jussuf und wirft ihr einen bösen Blick zu. Er mag es nicht, wenn sie erst so kurz vor Arbeitsbeginn kommt, aber bestrafen kann er sie dafür zum Glück nicht. Mürrisch beugt er sich über das Blatt Papier, das vor ihm liegt, setzt einen Haken hinter ihren Namen und zeigt mit dem Daumen über die Schulter, was seine Art der Aufforderung ist, dass sie an ihren Platz gehen soll.

Die Fabrik ist nichts Besonderes, eigentlich nur ein feuchter Keller, in dem ständig ein muffiger, schimmliger Geruch in der Luft liegt. Durch die Fenster fällt kaum Licht, selbst dann nicht, wenn die Sonne hoch am Himmel steht, deshalb hängen ein paar nackte Neonröhren unter der Decke. Ungefähr fünfzig Frauen und Mädchen arbeiten hier, dicht nebeneinander an kleinen Tischen. Die meisten sitzen auf niedrigen Hockern vor einer Nähmaschine, einige stehen und haben Kartons vor sich, darunter auch Soraya.

»Hallo, Alisha!«, sagt sie und stellt sich an ihren Platz.

Alisha sitzt seit einigen Tagen an dem Tisch neben ihr. Sie ist zwei Jahre älter als Soraya, kommt aus Syrien und ist mit ihrem kleinen Bruder Salim in Istanbul. Viel mehr weiß Soraya noch nicht von ihr. Sie können sich nur in den wenigen Minuten vor dem Beginn der Arbeit unterhalten und in den Pausen, aber da sind sie oft zu müde dazu.

»Hallo, Soraya!«, antwortet Alisha und lächelt. »Ich dachte schon, du kommst nicht mehr.«

»Natürlich komme ich. Ich war nur heute Morgen ein bisschen langsam, weil ich so was Komisches geträumt habe.«

»Ach ja«, stöhnt Alisha und sieht sie aus ihren dunklen Augen an. »Das passiert mir auch manchmal. Morgen kommst du aber früher, ja? Schau, es geht schon los.«

Sie deutet nach vorn, wo Jussuf aufgestanden und hinter seinem Tisch hervorgetreten ist.

»Jalla, jalla!«, brüllt er mit seiner hohen Stimme durch den Raum, was, wie Alisha Soraya erklärt hat, Arabisch ist und so viel wie »Los jetzt!« heißt. Dann dreht er sich zur Seite und startet den CD-Player, der von jetzt ab ohne Pause laufen wird, in ohrenbetäubender Lautstärke, mit arabischen Liedern, die für Sorayas Ohren alle mehr oder weniger gleich klingen. Sie sollen den Rhythmus der Arbeit vorgeben und vor allem sollen sie verhindern, dass sie an den Tischen miteinander sprechen, denn das ist ihnen verboten.

Soraya verzieht das Gesicht und wirft Alisha einen leidenden Blick zu, dann gehen sie an die Arbeit. Alisha sitzt an einer der Maschinen und näht T-Shirts zusammen, eins nach dem anderen, immer die gleiche Sorte und die gleiche Größe. Vor ihr liegen drei hohe Stapel, einer mit den Vorderteilen, einer mit den Hinterteilen und einer mit den Ärmeln. Am Ende des Tages müssen sie abgearbeitet sein, sonst gibt es Ärger mit Jussuf.

Ist Alisha mit einem T-Shirt fertig, ruft sie Salim, ihren kleinen Bruder, denn der arbeitet auch hier. Jedes Shirt bekommt noch ein Zeichen auf die Brust, bei manchen ist es eine Raubkatze, bei anderen ein Krokodil. Die Körbchen mit den Zeichen stehen in einem Regal, und immer wenn die Frauen neue benötigen, rufen sie es Salim über den Lärm der Musik hinweg zu, dann läuft er los und bringt ihnen die passenden. Er bekommt auch etwas Geld dafür, allerdings nicht viel. Alisha sagt, es gehe eher darum, dass er bei ihr sei und etwas zu tun habe, er sei erst sieben und könne nicht den ganzen Tag allein bleiben.

Soraya hat an ihrem ersten Tag in der Fabrik auch an einer der Nähmaschinen gesessen. Aber der Umgang mit dem Stoff und der Maschine fiel ihr schwer, schwerer als den anderen Mädchen und erst recht den Frauen. Mit ihren groben, ungelenken Fingern benahm sie sich genauso ungeschickt wie bei Djamilas Erziehungsversuchen. Ständig war Jussuf bei ihr, brüllte sie an und beleidigte sie, und nachdem sie zum dritten Mal ein Shirt verdorben hatte, zerrte er sie wütend von ihrem Platz.

Zum Glück warf er sie nicht aus der Fabrik, sondern teilte ihr nur eine andere Arbeit zu, für die sie besser zu gebrauchen ist. Seitdem bekommt sie die fertigen Shirts der anderen, faltet sie zusammen und verpackt sie in Kartons. Das ist zwar ziemlich anstrengend, denn die Shirts hageln ihr nur so von allen Seiten auf den Tisch und sie muss die ganze Zeit über stehen, aber sie kommt ganz gut damit zurecht und auch Jussuf brüllt sie nicht mehr an, sondern lässt sie zufrieden.

Nach einigen Minuten ist sie ganz im Rhythmus der Musik und der Arbeit versunken. Die Handgriffe sind immer dieselben, sie muss sich gar nicht darauf konzentrieren. Während sie ein Shirt nach dem anderen zusammenfaltet und in den Kartons verstaut, geht ihr wie üblich alles Mögliche durch den Kopf, sie denkt an ihre Heimat und ihre Flucht, an ihre Situation hier in Istanbul und daran, was die Zukunft wohl bringen mag. So arbeitet sie sechs Stunden ohne Unterbrechung, wie jeden Tag. Erst einige Minuten vor zwölf wacht sie aus ihren Gedanken auf und richtet den Blick auf Jussuf. Endlich sieht sie, wie er aufsteht und den CD-Player ausschaltet, fast im gleichen Moment endet das Rattern der Maschinen, von allen Seiten ist erleichtertes Stöhnen zu hören. Soraya streckt sich, vom langen Stehen schmerzen ihr die Füße.

»Komm«, sagt Alisha, die schon aufgestanden ist. »Schnell raus hier. Ich brauche Licht und Luft.«

Soraya greift nach dem Essenspaket von Leila und wendet sich von ihrem Tisch ab. Sie wartet, bis Alisha Salim geholt hat, dann gehen sie zu dritt nach draußen. Eine Stunde Mittagspause liegt vor ihnen und davon wollen sie keine Sekunde länger als nötig in diesem muffigen Keller verbringen.

»Gehen wir wieder zu der Bank unter den Bäumen?«, fragt Soraya, als sie auf der Gasse stehen. Den kleinen Platz, von dem sie spricht, haben sie gestern entdeckt, er ist nur ein paar Minuten von hier entfernt. Alisha sagt etwas auf Arabisch zu Salim und nimmt seine Hand, dann ziehen sie los.

Als sie an dem Platz ankommen, ist die Bank, auf der sie gestern gesessen haben, noch leer. Salim läuft hin und klettert hinauf, um sie freizuhalten. Als er sitzt, berühren seine Füße nicht einmal den Boden, so klein ist er.

»Was hat deine Schwester dir heute eingepackt?«, fragt Alisha, als sie und Soraya sich neben ihn hocken.

»Meine Schwester?«

Alisha gibt Salim einen Becher und zieht eine Thermoskanne aus ihrem Beutel. »Na, ist sie das nicht? Wie heißt sie noch?«

»Ach, du meinst Leila? Nein.« Soraya schnürt ihr Essenspaket auf. Eine große Teigtasche liegt darin, mit Fleisch und Tomaten, Zwiebeln und Krautsalat gefüllt. »Sie ist nicht meine Schwester. Wir haben uns erst auf der Reise kennengelernt und angefreundet. Ich bin bei ihr und ihrem Bruder untergekommen.«

Alisha schimpft kurz mit Salim, anscheinend weil er etwas von der heißen Suppe verschüttet hat, die jetzt in seinem Becher ist. »Das heißt, du musst keine Miete zahlen?«, fragt sie.

Soraya sieht sie verwundert an, daran hat sie noch gar nicht gedacht. »Ich werde ihnen bestimmt etwas geben«, murmelt sie. »Wo wohnst du denn mit Salim?«

»Wir haben ein kleines Zimmer in einem Hochhaus. Da sind viele Syrer, auch ganze Familien.«

»Und dafür müsst ihr zahlen?«

»Klar, hier ist doch nichts umsonst. Ungefähr ein Drittel von unserem Lohn geht dafür drauf.«

»Puh, das ist viel.« Soraya nimmt einen großen Bissen von ihrem Essen. Während sie kaut, betrachtet sie Alisha und Salim, die die heiße Suppe aus ihren Bechern löffeln. Alisha spricht eigentlich Arabisch, aber sie ist in Syrien auf einer guten Schule gewesen, hat sie erzählt, da hat sie auch Farsi gelernt, deshalb können sie sich ganz gut unterhalten.

In der Pause gestern haben sie sich gegenseitig von ihrer Heimat erzählt, warum sie fliehen mussten und wie sie es bis Istanbul geschafft haben. Allerdings hatte Alishas Geschichte einige Lücken. Anscheinend leben ihre Eltern nicht mehr, in Syrien ist Krieg und da müssen sie bei einem Bombenangriff umgekommen sein, aber das hat sie nicht richtig erzählt, sondern nur angedeutet. Soraya wollte auch nicht danach fragen, es erschien ihr unpassend. Das war kein Thema für eine Mittagspause, schon gar nicht, solange Salim danebensaß. Er versteht zwar nicht so viel Farsi wie Alisha, nur ein paar Brocken, aber er bekommt mehr mit, als man denkt, da ist Soraya sicher.

»Was hast du eigentlich jetzt vor?«, fragt Alisha nach einer Weile. »Willst du in Istanbul bleiben?«

»Ach, ich weiß nicht«, erwidert Soraya. »Eigentlich war das der Plan. Ich sollte zu einem alten Freund meines Vaters und seiner Familie gehen, aber die sind nicht mehr hier und deswegen ist jetzt alles anders. Keine Ahnung, wie lange ich Leila und ihrem Bruder noch zur Last fallen kann.« Sie zögert, dann lacht sie. »Sie sind wirklich nett, weißt du. Vor ein paar Tagen haben sie gesagt, sie könnten mich ja einfach adoptieren. Dann könnte ich zur Schule gehen und studieren und mir eine Arbeit suchen und irgendwann meine Eltern nachholen.« Sie zuckt mit den Achseln und denkt mit einem Mal an Tarek. »Ich weiß gar nicht mehr, ob ich das will«, sagt sie nur noch.

Alisha steckt die beiden Becher zusammen und verstaut sie mit der Thermoskanne wieder in ihrem Beutel. »So schlecht ist der Plan doch gar nicht«, sagt sie. »Wir müssen nur in Verbindung bleiben, hörst du?«

»Warum sagst du das? Wollt ihr aus Istanbul weg?«

»Auf jeden Fall. Die Türkei ist nicht gut für uns. Die Türken mögen die Syrer nicht besonders.«

»Wieso denn das?«

»Ach«, Alisha winkt ab, »das sind alte Geschichten, glaube

ich. Jedenfalls bleiben wir nicht hier, das kommt nicht in Frage. Vater hat immer gesagt …« Sie bricht ab, dann beginnt sie hektisch in ihrem Beutel herumzusuchen. Nach einer Weile zieht sie eine Süßigkeit heraus und reicht sie Salim. »Wir gehen nach Deutschland«, fährt sie fort. »In der Fabrik arbeiten wir nur, um das Geld dafür zusammenzubringen.«

»Deutschland?« Soraya horcht auf. »Weißt du etwas darüber?«

»Ein bisschen.«

»Erzähl es mir!«

»Na ja, was soll ich erzählen. Viele, die aus Syrien fliehen, wollen nach Deutschland. Es gibt keinen Krieg dort, weißt du, und keine Folter und keine Geheimpolizei und diese Sachen. Alle sind freundlich zu dir, egal woher du kommst. Kinder müssen nicht arbeiten, weil sie auch so genug zu essen haben, und können immer zur Schule gehen. Und man sagt, die deutschen Schulen wären die allerbesten.«

»Auch, wenn man sich für Zahlen und so etwas interessiert?«

»Na, dann erst recht. Die Deutschen lieben Zahlen! Sie sind alle Professoren und Ingenieure und so.«

»Und – wie wollt ihr da hinkommen?«

»Es gibt Schleuser, die einen in Booten übers Meer bringen«, sagt Alisha. »Ich habe von ihnen gehört in dem Haus, in dem wir wohnen, Männer haben davon erzählt. Aber es kostet viel Geld. Ich glaube, wir haben noch nicht genug zusammen.«

Soraya schluckt den letzten Bissen ihres Essens hinunter und säubert sich die Finger. Als sie einige Zeit später wieder zu der Fabrik zurückkehren, hat sie Alishas Worte noch im Kopf, und nachdem Jussuf zum zweiten Mal an dem Tag sein »Jalla, jalla!« gebrüllt und den CD-Player angestellt hat, denkt sie noch lange darüber nach. Sie ist so beschäftigt damit, sich das Land, in das Alisha und Salim wollen, vorzustellen, dass sie es fast nicht geschafft hätte, alle T-Shirts zu verpacken, die die anderen ihr auf den Tisch werfen. In der letzten Stunde der Nachmittagsschicht, zwischen sechs und sieben Uhr abends, als sie kaum noch stehen kann, muss sie noch einmal kräftig zulegen.

Als die Musik endlich stoppt, ist sie völlig erledigt. Sie schafft es gerade noch, Alisha zu umarmen und Salim zum Abschied zuzuwinken, dann stolpert sie nur noch die Treppe nach oben und wankt den gleichen Weg, den sie gekommen ist, zu Obeids Wohnung zurück. Dort warten Leila und Obeid wie üblich in der Küche mit dem Abendessen. Das ist normalerweise die schönste Zeit des Tages, sie kann sich zu ihnen setzen und mit ihnen sprechen oder sie kann auch einfach nur dasitzen und Löcher in die Luft starren, wenn ihr danach ist. Heute allerdings ist es anders. Seit sie in der Mittagspause mit Alisha geredet hat und ihr dann am Nachmittag all die vielen Gedanken durch den Kopf gegangen sind, trägt sie etwas mit sich herum. Auch jetzt, als sie sich zu Leila und Obeid an den Tisch setzt, liegt es ihr auf dem Herzen, aber sie weiß nicht, wie sie es den beiden beibringen soll.

»Du bist so still, Soraya«, sagt Leila schließlich, während sie die Teller abräumt und zum Nachtisch eine Schüssel Pudding auf den Tisch stellt. »Ist etwas passiert?«

»Nein – eigentlich nicht«, antwortet Soraya ausweichend.

»Wie war dein Tag in der Fabrik?«, fragt Obeid.

Soraya blickt ihn an und lächelt. Er sieht Leila gar nicht ähnlich. Obeid ist kräftig, hat mehr Haare an den Armen als auf dem Kopf und riecht meistens nach Teer, weil er bei einer Firma beschäftigt ist, die Straßen ausbessert. Wenn er lacht, zieht sich sein Mund immer von einem Ohr zum anderen, Soraya mag das.

»Ich habe wieder neben Alisha gearbeitet«, sagt sie. »Ihr wisst schon, das Mädchen aus Syrien, ich habe euch von ihr erzählt.«

»Hast du dich mit ihr angefreundet?«, fragt Leila.

»Ja, ein bisschen. Wir verstehen uns gut.«

Danach ist es wieder still. Soraya blickt auf ihren Teller und rührt mit dem Löffel im Pudding herum, sie spürt, dass Leila und Obeid sie beobachten. Schließlich hebt sie den Kopf.

»Ich – ich gehe nach Deutschland«, sagt sie.

Jetzt ist es heraus. Sie hat Angst davor gehabt, es den beiden zu sagen, denn sie haben sich so sehr um sie gekümmert, ihr so viel geholfen, dass sie es nie wiedergutmachen kann, und jetzt ...

Leila sieht zu Obeid hinüber, dann lächelt sie. »Das wissen wir doch, Soraya«, sagt sie.

Soraya blickt sie erstaunt an. »Aber – wie könnt ihr das wissen? Ich habe es heute erst entschieden, nachdem mir Alisha davon erzählt hat.«

»Nein«, sagt Leila und legt ihr die Hand auf den Arm. »Du hast es nicht heute entschieden, du hast es in den Bergen entschieden. Du hast es an dem Tag entschieden, als Tarek dir gesagt hat, dass er dorthin will, und dir die Adresse seines Onkels gegeben hat. Ist es nicht so?«

Soraya blickt Leila an und zögert. Stimmt das, was sie sagt? Ja, vielleicht. Vielleicht hat sie es wirklich da oben in der Kälte entschieden. Aber dann ist Tarek in dem Dorf am Fuß der Berge nicht aufgetaucht, hier in Istanbul auch nicht, sie hat nicht gewusst, was sie tun soll, und deshalb ...

»Und die Arbeit in der Fabrik«, fügt Obeid hinzu. »Jeden Tag quälst du dich morgens um fünf aus dem Bett, stehst zwölf Stunden in einem Keller und faltest T-Shirts. Das machst du doch auch nur, um das Geld für die Überfahrt zu verdienen.« Er lacht sein breites Lachen. »Wir sind nicht blind, Soraya. Für so etwas ist der Grund immer der gleiche.«

Soraya legt verblüfft ihren Löffel zur Seite. Als sie zunächst Obeid und dann Leila betrachtet, wird sie fast ein wenig ärgerlich. Sie scheinen mehr über mich zu wissen als ich selbst, denkt sie. Bin ich wirklich so blind, dass ich nicht einmal merke, was in meinem eigenen Kopf vorgeht?

»Das ist aber nicht der einzige Grund, warum ich da arbeite«, sagt sie trotzig. »Ich will euch auch etwas geben. Dafür, dass ich bei euch wohnen und essen darf.«

»Soraya!« Obeid hebt die Hände und schüttelt entschieden den Kopf. »Du würdest mich beleidigen, wenn du mir dafür etwas anbietest. In den Bergen warst du die Einzige, die sich um meine Schwester gekümmert hat. Wer weiß, ob sie noch am Leben wäre, wenn sie dich nicht gehabt hätte. Dagegen ist das Wenige, das ich dir geben kann, überhaupt nicht der Rede wert. Im Gegenteil: Ich schäme mich, dir nur diesen kleinen Verschlag unter der Treppe anbieten zu können. Aber nehmen werde ich dafür nichts. Das kommt gar nicht in Frage.«

Die Art, wie er es sagt, duldet keinen Widerspruch. Auch Leila nickt zustimmend.

»Das ist unfair«, murmelt Soraya. »Ich weiß gar nicht, wie ich euch danken soll.«

»Du kannst uns ganz einfach danken«, erwidert Obeid. »Indem du deinen Weg gehst und ein gutes Leben führst.«

»Ihr seid mir also nicht böse? Ich meine, ihr habt mal was von Adoption gesagt. Da habe ich gedacht, dass ihr euch vielleicht wünscht ...«

Leila lacht. »Das war doch nicht ernst gemeint. Wir sind Bruder und Schwester, wir können dich überhaupt nicht adoptieren. Und wir haben immer gewusst, dass du uns verlassen wirst.«

Soraya nimmt ihren Löffel wieder zur Hand, endlich kommt sie dazu, ihren Pudding zu essen. »Was glaubt ihr?«, fragt sie nach einer Weile. »Wie lange muss ich noch arbeiten, bis ich das Geld für den Weg zusammen habe?«

»Ich werde versuchen, es für dich herauszufinden«, sagt Obeid. »Der Weg nach Deutschland ist gefährlich und mit den

Schleusern muss man vorsichtig sein, es sind viele Betrüger darunter. Aber wer es von Afghanistan nach Istanbul geschafft hat, wird es auch von Istanbul nach Deutschland schaffen.«

Eine Zeit lang sitzen sie noch zusammen und reden über die Erlebnisse des Tages, dann wird Soraya müde. Sie wünscht Leila und Obeid noch eine gute Nacht, geht in den Flur, öffnet die Tür ihres Verschlages und kriecht hinein. Während sie den Wecker wieder auf fünf stellt, fällt ihr der Traum von letzter Nacht ein. Sie lächelt. Diese Nacht werde ich besser schlafen, denkt sie.

Tarek hat das Meer noch nie gesehen. Nur in den Geschichten der wandernden Erzähler war hin und wieder davon die Rede. Nicht in den Legenden der Berge, aber in den Märchen. Dann ging es um Seefahrer, die zu fernen Inseln fuhren, und auf den Inseln lebten seltsame Kreaturen und überhaupt war alles ganz anders als auf dem Land. Er hat immer versucht, sich das Meer vorzustellen. In seiner Fantasie war es wie ein See, nur eben tausendmal größer. Jetzt sieht er, dass es in Wirklichkeit etwas ganz Eigenes ist. Es bewegt sich, fast wie ein lebendes Wesen. Die Wellen rollen heran, dass man denkt, sie müssten einen gleich verschlingen, aber kurz bevor sie den Strand erreichen, bäumen sie sich noch einmal auf und brechen mit lautem Getöse in sich zusammen, sodass nur ein kleines, schwaches Rinnsal den Sand erreicht.

»Weißt du, woran es mich erinnert, Dschamal?«, sagt er. »An die Steppe. Stell dir vor, wir stehen auf einem Hügel. Nur du und ich. Unter uns ist das Grasland und der Wind geht darüber hinweg. Kein Sturm, nur ein frischer, gleichmäßiger Wind. Dann bewegt sich das Gras genauso, wie es hier das Wasser tut. Es ist fast ein bisschen wie zu Hause.«

Er schnuppert in der Luft. Das Wasser riecht nach Salz und nach etwas anderem, seltsam faulig. Tarek kennt den Geruch nicht, er weiß nicht, was er davon halten soll. Über den Wellen schweben weiße Vögel mit kräftigen Schnäbeln, die er noch nie gesehen hat. Es sind keine Vögel der Berge. Aber sie geben klagende Schreie von sich, das gefällt ihm.

Es ist noch ziemlich früh am Morgen, die Sonne geht gerade auf. Eigentlich könnte es schön sein hier am Strand, aber ihm ist nicht danach zumute, sich darüber zu freuen. Er greift sich an den Kopf und stöhnt, als er die Beule ertastet, die sich dort gebildet hat. Es ist ein Andenken an das, was letzte Nacht passiert ist. Zum Glück hat sich die Wunde inzwischen geschlossen. Aber seine Haare sind vom Blut noch ganz verklebt und sein Kopf schmerzt, als würde darin jemand mit einem Hammer auf einen Amboss schlagen.

»Du hättest mich vor den Männern warnen sollen, Dschamal«, sagt er. »Aber wahrscheinlich warst du abgelenkt vom Meer und vom Sand. Du kennst dich hier eben genauso wenig aus wie ich.«

Er denkt an den Überfall in der Nacht und an den Weg, den er vom Fuß der Berge hierher genommen hat. Nachdem er sich von Shukur getrennt hatte, fuhren die Schleuser, die mit den Geländewagen gekommen waren, ihn und die anderen wie angekündigt in die Stadt Van, die, wie Orumiyeh auf der anderen Seite der Berge, am Rand eines großen Sees lag. Von dort wurden sie weitergebracht, nun einzeln, und wieder von anderen Schleusern. Er musste in einen Viehtransporter steigen, in ein kleines Versteck zwischen Hunderten von Hühnern, die halb verendet waren, und obwohl er von klein auf an den Geruch von Tieren gewöhnt ist, fiel es ihm schwer, den Gestank zu ertragen.

Eine ganze Nacht und einen ganzen Tag war er auf diese Weise unterwegs. Einmal wurde der Transporter von der Polizei kontrolliert, aber zwischen den Hühnern wollte wohl niemand nachsehen, jedenfalls entdeckten sie ihn nicht. Gestern Abend kamen sie dann hier an der Küste an, in einem kleinen Dorf namens Behramkale. Der Fahrer des Transporters zeigte ihm im letzten Abendlicht noch die Umrisse einer Insel, die am Horizont zu sehen war. Das sei Lesbos, erklärte er ihm, mehr mit den Händen als mit dem, was er sagte. Die Insel gehöre schon zu Griechenland und damit zu Europa. Er solle sich einen Schleuser suchen, der ihn mit dem Boot hinüberbringe, davon gebe es hier an der Küste genug. Dann fuhr er davon und ließ ihn zurück.

Er ging vom Dorf zum Meer hinunter, und da es schon dunkel wurde, suchte er sich nur noch einen Platz zum Schlafen. Nach der langen Zeit in dem stinkenden Transporter, in dem er kein Auge zugetan hatte, war er dankbar für die frische Luft und das gleichmäßige Rauschen der Wellen und schlief fast auf der Stelle ein. Mitten in der Nacht schreckte er auf. Da waren drei Männer. Zwei hielten ihn fest, der dritte durchsuchte seine Taschen. Er versuchte sich zu wehren, aber sie bedrohten ihn mit Messern. Dann nahmen sie ihm das Geld ab, das er von Shukur bekommen hatte, und verpassten ihm zum Abschied, wohl um ihn daran zu hindern, ihnen zu folgen, noch einen kräftigen Schlag mit einem Knüppel über den Schädel. Eine Zeit lang war er ohnmächtig und jetzt sitzt er hier, mit schmerzendem Kopf, ohne Geld und ohne die geringste Vorstellung, was er tun soll.

»Wir hätten das Geld nicht nehmen sollen, Dschamal«, sagt er. »Es war schmutziges Geld. Wir hätten uns überhaupt nicht mit Shukur einlassen dürfen. Es war ein großer Fehler. Wir sind dafür bestraft worden.«

Mühsam quält er sich auf die Füße. Er weiß zwar nicht, welche Richtung er einschlagen soll, aber alles ist besser, als hier hocken zu bleiben, so viel steht fest. Zuerst ist ihm schwindlig, doch nach ein paar Minuten wird es besser. Er stößt einen Pfiff aus, damit Dschamal ihm folgt, dann geht er los, einfach den Strand entlang, egal wohin.

Wie er es in den Bergen seiner Heimat immer getan hat, wenn er unsicher über den Weg war, richtet er seinen Blick zum Himmel. Aber da ist kein Raubvogel zu sehen, da sind nur die kleinen weißen Vögel mit den gelben Schnäbeln. Dann begreift er: Der

Simurgh ist ein Vogel des Gebirges und der Steppe. Hier unten am Meer fühlt er sich nicht wohl, hier kann er ihm nicht helfen. Seufzend lässt er den Kopf sinken und geht weiter.

Nachdem er schon eine Weile unterwegs ist, hört er plötzlich zwischen all den fremden Geräuschen, dem Schlagen der Wellen und den Rufen der weißen Vögel, einen vertrauten Klang. Er will zuerst seinen Ohren nicht trauen, aber es ähnelt tatsächlich dem Blöken eines Schafes und wirkt wie ein Gruß aus einer inzwischen weit zurückliegenden Vergangenheit. Es kommt vom hinteren Ende des Strandes, wo er in einen Abhang übergeht, der wiederum zu den Hügeln hinaufführt, die sich landeinwärts anschließen. Tarek geht dem Geräusch nach und dann findet er wirklich, versteckt hinter einigen abgestorbenen Ästen, ein Jungtier. Es zittert verängstigt, anscheinend hat es vollkommen die Orientierung verloren. Tarek betrachtet es und schüttelt den Kopf.

»Sieh es dir an, Dschamal«, sagt er. »Wie dumm es ist! Kannst du mir sagen, was es hier sucht? Hier unten, wo es nichts zu fressen findet außer ein paar Sandkörnern? Na, wir werden uns darum kümmern müssen, mein Junge.«

Wie er es gelernt hat, hebt er das Lamm auf und legt es sich über die Schultern. Dann steigt er langsam den Abhang empor, denn irgendwo da oben muss sie sein, die Herde, zu der es gehört. Sein Kopf dröhnt noch immer, alle paar Minuten legt er eine Pause ein. Schließlich ist er oben und blickt sich um. Sanft gewellte Hügel reihen sich aneinander und auf einem davon sieht er tatsächlich eine Schafherde grasen.

Als er darauf zugeht, springt ihm mit wütendem Bellen der Hütehund entgegen. Er bringt ihn mit ein paar energischen Rufen zum Verstummen und kümmert sich dann nicht weiter um ihn. Der Hund läuft nur noch knurrend hinter ihm her, während er das Lamm zur Herde trägt. Das Muttertier zu erkennen fällt ihm nicht schwer – jedenfalls deutlich leichter, als ein Haus in der Stadt zu finden. Er setzt das Lamm ab, richtet sich wieder auf und will gehen, als er sieht, dass ein Mann auf ihn zukommt, der vermutlich durch das Bellen des Hundes auf ihn aufmerksam geworden ist.

Er trägt die typische Kleidung eines Hirten, aber kein Gewehr, wie es in Tareks Heimat üblich ist, sondern nur einen langen Stock. Auf den ersten Blick ist zu sehen, dass er sehr alt ist, er geht gebückt und die Haut in seinem Gesicht ist wie Leder. Mit den tiefen Tränensäcken unter seinen Augen und seiner langen, platten Nase ähnelt er fast selbst ein wenig einem Schaf. Sicher ist er der Besitzer der Herde, denkt Tarek. Niemand würde einen so alten Hirten einstellen.

Als der Mann vor ihm steht, verbeugt Tarek sich. Das ist in seiner Heimat so üblich, wenn ein Junge einem Älteren begegnet. Der Mann jedoch scheint das eher merkwürdig zu finden. Er betrachtet Tarek misstrauisch, anscheinend stört ihn etwas an seinem Äußeren. Dann wird ihm auch klar, was es ist. Natürlich! Bestimmt ist sein Gesicht blutverschmiert von dem Angriff in der Nacht, er hatte ja noch keine Gelegenheit, sich zu waschen. Und wahrscheinlich sieht er nach dem harten Weg über die Berge und der Fahrt in dem Viehtransporter reichlich heruntergekommen aus.

»Das Lamm hat sich verlaufen«, sagt Tarek. »Ich habe es am Strand gefunden.«

Natürlich versteht der Mann ihn nicht. Also deutet Tarek zuerst auf das Lamm, dann auf den Strand, dann auf sich selbst und schließlich auf den Weg, den er heraufgekommen ist. Jetzt scheint der Mann zu begreifen, was er ihm sagen will. Sein Gesicht hellt sich auf, er lächelt und nickt zustimmend. Dann sagt er ebenfalls etwas, doch Tarek versteht ihn genauso wenig, wie es umgekehrt der Fall ist. Der Mann versucht es erneut, nun in einer anderen

Sprache. Sie klingt zumindest etwas vertrauter, aber wieder kann Tarek nur mit den Schultern zucken.

Der Mann betrachtet ihn nachdenklich. Er nimmt die graue Mütze ab, die er auf dem Kopf trägt, kratzt sich und stülpt sie wieder über. Dann ruft er seinem Hund etwas zu, der sich gerade in Richtung eines Schafes in Bewegung setzt, das sich von der Herde entfernt hat. Er wartet, bis der Hund bei ihm ist. Gleich darauf deutet er zuerst auf Tarek und anschließend auf das vereinzelte Schaf.

Tarek begreift, was er meint. Anscheinend vermutet der Mann, dass er etwas von Schafen versteht, vielleicht hat er ihn vorhin insgeheim beobachtet und will seine Vermutung nun überprüfen. Er nickt dem Mann zu, dann sucht er den Boden ab. Als er einen Stein in der richtigen Größe gefunden hat, schätzt er kurz die Entfernung zu dem Schaf, zielt und wirft. In seiner Heimat hat er zu diesem Zweck meistens eine Schleuder benutzt, aber da er sie nicht immer zur Hand hatte, war es wichtig, auch das Werfen der Steine zu beherrschen.

Er trifft das Schaf gut. Hart genug, um ihm einen gehörigen Schrecken einzujagen, aber nicht so hart, dass er es verletzt. Es zuckt heftig zusammen, blökt beleidigt und trabt zur Herde. Der Hütehund stößt ein zustimmendes Bellen aus, als er es sieht. Der Mann lacht meckernd, wobei die letzten Zahnstummel zu sehen sind, die er noch besitzt. Er klatscht vergnügt in die Hände. Wieder sagt er etwas zu Tarek, dem Ton nach ist es eine Frage. Er zeigt auf ihn, dann reibt er sich über den Bauch.

»O ja!«, sagt Tarek und nickt. »Und wie hungrig ich bin!«

Der Mann grinst. Er sagt etwas zu dem Hund, der daraufhin zur Herde trabt. Dann geht er los und gibt Tarek einen Wink, sich ihm anzuschließen. Sie marschieren den Hügel hinab und den nächsten wieder hinauf und dann geht es noch eine ganze Weile so weiter, immer parallel zur Küste. Währenddessen redet der Mann ununterbrochen. Anscheinend ist er froh, einen Gesprächspartner gefunden zu haben, der ihm nicht widersprechen kann. Tarek nickt ab und zu oder brummt zustimmend. Er hat keine Ahnung, worum es geht.

Schließlich erreichen sie ein kleines, steinernes Haus, das auf einer Hügelkuppe neben einem Wäldchen steht und von dem aus man sowohl das Meer als auch die Insel sehen kann, die der Fahrer des Viehtransporters Tarek gezeigt hat. Der Mann öffnet die Tür und winkt ihn herein. Er tritt zögernd ins Innere. Das Erste, was ihm auffällt, ist der verlockende Geruch von warmem Essen, der in der Luft liegt. Als er sich umblickt, sieht er im vorderen Teil des Raumes, neben einem Fenster, einen Tisch mit mehreren Stühlen und weiter hinten einen Ofen mit einem Abzugsrohr, das durch die Decke führt. An dem Ofen ist eine Frau beschäftigt, die sich nun umdreht und bei Tareks Anblick erschrocken die Hand vor den Mund schlägt.

Der Mann geht zu ihr und redet mit ihr, seine Stimme klingt beruhigend. Dann kommt er zu Tarek zurück und drückt ihn auf einen der Stühle, die um den Tisch stehen. Wenig später bringt die Frau ihm einen Teller mit einer dampfenden Suppe, dazu ein großes, rundes Brot. Wie ausgehungert macht er sich darüber her, auf der Fahrt von den Bergen zur Küste hat er fast nichts bekommen. Währenddessen telefoniert der Mann und schaut dabei immer wieder zu Tarek hin, anscheinend geht es um ihn.

Nachdem er gegessen hat, kommt die Frau wieder zu ihm und versorgt seine Wunde, indem sie eine brennende Flüssigkeit darauftträufelt. Sie reinigt sein Gesicht und seine Haare mit einem feuchten Schwamm, dann legt sie ihm einen Verband an. Erst jetzt kommt er dazu, sie näher zu betrachten. Sie scheint ähnlich alt wie der Mann zu sein und hat ein faltiges Gesicht und viele braune Flecken an den Händen. Um den Kopf trägt sie ein Tuch, das unter dem Kinn zusammengebunden ist. Ihre Augen sind müde, aber sehr warm, das fällt ihm auf.

Als sie fertig ist und zum Abschluss noch einmal prüft, ob der Verband hält, klopft es an der Tür. Ein weiterer Mann tritt herein, der deutlich jünger ist als der Hirte und seine Frau. Anders als die beiden ist er sehr kräftig und hat ein glattes, rotes Gesicht. Er baut sich vor Tarek auf und betrachtet ihn forschend.

»Du kommst aus Afghanistan, oder?«, sagt er.

Tarek blickt ihn verblüfft an. Der Mann spricht Paschto, nicht besonders gut, sondern ziemlich gebrochen, aber er kann ihn verstehen.

»Ja«, antwortet er. »Woher ...«

Der Mann winkt ab und setzt sich zu ihm. »Ich heiße Mehmet«, sagt er. »Ich habe ein kleines Restaurant in Behramkale. Früher war ich als Soldat in Afghanistan. Da habe ich die Sprache gelernt. Aber das spielt keine Rolle, es geht um dich. Erzähl von dir. Wie ist dein Name und wie kommst du hierher?«

»Ich heiße Tarek. Ich bin ein Kuchi.«

Dann beginnt er zu erzählen. Er erzählt von seinem Leben in Afghanistan, von seiner Familie und ihrer Herde, von den Minen und den Taliban, von seinem Aufbruch nach Westen und dem Weg, der ihn hierhergeführt hat. Schließlich berichtet er von dem Überfall in der vergangenen Nacht. Ab und zu legt er Pausen ein, damit Mehmet für den Hirten und seine Frau übersetzen kann. Die beiden sitzen ihm gegenüber, hören schweigend zu und schütteln während seiner Schilderung immer wieder fassungslos den Kopf.

Auch Mehmet wirkt beeindruckt. »Mir scheint, du hast in kurzer Zeit mehr gesehen als andere in ihrem ganzen Leben«, sagt er, als Tarek geendet hat.

Er spricht eine Weile mit den alten Leuten, dann dreht er sich wieder zu ihm um. »Dieser Mann heißt Jakub«, sagt er. »Der Name seiner Frau ist Aygen. Wie du gesehen hast, gehört ihnen die Schafherde auf den Hügeln. Sie beliefern mich mit frischer Milch, mit Käse, Joghurt und Fleisch, daher kenne ich sie.« Wieder wechselt er einige Worte mit ihnen. »Sie fragen, was du jetzt vorhast.«

»Ich muss auf die Insel, die man von hier aus sieht«, antwortet Tarek. »Und dann weiter nach Deutschland. Zu meinem Onkel. Ich muss Geld verdienen für meine Familie. Das ist der Grund, warum ich hier bin.«

Erneut übersetzt Mehmet für Jakub und Aygen. Die beiden unterhalten sich eine Weile flüsternd, wobei sie Tarek immer wieder verstohlene Blicke zuwerfen.

»Sie wollen wissen, wie du es anstellen willst, auf die Insel zu kommen«, sagt Mehmet schließlich.

»Sie haben aber noch viel mehr gesagt«, erwidert Tarek.

Mehmet lacht. »Dazu kommen wir gleich«, sagt er. »Beantworte erst meine Frage.«

»Der Fahrer des Transporters meinte, ich soll einen Schleuser suchen. Das wollte ich auch tun. Aber jetzt habe ich kein Geld mehr, um einen zu bezahlen. Ich weiß nicht, wie es weitergehen soll. Irgendwie sitze ich fest.«

»Siehst du, das haben wir uns schon gedacht«, sagt Mehmet. »Deshalb bieten Jakub und Aygen dir an, dass du eine Zeit lang bei ihnen wohnen darfst.«

Tarek betrachtet die beiden erstaunt, dann sieht er sich noch einmal in dem Raum um. »Das ist sehr freundlich«, sagt er. »Aber ich fühle mich in Häusern nicht wohl. Ich bin es gewohnt, immer draußen zu sein.«

Mehmet hebt verwundert eine Augenbraue, dann übersetzt er. Jakub blickt seine Frau an, zeigt auf Tarek und bricht wieder in sein meckerndes Lachen aus. Anscheinend gefällt ihm, was er hört. Er antwortet etwas.

»Jakub sagt, das ist kein Problem«, berichtet Mehmet. »Wenn du willst, kannst du oben auf dem Dach schlafen, da ist Platz. Oder gleich bei der Herde.«

»Bei der Herde? Heißt das, er will ...«

»Ja. Er sagt, in nächster Zeit wären einige Arbeiten zu tun, die er in seinem Alter allein nicht mehr schafft. Deshalb könnte er ganz gut etwas Hilfe brauchen.«

»Was sind das für Arbeiten?«

»Alles Mögliche. Hier am Haus ist vieles zu tun, Zäune müssen repariert werden und so weiter. Er meint, du könntest ihm damit und natürlich auch mit den Schafen helfen. Das Schicksal hätte dich gerade zur richtigen Zeit hergeführt.«

»Kann ja sein. Aber ...«

Mehmet hebt die Hände. »Du würdest es natürlich nicht umsonst tun. Wenn du gut arbeitest, kümmert er sich im Gegenzug um deine Überfahrt. Na, was sagst du?«

Tarek zögert. Er ist nicht sicher. Wer weiß, wie viel Zeit er verliert. Und der Weg zu der Insel kann doch nicht so schwer sein. Eigentlich sieht sie ganz nah aus.

»An deiner Stelle würde ich das Angebot annehmen«, sagt Mehmet und legt ihm die Hand auf den Arm. »Selbst wenn du es schaffst, hier irgendwo Geld aufzutreiben: Du kennst dich nicht aus. Viele der Schleuser sind Betrüger. Man muss sehr vorsichtig sein. Es ist besser, du lässt dir von uns helfen.«

Tarek blickt Jakub und Aygen an. Sie scheinen darauf zu hoffen, dass er zusagt. Was sollen wir tun, Dschamal?, denkt er. Dann streift sein Blick den Ofen, und als er die brodelnde Suppe betrachtet, die dort steht, nickt er.

Jakub klatscht in die Hände, wie er es auch nach Tareks gelungenem Steinwurf getan hat. Aygen nickt zufrieden, greift nach seinem Teller und geht zum Ofen, um ihn ein zweites Mal zu füllen.

»Du tust das Richtige«, sagt Mehmet. »Deine Überfahrt will gut vorbereitet sein. Der Weg nach Lesbos sieht harmlos aus. Aber glaub mir: Er ist tückisch. Und voller Gefahren.«

Tarek blickt zu der Insel hinüber. Jeden Tag sieht er sie, von den Hügeln, wenn er, so wie jetzt, die Herde bewacht oder wenn er unterwegs ist, um eines der vielen Löcher in den Zäunen zu stopfen. Und jede Nacht sieht er sie auch, von seinem Schlafplatz auf dem Dach des kleinen Hauses. Dort kann er zwar nicht ihre Umrisse erkennen, aber dafür die Lichter der Häuser und Straßenlaternen, die über das Meer herüberscheinen.

Jetzt werden sie auch bald wieder aufleuchten, denn die Sonne beginnt über dem Wasser zu versinken. Eigentlich ist es ein schöner Anblick, wenn sie das Meer dunkelrot färbt, aber Tarek wird jedes Mal ungeduldig, wenn er es sieht. Er weiß dann, dass wieder ein Tag vergangen ist, der ihn seinem Ziel nicht näher gebracht hat. Seit mehreren Wochen ist er nun bei Jakub und Aygen. Er hütet die Herde, er hilft Jakub beim Melken und beim Transport der Milch und des Käses, er holt das Brennholz für den Ofen und das Wasser für die Tränke, er hat das Dach des Hauses repariert und inzwischen fast alle Zäune ausgebessert. Im Gegenzug bekommt er gutes Essen und hat einen sicheren Schlafplatz. Die Wunde, die die Räuber ihm in seiner ersten Nacht am Strand zugefügt haben, ist längst verheilt. Es ist seltsam: Einerseits fühlt er sich wohl bei den alten Leuten, er mag sie. Und andererseits kann er es gar nicht abwarten, sie wieder zu verlassen.

Mit einem scharfen Pfiff ruft er den Hund zu sich. »Lass sie nicht mehr zu weit laufen«, sagt er. »Es wird dunkel. Ich will sie bald alle hier haben.«

Der Hund läuft los. Er gehorcht ihm inzwischen genauso gut, wie er Jakub gehorcht. Tarek sieht ihm eine Weile dabei zu, wie er die ausgefransten Ränder der Herde zusammentreibt und die Tiere dann langsam auf ihn zuscheucht.

»Er ist gut, Dschamal«, sagt er. »Nicht so gut wie du, aber er versteht sein Geschäft. Sagen wir so: Für die Hügel hier reicht es.

Bei uns in den Bergen wäre er verloren, da hast du natürlich recht. Dort würden die Wölfe ihn zerreißen.«

Er blickt nach Westen. Die Sonne berührt jetzt das Meer, und während er sie betrachtet, hat er wieder dieses merkwürdige Gefühl, das ihn schon seit dem Morgen begleitet. Ein Gefühl, dass dieser Tag anders ist als der gestrige und der davor und als überhaupt alle Tage, die er hier verbracht hat. Das Gefühl begann, als er, noch vor Sonnenaufgang, das Haus verließ, um zu den Schafen zu gehen. Nachdem Aygen ihm wie üblich den Beutel mit seinem Essen in die Hand gedrückt hatte, umarmte sie ihn ungewöhnlich lange und der Beutel war doppelt so schwer wie sonst. Auch Jakub warf ihm einen seltsamen Blick zu, den er nicht recht zu deuten vermochte.

Als er dann zu den Schafen kam, waren sie unruhiger, als er es von ihnen gewohnt ist. Sie liefen sehr weit, fast so, als würden sie von etwas vorangetrieben oder als wäre ihnen das Gras, das sie fanden, nicht saftig genug, sodass sie immer nach etwas noch Besserem suchen mussten. Am Ende erreichten sie eine Weide, auf der er vorher noch nie mit ihnen gewesen ist, in der Nähe einer kleinen Bucht, die er bis dahin nur ab und zu aus der Ferne gesehen hat.

Von da, wo er nun sitzt, kann er die Bucht überblicken. Es gibt dort einen Platz mit einem Zaun darum, auf dem viele Zelte stehen. Es sind kleine Zelte, kleiner als die der Kuchi, und sie sind auch nicht braun, sondern bunt, sie leuchten in allen Farben zu ihm herauf. Ihm ist nicht klar, warum die Menschen dort in diesen Zelten leben. Eine Herde, um die sie sich kümmern müssten, kann er nicht erkennen. Auch ansonsten scheinen sie auf den ersten Blick nichts Vernünftiges zu tun zu haben.

Der Platz mit den Zelten liegt zwischen dem Strand und einem Wald. Heute Morgen, als er mit der Herde hierhergekommen ist, vielleicht eine Stunde nach Sonnenaufgang, als die Schafe endlich ruhiger wurden und begannen, sich auf dem Hang zu verteilen, da hat er ein paar Gestalten gesehen, die aus dem Wald kamen, auf die Zelte zuschlichen und durch den Zaun krochen. Sie versteckten sich, als täten sie etwas Verbotenes, aber was es war, konnte er nicht erkennen, sie waren so weit entfernt, dass sie wie Ameisen wirkten. Nach einer Weile verlor er sie aus den Augen, doch bei ihrem Anblick musste er – er weiß gar nicht, wieso – an Soraya denken und dieser Gedanke hat ihn seitdem den ganzen Tag nicht mehr losgelassen.

Er denkt oft an sie. Wenn er abends auf dem Dach des Hauses von Jakub und Aygen liegt und in den schwarzen Himmel blickt, denkt er jedes Mal an sie. Und wenn er die Schafe hütet und das Meer sieht und die Insel, dann denkt er auch an sie. Sie hat ihm erzählt, dass sie in eine Stadt namens Istanbul will. Er fragt sich oft, ob sie es dorthin geschafft hat. Wahrscheinlich schon. Sie ist klug und sehr hartnäckig, wenn sie ein Ziel verfolgt.

»Das haben wir von Anfang an gemerkt, Dschamal«, sagt er. »Schon als sie noch Samir war. Wenn sie sich etwas in den Kopf setzt, tut sie es auch. Nichts und niemand kann sie dann davon abbringen.«

Er fragt sich auch, ob sie genauso oft an ihn denkt wie er an sie. Und ob sie ihn vielleicht sogar sucht. Nur: Wie soll sie ihn finden? Dieses Land scheint riesig zu sein. Er hat mehrfach überlegt, nach Istanbul zu gehen, um dort Ausschau nach ihr zu halten. Aber als er den Namen der Stadt gegenüber Jakub und Aygen erwähnte, haben sie die Hände über dem Kopf zusammengeschlagen und ihm zu verstehen gegeben, dass dort mehr Menschen leben, als es Sterne am Himmel gibt. Er hat versucht, sich das vorzustellen, und da ist ihm klar geworden, dass er, der nicht einmal die Häuser auseinanderhalten kann, nie und nimmer eine Chance hätte, Soraya in einer so großen Stadt zu finden. Der Gedanke quält ihn. Aber er weiß, dass er dort untergehen würde.

Während er noch darüber nachdenkt, blickt er prüfend zum Himmel. Die Sonne ist inzwischen versunken, die Dämmerung legt sich über das Land. Ein paar blasse Wolken treiben in Richtung Meer, und als Tarek sie betrachtet, kommt es ihm so vor, als fliege zwischen ihnen noch etwas anderes. Es hat die Umrisse eines großen Vogels. Er gleitet über ihn hinweg, langsam, ohne die Flügel zu bewegen, nach Westen auf das Meer hinaus, auf die Insel zu, die dort am Horizont liegt, und dann verschwindet er.

»Hast du ihn gesehen, Dschamal?«, sagt Tarek. »Er ist aus den Bergen zu uns herabgekommen. Er gibt uns ein Zeichen. Es ist an der Zeit, dass wir unseren Weg fortsetzen. Soraya weiß, wohin wir wollen. Sie ist klug. Sie wird uns finden.«

Der Hund hat währenddessen die Herde um ihn versammelt. Tarek steht auf, zeigt mit dem Stock die Richtung an und geht los. Durch die zunehmende Dunkelheit führt er die Tiere über die Hügel zurück zu der umzäunten Weide, auf der sie für gewöhnlich die Nacht verbringen.

Dort wartet Jakub auf ihn. Das ist nicht ungewöhnlich, abends kommt er oft zu ihm heraus, um einen Blick auf die Tiere zu werfen, ihn abzuholen und mit ihm zurück zum Haus zu gehen. Heute aber nimmt er einen anderen Weg. Während der Hund bei den Schafen bleibt, steigen sie zum Strand hinunter, erreichen die Stelle, an der Tarek damals nach dem Überfall mit schmerzendem Schädel erwacht ist, und gehen weiter auf Behramkale zu. Als sie in dem Dorf ankommen, ist es endgültig finster geworden. Jakub führt Tarek zu dem kleinen Hafen, in dem die Fischerboote liegen, und dann gehen sie einen der Holzstege entlang, bis zu seinem äußersten Ende.

Zwei Männer stehen dort und scheinen auf sie zu warten. Als sie näher kommen, drehen sie sich um, einer tritt auf sie zu. Jetzt erkennt Tarek ihn: Es ist Mehmet. Er begrüßt zuerst Jakub, dann wendet er sich an ihn.

»Es ist so weit, Tarek«, sagt er. »Die Zeit deiner Weiterreise ist da. Jakub und Aygen hätten dich gerne bei sich behalten. Aber sie wissen ja, dass es nicht geht.«

Tarek dreht sich zu Jakub um. Der nickt und grinst unbeholfen, in seinen alten, nicht mehr besonders scharfen Augen schimmert etwas Feuchtes. Er macht eine knappe, auffordernde Handbewegung in Richtung Meer.

Mehmet deutet auf den Mann, der eben noch mit ihm am Ende des Steges gestanden hat, jetzt aber auf einen alten Fischkutter steigt. »Ein Freund von Jakub und mir«, sagt er. »Du kannst ihm vertrauen. Er fischt hier seit ewigen Zeiten, er kennt die See wie kein zweiter. Es ist gefährlich für ihn, dich hinüberzubringen. Wenn die Küstenwache ihn schnappt, werfen sie ihn ins Gefängnis. Er tut es, weil er Jakub noch einen Gefallen schuldet. Es ist eine alte Geschichte, die dich nicht weiter kümmern muss. Du hast dir die Überfahrt verdient mit deiner Arbeit in den letzten Wochen.«

Tarek beobachtet den Mann. Er steigt über die Taue und Netze, die überall auf dem Deck des Kutters verstreut liegen, klettert in das Führerhaus des Bootes und startet den Motor. Das leise Tuckern vermischt sich mit dem Glucksen der Wellen, die gegen den Steg schlagen.

»Er bringt dich nach Lesbos«, fährt Mehmet fort. »In den Hafen Mytilini. Von dort geht morgen eine Fähre aufs Festland. Ab da musst du es alleine schaffen.«

Tarek spürt, wie Jakub nach seinem Arm greift. Als er sich zu ihm umdreht, drückt der Alte ihm ein paar Geldscheine in die Hand.

»Das ist alles, was er noch hat«, sagt Mehmet. »Nimm es. Du darfst es nicht ablehnen. Wahrscheinlich hast du solche Scheine noch nie gesehen. Sie heißen Euro. Es ist das Geld, mit dem man in Europa bezahlt. Du kannst damit eine Fahrkarte für die Fähre kaufen und vielleicht für einige Tage etwas zu essen. Für mehr wird es nicht reichen, fürchte ich.«

Tarek traut sich nicht, das Geld zurückzuweisen. Er kann gar nichts sagen, so überwältigt ist er von all den Dingen, die jetzt, nach den vielen gleichförmigen Wochen des Arbeitens und Wartens, so plötzlich auf ihn einstürmen.

Jakub sieht Tarek an und sagt etwas. Mehmet will übersetzen, aber Tarek winkt ab. »Nein«, sagt er. »Ich habe es verstanden.«

Er nimmt die Hand des Alten und führt sie zunächst an seine Lippen, dann an seine Stirn, wie man es bei den Kuchi tut. »Ich danke dir ebenfalls«, sagt er. »Dir und Aygen. Ich werde euch nie vergessen.«

Er geht zu dem Kutter. Dann klettert er vorsichtig an Bord, es ist das erste Mal in seinem Leben, dass er sich einem Boot anvertraut. Der Boden unter seinen Füßen schwankt. Es erinnert ihn an das Schaukeln der Kamele in seiner Heimat.

»Die Fähre bringt dich nach Athen«, sagt Mehmet, während Jakub das Tau löst, mit dem der Kutter festgemacht ist. »Dort sind auch andere Afghanen, Leute wie du. Schließ dich ihnen an, aber überlege gut, wem du vertraust. Und jetzt fahrt! Für heute Nacht ist Sturm angekündigt.«

Der Kutter legt vom Steg ab. Tarek blickt Jakub in die Augen, sie nicken beide und lächeln. Er sieht den Alten an, bis er in der Dunkelheit verschwindet.

Soraya schlägt die Augen auf. Gerade dringen die ersten Sonnenstrahlen durch die Zweige und Blätter der Bäume über ihr, sie sehen aus wie Schwerter, die bei jedem Windstoß verschwinden und gleich darauf an einer anderen Stelle neu aufblitzen. Einer der Strahlen tanzt in ihrem Gesicht, davon muss sie aufgewacht sein.

Sie atmet tief ein. Die Bäume hier riechen süßlich und warm zugleich, ganz anders als in den Bergen ihrer Heimat. Auf dem Boden liegt eine dicke Schicht aus Nadeln, die knistern, wenn man auf sie tritt. Die aufgehende Sonne wirft ein flirrendes Muster aus Licht und Schatten auf sie. An der Küste, ein Stück unter ihnen, schlagen die Wellen gegen den Strand. Es könnte sehr schön sein hier, denkt Soraya. Wenn nur das Warten nicht wäre und die Ungewissheit und die Gefahren, die auf uns lauern.

Neben ihr liegt Salim. Er schläft noch und umklammert ein Stofftier, einen Löwen mit einer Mähne aus goldenen Borsten, die wie ein Kranz seinen Kopf umrahmen. Das ist das Einzige, was er mitnehmen konnte aus Syrien, hat Alisha erzählt. Durch seine Haare klettert eine Spinne. Soraya pflückt sie heraus, ganz vorsichtig, um ihn nicht zu wecken, und schleudert sie davon.

Dann sieht sie zu Alisha hinüber, die auf der anderen Seite von Salim liegt. Einer plötzlichen Idee folgend, hebt sie ein paar Nadeln vom Waldboden auf und lässt sie auf Alishas Nase rieseln. Die murmelt etwas und fährt sich unwillig mit der Hand übers Gesicht, schließlich öffnet sie die Augen.

»Was machst du?«, sagt sie. »Hör auf damit!«

»Ich will aber nicht alleine wach sein«, sagt Soraya.

»Wozu wach?« Alisha gähnt, setzt sich auf und reckt die Arme. »Es gibt sowieso nichts zu tun. Außer warten.«

»Wer weiß?«, sagt Soraya. »Vielleicht kommt gleich ein fliegendes Pferd mit weißen Flügeln und trägt uns übers Meer. Und wenn wir schlafen, verpassen wir es.«

Alisha winkt ab. »Es kommt kein fliegendes Pferd. Es kommt nur Faruk. Wie jeden Morgen. Ich höre ihn schon.«

Soraya hebt den Kopf. Tatsächlich, da sind Motorengeräusche, zuerst leise, dann rasch lauter werdend. Gleich darauf ist auch der Wagen zu sehen, der die Geräusche verursacht, er rumpelt den mit vielen Wurzeln durchsetzten Weg entlang, der das Wäldchen in zwei Teile trennt. Hinter dem Steuer sitzt Faruk, ihr Schleuser. Er kommt immer um diese Zeit, seit vier Tagen, so lange lagern sie jetzt hier im Wald, bringt ihnen etwas zu essen und versorgt sie mit Informationen. Bisher waren die Neuigkeiten immer schlecht, mal hieß es, das Wetter sei nicht günstig, mal waren zu viele Schiffe der Küstenwache unterwegs, mal war etwas am Boot nicht in Ordnung. Soraya würde sich nicht wundern, wenn er sie heute vor einem Meeresungeheuer warnte.

Sie beobachtet, wie er aus dem Wagen steigt, eine große Kühlbox von der Ladefläche hebt und damit auf sie zukommt. Er ist ziemlich jung und wirkt immer etwas gelangweilt, so als sei es eine Gnade von ihm, sich mit ihnen abzugeben. Nachdem er die Kühlbox abgestellt hat, stößt er einen lauten Pfiff aus, was bedeutet, dass alle zu ihm kommen und zuhören sollen. Gleich darauf wird es auf beiden Seiten des Weges lebendig. Alle, die hier lagern, erheben sich und schlurfen heran, bestimmt an die dreißig Gestalten. Es sieht fast ein wenig unheimlich aus, wie eine plötzlich aus dem Boden gewachsene Armee. Auch Alisha steht auf und geht zu Faruk hinüber. Soraya bleibt bei Salim, der noch immer tief und fest schläft, sie kann den Schleuser sowieso nicht verstehen, er spricht Arabisch.

Faruk hält seine Ansprache, wobei er wie üblich die Hände in die Hosentaschen steckt und nach jedem Satz eine Pause macht, um auf einem Kaugummi herumzukauen. Soraya hat das Gefühl, dass seine Rede heute länger dauert als an den bisherigen Tagen. Als er sie beendet hat, öffnet er seine Kühlbox, zieht die Verpflegungspakete hervor und verteilt sie. Während alle zu ihren Plätzen unter den Bäumen zurückgehen, steigt er wieder in seinen Wagen und fährt davon.

Alisha kommt zu Soraya und Salim, lässt sich auf ihre Decke sinken und stellt die drei Essensportionen ab, die sie mitgebracht hat. »Heute Abend ist es so weit«, sagt sie dann.

Soraya starrt sie an. »Wie? Das sagst du einfach so?«

Alisha grinst. »Wie soll ich es denn sonst sagen?«

»Und – das ist sicher?«

»Scheint so. Er sagt, das Wetter sei gut, das Boot bereit und von der Küstenwache hätten wir nächste Nacht auch nicht viel zu befürchten.«

»Woher will er das wissen?«

Alisha hebt die Schultern. »Die haben überall ihre Leute, die sie mit Informationen versorgen. Ist doch egal. Hauptsache, es stimmt.«

»Na gut. Was hat er noch gesagt?«

»Dass wir uns bereithalten sollen. Heute Abend wird er kommen und uns holen, am Strand wartet dann das Boot auf uns.«

Sie blicken sich kurz an, fast ein wenig ungläubig, dann rücken sie aufeinander zu und umarmen sich über den schlafenden Salim hinweg. Bald ist es also so weit, die Fahrt über das Meer nach Europa liegt vor ihnen. Es wird auch Zeit, denkt Soraya. Viel länger hätte ich das Warten nicht mehr ausgehalten.

Sie drückt Alisha noch einmal, dann setzt sie sich wieder auf ihre Decke. Alisha versucht Salim aufzuwecken, damit er sein Frühstück isst. Soraya beobachtet sie dabei und denkt daran, wie sie die beiden in der Fabrik kennengelernt hat, es scheint ewig her zu sein. Mehrere Wochen haben sie dort noch gearbeitet und trotzdem hätte ihr Lohn alleine nicht für die Überfahrt gereicht. Also lieh sich Soraya etwas von Leilas Ersparnissen und Alisha verkaufte schweren Herzens den Schmuck ihrer Mutter, den sie aus Syrien mitgebracht hatte und der sie eigentlich immer an sie erinnern sollte.

Dann musste Soraya sich von Leila und Obeid verabschieden, was ihr sehr schwer fiel, nach allem, was die beiden für sie getan hatten. Sie traf sich mit Alisha und Salim am Busbahnhof und fuhr mit ihnen in die Stadt Edremit, denn sie hatten gehört, dort säßen viele Schleuser, die Überfahrten nach Europa verkaufen. Die Stadt liegt nicht weit von hier, am Ende der großen Bucht, die an dieser Stelle ins Land ragt.

Salim nörgelt und boxt Alisha, weil sie ihn geweckt und ihm seinen Löwen weggenommen hat, aber als er das Essen sieht, das sie für ihn auspackt, bessert sich seine Laune. Soraya kennt die beiden inzwischen so gut, dass sie begreift, was sie sagen, auch wenn sie in ihrer Muttersprache reden. In Edremit war sie ganz auf Alisha angewiesen, denn die Schleuser, die in den Teehäusern am Marktplatz saßen, sprachen nur Arabisch. Während sie selbst still dasaß und sich um Salim kümmerte, führte Alisha die Verhandlungen, genauso zäh und hartnäckig, wie sie in der Fabrik gearbeitet hatte. Immer wieder deutete sie auf Salim, der Schleuser stöhnte und fluchte und reckte die Fäuste zur Decke, aber irgendwann hatten sie sich geeinigt. Fast ihr ganzes Geld mussten sie für die Fahrt über das Meer bezahlen. Dann wurden sie in einem Lieferwagen hierhergebracht, in die Kadirga-Bucht, wie die Schleuser das Gebiet nennen, in eben das kleine Wäldchen, in dem sie jetzt sind. Seitdem warten sie.

»Ach, ich würde so gern mal wieder etwas Frisches essen«, sagt Alisha, als sie mit dem Frühstück fertig sind, und betrachtet die zugeschweißten Plastikbeutel, die Faruk gebracht hat. »Das hier schmeckt alles gleich, egal was draufsteht. Ich kann es nicht mehr sehen, es hängt mir zum Hals heraus.«

»Ja, mir auch«, sagt Soraya. »Aber es ist ja nur noch für heute. Komm, weg damit.« Sie stopft die Beutel in eine Tüte und verschnürt sie. »Den Rest heben wir auf, das muss noch bis heute Abend reichen.«

»Gut, dann – schleichen wir uns wieder zu den Waschbecken«, sagt Alisha.

Sie stehen auf und gehen zum Rand des Wäldchens. Dort liegt eine verwilderte Wiese, jenseits davon ein Zaun und hinter dem Zaun befindet sich ein Campingplatz. Soraya hat so etwas vorher noch nie gesehen. Sie versteht nicht recht, warum die Leute dort freiwillig in Zelten leben, obwohl sie doch, wie Alisha gesagt hat, richtige Häuser haben. Außerdem sind viele von ihnen so seltsam angezogen, dass Soraya anfangs dachte, es sei eine Art Lager für Menschen, die nicht ganz richtig im Kopf sind. Alisha fand das komisch. Sie meinte, die Leute seien schon halbwegs normal, hier wäre eben manches anders als in Afghanistan.

Jedenfalls gibt es auf dem Campingplatz ein Haus mit Waschbecken. Alisha sagt, eigentlich dürfen sie sie nicht benutzen, weil sie nur für die Leute dort seien, aber sie schleichen sich trotzdem einmal am Tag hin, um sich zu waschen, durch ein Loch im Zaun, das sie am ersten Tag ihres Aufenthalts entdeckt haben.

»Wir müssen vorsichtig sein«, flüstert Alisha, als sie die Wiese überqueren. »Gestern hat mich eine Frau so komisch angesehen, ich glaube, sie hat gemerkt, dass wir nicht dazugehören.«

Soraya nickt, ihr ist es ähnlich ergangen. Die Blicke der Leute hinter dem Zaun sind seltsam, nicht unbedingt feindselig, aber prüfend und abschätzend, so wie in den Bergen, wenn man durch ein fremdes Dorf kommt, in dem einen keiner kennt. Oder wenn man zum Spielen mit den Jungen einen neuen Drachen mitbringt, den die anderen noch nicht einschätzen können.

Während ihr diese Gedanken durch den Kopf gehen, haben sie den Zaun erreicht. Das Loch darin ist ziemlich klein und knapp über dem Boden, sodass sie nur auf den Ellbogen und Knien hindurchkriechen können. Alisha schiebt zuerst Salim auf die andere Seite, dann bückt sie sich, um ihm zu folgen.

Soraya hebt noch einmal den Kopf, um sich zu vergewissern, dass niemand sie beobachtet. Dabei fällt ihr Blick auf einen Hügel landeinwärts, ein ganzes Stück entfernt. Am Hang sieht sie viele kleine, weiße Pünktchen, von denen sich manche langsam von einer Stelle zur anderen bewegen. Es dauert einen Augenblick, bis sie begreift, dass es Schafe sind.

»Eine Schafherde!«, murmelt sie. Dann lässt sie den Kopf sinken und denkt an Tarek. Wo er jetzt sein mag? Bestimmt hat er es über das Gebirge geschafft, da hat sie keine Zweifel, er hatte ja einen guten Draht zu diesem Schleuser mit dem Schnurrbart. Aber was dann? Er kann jetzt überall sein und gleichzeitig ist er nirgends. Vielleicht ist er schon in Deutschland angekommen, vielleicht wird er nie irgendwo ankommen, man kann es nicht wissen.

Ich hätte bei ihm bleiben müssen im Gebirge, denkt sie und blickt wieder zu den Schafen hinüber. Ich hätte an seiner Seite sein müssen, als er sich mit den Schleusern gestritten hat. Ich hätte wenigstens versuchen müssen, ihm zu helfen, als sie ihn niedergeschlagen haben. Was auch immer geschehen wäre: Ich hätte nicht zulassen dürfen, dass sie uns trennen.

»Soraya?«, hört sie Alishas Stimme von der anderen Seite des Zaunes. »Wir sind drüben. Wo bleibst du?«

»Ich komme ja«, sagt sie und beugt sich zu der Öffnung hinunter. »Ich komme, Alisha.«

Als Faruk endlich auftaucht und sie abholt, dämmert es bereits. Soraya und Alisha werfen ihre Rucksäcke über und helfen Salim, auch seinen anzuziehen. Den ganzen Tag haben sie gewartet, und je weiter die Sonne von Osten nach Westen gewandert ist, umso mehr ist die Erleichterung und Vorfreude, die sie am Morgen verspürt haben, einem Gefühl der Unsicherheit und der Furcht gewichen. Was mag sie erwarten – dort auf dem Wasser?

Faruk bellt ein paar Befehle und quält dazwischen sein Kaugummi, dann geht er los. Sie folgen ihm und steigen über einen gewundenen Trampelpfad zur Küste hinunter. Die letzten Leute vom Campingplatz, die tagsüber den Strand bevölkern, sind inzwischen gegangen, jetzt ist es menschenleer. Als sie unten sind, zieht Soraya ihre Sandalen aus. Vor vier Tagen, als sie angekommen sind, hat sie zum ersten Mal einen Strand gesehen und das prickelnde Gefühl des Sandes zwischen den Zehen gespürt. Mit Alisha ist sie ein Stück in die Wellen hineingegangen. Als ihr das Wasser ins Gesicht spritzte, hat sie zunächst gedacht, es sei vergiftet, so ekelhaft schmeckte es. Aber Alisha meinte, das sei nur das Salz, so sei der Geschmack des Meeres eben.

Faruks Wagen steht auf dem Strand. Er holt Schwimmwesten heraus und verteilt sie an alle. Soraya muss sich beim Anlegen der Weste helfen lassen, sie hat noch nie so etwas getragen. Angesichts der heranrollenden Wellen spürt sie jetzt ihre Aufregung, das Herz klopft ihr bis zum Hals. Salim scheint es ähnlich zu gehen. Er weint, als Alisha ihm die Weste überstreift, anscheinend wird ihm erst jetzt klar, dass sie auf dieses wogende Wasser hinausmüssen.

In der Zwischenzeit hat Faruk das Schlauchboot von der Ladefläche des Wagens gezerrt und es mit gelangweilten Fußtritten auf dem Strand ausgebreitet. Während es sich wie von Zauberhand von selbst aufbläst, schleppt er einen Motor herbei und befestigt ihn daran.

»Das soll für alle groß genug sein?«, flüstert Soraya Alisha zu und deutet auf das Boot.

»Es bläst sich ja noch auf«, flüstert Alisha zurück. »Keine Ahnung, Soraya. Ich kenne mich mit Booten nicht aus.«

Sie beobachten, wie Faruk ein paar Ruder und dann auch noch mehrere Eimer und etwas Klebeband in das Boot wirft. Danach verteilt er Taschenlampen an einige der Männer und spricht mit ihnen. Einem will er ein kleines Gerät in die Hand drücken, aber der nimmt es nicht an. Die anderen Männer gestikulieren wild, es gibt einen lauten Wortwechsel.

»Worüber streiten sie?«, fragt Soraya.

»Faruk sagt, er geht nicht mit ins Boot. Darüber sind die anderen wütend. Sie sagen, er wäre ein Betrüger.«

»Das stimmt ja auch«, erwidert Soraya. »Wie sollen wir ohne ihn den Weg finden?«

»Er will dem einen ein Funkgerät geben. So wäre er immer in Verbindung mit uns, sagt er. Er selbst würde an Land bleiben, er hätte ein Nachtsichtgerät, damit könnte er vom Ufer alles besser überblicken als im Boot.«

Der Streit ist unterdessen heftiger geworden. Einer der Männer packt Faruk an der Schulter, woraufhin der sein Kaugummi ausspuckt und sich seelenruhig, als hätte der Streit überhaupt nichts mit ihm zu tun, eine Zigarette anzündet. Das scheint die Männer noch mehr zu erzürnen. Faruk greift in die Innentasche seiner Jacke und zieht etwas hervor, das Soraya nicht erkennen kann. Die Männer weichen zurück und verstummen. Er steckt es wieder ein, was immer es war, zeigt auf das Boot und sagt etwas, mit einer sehr kalten Stimme.

»Was ist jetzt?«, flüstert Soraya.

»Sie können nichts tun«, antwortet Alisha. »Er sagt, wer nicht ins Boot steigt, wird zurückgelassen und kriegt auch sein Geld nicht wieder. So sei es vereinbart.«

»Ist es denn so?«

»Keine Ahnung.« Alisha zuckt mit den Achseln. »Ich kann mich nicht an alles erinnern, was der Typ in Edremit gesagt hat. Aber ich glaube, er hat so was erwähnt.«

Die Männer, die mit Faruk gestritten haben, gehen zu dem Schlauchboot und schieben es, immer noch schimpfend und murrend, ins Wasser. Während sie es festhalten, müssen alle anderen einsteigen. Soraya und Alisha klettern ins Boot, kauern sich auf den Boden, den Rücken gegen den prall aufgepumpten Ring gelehnt, und nehmen Salim in die Mitte. Auch die Männer steigen nun ein. Jetzt ist nur noch Faruk draußen, er schiebt das Boot in die Brandung und startet den Motor, dann watet er zum Strand zurück.

Das Boot bewegt sich heftig schwankend auf und ab. Soraya hält den Atem an, ihr Magen krampft sich zusammen. Mit den Jungen hat sie zwar oft am Bach und in dem kleinen Teich gespielt, sie kann gut die Luft anhalten und tauchen, länger als die meisten schafft sie das, aber Schwimmen hat sie nie gelernt. In diesen Wellen würde sie untergehen, das weiß sie, und der schlabbrigen Weste, die sie trägt, traut sie nicht. Während sie sich mit einer Hand an dem Tau festklammert, das rund ums Boot läuft, legt sie den anderen Arm um Salim, der wieder zu weinen begonnen hat.

Nach einigen Minuten lassen sie die Brandung hinter sich und erreichen das offene Meer, das Boot liegt jetzt ruhiger im Wasser. Soraya atmet auf und versucht sich einzureden, dass sie damit das Schlimmste bereits hinter sich haben. Sie hört das leise Knattern des Motors. Einer der Männer, an die Faruk die Taschenlampen verteilt hat, sitzt im Heck des Bootes und versucht zu steuern. Ein anderer hockt neben ihm und bedient das Funkgerät. Es knackt, dann ist Faruks Stimme zu hören. Sie klingt so gelangweilt, als würde er gleich einschlafen.

»Was sagt er?«, fragt Soraya und blickt zu Alisha hinüber.

»Er meint, wir sollen ganz ruhig sein.« Alisha hat in der Brandung einen kräftigen Schwall Wasser abbekommen, sie ist von oben bis unten nass. »Er ist auf einen Hügel gefahren und kann uns erkennen mit seinem Nachtsichtgerät. Wir wären genau auf Kurs. Er sagt, er würde uns dirigieren.«

Das hört sich einigermaßen beruhigend an, auch der Mann am Steuer scheint halbwegs zu wissen, was er tut. Soraya entspannt sich, dann beobachtet sie Alishas Bemühungen, Salim aufzumuntern. Sie holt den Löwen aus seinem Rucksack und gibt ihm das Tier, dann sagt sie etwas zu ihm. Wahrscheinlich erzählt sie, wie mutig der Löwe ist, denkt Soraya, und dass er ihn beschützt. Tatsächlich wird Salim ruhiger, er presst den Löwen an sich und hört auf zu weinen.

Soraya blickt sich um. Die meisten anderen im Boot sind Männer, es gibt nur wenige Frauen, zwei oder drei Jungen in ihrem Alter, Alisha und sie sind die einzigen Mädchen, Salim ist der Jüngste. Sie füllen den Platz im Boot vollkommen aus, nicht ein einziger Zentimeter des Bodens ist zu sehen, sie liegen tief im Wasser. Soraya schießen einige der Geschichten durch den Kopf, die sie in den letzten Wochen gehört hat, Geschichten von Booten, die im Sturm gekentert und gesunken sind, Geschichten von Ertrunkenen, die irgendwann, Tage später, an einem Strand angespült wurden. Sie schüttelt den Kopf und versucht es zu vergessen. Wer weiß, ob die Geschichten stimmen.

Der Motor knattert leise vor sich hin, sie scheinen gut voranzukommen. Es ist zwar völlig dunkel, aber sie können sich an den Lichtern entlang der türkischen Küste orientieren, die allmählich schwächer werden. Zum Glück ist der Weg, den sie vor sich haben, nicht allzu weit. Sie müssen nur zu einer Insel, die Soraya von dem Wäldchen aus bei gutem Wetter am Horizont schon erkennen konnte. Die Insel gehöre zu Griechenland, hat

Alisha ihr erzählt, das sei ein Teil von Europa, von dort könnten sie aufs Festland.

Immer wieder gibt Faruk Anweisungen, dann ändert der Mann am Steuer den Kurs. Irgendwann kommt Wind auf, zuerst so schwach, dass er nur im Gesicht kitzelt, aber er wird von Minute zu Minute stärker. Das Boot beginnt zu schaukeln, hin und wieder schwappt eine Welle zu ihnen herein, ihre Füße stehen schon im Wasser. Die Gesichter der anderen sind besorgt, Soraya erkennt es im Licht der Taschenlampen. Zum Glück scheint Faruk die Situation im Griff zu haben, er dirigiert sie in aller Ruhe voran. Doch mit einem Mal wird seine Stimme hektisch. Soraya hört ihn einen letzten lauten Satz rufen, dann schaltet der Mann, der das Funkgerät bedient, es plötzlich aus. Gleich darauf erstirbt der Motor und auch die Taschenlampen erlöschen.

»Was tun sie?«, ruft Soraya zu Alisha hinüber. Faruks Stimme war in den letzten Minuten das einzig Beruhigende in dieser schwankenden Welt aus Wind und Wellen. Die plötzliche Stille wirkt bedrohlich.

»Faruk hat ihnen befohlen, alles auszumachen«, erklärt Alisha. »Er sagt, ein Stück links von uns wäre ein Schiff der Küstenwache aufgetaucht und die könnten das Funkgerät orten und den Motor hören.«

Soraya dreht sich um. Tatsächlich, da hinten sind die Lichter eines Schiffes zu erkennen, ein ganzes Stück entfernt noch, aber sie scheinen näher zu kommen. Und das Schiff hat auf allen Seiten starke Scheinwerfer, die die Wasseroberfläche absuchen, wie Spinnenbeine tasten sich die Strahlen über die Wellen.

Ohne die Unterstützung des Motors treiben sie jetzt nur noch hilflos auf dem Wasser, das Boot beginnt sich zu drehen. Niemand sagt etwas, so als müsse man befürchten, schon ein geflüstertes Wort könne sie verraten. Alle starren schweigend zu dem Schiff hinüber. Zum Glück kommt es nicht direkt auf sie zu, sondern fährt in einiger Entfernung an ihnen vorbei, gerade weit genug, dass die Lichtkegel der Scheinwerfer sie nicht erfassen. Nach einigen Minuten ist es verschwunden.

Zögernd flackern die Taschenlampen wieder auf. Der Mann am Funkgerät blickt fragend um sich, er scheint nicht sicher zu sein, ob er es schon wieder einschalten darf. Schließlich wagt er es. Das Gerät knackt und rauscht, der Mann ruft hinein, wieder und wieder, am Ende schreit er regelrecht, doch Faruk meldet sich nicht. Hektisch dreht er an den Knöpfen, aber was immer er versucht, es gelingt ihm nicht, die Verbindung wiederherzustellen. Ein anderer reißt ihm das Gerät aus der Hand, auch der hat keinen Erfolg. Ein dritter nimmt es, sie brüllen sich gegenseitig an, dann entbrennt eine heftige Diskussion.

»Worum geht es?«, ruft Soraya über den Lärm hinweg.

»Die einen wollen, dass wir hier warten«, ruft Alisha zurück. »Bis die Verbindung zu Faruk wieder steht, damit er uns weiterlotsen kann. Die anderen sagen, wir sollten die Fahrt lieber auf eigene Faust fortsetzen. Denn hier würden wir nur abgetrieben und außerdem würde der Wind immer stärker.«

Das stimmt, der Wind hat weiter aufgefrischt. Als Soraya sich umblickt, sieht sie erschrocken, wie mächtig die Wellen geworden sind, fast mannshoch rollen sie auf das kleine Boot zu. Sie klammert sich wieder an das Tau, dann rückt sie enger an Alisha und Salim. Alle drei halten sich aneinander fest.

Der Streit zwischen den Männern geht noch eine Weile hin und her, aber als das Funkgerät weiter schweigt, setzen sich jene durch, die die Fahrt fortsetzen wollen. Der Mann im Heck startet den Motor und blickt sich suchend um. Einige Lichter der türkischen Küste sind gerade noch zu erkennen, er wendet das Boot und steuert von ihnen fort.

Inzwischen ist der Wind endgültig zum Sturm geworden. Im Licht der Taschenlampen sehen sie Wellen auf sich zurollen, die ihnen so hoch wie Häuser erscheinen. Immer wieder wird das Boot emporgehoben wie auf einen Berg und stürzt auf der anderen Seite genauso tief wieder hinunter. Soraya bleibt fast das Herz stehen, sie fürchtet um ihr Leben. Einige der anderen im Boot scheinen Ähnliches zu empfinden, denn sie knien sich hin und beginnen zu beten.

Zum Glück behält der Mann am Steuer einen kühlen Kopf. Er hält genau auf die Wellenberge zu, sodass das Boot über sie hinweggleiten kann und nicht von ihnen umgeworfen wird. Dennoch schwappt das Wasser immer wieder zu ihnen herein, längst sitzen sie tief darin und sind bis auf die Knochen durchnässt. Und dann fällt – zu allem Überfluss – auch noch der Motor aus. Soraya hat es fast kommen sehen, schon seit einigen Minuten stottert er und hat immer wieder Aussetzer. Anscheinend ist das Benzin aufgebraucht.

Alisha stößt einen bösen Fluch gegen Faruk aus, den Soraya ihr gar nicht zugetraut hätte. Aber sie kann es gut verstehen, sie verspürt ebenfalls einen unbändigen Hass auf den Schleuser. Das Wetter sei günstig, hat er gesagt! Dann gibt er ihnen ein halb kaputtes Funkgerät und schickt sie mit viel zu wenig Benzin auf die Reise. Nur um Geld zu sparen, denkt sie. Und jetzt sitzt er in seinem Geländewagen auf irgendeinem Hügel, legt die Beine hoch und beobachtet gelangweilt, wie wir untergehen.

Einige der Männer haben inzwischen die Ruder genommen, die Faruk ins Boot geworfen hat, und versuchen verzweifelt, durch die Wellen zu steuern. Ob sie dabei noch Kurs auf die griechische Insel halten, interessiert niemanden mehr. Während sie mit aller Kraft rudern, immer den Wellen entgegen, um zu verhindern, dass das Boot sich dreht und kentert, versuchen andere das Wasser hinauszuschöpfen, das mit jeder Welle von Neuem eindringt. Einige benutzen die Eimer, andere die bloßen Hände, auch Soraya beteiligt sich daran. Während Alisha dasitzt, sich festklammert, damit sie nicht über Bord gespült wird, und Salim an sich drückt, der vor Angst ganz still und starr geworden ist, befördert sie einen Schwall Wasser nach dem anderen über den Rand des Bootes nach draußen. Es ist eiskalt, irgendwann sind ihre Hände so steif, dass sie sie fast nicht mehr spürt.

So geht es scheinbar endlos weiter, durch eine Hölle aus brüllendem Wind, meterhohen Wellen und peitschender Gischt. Nach einer Weile verliert Soraya jedes Zeitgefühl. Einmal – sie weiß gar nicht, ob sie ihren Augen noch trauen soll – fährt ein riesiges Schiff an ihnen vorbei. Es ist so nah, dass es geradezu über ihnen aufragt, als wäre es eines der Hochhäuser, die sie in Istanbul gesehen hat. Sie blickt an ihm empor wie an einer Wand, sie kann die kleinen, runden Fenster erkennen und die Lichter dahinter, sie kann die Treppen erkennen, die von einem Deck zum anderen führen, und ganz oben hinter einem Geländer glaubt sie sogar jemanden entlanglaufen zu sehen.

Gerade steuert ihr Boot in eine neue Welle hinein, sie werden nach oben getragen und im gleichen Moment erfasst sie von der Seite die Bugwelle des Schiffes. Das Schlauchboot springt fast in die Höhe und knallt wieder aufs Wasser. Soraya hört noch die Schreie der anderen, dann verliert sie das Gleichgewicht und geht über Bord. Sie hat versäumt, sich an dem Tau festzuhalten, so fasziniert war sie von dem Anblick des Schiffes, jetzt rutscht sie ins Wasser und taucht unter. Verzweifelt streckt sie noch eine Hand nach oben, um sich an der Außenhaut des Schlauchbootes festzukrallen. Sie gleitet ab, aber im letzten Augenblick packt jemand ihr Handgelenk und zieht sie ins Boot zurück.

Für einen Moment kann sie nichts sehen, ihr Kopftuch ist ihr ins Gesicht gerutscht. Hastig schiebt sie es zurück. Im Boot sieht es aus wie auf einem Schlachtfeld, alle liegen über- und untereinander, wie ein großes Knäuel aus Leibern. Manche, die wie sie über Bord gegangen sind, klammern sich verzweifelt an dem Tau fest und rufen um Hilfe, andere stürzen zu ihnen hin und versuchen sie wieder ins Boot zu zerren. Soraya hustet, sie hat einen großen Schwall des ekelhaften Salzwassers geschluckt. Für einen Moment sieht sie noch die Hecklichter des Schiffes, das stampfend weiterfährt, dann rauschen sie in ein Wellental und es gerät außer Sicht.

Inzwischen scheinen fast alle im Boot mit ihrem Leben abgeschlossen zu haben. Manche jammern und klagen laut, heben die Hände zum Himmel oder schütteln die Fäuste in eine Richtung, in der sie wahrscheinlich Faruk vermuten, andere liegen einfach nur erschöpft und reglos herum. Zum Rudern hat niemand mehr die Kraft, außerdem müssen die Ruder über Bord gegangen sein, Soraya kann sie nirgends sehen. Zwei Taschenlampen leuchten noch, einige schaufeln mit müden Bewegungen etwas Wasser aus dem Boot, das ist alles.

Soraya lässt sich gegen den Rand des Schlauchbootes sinken und japst nach Luft. Wieder rollt eine Welle auf sie zu und lässt das Boot in die Höhe steigen. Wir sind machtlos, denkt sie. Hier auf dem Meer ist es nicht anders als bei einem Schneesturm in den Bergen. Man kann beten, dass man verschont bleibt, aber gegen das, was kommt, kann man nichts ausrichten. Die Gewalt der Natur muss man hinnehmen. Und sie bewundern. Für ihre Kraft. Und ihre Schönheit.

Sie spürt, dass sie ohnmächtig zu werden droht, von der Angst und den Anstrengungen und von all dem Salzwasser, das sie inzwischen geschluckt hat. Mit letzter Kraft kriecht sie zu Alisha und Salim und umarmt sie. Wenn wir schon untergehen, denkt sie, tun wir es wenigstens gemeinsam. Dann wird ihr schwarz vor Augen.

Die Figur im Brunnen erinnert Tarek an die Gestalt aus einem Märchen, das er vor Jahren am Feuer gehört hat. Es ging um einen Vogel mit vier Köpfen: dem Kopf der Weisheit, dem Kopf der Gleichgültigkeit, dem Kopf der Barmherzigkeit und dem Kopf der Grausamkeit. Jedem Menschen, mit dem er sprach, wandte der Vogel immer nur eines dieser Gesichter zu. Im Märchen waren die Köpfe so unterschiedlich, als würden sie gar nicht zu dem gleichen Wesen gehören. Hier in dem Brunnen dagegen ähneln sie sich so sehr, dass man sie kaum auseinanderhalten kann. Mit den gleichen scharfen Augen blicken sie in alle Himmelsrichtungen, aus ihren Schnäbeln schießen Fontänen durch die Luft und landen in einem Becken, das in der Sonne glitzert und funkelt.

Tarek hat noch nie so etwas gesehen. Es lässt ihn an eine Quelle in den Bergen denken. Und das hier, auf Höhe des Meeres, mitten in der größten Stadt, die er jemals gesehen hat! Er setzt sich auf den Rand des Brunnens, hält seine Hand unter eine der Fontänen und trinkt einen Schluck. Das Wasser schmeckt nicht besonders gut, nicht so frisch wie im Gebirge, aber es löscht den Durst. Er beißt in das heiße, gefüllte Fladenbrot, das er vor einigen Minuten an einem Straßenstand gekauft hat. Aber obwohl er ziemlich hungrig ist, kann er das Essen nicht genießen. Er musste sein letztes Geld dafür hergeben, den Rest der Summe, die er von Jakub bekommen hat.

Den größten Teil davon hat er für die Fähre bezahlt, die er in Mytilini bestiegen hat, einige Stunden nachdem der Fischer ihn, glücklicherweise noch vor Ausbruch des Sturms, im Hafen abgesetzt hatte. Den Rest der Nacht verbrachte er zwischen allerhand Gerümpel in einer alten, verlassenen Lagerhalle. Als am Morgen die Fähre in den Hafen lief, wollte er fast seinen Augen nicht trauen, so riesig war sie. Er ließ sich im Strom der anderen Passagiere an Bord spülen und fuhr bis in den Hafen jener Stadt, von der Mehmet ihm erzählt hatte. Als er ausstieg, wurden die meisten Fahrgäste von Freunden oder Verwandten begrüßt, die sich gegenseitig um den Hals fielen, nur er stand da und kam sich ziemlich verloren vor. Er nahm einen Bus, in den viele andere ebenfalls einstiegen. Und nun ist er hier, läuft durch eine Stadt, die ihm noch hundertmal größer und fremder erscheint, als es Herat gewesen ist, und hat nicht die geringste Ahnung, was er tun soll.

Eine Zeit lang beobachtet er, was sich auf dem Platz rund um den Brunnen abspielt. Dann fällt ihm ein Junge auf, der, nur ein paar Meter von ihm entfernt, auf der anderen Seite des Beckens steht. Er blickt ins Wasser, als würde er dort etwas suchen. Dann streckt er den Arm hinein, immer tiefer, bis zur Schulter. Aber anscheinend kann er den Grund des Beckens nicht erreichen, denn plötzlich holt er tief Luft und steckt seinen Kopf ins Wasser. Wenig später taucht er wieder auf, streicht die triefenden Haare zurück und lässt etwas, das er offenbar aufgesammelt hat, in der Hosentasche verschwinden. Dann blickt er hoch und bemerkt Tarek.

»Was gibt es da zu glotzen?«, fragt er. Er spricht Paschto.

Tarek zuckt mit den Schultern und wendet sich ab. Eine Weile isst er schweigend, dann steht er auf und geht um den Brunnen herum, bis er bei dem Jungen ist, der gerade ein zweites Mal im Wasser verschwindet. Er wartet, bis er wieder auftaucht und erneut etwas in seine Tasche steckt.

»Was tust du da?«, fragt er ihn.

»Wonach sieht es denn aus?«, erwidert der Junge, hustet kurz und spuckt in den Brunnen.

»Ich würde sagen, es sieht aus, als wärest du nicht ganz richtig im Kopf«, sagt Tarek.

Der Junge zögert, dann lacht er. »So, würdest du, ja?« Er greift in die Tasche und zieht das, was er eben hineingesteckt hat, wieder hervor. »Und das? Sieht das auch aus, als wäre ich nicht ganz richtig im Kopf?«

Ein paar nasse, zum Teil grünlich schimmernde Münzen liegen in seiner Hand.

»Ist das etwa echtes Geld?«, fragt Tarek verwundert und blickt ins Wasser. Wenn er seine Augen anstrengt, kann er dort noch weitere Münzen sehen, sie scheinen über den ganzen Grund des Beckens verstreut zu sein. »Wie kommen die dahin?«

»O Mann!« Der Junge verdreht die Augen und zieht einen Kamm hervor. »Du bist neu hier, was?«, sagt er, während er seine Haare sorgfältig wieder in Form bringt.

»Ja. Heute angekommen.«

»Also, pass auf. Wenn du hier in Europa in eine Stadt kommst und kein Geld hast, klapperst du erst mal die Plätze mit den Brunnen ab. Am besten nachts, wenn nichts los ist. Da ist nämlich immer Geld drin. Die Leute werfen es rein, weil sie glauben, das bringt Glück. Keine Ahnung, warum. Vor allem die Touristen machen das so.«

»Was sind Touristen?«

Der Junge sieht ihn ungläubig an, dann tritt er einen Schritt zurück und mustert ihn von oben bis unten.

»Sag mal, bist du etwa ein Kuchi?«

»Ja. Was dagegen?«

»Himmel, mir bleibt auch gar nichts erspart.«

»Wieso? Wo kommst du denn her?«

»Aus Kabul.«

»Ah! Und da denkst du wohl, du bist was Besseres?«

»Nein. Aber ich denke, ich komme hier besser zurecht als einer aus den Bergen. Wenn du verstehst, was ich meine.«

Tarek betrachtet den Jungen. Er ist etwa so alt wie er selbst, aber er trägt keine grobe Schaffelljacke und keine weite Baumwollhose, sondern die gleiche Kleidung wie die meisten der Leute, die über den Platz laufen, und seine Frisur ähnelt der, die Tarek bei manchen Jungen in der Türkei gesehen hat. Merkwürdig, denkt er. Wir kommen zwar aus demselben Land, aber trotzdem sind wir aus verschiedenen Welten. Nachdenklich beißt er wieder in sein Fladenbrot.

Der Junge zeigt darauf. »Gibst du mir was ab? Du kannst dafür ein paar von meinen Münzen haben.«

»Wozu? Die könnte ich mir auch selbst holen.«

»Ja, könntest du. Könntest du aber auch lassen.«

Tarek überlegt kurz, dann reißt er das Brot in zwei Hälften und reicht dem Jungen eine davon. Der beißt hungrig hinein und klatscht ihm die kalten, nassen Münzen in die Hand.

»Ich heiße Navid«, sagt er. »Und du?«

»Tarek. Seit wann bist du hier?«

»Knappe Woche. Und du erst seit heute, ja? Also kennst du die Stadt noch nicht?«

»Nein.«

»Gut.« Navid winkt ihm auffordernd zu. »Dann komm mit, Kuchi! Ich zeig sie dir. Latschen bist du ja gewöhnt.«

Bestimmt zwei Stunden führt er Tarek kreuz und quer durch die Stadt, bis dem ganz schwindlig ist von all den Dingen, die er zu sehen bekommt. Navid erzählt ihm, Athen sei voll mit Flüchtlingen, die aus allen möglichen Ländern kämen. Diejenigen, die Geld hätten, könnten sich bei den Schleusern eine Reise weiter nach Norden kaufen. Aber Leute wie sie, die nicht mehr besäßen als die Sachen, die sie am Körper tragen, hingen erst mal fest. Er zeigt Tarek, in welchen Parks man am besten schlafen kann und in welchen Kirchen es ab und zu ein warmes Essen gibt. Er warnt ihn vor den Schlägertrupps, die mit Messern und Kampfhunden Jagd auf Ausländer machen. Am Ende führt er ihn zu einem großen Platz, betritt ihn aber nicht, sondern bleibt an seinem Rand stehen.

»Das ist der übelste Ort von ganz Athen«, sagt er. »Ich zeige ihn dir nur, damit du nie wieder hingehst. Ist nämlich gesünder für Leute wie uns. Eigentlich heißt er Viktoria-Platz, aber alle nennen ihn nur den Afghanen-Strich.«

»Was soll das heißen?«, fragt Tarek.

»Na, was schon?« Navid deutet auf den Platz, auf eine Bank, die unter einer defekten Laterne steht und in der inzwischen hereinbrechenden Dämmerung kaum noch zu erkennen ist. »Wart's ab. Dann siehst du es selbst.«

Auf der Bank sitzt ein Junge. Tarek schätzt, dass er so alt ist wie sie, aber seine schmale, abgemagerte Erscheinung lässt ihn jünger wirken. Er hockt am äußersten Ende der Bank und versteckt seine Hände unter den Oberschenkeln. Nach einigen Minuten setzt sich ein Mann, der schon mehrmals an der Bank vorbeigegangen ist und den Jungen betrachtet hat, auf das andere Ende. Tarek beobachtet, wie er mit dem Jungen spricht und dabei immer näher an ihn heranrückt, bis er direkt neben ihm sitzt. Schließlich steht der Junge auf und geht mit hängenden Schultern davon. Der Mann folgt ihm in kurzem Abstand. Sie verschwinden in der Dunkelheit.

»Alles klar so weit?«, sagt Navid.

»Du meinst …«

»Ja. Glaub mir: Wenn du einmal hier gelandet bist, kommst du so schnell nicht wieder raus aus dem Sumpf.« Navid schlägt Tarek gegen die Schulter. »Nur als kleiner Tipp. Und jetzt los! Bevor noch einer auf die Idee kommt, mit uns das Gleiche zu machen.«

Sie verlassen den Platz und laufen wieder eine Weile durch die Straßen, bis sie einen Park erreichen, in den ein schmaler, mit Kies bestreuter und von Laternen beleuchteter Weg hineinführt. Abseits davon, unter den Bäumen auf beiden Seiten, ist es dunkel. Nur vereinzelt brennen Lichter. Als Tarek genauer hinsieht, erkennt er, dass sie von Kerzen und Taschenlampen stammen. Überall zwischen den Bäumen sind Plastikplanen gespannt, unter denen Leute hocken. Manche haben sich aus Pappkartons, Tüchern und Decken Verschläge gebaut. Auch ein paar Zelte kann Tarek sehen.

»Schläfst du hier?«, fragt er Navid.

»Ja, vorübergehend. Du darfst nie so lange an einem Ort bleiben, dass du dich an ihn gewöhnst. Schätze, ich muss bald wieder los. Weiter nach Norden. Egal, wie.«

»Wo willst du hin?«

»Nach Deutschland. Wollen fast alle hier.«

»Und – warum bist du aus Kabul weg?«

»Ach, das ist eine lange Geschichte.« Navid winkt ab. »Genau genommen wegen einer Kuh.«

Tarek sieht ihn erstaunt an. »Mein Vater war mal in Kabul«, sagt er. »Aber er hat nicht erzählt, dass es da Kühe gibt.«

Navid seufzt. »Ursprünglich komme ich auch nicht aus Kabul«, sagt er, »sondern aus einem Dorf ein Stück weg. Mein Onkel hat da mal eine Kuh gekauft, von einem Typen, der ihm erzählt hat, sie wäre trächtig und außerdem würde sie eine Menge Milch geben. Aber das stimmte nicht. Im Gegenteil, das blöde Vieh war krank und ist schon nach ein paar Tagen eingegangen. Mein Onkel ist zu dem Typen hin, es gab Streit und er hat ihn erschossen. Die Familie von dem Typen hat gedroht, aus Rache einen aus unserer Familie umzubringen. Meine Eltern hatten Angst, es könnte mich erwischen, und haben mich bei Bekannten in Kabul versteckt. Das war vor vier Monaten. Aber irgendwer hat mich entdeckt und deshalb musste ich ganz verschwinden. Jetzt gehe ich nach Deutschland. Zu meiner Schwester, die ist da schon länger, mit ihrem Mann und ihren Kindern.« Er bricht ab und zeigt nach vorn. »Komm! Die anderen sind schon da.«

Sie erreichen einen kleinen, runden Platz, auf dem sich zwei Wege, die durch den Park führen, kreuzen. Laternen stehen dort und Bänke, an einer davon hat sich eine Gruppe von Männern versammelt. Sie reden und gestikulieren, die meisten rauchen. Als sie Navid sehen, heben einige von ihnen die Hand und winken ihn heran. Alle scheinen ihn zu kennen und begrüßen ihn. Tarek dagegen werfen sie spöttische Blicke zu.

»Wer ist denn der Kleine, der sich als Schaf verkleidet hat?«, fragt einer von ihnen, der auf der Rückenlehne der Bank sitzt, sodass alle anderen einen Halbkreis um ihn bilden. Er trägt ein abgewetztes Jackett und er schielt.

Navid stellt Tarek vor. »Er ist heute erst angekommen«, sagt er. »Ich habe ihn am Brunnen getroffen. Er hat sein Essen mit mir geteilt. Da habe ich ihn mitgenommen.«

»Kinder müssen um diese Uhrzeit aber im Bett sein«, sagt der Schielende.

»Ach, lass ihn in Ruhe«, weist einer der anderen Männer ihn zurecht. Er trägt einen schon ziemlich ergrauten Bart und scheint der Älteste in der Gruppe zu sein. »Wenn Navid sagt, dass er in Ordnung ist, geht das klar.«

Der Schielende zuckt verächtlich mit den Schultern. Aber weil keiner etwas einwendet, darf Tarek bleiben. Die Männer wenden sich anderen Themen zu, bald ist er vergessen. Sie sprechen über die Lage in der Stadt, geben sich Tipps, wie man am leichtesten an Geld kommen kann. Schließlich tauschen sie Neuigkeiten aus, die sie aufgeschnappt haben, über die Möglichkeiten, sich weiter nach Norden durchzuschlagen.

»Ich habe gehört, die Grenze ist endgültig dicht«, sagt einer.

»Sie lassen kaum noch einen durch. Außer die Scheiß-Syrer, die werden bevorzugt, weil da Krieg ist.«

»Warum geben wir uns nicht als Syrer aus?«, fragt ein anderer. »Irgendwie kommen wir schon rüber.«

»Stell dir das nicht so einfach vor«, sagt der Erste wieder. »Das haben zu viele versucht, deshalb haben sie die Kontrollen verschärft. Du brauchst entweder einen syrischen Pass oder musst perfekt Arabisch sprechen und am besten noch alles über Syrien wissen. Die fragen das richtig ab. Inzwischen hast du angeblich kaum noch eine Chance, den Test zu bestehen.«

Eine Zeit lang ist es still. »Perfekt Arabisch spricht keiner von uns«, sagt der Schielende dann und macht eine bedeutungsvolle Pause. »Aber an syrische Pässe könnten wir kommen.«

»Wie willst du das anstellen?«, fragt ein anderer.

»Sieh dich doch um. Die Syrer sind überall. Hier im Park, unten am Hafen, auf allen Plätzen. Wir kriegen locker ein Dutzend Männer zusammen, um ihnen die Pässe wegzunehmen. Wir tun es nachts, im Dunkeln. Sie können sich nicht wehren. Oder sie merken es gar nicht, weil sie schlafen.«

Diesmal folgt ein noch längeres Schweigen. Alle sehen zu Boden oder werfen sich Blicke zu, erst nach einiger Zeit melden sich die Ersten zögernd zu Wort. Einige sagen, dass ihnen der Plan zu gewagt sei und sie damit lieber nichts zu tun haben wollten. Andere scheinen den Vorschlag nicht übel zu finden. Sie sagen, sie wären im Verlauf ihrer Reise so oft verprügelt und ausgeraubt worden, da wäre es doch ihr gutes Recht, das Gleiche auch mal mit anderen zu tun. Außerdem würden sie den Syrern wahrscheinlich nicht einmal schaden, die kämen bestimmt auch ohne ihren Pass über die Grenze.

Der Schielende sitzt da und beobachtet grinsend, wie sein Vorschlag immer mehr Anhänger gewinnt. Der Ältere mit dem grauen Bart beteiligt sich nicht an dem Gespräch. Nach einer

Weile sieht Tarek, wie er Navid kaum merklich zunickt, sich von der Gruppe trennt und auf die andere Seite des Platzes geht. Kurz darauf folgt ihm Navid, Tarek schließt sich an.

Der Mann wartet, bis sie bei ihm sind, und führt sie dann noch ein Stück weiter von den anderen weg. »Die Typen da reden mir zu viel dummes Zeug«, sagt er schließlich, als sie weit genug entfernt sind. »Und ihr seid zu jung, um bei so was mitzumachen. Man kann nicht einfach Leute überfallen und ausrauben, denen es genauso dreckig geht wie einem selbst. Das gehört sich nicht, versteht ihr? Außerdem nimmt so etwas kein gutes Ende. Irgendwann muss man dafür büßen.«

»Kann ja sein«, sagt Navid und blickt zwischen dem Mann und der anderen Gruppe hin und her. »Aber was sollen wir tun, wenn sie wirklich keinen mehr über die Grenze lassen? Hier bleiben und auf dem Strich enden?«

»Nein, sollt ihr nicht.« Der Mann senkt die Stimme. »Heute in der Stadt haben welche von einem Ort namens Patras erzählt. Da gibt es einen Hafen und in dem Hafen, haben sie gesagt, legen Schiffe ab, die nach Italien fahren. Habt ihr schon davon gehört?«

»Nein«, sagt Navid.

»Na egal«, fährt der Mann fort. »Nach allem, was ich erfahren habe, fährt von Italien ein Zug bis nach Deutschland. Der wird kaum kontrolliert, sagt man.«

Als Navid das hört, hebt er erstaunt eine Augenbraue, verzieht aber gleich darauf zweifelnd das Gesicht.

»Schön, nur – die Schiffe werden doch sicher bewacht. Wahrscheinlich genauso streng wie die Grenze im Norden.«

»Natürlich«, sagt der Mann. »Aber angeblich gibt es eine Methode, sich an Bord zu schmuggeln. Es soll nicht ungefährlich sein. Nur – welcher Weg nach Norden ist das schon?«

Navid nickt zu den anderen Männern hinüber. »Warum erzählst du das uns und nicht denen?«

»Wenn ich es denen erzähle, weiß es morgen halb Athen und dann ist der Weg verbrannt. Und euch sage ich es, weil ich will, dass ihr euch von den Typen da fernhaltet. Wenn ihr das tut, was sie vorhaben, landet ihr früher oder später im Gefängnis. Und dafür seid ihr mir zu schade. Also: Überlegt es euch.«

Er nickt ihnen noch einmal zu und wendet sich dann von ihnen ab, um den Platz zu verlassen.

»Warte!«, ruft Navid hinter ihm her. »Gehst du auch dorthin?«

Der Mann bleibt noch einmal stehen. »Nein«, sagt er. »Wenn es stimmt, was ich gehört habe, muss man sehr schnell sein, um auf die Schiffe zu kommen. Das ist nichts mehr für mich. Aber ihr seid jung, ihr könnt es vielleicht schaffen. Viel Glück!«

Jetzt geht er wirklich. Eine Zeit lang sehen sie ihn noch auf dem Weg unter den Laternen, dann schlägt er sich in die Büsche und verschwindet.

»Kennst du ihn?«, fragt Tarek.

»Nicht wirklich«, antwortet Navid. »Ich bin ihm ein paarmal begegnet. Aber ich weiß nicht mal seinen Namen.«

»Was hältst du von seinem Vorschlag?«

»Schwer zu sagen. Am Ende ist alles besser, als hier herumzuhängen, oder?«

Tarek überlegt. »Gibt es Berge in Italien?«, fragt er.

»Berge?« Navid blickt ihn verblüfft an, dann grinst er. »Ach so, verstehe. Ja, die gibt es. Ziemlich hohe sogar, glaube ich.«

»Das ist gut«, sagt Tarek. »Dann lass es uns versuchen.«

Der Mann mit dem grauen Bart hatte recht, als er sagte, man müsse schnell sein, um auf die Schiffe zu kommen. Aber er hätte noch etwas hinzufügen sollen, denkt Tarek. Schnelligkeit allein reicht nicht. Eigentlich muss man unsichtbar sein, um es zu schaffen.

Gerade versucht es wieder einer. Er läuft zu dem Zaun, springt ihn regelrecht an und klettert an den zitternden Maschen hinauf. Als er oben ist, versperrt ihm eine Stacheldrahtrolle den Weg. Mit einer akrobatischen Verrenkung setzt er einen Fuß auf den Draht und tritt ihn nach unten. Dann schwingt er sich mit einem Satz auf die andere Seite, landet hart auf dem Beton und rollt sich ab. Im nächsten Moment ist er schon wieder auf den Füßen und läuft auf die Lastwagen zu, wobei er immer wieder Haken schlägt, um die Wachposten zu verwirren. Doch die lassen sich nicht aus der Ruhe bringen. Routiniert stellen sie sich ihm in den Weg, kreisen ihn ein und bekommen ihn schließlich zu fassen. Er versucht sich loszureißen, aber einer der Wächter zieht ihm seinen Schlagstock über den Kopf. Sie schleppen ihn zu einer Tür im Zaun, stoßen ihn hindurch und knallen die Tür wieder zu. Mit den Händen seinen Kopf haltend, schleppt er sich taumelnd davon und verschwindet im Gebüsch.

Tarek blickt ihm nach. »Das hat wehgetan«, sagt er.

Navid verzieht das Gesicht, als hätte er selbst einen Schlag auf den Kopf bekommen. »Armer Kerl«, murmelt er. »Jede Wette, dass der es heute Nacht kein zweites Mal versucht.«

Sie liegen nebeneinander unter den tief herabhängenden Zweigen eines Baumes, vielleicht zwanzig Schritt von dem Zaun entfernt. Seit einigen Stunden sind sie hier und beobachten, wie die Wachposten die Lastwagen abschirmen. Von Athen haben sie sich als Anhalter nach Patras durchgeschlagen, einen Tag, eine Nacht und noch einen halben Tag hat es gedauert. In der Nachmittagshitze sind sie angekommen und gleich zum Hafen gegangen. Schon aus der Ferne konnten sie das Schiff sehen, das dort vor Anker lag. Aber der Weg zu ihm war abgesperrt, sie schafften es nicht einmal in seine Nähe.

Während sie planlos herumliefen, trafen sie auf zwei andere Jungs, die schon seit mehreren Tagen in Patras sind, ebenfalls aus

Afghanistan und kaum älter als sie. Die nahmen sie mit zu dem Platz mit den Lastwagen. Denn diese, sagten sie, seien der einzige Weg, um an Bord zu kommen.

»Tagsüber sammeln die Wagen sich hier«, erzählte einer von ihnen, als sie den Zaun erreichten. »Wenn es dunkel ist, fahren sie dann einer nach dem anderen aufs Schiff. Ihr müsst versuchen, unter einen der Laster zu kommen, während sie noch auf dem Platz stehen. Das ist die einzige Chance. Ihr kriecht in den Reservereifen und krümmt euch zusammen. Mit ein bisschen Glück entdeckt euch keiner. Und wenn alles gut geht und ihr weder rausfallt noch erstickt, seid ihr morgen in Italien.«

Inzwischen sind sie längst nicht mehr die Einzigen, die entlang des Zaunes warten. Je später es wird, umso mehr schemenhafte Gestalten kommen aus allen Richtungen herangeschlichen. Jetzt, in der Dunkelheit, sind es bestimmt schon mehrere Dutzend. Wie Tarek und Navid liegen sie unter den Bäumen auf der Lauer und beobachten den Platz jenseits des Zaunes, der von Laternen in helles Licht getaucht wird. Zwischen dem Zaun und den Lastwagen, die im Hintergrund in einer langen Reihe dastehen, ist ein freier Streifen von vielleicht fünfzig Metern Breite und genau auf diesem Streifen warten, breitbeinig und die Daumen tief in ihre Gürtel gehakt, die Wachposten.

Tarek betrachtet sie. Sie tragen schwarze Uniformen und sind mit Funkgeräten, Schusswaffen und Schlagstöcken ausgerüstet. Keiner von ihnen macht den Eindruck, als würde er lange nachdenken, bevor er zuschlägt.

Er stößt Navid an. »Wie viele schaffen es hier aufs Schiff? Haben die beiden was darüber gesagt?«

Navid winkt ab. »Das weiß wahrscheinlich keiner so genau. Jedenfalls sind manche von den Typen schon seit über einer Woche hier, und wie du siehst, sind sie noch nicht sehr weit ...« Er stockt. »Warte! Da probiert es wieder einer.«

Ein ganzes Stück links von ihnen, am Ende des Platzes, ist erneut ein Mann auf den Zaun gestiegen. Aber auch er kommt nicht weit. Bei dem Versuch, über den Stacheldraht zu klettern, verheddert er sich, verliert das Gleichgewicht und stürzt auf der anderen Seite kopfüber hinunter. Sein Aufprall auf dem Beton ist so hart, dass ein mitleidiges Raunen die Büsche entlangläuft. Er versucht vergeblich, wieder auf die Füße zu kommen. Zwei Wachposten reißen ihn hoch, schleifen ihn zu der Tür und werfen ihn hindurch.

Navid schlägt wütend mit der Hand auf den Boden. »So hat das keinen Sinn«, sagt er. »Los, komm! Hilf mir, die anderen zusammenzutrommeln.«

Er steht auf und läuft die Büsche entlang, um mit denen, die dort liegen, zu sprechen. Tarek ist nicht klar, was er vorhat, aber er tut, was Navid sagt. Ein paar Minuten später haben sich die anderen um sie versammelt.

Navid deutet auf die Wachposten. »So kann es nicht funktionieren«, sagt er. »Es ist sinnlos, wenn es jeder einzeln versucht. Wir müssen alle gleichzeitig los. Seht euch die Wächter an! Es sind nicht genug, sie können nicht alle von uns aufhalten.«

Für einige Augenblicke ist es still. Dann sagt einer: »Wenn wir das tun, verlieren sie aber vielleicht die Nerven und schießen auf uns.«

»Nein«, sagt ein anderer. »Das werden sie nicht. Ich habe gehört, hier in Europa schießen Polizisten nur, wenn jemand sie angreift.«

»Ja, aber vielleicht denken sie, sie werden angegriffen, wenn wir alle gleichzeitig auf sie zurennen«, sagt der Erste wieder. »Und selbst wenn nicht: Diejenigen von uns, die sie zu packen kriegen, werden es büßen müssen. Die werden sie übel zusammenschlagen.«

»Trotzdem«, sagt Navid. »Der Rest von uns wird es schaffen.

Und das ist das, worauf es ankommt. Oder willst du im nächsten Jahr noch hier rumliegen? Ich jedenfalls nicht.« Er blickt in die Runde. »Also: Wer macht mit?«

Als Erster hebt er selbst die Hand. Tarek schließt sich ihm an. Die anderen zögern, dann gehen langsam einige weitere Hände in die Höhe. Irgendwann sind sie in der Mehrheit und schließlich tun die Übrigen es ihnen nach. Anscheinend hat keiner große Lust, allein zurückzubleiben.

»Gut«, sagt Navid und nickt zufrieden. »Dann verteilen wir uns wieder, am besten auf der ganzen Länge des Zaunes. Wir warten einen günstigen Moment ab. Wenn ich das Zeichen gebe, stürmen alle gleichzeitig los.« Er lacht nervös. »Dann werden wir ja sehen.«

Die Versammlung löst sich auf, alle schleichen in die Dunkelheit davon. Einige sehen entschlossen aus, andere lassen eher die Schultern hängen. Als sie gegangen sind, kriechen Tarek und Navid zurück in das Versteck, von dem aus sie schon den ganzen Abend den Zaun beobachtet haben.

»Wir müssen ihnen etwas Zeit geben«, sagt Navid. »Bis jeder an seinem Platz ist.«

Tarek nickt. Er blickt wieder auf die Wachposten und spürt sein Herz schlagen. Dann merkt er, wie er mit der Hand auf dem Boden herumtastet. Aber da ist kein Dschamal.

»Glaubst du, dass alle mitmachen?«, fragt er.

»Keine Ahnung«, sagt Navid. »Ein paar werden sich vielleicht nicht trauen. Aber ich hoffe, wir sind genug.«

Einige Minuten liegen sie da und warten. Dann sieht Tarek, wie ein Teil der Wachposten abgelöst wird. Unruhe entsteht. Er stößt Navid an und deutet darauf.

»Ja, ich sehe es«, sagt Navid. »Bist du so weit?«

»Kann losgehen«, sagt Tarek.

Navid steckt zwei Finger in den Mund und stößt einen schrillen Pfiff aus. Dann rennen sie los. Links und rechts von ihnen verlassen auch die anderen den Schutz der Bäume und laufen auf den Platz zu. Einige brüllen, als wollten sie sich Mut machen. Es klingt fast so, wie sich Tarek das Kriegsgeheul aus den alten Legenden immer vorgestellt hat.

Navid und er springen beinahe gleichzeitig gegen das Gitter und klettern nach oben. Der Zaun zittert und bebt und rasselt in der Verankerung unter dem Gewicht, das jetzt auf ihm lastet. Als Tarek oben ist, packt er den Stacheldraht und drückt ihn nach unten. Den Schmerz spürt er kaum, so aufgeregt ist er. Er setzt einen Fuß auf den Draht und schwingt sich im nächsten Moment auf die andere Seite.

Als er auf dem Boden aufkommt, wird er schmerzhaft zusammengestaucht. Trotzdem schafft er es, sich abzurollen und wieder auf die Füße zu springen. Auch Navid hat den Zaun überwunden und steht neben ihm. Und dann sehen sie die anderen herüberkommen, auf beiden Seiten von ihnen prasseln sie wie Hagelkörner auf den Boden. Schließlich stehen sie in einer langen Reihe da, den Wachposten gegenüber, die nach einem ersten Moment der Verblüffung ihre Schlagstöcke gezogen haben und sie drohend über ihre Köpfe heben. Für einige Augenblicke, während sie sich gegenseitig anstarren, ist es vollkommen still.

Dann stößt Navid erneut einen Pfiff aus und gleich darauf laufen alle gleichzeitig los. Sie überrennen die Wachposten geradezu. Wie Navid gehofft hat, sind die Wächter verwirrt und wissen nicht, wem sie sich zuerst zuwenden sollen. Kaum haben sie sich für einen der Eindringlinge entschieden, werden sie bereits von einem anderen abgelenkt. Zwei von ihnen rempeln sich gegenseitig zu Boden. Es herrscht völliges Chaos.

Schon nach wenigen Metern ist Tarek mitten im Gewühl. Einer der Wachposten greift nach ihm und bekommt seine Jacke zu fassen, aber er schafft es, ihn mit einer schnellen Bewegung abzuschütteln. Ein weiterer taucht vor ihm auf. Tarek schlägt einen Haken und gleich darauf einen zweiten und dann plötzlich, ohne dass er weiß, wie er es geschafft hat, ist der Weg vor ihm frei. Er stürmt zu den Lastwagen hinüber, lässt sich vor dem erstbesten auf die Knie fallen und kriecht darunter. Atemlos windet er sich auf dem Bauch unter dem Wagen entlang, bis er den Reservereifen erreicht. Die Öffnung ist schmal, aber er schafft es, hindurchzukriechen und sich in den Reifen hineinzukrümmen. Dort bleibt er liegen und rührt sich nicht.

Eine Weile hört er von draußen noch die Rufe der Wachposten, die Schmerzensschreie der Getroffenen und das Geräusch, wie die Tür im Zaun geöffnet und wenig später wieder zugeschlagen wird. Eine Zeit lang ist es still, dann kommen Schritte die Reihe der Lastwagen entlang. Ganz in der Nähe sind Stimmen zu hören, plötzlich ein Schrei, ein Schlag und ein noch lauterer Schrei. Anscheinend haben die Wachposten unter einem der Wagen jemanden entdeckt. Wieder hört Tarek die Schritte, nun neben dem Wagen, unter dem er selbst liegt.

»Versteck dich, Dschamal!«, flüstert er. »Und keinen Laut!«

Ein Spiegel wird an einer langen Stange unter den Wagen geschoben. Tarek drückt sich so tief in den Reifen hinein, wie es geht, wendet das Gesicht ab und bleibt liegen wie ein Toter. Quälend lange kratzt der Spiegel über den Boden, aber anscheinend sehen sie ihn nicht. Die Schritte entfernen sich. Zweimal noch hört er die Schreie, die anzeigen, dass einer der anderen entdeckt wurde. Dann ist es still.

Nach einer Zeit, die ihm endlos vorkommt, erklingen plötzlich Motorengeräusche. Einer der Lastwagen wird gestartet und fährt los, gleich darauf ein zweiter. Tarek hört so etwas wie einen kurzen Pfiff. Vielleicht stammt er von Navid, aber er ist sich nicht sicher. Dann setzt sich auch sein Wagen in Bewegung. Er klammert sich an den Reifen, um nicht hinausgeschleudert zu werden.

»Bleib eng bei mir, Dschamal«, sagt er. »Ganz eng, wenn dir dein Leben lieb ist.«

Der Lastwagen beschleunigt. Zunächst geht es noch über den Beton, dann über ein Gitter, eine kurze Strecke fahren sie abwärts, vermutlich in den Bauch des Schiffes, schließlich bleibt der Wagen stehen. Tarek hört, wie der Fahrer aussteigt und davongeht. Erneut wartet er, ohne sich zu bewegen, er traut der Ruhe nicht. Irgendwann beginnt der Wagen zu schaukeln, anscheinend hat das Schiff abgelegt. Jetzt endlich lässt Tarek sich aus dem Reifen gleiten, jeder Knochen in seinem Körper schmerzt.

»Navid?«, ruft er leise. Und dann erneut, nun lauter: »Navid!«

Aber es kommt keine Antwort.

Zuerst versteht Soraya nicht, warum Salim weint. Eben hat er doch noch ganz friedlich dagesessen, den Kopf an ihre Schulter gelehnt, hat seine Füße von der Bank baumeln lassen, ihre Hand genommen und mit seinem Finger andächtig die Linien darauf nachgezeichnet. Dazu hat er ein Lied gesummt. Jetzt hockt er auf einmal da und Tränen laufen über sein Gesicht.

Sie blickt sich um. Die Bank, auf der sie sitzen, steht im Schatten eines Baumes an einer Straße. Gegenüber ist die Polizeistation, ein Stück weiter eine Tankstelle, dahinter ein Supermarkt, einige Häuser und ... Sie zögert. Ihr Blick wandert zu dem Supermarkt zurück, dann wird es ihr klar. Ein paar Schilder stehen dort an der Einfahrt, eines wirbt für einen Schokoriegel, mit einem großen, goldenen Löwen.

»Ach, Salim!«, sagt Soraya, beugt sich über den Kleinen und küsst ihn auf die Stirn. »Dein armer Löwe.«

Das Stofftier ist auf der Überfahrt im Meer versunken. Salim hat es im Sturm nicht festhalten können, eine Welle hat es über Bord gespült.

»Er ist nicht ertrunken, weißt du«, sagt Soraya. »Ich habe gesehen, wie er davongeschwommen ist. Oben auf dem Wasser habe ich ihn gesehen, er konnte gut schwimmen. Das Meer war ihm zu kalt, er ist nach Afrika geschwommen.« Sie zeigt in Richtung Süden. »Da sind seine Brüder, zu denen will er.«

Salim sieht sie an und sagt etwas. Sie kann die Worte nicht verstehen, aber sie weiß, was er meint.

»Klar geht es ihm gut«, sagt sie. »Er vermisst dich, aber er hat jetzt seine Familie. In Afrika ist es immer schön warm und es gibt viele Tiere, die er jagen kann.«

Salim nickt, dann sagt er wieder etwas.

»Wir besuchen ihn bestimmt«, erwidert Soraya. »Wenn du größer bist, machen wir eine Reise nach Afrika und dann besuchen wir ihn.«

Salim hört auf zu weinen. Er nimmt wieder ihre Hand und spielt damit, diesmal versucht er herauszufinden, wie weit er ihre Finger auseinanderbiegen kann.

Soraya lässt ihn gewähren. Sie haben Glück gehabt, dass auf der Überfahrt nur der kleine Löwe im Wasser versunken ist und nicht einer von ihnen. Sie weiß nicht, wie lang der Sturm in der Nacht noch gedauert hat und wie es gelungen ist, das Boot vor dem Kentern zu bewahren. Als sie aus ihrer Bewusstlosigkeit erwachte, wurde es gerade hell und das Meer war vollkommen still, als hätte es das Unwetter nie gegeben. Sie hielt Alisha und Salim noch immer umklammert, alle drei saßen sie bis zum Bauch im Wasser, das Boot trieb tief und schwerfällig im Meer, aber, wie auch immer, es schwamm.

Die Strömung hatte sie in die Nähe einer Küste getrieben, und dem Stand der aufgehenden Sonne nach zu urteilen, musste es die Insel sein, zu der sie wollten. Soraya wusste nicht, ob noch alle beisammen waren, die das Boot an dem Strand in der Türkei bestiegen hatten. Es schien ihr fast nicht so, aber sie dachte lieber gar nicht darüber nach. Jedenfalls weckten der Anblick der Insel und die Sonnenstrahlen ziemlich schnell die Lebensgeister der Leute, mit bloßen Händen paddelten sie auf die Küste zu. Sie mussten noch durch die Brandung, doch nach dem, was sie auf dem offenen Meer erlebt hatten, erschienen ihnen die Wellen dort geradezu lächerlich. Dann wankten sie, hungrig und erschöpft, steif gefroren und durchnässt, den Strand hinauf. Sie fühlten sich mehr tot als lebendig, aber sie hatten es geschafft: Sie waren in Europa.

Soraya blickt über die Straße zu der Polizeistation. Dort steht Alisha und spricht mit einem Mann, der gerade mit seiner Frau und seinen Kindern aus dem Eingang getreten ist. Er zeigt auf das Gebäude und scheint Alisha etwas zu erklären, dann zieht er einen Zettel aus der Tasche, faltet ihn auseinander und gibt ihn ihr. Alisha betrachtet das Papier und reicht es zurück.

Ein Bauer, der auf einem Feld neben dem Strand arbeitete, hat sie zu der Polizeistation geschickt. Einer der Männer aus dem Boot, der ein paar Brocken Griechisch konnte, hat mit ihm geredet. Er sagte, in der Polizeistation könnten sie Papiere bekommen und von dort fahre auch ein Bus nach Mytilini, in die Hafenstadt, wo die Fähre aufs Festland ablege. Nachdem sie sich bei dem Bauern für seine Hilfe bedankt hatten, mussten sie noch etwa eine Stunde laufen. Jetzt sind sie hier, in einem Ort namens Molivos.

Alisha redet noch eine Weile mit dem Mann und seiner Frau, dann kommt sie über die Straße und lässt sich neben Soraya auf die Bank sinken. Die Überfahrt, auf der sie nicht nur um ihr eigenes, sondern auch um Salims Leben kämpfen musste, hat ihr ganz schön zugesetzt, sie sieht müde und erschöpft aus.

»Was waren das für Leute?«, fragt Soraya.

»Eine Familie aus Syrien«, antwortet Alisha. »Sie sind mit einem anderen Boot gekommen. Aber sie hatten mehr Glück als wir. Ihr Schleuser hat sie erst losgeschickt, als der Sturm vorbei war, und sie hatten ein besseres Boot.«

»Was haben sie erzählt?«

»Sie meinten, die Polizisten wären zwar ziemlich nervös, weil jetzt so viele Leute übers Meer kommen, aber eigentlich ganz nett. Sie hätten ihnen etwas Geld gegeben und ein Papier, der Mann hat es mir gezeigt. Damit können sie die Fähre aufs Festland nehmen, ohne dafür bezahlen zu müssen, und haben dann noch vier Wochen Zeit, um weiter nach Norden zu kommen.«

Soraya blickt sie erstaunt an. Nachdem sie sich bisher auf der Reise immer vor der Polizei verstecken musste, hat sie nicht damit gerechnet, dass die Polizisten hier in Griechenland so freundlich sein würden. Sie kann es kaum glauben.

»Das heißt, jeder kann einfach in diese Polizeistation gehen und sich ein solches Papier holen?«, fragt sie.

»Leider nicht«, sagt Alisha und schüttelt den Kopf. »Es gilt nur für Leute, die aus Syrien kommen. Die werden bevorzugt behandelt. Weil sie vor dem Krieg fliehen.«

»Und – die anderen?«

»Die müssen auf der Insel bleiben und werden in ein Flüchtlingslager gebracht.« Alisha hebt fast entschuldigend die Schultern. »Der Mann hat erzählt, da würden ziemlich üble Zustände herrschen, und wer einmal drin wäre, käme auch nicht so schnell wieder raus.«

Soraya stützt sich auf die Knie und blickt zu der Polizeistation hinüber. Sie denkt an die Taliban und die Amerikaner. Kommt sie nicht auch aus dem Krieg? In ihrem Dorf ist es ihr oft so vorgekommen. Andererseits: Bei ihnen gibt es keine Bombenangriffe, die ganze Städte in Schutt und Asche legen, wie es bei Alisha und Salim passiert ist.

»Ich habe diesen Brief«, sagt sie. »Da steht drin, dass die Taliban mich umbringen wollen. Vielleicht hilft der ja.«

»Nein.« Alisha winkt ab. »Spar dir den besser für Deutschland auf.«

»Ja, du hast gut reden. Du kriegst ja auch dieses Papier. Aber wie soll ich nach Deutschland kommen?«

»Du wirst es schaffen«, sagt Alisha und lächelt. »Und ich weiß auch schon, wie. Du kommst als Syrerin hin.«

Soraya richtet sich auf und runzelt die Stirn. »Willst du dich über mich lustig machen?«

Alisha lacht und legt ihr die Hand auf die Schulter. »Jetzt geh nicht gleich in die Luft, Samir«, sagt sie. Soraya hat ihr von ihrer Vergangenheit erzählt. »Es ist ganz einfach. Wir sagen, dass du unsere Schwester bist.«

»Und du denkst, die werden das einfach glauben? Ich habe nicht mal einen syrischen Pass, so wie ihr.«

»Na und? Den hast du verloren. Draußen auf dem Meer, im Sturm. Was glaubst du, wie oft die das erleben, dass Leute ohne Pass bei ihnen ankommen.«

»Gut, kann ja sein. Aber sie werden mich bestimmt etwas fragen, als Test. Und wenn ich dann nicht in eurer Sprache antworten kann, habe ich mich verraten.«

»Klar werden sie das«, sagt Alisha. »Dann antworte ich für dich. Ich werde sagen, du hättest in Syrien so schlimme Sachen erlebt, dass du seitdem nicht mehr sprichst. Glaub mir, dann lassen sie dich in Ruhe. Du musst nur den Mund halten!«

Alisha hält kurz inne und überlegt. »Und außerdem«, fährt sie fort, »nimmst du Salim auf den Schoß, wenn wir drinnen sind. Das wird sie erst recht davon überzeugen, dass du seine Schwester bist.« Sie blickt erst Soraya, dann Salim und dann wieder Soraya an. »Ihr seht euch sogar ein bisschen ähnlich. Im Ernst. Um die Augen und um den Mund.«

Soraya lacht. Alishas Vorschlag wirkt im ersten Moment ziemlich verrückt, aber nachdem sie näher darüber nachgedacht hat, erscheint die Sache gar nicht mehr so abwegig. Sie dürfen nur keinen Fehler machen, dann könnte es klappen.

Sie deutet auf Salim. »Du musst es ihm aber genau erklären. Die werden ihn bestimmt auch etwas fragen. Nicht, dass er sich verplappert.«

Alisha spricht mit Salim. Er hört zu und nickt ein paarmal, schließlich antwortet er noch etwas.

»Und?«, fragt Soraya.

»Er hat es verstanden«, versichert Alisha ihr.

»Ja, aber – was hat er zum Schluss noch gesagt?«

Alisha lächelt. »Er hat gesagt: Wieso? Sie ist doch sowieso wie unsere Schwester.«

Soraya blickt ihn erstaunt an. Mein kleines Brüderchen, denkt sie. Dann fällt ihr ein, dass Djamila sie früher ab und zu so genannt hat. Sie denkt an ihre Schwester und plötzlich, von einem Augenblick zum nächsten, ohne dass sie etwas dagegen tun könnte, schießen ihr die Tränen aus den Augen. Das ist ihr auf der ganzen Flucht bisher nicht passiert, weder beim Abschied von ihrem Vater noch als sie vergebens auf Tarek gewartet hat noch als sie unten in der düsteren Fabrik von Jussuf angebrüllt wurde, aber jetzt klappt sie regelrecht zusammen.

Alisha wartet, bis sie sich wieder beruhigt hat. »Salim will wissen, warum du so traurig bist«, sagt sie dann.

»Ach!« Soraya reibt sich das Gesicht trocken. »Sag ihm ... Ich weiß nicht. Sag ihm, ich bin froh, dass wir es übers Meer geschafft haben, ohne dass wir ertrunken sind.«

Alisha übersetzt es. Salim greift nach beiden und krallt sich in ihren Kleidern fest, dann antwortet er etwas.

»Er sagt, als die ganz hohen Wellen gekommen sind, da hat er uns so festgehalten, wie er es jetzt tut. Sonst wären wir beide aus dem Boot gefallen und ertrunken.«

»Ja«, sagt Soraya und streicht Salim über die Haare. »Das hast du gut gemacht. Du hast uns gerettet.«

Wenig später überqueren sie die Straße und betreten die Polizeistation. Die Leute, die in der Nacht mit den Booten gekommen sind, bilden eine lange Schlange. Es dauert, bis sie an der Reihe sind. Wie vereinbart übernimmt Alisha das Reden, Soraya sitzt nur da mit Salim auf dem Schoß. Es fällt ihr immer noch schwer, sich wie ein Mädchen zu verhalten. Am liebsten würde sie den Polizisten in die Augen sehen, aber dann denkt sie an die vielen Ratschläge von Djamila und blickt zu Boden.

Von dem, was gesprochen wird, versteht sie kein Wort. Da ist zwar ein Dolmetscher, der vom Griechischen ins Arabische übersetzt, aber sie beherrscht ja beide Sprachen nicht. Irgendwann sieht sie aus den Augenwinkeln, wie Alisha ihren Pass und den von Salim vorzeigt. Dann scheint es um sie zu gehen. Alisha deutet in Richtung des Meeres, vermutlich erzählt sie jetzt die Geschichte, wie Soraya angeblich ihren Pass verloren hat. Die Polizisten blicken sie misstrauisch an. Der Dolmetscher sagt etwas zu ihr, auf Arabisch. Sie hebt kurz den Blick, aber gleich darauf senkt sie die Augen wieder. Wie sie es besprochen haben, antwortet Alisha für sie. Danach ist es einige Sekunden still. Die Polizisten betrachten sie und nicken dann dem Dolmetscher zu. Plötzlich wechselt er die Sprache und sagt auf Paschto:

»Warum hast du Afghanistan verlassen?«

Im ersten Moment erschrickt sie, lässt sich aber nichts anmerken. Zum Glück behält sie die Nerven und sieht den Mann nicht einmal an.

Wieder ist es still. Dann rettet Salim die Situation, indem er seine Arme um Sorayas Hals schlingt und gähnend den Kopf auf ihre Schulter legt. Sie klopft ihm auf den Rücken. Die beiden Polizisten, von denen der eine die Fragen stellt und der andere an einem Computer sitzt, in den er ab und zu etwas hineintippt, zögern einen Moment, dann werfen sie sich einen kurzen Blick zu, füllen drei der begehrten Papiere aus und reichen sie Alisha mit den Pässen über den Tisch. Gleich darauf dürfen sie den Raum verlassen, die Nächsten werden hereingerufen.

Draußen gehen sie wieder zu ihrer Bank und setzen sich in den Schatten. Inzwischen sind noch mehr Leute von den Stränden gekommen, die Schlange windet sich jetzt bis auf die Straße. Soraya betrachtet sie, dann sieht sie, wie Alisha ihr eines der Papiere hinhält, die sie bekommen haben. Sie nimmt es und steckt es in ihren Rucksack.

»Ich danke euch«, sagt sie leise. »Ich danke euch dafür, dass ihr bei mir seid.«

Alisha lacht und beugt sich zu ihr, um ihr Kopftuch zurechtzuzupfen, das noch immer feucht vom Salzwasser ist.

»Kein Problem, Schwester«, sagt sie.

Die Männer singen Lieder, mitten im »Dschungel«. Unter der roten Abendsonne sitzen sie, die ihren letzten Abschiedsgruß über die verwilderten Maisfelder herüberschickt. Die meisten von ihnen hocken nur da und brummen mit, aber einige haben auch ganz schöne Stimmen. Einer hat sogar eine Gitarre. Soraya wollte es kaum glauben, als sie das Instrument gesehen hat, es erinnert sie ein wenig an die dickbauchigen Lauten der Geschichtenerzähler in Afghanistan. Unfassbar! Sie fragt sich, wie er es geschafft hat, das Instrument übers Meer zu bringen und den ganzen Weg bis hierher.

»Sie singen Arabisch, oder?«, fragt sie Alisha, die neben ihr sitzt und Salim davon zu überzeugen versucht, etwas von dem gerösteten Maiskolben abzuknabbern, den er anscheinend nicht mag.

»Klar«, sagt Alisha und hält Salim den Maiskolben auffordernd unter die Nase. »Es sind alles arabische Lieder.«

Soraya hört noch eine Weile zu. Die meisten Lieder sind klagend, man kann sie sich besser in der Wüste oder in den Bergen vorstellen als hier. Sie haben etwas Trauriges, aber gerade deswegen sind sie schön.

»Sie klingen ganz anders als die Lieder, mit denen Jussuf uns gequält hat«, sagt sie.

»Ach, Jussuf!« Alisha winkt verächtlich ab. »Das war irgendein Zeug aus den Hitparaden. Das hier sind Volkslieder. Viele sind ganz alt.«

Soraya lässt sich auf den Rücken sinken und legt den Kopf auf ihren Rucksack. Der Rauch des Feuers, über dem sie zusammen mit den vielen anderen, die hier lagern, ihre Maiskolben so lange geröstet haben, bis sie nicht mehr gelb aussahen, sondern fast vergoldet, weht zu ihr herüber. Sie atmet tief ein. Es erinnert sie an ihr Dorf, abends, wenn in allen Häusern das Essen zubereitet wird und die Gerüche aus den vielen Öfen auf der Straße zu einem einzigen verschmelzen.

Sie beobachtet Alishas Bemühungen, Salim für das Essen zu begeistern. Sie tut es genauso geduldig und hartnäckig, wie sie in der Türkei mit dem Schleuser verhandelt hat und in Griechenland mit den Polizisten. Die Papiere, die sie ihnen auf diese Weise verschafft hat, waren wirklich Gold wert. Sie konnten damit die Fähre nach Athen nehmen, ohne dafür etwas von ihrem Geld ausgeben zu müssen. Als Soraya das Schiff im Hafen von Mytilini zum ersten Mal sah, zuckte sie regelrecht zusammen, denn es war genau das gleiche, das ihr kleines Boot fast zum Kentern gebracht hätte. Jetzt, nur eine Nacht später, fuhren sie also selbst damit und der Gedanke, dass sie nun vielleicht auch, ohne es zu merken, mit ihrer riesigen Bugwelle ein Boot in Seenot brachten, quälte sie während der ganzen Fahrt.

In Athen erfuhren sie, dass sie sich beeilen mussten, denn die Länder im Norden von Griechenland, die sie noch von Deutschland trennten, hätten angekündigt, ihre Grenzen bald zu schließen, weil zu viele auf der Flucht seien. Syrer würden noch durchgelassen, hieß es, aber auch für die könnte es bald vorbei sein. Sie schlossen sich einigen Flüchtlingsfamilien an, die ebenfalls aus Syrien kamen und nach Deutschland wollten, und fuhren in einem Sammeltaxi, das eher ein kleiner Bus war, bis nach Idomeni, einem Dorf an der Nordgrenze von Griechenland.

Dort hatte sich ein riesiger Flüchtlingsstau gebildet, Tausende hofften darauf, die Grenze zu überqueren. Soraya staunt noch immer, wenn sie an die Massen denkt, erst bei ihrem Anblick begriff sie, wie viele das gleiche Ziel haben wie sie und Alisha und Salim. Mit Hunderten anderer schliefen sie auf dem Parkplatz eines Hotels, wobei sie sehr vorsichtig sein mussten, denn syrische Pässe waren inzwischen bei anderen Flüchtlingen begehrt, auch bei den Afghanen, einige Syrer waren schon überfallen und ausgeraubt worden. Deshalb blieben sie Tag und Nacht mit den Familien zusammen, denen sie sich angeschlossen hatten, und nach einiger Zeit endlosen Wartens schafften sie es mit ihren Papieren auch tatsächlich über die Grenze.

Soraya schreckt auf. Alisha bewirft sie mit kleinen Erdbröckchen, eines davon hat sie am Kinn getroffen.

»Hey, hör auf zu träumen«, hört sie Alishas Stimme. »Wir müssen uns fertig machen. Hilfst du Salim mit seinem Rucksack?«

Soraya richtet sich auf und grinst. Seit sie ganz offiziell Alishas jüngere Schwester ist, hat die sich angewöhnt, sie ab und zu ein wenig herumzukommandieren. Es ist nicht weiter schlimm. Soraya lässt sie gewähren, schließlich hat sie ihr einiges zu verdanken.

»Ich träume nicht, ich höre dem Gesang zu«, sagt sie und tut, was Alisha will. »Wovon handelt das Lied, das sie gerade singen? Komm, übersetz es mir.«

Alisha hebt den Kopf und lauscht eine Weile. »Ich kenne es«, sagt sie dann. »Wir haben es in der Schule gesungen. Es handelt von einem Sultan, der sein Volk hungern lässt und selbst in aller Pracht in seinem Palast lebt. Eines Tages klettert ein Mann in den Garten des Palastes und schießt dort ein Reh, damit seine Familie etwas zu essen hat. Aber er wird erwischt und muss vor den Soldaten des Sultans fliehen. Das Lied beschreibt, wie traurig er ist, weil er seine Frau und seine Kinder zurücklassen muss und sie vielleicht nie wiedersehen wird.« Sie bricht kurz ab und lauscht wieder. »Jetzt haben sie den Text geändert. Ah, ich verstehe. Sie haben ihn angepasst. Jetzt passt er auf uns hier. Sie singen: Eine letzte Grenze, eine allerletzte Grenze müssen wir noch passieren, dann sind wir in dem Land, in dem die Soldaten des Sultans uns nichts mehr anhaben können.«

Soraya öffnet Salims Rucksack und stopft einige der Sachen hinein, die auf seiner Decke verstreut liegen.

»Aber, die Männer da – wollen die denn nicht nach Deutschland?«, fragt sie.

»Na, bestimmt«, sagt Alisha. »Alle, die hier sind, wollen nach Deutschland.«

»Hinter der Grenze da drüben ist aber noch nicht Deutschland, oder?«

»Nein, das Land hinter der Grenze heißt Ungarn.«

»Schön, aber – wenn sie nach Deutschland wollen und da hinten liegt erst Ungarn, warum singen sie dann von der allerletzten Grenze?«

»Na, Ungarn und Deutschland sind ...«, Alisha überlegt kurz. »Sie sind irgendwie verbündet, weißt du. Das nennt sich Europäische Union. Die meisten Länder in Europa gehören dazu. Wenn du es in eins dieser Länder geschafft hast, darfst du auch in alle anderen reisen. Dazwischen gibt es keine richtigen Grenzen mehr.«

Soraya blickt Alisha nachdenklich an. In ihrem Heimatdorf ist sie länger zur Schule gegangen als jedes andere Mädchen, so lange, dass Djamila schon befürchtete, sie sei – abgesehen von ihren vielen anderen Fehlern – zu klug, um noch einen Mann zu finden. Aber Alisha weiß so viel mehr als sie, das ist ihr in den letzten Wochen schon mehrmals aufgefallen. Manchmal ärgert sie sich ein wenig darüber.

»Das heißt, hinter dieser Grenze, über die wir heute Nacht gehen«, sagt sie, »sind wir am Ziel?«

»Ja«, antwortet Alisha und packt ihre Vorräte zusammen, etwas Obst, ein paar Tomaten, ein Fladenbrot, ein kleines Stück Käse und eine Tafel Schokolade. »Das sind wir.«

Soraya verschnürt Salims Rucksack und wendet sich dann ihrem eigenen zu, um ihn ebenfalls zu packen. Während sie in die Sonne blinzelt, die hinter dem Maisfeld untergeht, denkt sie an den Weg, den sie von der griechischen Grenze bis hier zurückgelegt haben. Zunächst kamen sie nach Mazedonien, dort fanden sie in einem Dorf gleich hinter der Grenze einen Schleuser, der sich anbot, sie bis in die Hauptstadt des nächsten Landes, Serbien, zu bringen. Um ihn bezahlen zu können, mussten sie ihr Geld zusammenlegen. Einige der Familien, die wohlhabenderen, bezahlten mehr, andere, darunter auch sie, etwas weniger, so reichte es für alle. In kleinen, klapprigen Bussen fuhren sie durch Mazedonien, dann ging es in einer nächtlichen Wanderung über die Grenze nach Serbien und in nicht mehr ganz so kleinen und klapprigen Bussen bis in die Hauptstadt Belgrad.

Dort war alles mit Flüchtlingen überfüllt, sie lagerten in den Parks und auf den Plätzen und schliefen in den Hinterhöfen. In der Nähe des Bahnhofs, in einem riesigen Hotel mit einem roten Teppich vor der Tür, wohnten die Schleuser. An den Tischen, die vor dem Hotel auf der Straße standen, hielten sie Hof wie Könige. Es waren feiste Männer mit bunten, weit geöffneten Hemden, aus denen ihre Brusthaare hervorquollen, und sie telefonierten manchmal mit drei Handys gleichzeitig. Zwei aus ihrer Gruppe übernahmen die Verhandlungen, ihr letztes Geld mussten sie geben für die Fahrt nach Ungarn. Vergangene Nacht wurden sie in den stickigen Laderaum eines Lastwagens gepackt und hierhergebracht, in den »Dschungel«, wie der Fahrer es nannte, als er sie auslud. Er kündigte nur noch an, am nächsten Tag, bei Einbruch der Dunkelheit, würden sie abgeholt werden, dann brauste er davon. Seitdem sind sie hier und vertreiben sich die Zeit damit, Maiskolben aus den Feldern zu holen und über dem kleinen Feuer, das sie entzündet haben, zu rösten.

Soraya stellt ihren Rucksack zur Seite, alles ist fertig gepackt. Inzwischen ist die Sonne hinter dem Maisfeld untergegangen, es wird jetzt rasch dunkel. Sie blickt sich um. Der »Dschungel« ist ein ziemlich unheimliches Gelände aus längst nicht mehr bewirtschafteten Feldern, die von Gestrüpp und Gräsern überwuchert sind. Dazwischen liegen kleine Lichtungen, so wie die, auf der sie sitzen, und auf jeder davon lagern Leute. Viele sind Flüchtlinge, die auf ihren Schleuser warten, aber manche haben auch anderes im Sinn und denen sollte man in der Dunkelheit lieber nicht begegnen.

Unterdessen haben die Männer das Singen aufgegeben und packen nun ebenfalls ihre Sachen, nur der mit der Gitarre sitzt noch da. Er heißt Khaled, fällt Soraya jetzt ein, und ist einer der beiden, die in Belgrad mit dem Schleuser verhandelt haben. Er klimpert ein wenig auf der Gitarre herum, dann beginnt er ein neues Lied, das allerdings nicht traurig und klagend ist wie die anderen, sondern eher verspielt. Ab und zu baut er einen Triller in seinen Gesang ein und blickt zu den Frauen hin.

»Was singt er jetzt?«, fragt Soraya.

»Ach, das ist ...«, Alisha zögert kurz, »so eine Art Liebeslied, würde ich sagen.«

»Ah! Übersetz es mir.«

»Das ist schwierig. Man kann es nicht richtig übersetzen.«

»Wieso nicht?«

»Wieso nicht! Musst du eigentlich immer alles wissen? Es sind zu viele Wörter drin, deren Übersetzung ich nicht kenne.«

»Aber du sprichst doch sehr gut Farsi.«

»Oh, Soraya!« Alisha verdreht genervt die Augen.

»Was ist denn?«

»Los, komm jetzt. Da ist der Schleuser.« Alisha steht auf und zieht ihren Rucksack über, dann beugt sie sich noch einmal zu Soraya hin. »Sei nicht so neugierig. Es ist einfach – ein bisschen schmutzig. Verstehst du?«

Sie nimmt Salims Hand und marschiert los. Soraya zögert und beobachtet Khaled, der sein Lied beendet hat und sich jetzt mit großen Schritten nähert. Plötzlich läuft ihr ein Schauer über den Rücken, sie denkt an das Erlebnis vom Beginn ihrer Reise, an den Mann mit dem stinkenden Atem, der über sie hergefallen ist. Eben mochte sie Khaled noch, jetzt ekelt er sie fast an. Hastig springt sie auf und läuft hinter Alisha und Salim her.

Der Schleuser wartet, bis alle, die auf der Lichtung lagern, sich um ihn versammelt haben. Er ist ein kleiner, schon etwas älterer Mann mit einer runden Mütze auf dem Kopf und einem Ziegenbart, seine Beine sind so krumm wie die von Sorayas Großvater. Es ist nicht der, der sie hergefahren hat, aber das war auch nicht zu erwarten. Soraya kennt das System der Schleuser inzwischen. Es gibt die Bosse, das sind die, die in Edremit in den Teehäusern oder in Belgrad vor dem Hotel sitzen und das Geld kassieren, die machen sich die Hände nicht schmutzig. Und dann gibt es jene, die die Drecksarbeit erledigen, sie sind meistens aus der Gegend und kennen alle Schleichwege. Für jeden Abschnitt gibt es einen eigenen, von Herat bis hier waren es so viele, dass Soraya sich gar nicht mehr an alle erinnern kann.

Der Schleuser hält eine kurze Ansprache, er hat eine raue, etwas krächzende Stimme und kratzt sich nach jedem Satz unter seiner Mütze.

»Er sagt, die Grenze wird scharf bewacht«, flüstert Alisha Soraya zu. »Wir müssen vorsichtig sein. Wenn nur einer seine Anweisungen nicht befolgt, sagt er, hätten alle unter den Folgen zu leiden, würden womöglich verhaftet und in Lager gesteckt. Wir sollen immer in seiner Nähe bleiben. Keiner darf ein Geräusch machen, nicht reden, nicht mal husten. Und keiner darf rauchen, die Grenzer würden den Qualm riechen.«

»Schade«, flüstert Soraya zurück. »Wollte ich gerade.«

Alisha blickt sie halb tadelnd und halb belustigt an. »Du wirst ein bisschen übermütig in letzter Zeit«, sagt sie. »Das ist mir schon aufgefallen, als du heute in den Maisfeldern warst. Deine Bewegungen und so. Samir kommt wieder durch.«

»Na und?«

Alisha dreht sich zu ihr hin und legt ihr beide Hände an die Wangen. »Nimmst du einen Rat von deiner neuen Schwester an?«

»Ausnahmsweise.«

»Als du in den Maisfeldern herumgeturnt bist, haben einige der Leute dich ziemlich seltsam angesehen. Versuch dich zu beherrschen, ja? Es ist immer besser, nicht zu viel Aufmerksamkeit zu erregen.«

Soraya sieht sie erstaunt an, es ist ihr gar nicht aufgefallen, dass sie sich anders verhalten hat als sonst. Sie hat doch nur etwas zu essen aus den Feldern geholt und versucht die besonders schönen, saftigen Stücke zu erwischen. Seufzend streift sie ihren Rucksack über, dann senkt sie den Kopf. Wenn Alisha meint!

Kurz darauf verlassen sie den »Dschungel«, inzwischen ist es dunkel. Etwa eine halbe Stunde laufen sie durch die Wildnis, einer hinter dem anderen, dann stoppt der Schleuser. Er hockt sich hin, alle tun es ihm nach. Soraya blickt nach vorn. Eine lange Reihe von Laternen ist zu sehen, sie beleuchten einen Zaun mit einer Stacheldrahtrolle darauf. Die Grenze! Nur an einer Stelle hat der Zaun eine Lücke, dort laufen Bahngleise hindurch.

Der Schleuser holt ein Funkgerät heraus und flüstert etwas hinein, Soraya hört seine leise, heisere Stimme.

»Kannst du ihn verstehen?«, flüstert sie Alisha zu.

»Nein. Er spricht kein Arabisch.«

»Aber eben hast du ihn doch auch verstanden.«

»Da hat er Englisch geredet, ich kann es ein bisschen aus der Schule. Aber das hier ist kein Englisch, es ist was anderes.«

Sie warten, es kommt Soraya wie eine Ewigkeit vor. Ab und zu erhält der Schleuser durch das Funkgerät eine kurze, geflüsterte Nachricht. Es sind unterschiedliche Stimmen, anscheinend hat er mehrere Informanten. In unregelmäßigen Abständen kontrollieren Grenzpolizisten den Zaun, manchmal sind sie zu Fuß und führen einen Hund mit sich, manchmal fahren sie in einem Jeep unter den Laternen entlang.

Erneut knackt das Funkgerät, wieder ist eine der Stimmen zu hören. Der Schleuser dreht sich um und flüstert etwas, diesmal anscheinend auf Englisch, denn Alisha übersetzt.

»Er sagt, jetzt ist es bald so weit. Wenn er losläuft, sollen wir ihm folgen, so schnell und so leise wie möglich. Wenn es über die Grenze geht, sollen wir geduckt neben den Gleisen laufen. Und auf keinen Fall anhalten, bevor er es tut.«

Soraya beobachtet die Grenze. Eine der Laternen flackert von Zeit zu Zeit. Ein Jeep der Grenzpolizei fährt vorüber, rumpelt über die Bahngleise und verschwindet in der Ferne. Kaum ist er außer Sicht, erhält der Schleuser eine neue Nachricht, diesmal besteht sie aus einem einzigen Wort. Er springt auf und läuft in gebückter Haltung los, was bei seinen krummen Beinen ziemlich seltsam aussieht. Soraya und Alisha fassen Salim an den Händen, ziehen ihn mit sich und folgen dem Alten.

Um zu den Gleisen zu gelangen, müssen sie eine Wiese überqueren, die mit Löchern übersät ist. Zum Glück reicht das Licht der Laternen bis hierher, sodass sie den Hindernissen ausweichen können. Dann laufen sie im Schutz des Bahndamms auf den Zaun zu. Nach einer Weile ist Salim mit seinen Kräften am Ende, er keucht und kann nicht mehr Schritt halten. Soraya bleibt nichts anderes übrig, als ihn zu tragen. Sie presst ihn an sich und läuft weiter, immer weiter, ohne auf die Schmerzen in ihren Beinen und in ihrer Lunge zu achten, wie sie es bei den Jungen in den Bergen gelernt hat.

Auf der anderen Seite der Grenze verlassen sie die Bahnstrecke, durchqueren ein Dickicht, in dem ihnen ständig Zweige ins Gesicht schlagen, rutschen einen Abhang hinunter und stolpern durch einen Bach. Jenseits davon wartet der Schleuser und deutet mit dem Finger auf jeden von ihnen, anscheinend zählt er sie durch. Soraya lässt sich neben Alisha auf den Boden sinken, immer noch hält sie Salim fest, der sich mit Händen und Füßen an sie klammert. Aus den Augenwinkeln sieht sie Khaled. Er sinkt auf die Knie, mit seiner Gitarre auf dem Rücken, beugt sich tief nach vorne und küsst den Boden. Da begreift sie.

»Ist es das?«, flüstert sie und spürt ihr Herz pochen. Und dann noch einmal: »Ist es das?«

»Ja, Soraya«, antwortet Alisha. »Das ist es.« Sie nimmt ihr Salim ab, damit sie zu Atem kommen kann.

»Wir sind angekommen.«

Jakubs Hütte steht einsam auf dem Berggipfel. Der Wind rüttelt an den Fenstern und weht Schneefahnen die Hänge hinab. Die Schafe, die dort stehen, an einem Abhang verstreut, sind dem Sturm schutzlos ausgeliefert. Tarek sitzt auf dem Dach der Hütte und beobachtet sie besorgt. Neben ihm hockt Samir, so nah, dass ihre Schultern sich berühren. Sie formen Schneebälle und werfen sie nach den Schafen, um sie zusammenzutreiben.

Weit unten ist die Küste zu sehen und dahinter die Insel. Wie ein Hügel ragt sie aus dem Meer, ein Schloss steht darauf. Aus einem Fenster blickt Soraya. Sie scheint etwas zu suchen, ungeduldig betrachtet sie das Meer. Tarek hebt die Hand und winkt ihr zu, um sie auf sich aufmerksam zu machen. Samir formt einen neuen Schneeball und wirft ihn in hohem Bogen davon. Er segelt die Flanke des Berges hinunter, auf die Insel zu, und trifft Soraya am Kopf. Sie verschwindet.

Im nächsten Augenblick werden Tarek und Samir vom Dach der Hütte geschleudert. In dem Reservereifen eines Lastwagens hockend, schlittern sie den vereisten Berghang hinab. Grenzpolizisten schießen auf sie, der Schnee vor ihren Füßen spritzt auf. Ein Schuss trifft den Reifen, er wird in zwei Teile zerrissen. Sie driften auseinander.

»Halt dich fest, Soraya«, ruft Tarek. »Halt dich gut fest. Damit dir nichts passiert.«

»Ich bin nicht Soraya«, brüllt es zurück. »Ich bin Samir!«

Mit ruckartigen Bewegungen beschleunigt Samir seine auch so schon rasante Fahrt. Er saust den Berg hinunter, dann hebt er ab und schießt wie eine Gewehrkugel durch die Luft. Tarek hört nur noch sein raues, heiseres Lachen, bevor er an einem Berghang zerschellt.

Er selbst schlittert weiter hinunter. Die Insel kommt näher, in dem Fenster des Schlosses taucht Soraya wieder auf. Sie scheint auf ihn zu warten. Er rast durch eine Schlucht und weicht den Felsen aus. Doch es gelingt ihm nicht immer. Sein Kopf knallt gegen den Stein, gleich darauf ein zweites Mal, dann wieder …

Tarek schreckt hoch. Ein Ruck geht durch den Zug, er muss auf ein anderes Gleis eingeschwenkt sein. Um ihn herum knirscht und rumpelt alles, seine Stirn schlägt immer wieder gegen die Scheibe. Er rappelt sich auf. Eigentlich wollte er nicht einschlafen, aber das monotone Geräusch der Räder auf den Schienen hat ihn müde gemacht.

Er blickt aus dem Fenster. Es ist früh am Morgen, noch dunkel. Viele Lichter sind zu sehen, von den Lampen entlang der Bahnstrecke und über den Straßen, aber auch aus den Fenstern der Häuser. Es sind hohe, wuchtige Häuser, eines neben dem anderen, in einer endlosen Reihe. Ob sie das ist?, denkt Tarek. München – die große Stadt in Deutschland, bis zu der der Zug fahren soll? Er weiß es nicht, er kennt sich nicht aus. Es ist die erste Zugfahrt seines Lebens.

Er streckt die Arme nach oben und gähnt. Dann blickt er sich um. Außer ihm sitzt niemand in dem kleinen Abteil, aber auf dem Gang laufen jetzt Leute vorbei mit seltsamen Koffern, die auf Rollen fahren. Er drückt sein Gesicht wieder gegen die Scheibe und sieht nach draußen. Mehrere Wochen ist es nun her, dass er mit dem Lastwagen in Italien angekommen ist. Mitten in der Nacht war es und er verließ das Schiff auf die gleiche Weise, wie er hinaufgekommen war – tief in das Reserverad des Wagens gekrümmt. An dem ersten Ort, an dem der Lastwagen hielt, kletterte er aus dem Reifen und versteckte sich. Es war eine Tankstelle, aber sie sah nicht aus wie die Tankstellen in Afghanistan. Sie war riesig und hell beleuchtet, mit grellen Schildern, und es herrschte ein Lärm und ein Verkehr und ein Gestank, dass es ihn richtig erschreckte.

Er wusste zuerst nicht, was er tun sollte. Es war ihm nur klar, dass er, um nach Deutschland zu gelangen, noch ein gutes Stück nach Norden musste. Aber wie weit es dorthin war und was ihn auf seinem Weg erwartete, wie viele Grenzen oder Flüsse oder Gebirge zu überqueren waren, davon hatte er keine Ahnung. Also lief er einfach an der Küste jenes Meeres entlang, über das er gekommen war, immer weiter nach Norden. Dabei orientierte er sich an der Sonne und an den Sternen, die waren das Einzige, was ihm vertraut vorkam in diesem fremden Land.

Tagsüber schlief er meistens ein Stück landeinwärts an dem ersten ruhigen, abgelegenen Platz, den er nach Sonnenaufgang finden konnte. Häufig war es auf einem Feld oder unter einer Brücke, jedenfalls an einem Ort, wo ihn keiner störte. Nachts setzte er dann seinen Weg fort. Die Nächte waren warm und angenehm, genau richtig für seinen Geschmack, es war ja inzwischen Sommer. Dschamal war immer an seiner Seite, er sprach viel mit ihm. Und die Küste, das merkte er schnell, führte ihn stetig weiter nach Norden, er konnte sich gar nicht verlaufen.

Sein Essen holte er sich am Tag von den Feldern und nachts aus den Mülltonnen neben den Restaurants. Es gab viele Restaurants in den Orten entlang der Küste und die Mülltonnen, die in den Hinterhöfen standen, waren gut gefüllt. Er staunte darüber, was die Leute hier alles wegwarfen. Egal wohin er kam, immer war genug da, er musste nie hungern.

Irgendwann, nach einigen Wochen, erreichte er eine größere Stadt, er erinnert sich nicht mehr an ihren Namen. Dort kam er an einem Restaurant vorbei, das von Pakistani betrieben wurde, er erkannte es an den Gerüchen und den Bildern auf den Fensterscheiben. Weil er wissen wollte, wie weit es noch bis Deutschland war, und auch um mal wieder mit jemand anderem als immer nur mit Dschamal zu reden, ging er hinein und sprach die Leute an. Der Inhaber des Restaurants betrachtete ihn nur verständnislos, aber die junge Frau, die die Gäste bediente, eine pakistanische Paschtunin namens Rahel, verstand ihn.

Er erzählte ihr, woher er kam und wohin er wollte. Sie sagte, nach Deutschland sei es noch weit und auf dem Weg dahin liege ein Gebirge, so hoch, dass er es auf keinen Fall zu Fuß überqueren könne. Am besten sei es, er nehme die Eisenbahn, denn einmal am Tag fahre vom Bahnhof des Ortes ein Zug bis nach München, das sei die erste große Stadt in Deutschland. Tarek erzählte ihr, dass er kein Geld mehr habe, um eine Fahrkarte zu kaufen. Daraufhin sprach sie mit dem Inhaber des Restaurants. Der überlegte eine Zeit lang, schließlich nickte er und winkte ihm zu: Er durfte für ihn arbeiten. Etwa zwei Wochen lang half er in dem Restaurant aus, schleppte Kisten und arbeitete in der Küche mit, wobei ihm seine Geschicklichkeit mit dem Messer sehr zugute kam, dann hatte er das Geld zusammen.

Er verabschiedete sich von Rahel und ging zum Bahnhof. Dort kaufte er ein Ticket und stieg in den Zug. Es ging nach Norden, erst über flaches Land, dann durch immer enger werdende Täler ins Gebirge hinauf. Weit oben führte die Strecke durch einen endlos langen Tunnel. Auf der anderen Seite ging es wieder hinab und jetzt hat der Zug anscheinend sein Ziel erreicht.

Er ist inzwischen ganz langsam geworden und schaukelt immer wieder von einem Gleis auf das andere. Dann hält er am Bahnsteig. Tarek steht auf, verlässt das Abteil und reiht sich in die Schlange der anderen ein. Nachdem er ausgestiegen ist, weiß er zuerst nicht, wohin er sich wenden soll. Irgendwann fällt ihm auf, dass alle in die gleiche Richtung gehen, auf eine große Halle zu. Vorsichtshalber schließt er sich an.

Am Ende des Bahnsteigs stehen zwei Männer in Uniform und mustern mit scharfen Blicken die Leute, die den Zug verlassen. Alle anderen dürfen passieren, nur als Tarek an ihnen vorbeigeht, treten sie ihm in den Weg. Sie sprechen ihn an, aber er versteht sie nicht, auch als sie es in verschiedenen anderen Sprachen versuchen. Schließlich geben sie ihm durch Gesten zu verstehen, dass er mitkommen soll, nehmen ihn in die Mitte und führen ihn ab.

Es geht durch die große Halle, in der kaum Leute sind. Tarek fühlt sich eingeschüchtert durch die beiden Männer, die ihn, schweigend und mit ernsten Blicken, zu einer Treppe führen. Als sie näher kommen, sieht er, dass die Stufen der Treppe sich bewegen. Sie rollen vor ihnen davon und verschwinden in der Tiefe, wie ein Wasserfall. Er hat so etwas noch nie gesehen. Die Männer wollen, dass er die Stufen betritt, aber er wagt es nicht, sie erscheinen ihm zu unsicher. Als er sich weigert, packen sie ihn und zerren ihn auf die fahrende Treppe. Er schwankt und verliert das Gleichgewicht, da stützen sie ihn und reden auf ihn ein. Plötzlich hängt er in ihren Armen wie ein Kind.

Unten angekommen, führen die Männer ihn durch einen Raum, in dem seltsame Leute sitzen. Einige von ihnen sind jung, etwa in seinem Alter, und haben grüne und rote Haare, die ihnen wie Dolche vom Kopf abstehen. Tarek vermutet, es könne sich um Schauspieler handeln, die bei der Aufführung eines Märchens mitwirken. Andere wiederum sind alt, in Lumpen gekleidet und mit verfilzten Haaren. Sie erinnern ihn an die bettelnden Wandermönche, die er aus seiner Heimat kennt. Nur sind ihre Augen nicht so klar und durchdringend wie bei denen, sondern glasig und verwässert.

Die beiden Männer bringen ihn in einen zweiten, wesentlich kleineren Raum, in dem zwei andere in den gleichen Uniformen hinter Schreibtischen sitzen. Sie sagen etwas zu ihnen, drücken Tarek auf einen Stuhl und gehen wieder. Die beiden anderen betrachten ihn schweigend und trommeln dabei ununterbrochen mit ihren Fingern auf den Tischplatten herum. Tarek sieht zu Boden, er hat ein mulmiges Gefühl und weiß nicht recht, was er von alldem halten soll. Irgendwann geht die Tür wieder auf, ein weiterer Mann, der jedoch keine Uniform trägt, kommt herein und setzt sich auf den Stuhl ihm gegenüber.

»Wie ist dein Name?«, fragt er auf Paschto, nachdem er ihn eine Zeit lang betrachtet hat.

Tarek sieht ihn erstaunt an. Die Gesichtszüge des Mannes sind ihm vertrauter als die der anderen und er hat ehrliche Augen. Tarek beschließt, ihm zu vertrauen.

»Wo bin ich hier?«, fragt er.

»Auf einer Polizeiwache im Münchner Hauptbahnhof«, antwortet der Mann. »Keine Angst, dir passiert nichts. Die Polizisten wollen nur wissen, wer du bist. Ich übersetze ihnen alles, was du sagst. Also: Wie ist dein Name?«

»Tarek.«

»Und weiter?«

»Wie weiter?«

»Na, wie ist dein Nachname?«

»Ich weiß nicht. Ich heiße einfach nur Tarek.«

Der Dolmetscher nickt kurz, dann sagt er etwas zu den Polizisten. Einer von ihnen tippt in die Tastatur, die vor ihm steht, der andere starrt Tarek weiter an.

»Gut, du bist also Afghane?«, fragt der Dolmetscher.

»Ja. Ich bin ein Kuchi.«

»Und wie bist du hierhergekommen?«

Tarek zögert. Für einen Moment überlegt er, ob es ein Fehler sein könnte, die Wahrheit zu sagen. Doch dann fängt er an zu erzählen. Er schildert, wie die Schleuser ihn über das Gebirge in die Türkei gebracht haben, wie ihn ein Fischer auf seinem Boot über das Meer nach Griechenland gefahren hat und wie er dann zuerst mit dem Lastwagen, im Reservereifen versteckt, nach Italien und anschließend zu Fuß und mit dem Zug nach Deutschland gekommen ist.

Diesmal braucht der Dolmetscher lange, um alles zu übersetzen. Die Polizisten schweigen noch immer. Während der eine Tarek mit forschendem Blick in die Augen starrt, tippt der andere ohne Unterbrechung in die Tasten.

»Schön«, sagt der Dolmetscher, als das Klappern verstummt. »Wann bist du geboren?«

»Im Frühling«, antwortet Tarek.

Der Dolmetscher lächelt. »Ich meinte, in welchem Jahr.«

Tarek zuckt mit den Schultern. »Ich bin mir nicht sicher. Vor fünfzehn oder sechzehn Jahren. Kurz nach Nauroz.«

»Nach dem Neujahrsfest?«, fragt der Dolmetscher. »Gut, sagen wir, es war vor sechzehn Jahren. Nauroz ist am 21. März. Dein Geburtsdatum ist ab jetzt also der – 25. März 1999. Das kannst du dir doch merken, oder?«

»Wieso sollte ich?«

»Weil es in Deutschland wichtig ist, dass man sein Geburtsdatum kennt. Ich kann dir das jetzt nicht erklären. Du wirst es noch lernen.«

Tarek nickt. Er hat keine Ahnung, wovon der Mann redet.

»Also weiter. Wo bist du geboren?«

»Im Zelt meiner Eltern«, sagt Tarek und denkt: Wo denn sonst?

»Schön, aber – war vielleicht ein Dorf in der Nähe?«

»Ja. Von da ist eine Hebamme gekommen. Hat mir meine Mutter erzählt. Aber ich weiß den Namen des Dorfes nicht.«

Der Dolmetscher übersetzt. Die beiden Polizisten blicken Tarek für einen Moment erstaunt an. Während der eine dann erneut auf der Tastatur herumtippt, gibt der andere dem Dolmetscher ein Zeichen, die Befragung abzubrechen. Er steht auf, kommt um den Tisch herum und führt Tarek zu einer kleinen

Kabine, wo er fotografiert wird und seine Finger auf ein Papier drücken muss. Einige Minuten später reicht der Polizist ihm einen Zettel. Sein Foto ist darauf, seine Fingerabdrücke und einiges geschrieben in einer Schrift, die nicht die gleiche ist wie die, die er aus Afghanistan kennt. Aber das ist nicht weiter schlimm, er kann ja weder die eine noch die andere lesen.

»Gut, Tarek«, sagt der Dolmetscher. »Das war es schon, für den Moment zumindest. Jetzt bist du sicher hungrig? Und müde?«

Tarek zuckt mit den Achseln, er weiß es selbst nicht so genau. Der Dolmetscher legt ihm die Hand auf die Schulter und führt ihn aus der Polizeistation hinaus. Tarek folgt ihm nach oben in die große Halle, wobei er diesmal die normale Treppe nimmt, und weiter zum Ausgang. Gleich dahinter ist eine Haltestelle, dort steht ein Bus, in den sie einsteigen.

»Wohin fahren wir?«, fragt Tarek.

»In die Erstaufnahmeeinrichtung.«

»Was ist das?«

»Das ist ein Haus, in das alle kommen, die – na ja, die so nach Deutschland einreisen wie du«, sagt der Dolmetscher. »Alle, die mit dem Zug aus Italien kommen und am Bahnhof aufgegriffen werden. Da bekommst du etwas zu essen und ein Bett zum Schlafen. Wenn du dich ausgeruht hast, sehen wir weiter.«

Nach einigen Minuten fährt der Bus los. Tarek blickt sich um. Auf den Sitzen weiter hinten hocken noch andere, denen man ansieht, dass sie Ähnliches erlebt haben wie er. Es sind nur wenige, aber sie haben sich über den ganzen Bus verstreut, jeder sitzt für sich. Keiner beachtet die anderen, so als müssten sie fürchten, es könnte ihnen als Schwäche ausgelegt werden. Mit leerem Blick starren sie durch die Scheiben nach draußen. Nach einer Weile tut Tarek das Gleiche.

Als der Bus endlich hält und sie aussteigen, liegt ein riesiges Haus vor ihnen, seine Fassade sieht aus wie eine Gebirgswand.

Es hat scheinbar unendlich viele Fenster, die sich nur dadurch unterscheiden, dass in manchen Licht brennt, während die anderen dunkel sind. Tarek hat beim Anblick von Häusern nie ein gutes Gefühl, aber dieses hier schnürt ihm fast die Kehle zusammen, als er es sieht.

Der Dolmetscher führt ihn nach drinnen und spricht mit einer Frau, die hinter einer Art hölzernen Mauer sitzt. Sie reden über ihn, das kann er an ihren Gesten und Blicken erkennen. Schließlich dreht sich der Dolmetscher zu ihm um.

»Ich glaube, wir haben etwas für dich gefunden«, sagt er. »Es gibt ein Zimmer mit drei jungen Afghanen, in dem noch ein Bett frei ist. Wenn es dir recht ist, bringen wir dich da unter.«

Tarek hebt den Kopf, blickt zur Decke und stellt sich die vielen Stockwerke vor, die über ihren Köpfen sind. Plötzlich hat er das Gefühl, dass die Decke sich senkt und ihn zerdrückt.

»Muss ich wirklich hier drin schlafen?«, fragt er.

»Wie meinst du das?«

»Kann ich nicht draußen schlafen? Ich habe da drüben Bäume gesehen und ...«

»Nein, Tarek!« Der Dolmetscher schüttelt den Kopf. »Glaub mir: Das geht hier nicht.« Er deutet auf die Frau. »Sie wird dir helfen. Du kannst ihr vertrauen. Und jetzt viel Glück!«

Nachdem er Tarek noch einmal zugenickt hat, geht er. Unterdessen ist die Frau hinter der hölzernen Mauer hervorgekommen und gibt ihm zu verstehen, dass er ihr folgen soll. Sie führt ihn zu einem Raum, in dem sie ihm einen Stapel mit Handtüchern, seltsamen schlabbrigen Decken und anderen Dingen, die er noch nie gesehen hat, in die Hände drückt. Dann steigen sie mehrere Treppen hinauf und bleiben vor einer Tür stehen. Die Frau legt den Finger an die Lippen, öffnet die Tür und schiebt Tarek hindurch. Mit einer Geste macht sie ihm klar, dass er jetzt schlafen soll, dann schließt sie die Tür wieder.

Tarek dreht sich um und betrachtet das Zimmer, in dem er gelandet ist. Eine Laterne wirft von draußen etwas Licht herein, aber er muss trotzdem warten, bis seine Augen sich an die Dunkelheit gewöhnt haben. Vier Betten stehen in dem Raum, jeweils zwei übereinander. Drei davon sind belegt, aber die Schläfer haben sich so tief in ihre Decken gewickelt, dass er nichts von ihnen erkennen kann. Einer schnarcht, es riecht nach ungewaschenen Füßen. Tarek seufzt, geht zu dem freien Bett, das eines der beiden unteren ist, und beugt sich darüber, um den Stapel abzulegen, den die Frau ihm gegeben hat. Als er sich wieder aufrichten will, knallt er mit dem Hinterkopf gegen das Bettgestell.

Während er sich über die schmerzende Stelle reibt, hört er von oben ein Stöhnen. »Idiot!«, murmelt eine schläfrige Stimme. »Stoß dir deine Scheißbirne woanders!«

Tarek stutzt, die Stimme kommt ihm bekannt vor. Er richtet sich auf, aber wer immer da liegt, hat die Decke über den Kopf gestreift. Mit einer schnellen Bewegung zieht Tarek sie herunter.

Wütend fährt der Schläfer herum. Er will aus dem Bett springen, dann stockt er und reißt verwundert die Augen auf.

Tarek lacht. »Navid!«, jubelt er.

Navid wirft sich auf den Rasen, streicht seine Haare zurück und wischt sich den Schweiß von der Stirn. »Denen haben wir es gezeigt«, sagt er triumphierend. »Die haben jetzt schon Angst davor, dass wir uns wieder einwechseln.«

Tarek setzt sich neben ihn. Sein Atem geht schwer, er beobachtet die Spieler auf dem Fußballfeld, das mitten zwischen den hohen Flügeln des Gebäudekomplexes liegt, in dem sie jetzt wohnen, umgeben von kahlen Mauern, wie eine kleine grüne Insel. Sie sind eigentlich jeden Nachmittag hier und immer bilden sie die gleichen Mannschaften, eine mit T-Shirts und eine ohne. Zu der ersten gehören die Afghanen und die Iraker, also auch Navid und er, zu der anderen die Pakistani und die Syrer, dazu kommen auf beiden Seiten noch ein paar Versprengte aus anderen Ländern.

Tarek lässt sich auf die Ellbogen sinken und atmet tief durch. Nachdem das Spiel anfangs eine Weile dahingeplätschert ist, haben sie eben zu einem Sturmlauf angesetzt. Navid hat sich den Ball geschnappt und er selbst hat ihm mehr oder weniger den Weg freigeboxt. So haben sie den Führungstreffer erzielt und sich danach zur Belohnung erst mal ausgewechselt. Jetzt liegen sie am Spielfeldrand und verschnaufen.

Tarek stößt Navid an und zeigt auf die anderen. »Der eine von denen meint, ich hätte ihn gefoult.«

»Pah!« Navid winkt verächtlich ab. »Der hat keine Ahnung. Es war kein Foul, es war alles total in Ordnung, das habe ich genau gesehen. So spielt man das eben!«

Tarek sieht ihn von der Seite an. Er ist froh, dass er Navid wiedergefunden hat. Ohne ihn, das weiß er gut, würde er sich noch verlorener fühlen, als es so schon der Fall ist. Es gibt so viel in diesem Land, das er nicht versteht, und wenn mal wieder einen ganzen Tag lang neue Dinge auf ihn einstürmen, hat er manchmal Angst, dass er sich nie zurechtfinden wird. Aber dann ist Navid da, er kann mit ihm reden und irgendwie geht es danach immer weiter.

Vor zwei Wochen sind sie aus der Erstaufnahmeeinrichtung hierher gekommen in das »Clearinghaus«, wo sie so lange bleiben werden, bis die Umstände ihrer Flucht geklärt sind. Obwohl sie nun nicht mehr zu viert, sondern zu zweit auf einem Zimmer liegen, fällt Tarek das Schlafen im Haus nach wie vor schwer. Um es zu ertragen, rückt er sein Bett immer ans Fenster und reißt es nachts so weit auf, wie es geht. Navid beschwert sich darüber, weil der Lärm von der Straße zu hören ist. Umgekehrt schnarcht er oft wie ein Wahnsinniger, was Tarek nervt. Darüber kriegen sie sich manchmal in die Haare. Dann schubsen sie sich eine Zeit lang durch die Gegend, aber es dauert nie lange, insgesamt verstehen sie sich gut.

Nach allem, was Navid erzählt hat, ist er in Italien ebenfalls die Küste entlang nach Norden gezogen. Aber weil der Fahrer seines Lastwagens ihn noch ein ganzes Stück weiter mitgenommen hat, muss er Tarek immer einige Tage voraus gewesen sein. So ist er auch vor ihm in München angekommen und genau wie er zunächst in der Polizeistation am Bahnhof und dann in der Erstaufnahmeeinrichtung gelandet. Immerhin kennt er sein Geburtsdatum, denkt Tarek. Und hat einen Nachnamen. Bestimmt haben sie ihn nicht wie einen Irren angestarrt.

Er richtet sich auf und streckt sich. »Hast du nach dem Spiel noch was vor?«, fragt er Navid.

»Ja, hab ich. Rumhängen. Und du?«

Tarek zuckt mit den Schultern. »Weiß nicht.«

Navid verschränkt die Hände hinter dem Kopf. »Kannst ja für die Schule lernen«, schlägt er vor und lacht spöttisch.

Tarek winkt ab. Navid weiß genau, wie er die Schule hasst. Gleich am ersten Morgen nachdem sie hierher gekommen sind, mussten sie hin. Für Navid ist es nichts Neues, schon in Afghanistan ist er viele Jahre zur Schule gegangen. Aber für Tarek ist es wie eine andere Welt. Es fängt damit an, dass er mit dreißig anderen in einem stickigen Raum sitzen muss und sich stundenlang nicht bewegen darf. Das ist er nicht gewöhnt, weder den stickigen Raum noch das Stillsitzen. Ein paarmal hat er während des Unterrichts plötzlich solches Herzklopfen bekommen, dass er nach draußen rennen musste. Außerdem hat er nie zuvor ein Buch in Händen gehabt. Er kann weder lesen noch schreiben und ständig hat er das Gefühl, dass ihn alle hinter seinem Rücken auslachen. Die Schule ist eine Qual für ihn und er kann sich nicht vorstellen, dass es jemals anders wird.

»Ach komm«, sagt Navid, der seinen trüben Gesichtsausdruck bemerkt, und schlägt ihm gegen die Schulter. »Das wird schon. Die Schule ist nicht wichtig.«

»Was denn sonst?«

»Na, morgen das Gespräch«, sagt Navid. »Das ist das, was zählt.«

Morgen haben sie ihre erste Anhörung bei der Asylbehörde über die Gründe, warum sie nach Deutschland gekommen sind. Dann wird sich entscheiden, ob sie bleiben dürfen. Sie brauchen eine gute Geschichte. Eine wirklich gute Geschichte muss es sein, sie dürfen keinen Fehler machen. Alles, was sie sagen, wird aufgezeichnet, hat er gehört. So ist das hier. Man kann also später nicht einfach behaupten, die Leute hätten einen falsch verstanden.

»Hast du dich vorbereitet?«, fragt er.

»Ja, schon«, sagt Navid. »Soweit man sich auf so was vorbereiten kann.«

»Was willst du ihnen erzählen? Die Geschichte mit der Kuh und deinem Onkel oder hast du noch was anderes?«

»Mit der Sache brauche ich gar nicht zu kommen«, sagt Navid. »Das ist was Familiäres, das wird als Asylgrund nicht anerkannt. Nein, nein, pass auf.« Er rückt näher an Tarek heran und senkt die Stimme. »Es muss mit den Taliban zu tun haben. Das zieht hier am besten, verstehst du?«

»Du hast aber nichts mit den Taliban zu tun.«

»Ist doch egal. Ich werde erzählen, die Taliban hätten mich gegen den Willen meiner Familie in eines ihrer Ausbildungslager nach Pakistan verschleppt. Dann hätte ich es geschafft, von da zu fliehen. Deswegen könnte ich jetzt natürlich nicht mehr zurück, weder nach Pakistan noch nach Afghanistan, weil ich auf der Todesliste der Taliban stehe.«

»Und wie willst du das beweisen?«

»Oh, ich kenne eine Menge Einzelheiten«, sagt Navid. »In den

Bergen zwischen Iran und der Türkei war einer in unserer Gruppe, dem das passiert ist. Während uns fast der Arsch erfroren wäre, hat er mir viel von dem Lager erzählt, in dem er war. Sogar, wie die Ausbilder hießen. Ich muss es nur so gut wie möglich rüberbringen, dann nehmen sie es mir schon ab.«

Tarek blickt nachdenklich auf das Spielfeld. Dort ist es wegen irgendeiner Kleinigkeit zum Streit gekommen, zwei prügeln sich, ein Afghane und ein Pakistani, wie meistens. Das passiert hier so oft, dass man kaum noch hinschaut, jeden Tag gibt es Schlägereien. Die meisten der Jungs haben schlimme Sachen erlebt, aber sie können nicht richtig darüber reden und deshalb äußert es sich auf diese Weise. Außerdem langweilen sie sich zu Tode, das macht es auch nicht besser. Manche verletzen sich selbst, andere schlagen plötzlich um sich. Er beobachtet, wie der Streit mühsam geschlichtet wird, gleich darauf bricht er zwischen zwei anderen von Neuem aus.

»Und du?«, fragt Navid. »Was willst du ihnen sagen?«

Tarek erzählt von den Minen und der Feindseligkeit der Dorfbewohner und davon, dass es immer schwerer wird, als Kuchi zu überleben. Dann erwähnt er noch die Taliban und ihre Drohung, ihn als Kundschafter zu sich zu holen.

»Was hältst du davon?«, fragt er.

»Na ja, es sind ein paar brauchbare Sachen dabei«, sagt Navid. »Aber du musst es schärfer erzählen. Viel schärfer.«

»Wie, schärfer?«

»Du musst zum Beispiel sagen, sie hätten – was weiß ich? – sie hätten euch gedroht. Ja, sie hätten gedroht, eure Schafe zu erschießen, wenn du nicht als Kundschafter bei ihnen mitmachst. Und sie hätten gesagt, das wäre nur der Anfang. Erst kämen die Schafe dran, dann die Familie. Es muss richtig scharf sein und es muss sich gut anhören.«

»Und du glaubst, dann habe ich eine Chance?«

»Warum denn nicht?«, sagt Navid. »Immerhin ist es eine Geschichte, wie sie sie wahrscheinlich noch nie gehört haben. Sie ist so ungewöhnlich, dass sie nicht auf die Idee kommen werden, du hättest sie dir ausgedacht. Das ist schon mal ein Pluspunkt. Du musst sie nur überzeugend erzählen, verstehst du?«

Tarek nickt. Ja, das versteht er. Und als er näher darüber nachdenkt, gefällt ihm die Vorstellung. Wie man eine Geschichte überzeugend erzählt, hat er an den langen Abenden am Feuer gelernt. Wie hat Soraya gesagt? Es gibt zwei Dinge, die er kann: Schafe hüten und Geschichten erzählen. Sie hat recht damit und er legt großen Wert auf ihr Urteil. Heute Nacht, denkt er. Heute Nacht werde ich mir eine Geschichte zurechtlegen.

»Ich weiß, was ich tue«, sagt er zu Navid. »Wenn ich morgen bei dieser Asylbehörde bin, werde ich mir vorstellen, wir säßen am Feuer.«

Navid runzelt die Stirn. »Ist noch alles gut bei dir? Du wirst in einem elenden, kahlen Büro sitzen und willst dir vorstellen, du wärst am Lagerfeuer?«

»Ja.«

»O Mann!«, sagt Navid und schüttelt grinsend den Kopf. »Du bist manchmal ganz schön verdreht, weißt du das? Aber egal. Was hilft, ist erlaubt.«

Er zeigt auf das Spielfeld. »Sieh dir diese Versager an. Als wir raus sind, haben wir geführt, jetzt liegen wir zurück. Komm, wir müssen die Sache wieder in die Hand nehmen.«

Sie stehen auf und warten auf die nächste Spielunterbrechung, damit sie aufs Feld können.

»Und wenn sie uns anerkennen?«, fragt Tarek. »Was machst du dann?«

»Na, ich gehe zu meiner Schwester«, sagt Navid. »Dann versuche ich, irgendwie die Schule fertig zu machen. Weiter weiß ich noch nicht. Und du?«

»Zu meinem Onkel«, entgegnet Tarek. »Ich muss Geld verdienen für meine Familie, so schnell wie möglich. Deshalb bin ich schließlich hier.«

Inzwischen hat jemand den Ball so weit ins Aus gedroschen, dass er eine der Treppen hinuntergerollt ist, die vom Innenhof in den Keller des Blocks führen. Während einer losläuft, um ihn zu holen, gehen sie aufs Spielfeld zurück.

»Meinst du, du kannst den Weg noch mal so freiräumen wie eben?«, flüstert Navid. »Dann machen wir sie fertig.«

»Wird schon klappen«, sagt Tarek.

Dann denkt er: Es gibt noch einen Grund, warum ich zu meinem Onkel muss. Einen sehr wichtigen. Ich muss auf jemanden warten. Aber das braucht keiner zu wissen. Nicht mal Navid.

Die Tür des Busses schnappt zu, es zischt kurz, dann fährt er davon. Soraya blickt ihm nach, wie er schwerfällig um eine Kurve biegt und hinter der nächsten Hausecke verschwindet. Sie bleibt allein an der kleinen Haltestelle zurück. Die Sonne scheint ihr ins Gesicht, es ist ein heller und sogar schon etwas warmer Tag. Der erste Frühling, den ich in einem fremden Land erlebe, denkt sie. Dann schüttelt sie energisch den Kopf, bevor die Erinnerung an die blühenden Obstbäume ihrer Heimat sie traurig macht.

Der Bus hat sie in einem kleinen Dorf zurückgelassen. Viele alte Häuser stehen entlang der Straße, keine Lehmhäuser wie in den paschtunischen Bergen, so etwas gibt es hier nicht, aber sie haben Holzbalken und schiefe Dächer, das gefällt ihr. Sie zieht ihr Smartphone aus der Tasche, seit einigen Wochen besitzt sie es, weil alle an ihrer Schule eines haben, und inzwischen kann sie auch ganz gut damit umgehen. Sie öffnet den Routenplaner und geht in die Richtung, in die der Pfeil zeigt. Dabei spürt sie, wie ihre Hände zittern. Eigentlich tun sie das schon, seit sie heute Morgen aufgestanden ist, und nicht nur die Hände, sie spürt die Aufregung im ganzen Körper.

Sie biegt in eine Seitenstraße ein, dann führt der Weg plötzlich steil nach oben. Während sie hinaufsteigt, sieht sie Gesichter hinter den Fenstern auftauchen und spürt, wie die Blicke ihr folgen. Sie lächelt. Ob schon alle ahnen, zu welchem Haus sie will? Der Routenplaner sagt ihr, dass es das letzte auf der rechten Seite ist. Als sie es erreicht, sieht sie, dass dahinter nur noch Wiesen kommen, die Straße wird zu einem Feldweg. Sie zieht den Briefumschlag hervor, den sie seit der Begegnung in den Bergen bei sich trägt, und vergewissert sich, dass der Name auf der Tür stimmt. Dann klingelt sie.

Der Mann, der gleich darauf die Tür öffnet, ist eher klein und hat schon fast keine Haare mehr auf dem Kopf. Er sieht sie verwundert an und scheint darauf zu warten, dass sie etwas sagt. Aber ihr fällt nichts ein. Wie soll sie sich ihm vorstellen?

Da hellt sich sein Gesicht plötzlich auf. »Soraya?«, fragt er vorsichtig.

Sie lächelt und nickt. Er schlägt die Hände zusammen und ruft über die Schulter etwas ins Haus, dann zieht er sie nach drinnen und schließt die Tür.

»Woher kennen Sie mich?«, fragt sie. Darauf kann es eigentlich nur eine Antwort geben, aber sie will sie hören.

»Ach!« Der Mann winkt ab. »Seit Tarek bei uns wohnt, hat er oft von dir gesprochen. Da war es nicht schwer, dich zu erkennen. Ich habe nur erst einen Augenblick gebraucht.«

Als Soraya nach einem Moment der Überraschung klar wird, was der Satz bedeutet, macht ihr Herz einen Sprung. Gleich darauf wird ihr schwindlig, sie greift nach dem Geländer der Treppe, die neben ihr in das obere Stockwerk führt, und hält sich daran fest. Es ist also wirklich so, wie sie gehofft hat, schon den ganzen Tag und die vielen Tage davor: Tarek hat es auch geschafft! Wie es sein Ziel gewesen war, hat er sich zu seinem Onkel durchgeschlagen, und vor allem: Er hat sie nicht vergessen. Genauso wenig wie sie ihn. Nachdem sie im letzten Sommer angekommen war, hat sie den ganzen Herbst und den Winter hindurch, als sie damit beschäftigt war, irgendwo ihren Platz zu finden in diesem Land, auf den richtigen Tag gewartet. Sie hat viele Monate gewartet, bis heute, denn heute ist der einzig richtige Tag. Es ist der 21. März und das ist bei ihnen in Afghanistan Nauroz, das Neujahrsfest – der erste Tag des Frühlings.

»Tarek hat gesagt, er hätte dir unsere Adresse gegeben«, fährt der Mann unterdessen fort. »Er meinte, du würdest bestimmt kommen.«

Soraya lächelt. »Hat er denn nie Angst gehabt, mir könnte etwas zugestoßen sein?«

»Angst?«, wiederholt der Mann und überlegt kurz. »Tja, möglicherweise hat er das gehabt. Aber wenn, würde er nicht darüber reden.«

»Und – ist er nie ungeduldig geworden? In all den vielen Monaten? Nicht ein einziges Mal?«

»O nein«, sagt der Mann. »Tarek ist sehr geduldig. Wie alle Kuchi. Wenn du es tagaus, tagein mit einer Schafherde zu tun hast, bleibt dir nichts anderes übrig, als geduldig zu sein.«

Soraya lacht. Das stimmt allerdings: Tarek redet nicht viel und ist geduldig. Besser könnte man ihn in einem einzigen Satz gar nicht beschreiben.

Sie will noch etwas fragen, als sie ein kratzendes Geräusch hört, es kommt von einer der Türen, die von dem Flur, in dem sie stehen, abzweigen.

»Oh!«, sagt der Mann und dreht sich um. »Na, das war klar, dass er sich meldet. Du hast doch keine Angst vor Tieren?«

Soraya schüttelt den Kopf. Der Mann öffnet die Tür, woraufhin ein Hund, eher klein und mit heftig wedelndem Schwanz, in den Flur stürmt und sie beschnüffelt.

»Das ist Dschamal«, sagt der Mann.

»Dschamal?«, wiederholt Soraya und bückt sich, um den Hund zu streicheln. Aus Afghanistan kennt sie das eigentlich nicht, da streichelt man keine Hunde, man gibt ihnen eher einen kräftigen Fußtritt, wenn sie im Weg sind. Aber hier machen die Leute das eben so, vor allem die Kinder, und deswegen hat sie es sich auch angewöhnt.

»So hieß Tareks Hund in Afghanistan«, sagt sie und richtet

sich wieder auf. »Der ihm immer bei der Suche nach weggelaufenen Schafen geholfen hat.«

Der Mann nickt. »Tarek hat oft von Dschamal gesprochen. In der Steppe und in den Bergen, wenn er stundenlang unterwegs war, um die verirrten Schafe zur Herde zurückzubringen, war der Hund sein einziger Freund. Er hat ihn sehr vermisst. Also haben wir ihm vor ein paar Monaten den Kleinen hier geschenkt und ihn Dschamal genannt.«

Er zieht den Hund von ihr weg, schimpft mit ihm und schickt ihn mit einer energischen Handbewegung wieder in Richtung der Tür, aus der er gekommen ist. Dort ist inzwischen eine Frau aufgetaucht, sie ist stämmig, mit kräftigen Armen, und strahlt Soraya aus einem runden, rosigen Gesicht an.

»Das ist meine Frau Esther«, sagt der Mann. »Ich habe sie hier in Deutschland kennengelernt. Und, oh, da fällt mir ein, ich habe mich auch noch nicht vorgestellt. Ich bin Ahmed. Tareks Onkel.«

Soraya begrüßt die Frau, die inzwischen zu ihr getreten ist und sie so herzhaft in die Arme schließt, dass ihr fast die Luft wegbleibt. Als sie wieder atmen kann, sieht sie sich verstohlen um.

»Ah, natürlich!«, sagt Ahmed, der ihre Blicke bemerkt. »Du fragst dich, wo Tarek steckt. Er ist noch nicht hier, weißt du, er muss arbeiten. Aber nicht mehr lange, in ein oder zwei Stunden wird er da sein. Komm!« Er winkt Soraya auffordernd zu. »Setz dich, wir warten auf ihn.«

Die beiden führen sie in ihr Wohnzimmer, das ziemlich vollgestopft ist, sodass man sich kaum darin bewegen kann. An den Wänden hängen Fotos aus Afghanistan neben Kuckucksuhren, der Tisch in der Mitte des Raumes ist dunkel und schwer, aber darauf liegt eine Decke in so leuchtenden Farben und so fein gestickt, wie es, denkt Soraya, eigentlich nur die Frauen der Kuchi können.

»Nun«, sagt Ahmed, nachdem er und Soraya sich gesetzt haben und Esther nach nebenan verschwunden ist. »Es ist wirklich eine Freude, dass du gekommen bist. Jetzt willst du sicher einiges wissen, oder?«

Soraya lässt ihren Blick langsam durch den Raum wandern, der mit seinen vielen Möbeln fast ein wenig erdrückend wirkt. Das ist also jetzt Tareks Zuhause, denkt sie. Ob er sich hier wohlfühlt? Bestimmt sorgen sein Onkel und dessen Frau gut für ihn, daran zweifelt sie nicht, aber trotzdem fällt ihr die Vorstellung schwer. Wann immer sie ihm von ihrem eigenen Dorf erzählt hat, konnte sie spüren, dass er es nicht verstand, wie man sein Leben an einem einzigen Ort verbringen konnte, anstatt durch die Welt zu ziehen und den weiten Himmel über sich zu sehen. Andererseits: Sie hat auch vieles gelernt in den letzten Monaten, das völlig neu für sie ist, und sich Dinge angewöhnt, von denen sie nie gedacht hätte, dass sie zu ihr passen würden. Vielleicht geht es Tarek ja ähnlich.

»Wie ist er hierhergekommen?«, fragt sie und schlägt die Beine übereinander – das ist auch eine ihrer neuen Angewohnheiten. »Ich meine: Was hat er erlebt, nachdem wir uns im Gebirge getrennt haben?«

Ahmed zuckt mit den Schultern. »Du weißt ja: Er ist nicht gerade einer, der stundenlang redet, wenn man ihn etwas fragt. Es war ein schwerer Weg, das steht fest, aber wie schwer genau, kann man nur ahnen. In der Türkei zum Beispiel ist er einmal nachts am Strand überfallen und ausgeraubt worden.«

»Was? Von wem?«

»Das hat er nie erfahren.«

»Ist er verletzt worden?«

»Ja, aber nicht schwer. Ein Hirte und seine Frau haben ihn aufgenommen und sich um ihn gekümmert. Er hat für sie gearbeitet und im Gegenzug hat ein Freund von ihnen, ein Fischer, ihn nach Griechenland gebracht. Auf die Insel Lesbos.«

»Lesbos?« Soraya fährt hoch. »Da war ich auch! Wann ist das gewesen?«

»Warte mal.« Ahmed denkt nach. »Im April los, Iran, durch die Berge, durch die Türkei, bei dem Hirten ... Ich schätze, es wird im Juni gewesen sein. Ende Juni vielleicht.«

»Genau wie bei mir!« Soraya reibt sich aufgeregt über die Knie. Die Bilder der türkischen Küste und der griechischen Insel gehen ihr noch einmal durch den Kopf. Vielleicht sind sie sich ja ganz nah gewesen. Vielleicht hat Tarek auf der einen Seite eines Hauses gestanden und sie auf der anderen. Vielleicht waren sie sogar auf der gleichen Fähre!

»Na, wie auch immer«, sagt Ahmed. »Jedenfalls hat Tarek in Athen einen anderen Jungen aus Afghanistan kennengelernt. Er heißt Navid, ein netter Kerl, er war ein paarmal hier, um Tarek zu besuchen. Sie haben sich in Reifen unter Lastwagen versteckt und sind so auf einer Fähre bis Italien gekommen, kannst du dir das vorstellen?«

Inzwischen ist Esther wieder aufgetaucht und deckt den Tisch. »Ich dachte mir, als Afghanin trinkst du bestimmt am liebsten Tee«, sagt sie. Dann dreht sie plötzlich Sorayas Kopf zu sich hin und legt ihr die Hände an die Wangen. »Wie hübsch du bist!«

»Ach, Frau!«, stöhnt Ahmed. »Das will sie doch gar nicht hören.«

»Und ich sage es ihr trotzdem«, beharrt Esther. »Ob es dir gefällt oder nicht.«

Während sie Soraya ein Stück Kuchen hinstellt und ihr den Tee eingießt, blinzelt sie ihr zu. »Jetzt iss erst mal«, sagt sie. »Du hattest bestimmt einen weiten Weg.«

Soraya greift nach ihrer Gabel und probiert den Kuchen. Er schmeckt gut, sie schiebt gleich noch einen zweiten Bissen hinterher. »Und dann?«, fragt sie mit vollem Mund. »Wie ist es Tarek in Deutschland ergangen?«

»Weil er mit dem Zug in München angekommen ist, wurde dort auch sein Asylverfahren eingeleitet«, sagt Ahmed. »Du weißt ja, es ist schwer, als Afghane in Deutschland Asyl zu bekommen, aber Tarek – ich habe wirklich keine Ahnung, wie der Junge das hinbekommen hat – muss seine Geschichte so überzeugend vorgetragen haben, dass ...«

Soraya schluckt ihren Kuchen hinunter. »Ich weiß, wie er das gemacht hat«, sagt sie. »Tarek ist ein toller Geschichtenerzähler.«

»Tatsächlich?« Ahmed runzelt verwundert die Stirn. »Seltsam, davon haben wir noch gar nichts gemerkt. Na egal, jedenfalls hat er den Beamten auch von mir erzählt. Leute vom Jugendamt waren hier, haben lange mit uns gesprochen und dann haben sie entschieden, dass Tarek bei uns wohnen darf. Jetzt ist das Asylverfahren bald abgeschlossen, er hat gute Chancen zu bleiben.«

»Das ist großartig.« Soraya bläst in ihren dampfenden Tee und nimmt ein paar Schlucke. In ihrer Aufregung schlürft sie dabei so laut, wie sie es aus ihrer Heimat gewohnt ist. »Und – was macht er jetzt?«

»Er arbeitet«, antwortet Ahmed. »Auf einem Bauernhof, ein paar Kilometer von hier. Da kümmert er sich um die Tiere.«

»Geht er denn nicht zur Schule?«

»Nein, im Moment nicht. Er hat es in München eine Zeit lang versucht, aber ...«

»Das geht nicht!«, sagt Soraya. »Hier in Deutschland muss jeder zur Schule gehen.«

Ahmed hebt hilfesuchend die Hände. »Tarek ist nun einmal stur«, sagt er. »Alle Kuchi sind stur. Wie gesagt, in München hat er es versucht, aber die Schule war nicht das Richtige für ihn, er sagt, alle hätten sich über ihn lustig gemacht. Außerdem wollte er so schnell wie möglich Geld verdienen, um es seiner Familie zu schicken. Das ist wichtig für ihn, es ist in seinen Augen der einzige Grund, warum er hier ist. Also habe ich ihm den Job auf dem Hof besorgt, der Bauer ist ein guter Bekannter von mir.«

»Aber – darf er denn überhaupt arbeiten?«, fragt Soraya. »Ich meine: bevor sein Verfahren zu Ende ist?«

»Natürlich nicht«, wirft Esther ein, die sich inzwischen neben Soraya gesetzt hat.

»Ach, was heißt schon dürfen!«, sagt Ahmed. »In Afghanistan arbeiten alle in seinem Alter, das schadet ihm nicht. Im Gegenteil: Er kann eine Menge dabei lernen. Vielleicht sogar mehr als in der Schule. Und er arbeitet gut, weißt du. Die anderen auf dem Hof mögen ihn, sie verraten ihn nicht und gleichzeitig lernt er auch noch Deutsch dabei.«

»Kann ja sein«, sagt Soraya, schüttelt dann aber entschieden den Kopf. »Trotzdem: Tarek muss lesen und schreiben lernen und einen Schulabschluss machen. Ohne den ist man hier nichts wert, so viel weiß ich inzwischen. Außerdem: Wenn es herauskommt, dass er arbeitet, macht er sich strafbar und darf vielleicht nur deswegen nicht in Deutschland bleiben.«

Esther klopft zustimmend auf den Tisch. »Ganz meine Worte«, sagt sie. »Hör dir dieses Mädchen gut an, Ahmed. Sie ist klug.«

Während Ahmed missmutig abwinkt, dreht Esther sich zu Soraya hin. »Du musst Tarek davon überzeugen, das ist wichtig. Wenn ich ihm etwas sage, nickt er höflich, aber das war es dann auch. Auf dich wird er hören.«

»Ja, das werde ich«, sagt Soraya grimmig. »Und wenn ich ihn zur Schule prügeln muss!«

Der Satz rutscht ihr einfach heraus, auf einmal ist ihre Stimme ganz rau. Sie erschrickt fast selbst und hält sich die Hand vor den Mund. Hallo, Samir, denkt sie. Da bist du ja mal wieder, du hast dich lange nicht mehr blicken lassen. Hastig wendet sie sich ihrem Kuchen zu.

Ahmed betrachtet sie nachdenklich. »Du bist ein merkwürdiges Mädchen«, sagt er. »Aber gut, du hast ja auch eine seltsame Geschichte.«

Esther legt ihr die Hand auf den Arm. »Tarek hat uns von dir erzählt«, sagt sie. »Es ist schon gut, Soraya. Du bist ganz richtig. Hier kannst du so sein, wie du sein möchtest, du musst nichts verstecken.«

Sie schiebt ihr noch ein Stück Kuchen auf den Teller und gießt Tee nach. »Jetzt aber genug von Tarek. Er kann dir später selbst erzählen, was er erlebt hat. Wahrscheinlich verrät er dir zehnmal so viel wie uns.«

Soraya verzieht zweifelnd das Gesicht. Da wäre ich nicht so sicher, denkt sie. Außer ich bringe ihn dazu, es in Geschichten vom Simurgh zu verpacken.

»Erzähl lieber von dir«, fährt Esther fort. »Wie ist es dir ergangen, seit Tarek dich in den Bergen aus den Augen verloren hat?«

»Ach, das ist eine lange Geschichte«, sagt Soraya. Dann erzählt sie von Istanbul, von Leila und Obeid, von ihrem Verschlag unter der Treppe, von der Fabrik im Keller, von Jussuf und seinem CD-Player, von Alisha und Salim, von ihrer Überfahrt über das Meer, von ihrem Abenteuer in der Polizeistation und davon, wie sie als Syrerin getarnt durch Griechenland und immer weiter nach Norden bis Ungarn gekommen ist.

»Von da sind wir durch Österreich nach Deutschland gefahren«, sagt sie. »Alisha und Salim und ich. Wir sind in Passau angekommen, da haben sie uns in ein Auffanglager gesteckt. Zum Glück konnten wir alle drei zusammenbleiben, das hat die Sache leichter gemacht. Alisha und Salim hatten keine Probleme mit ihrem Asylverfahren, bei denen ging es ziemlich schnell. Bei mir war es schwieriger. Ich habe den Brief vorgezeigt, in dem steht, dass die Taliban mich mit dem Tod bedrohen, und dazu habe ich meine Geschichte erzählt. Ich habe versucht, so zu erzählen wie Tarek. Inzwischen ist die Sache klar, ich darf bleiben.«

»Das freut mich für dich«, sagt Esther. »Du hast es verdient. Und sag – lebst du noch immer in Passau?«

»Nein, seit September bin ich in Nürnberg. Die Stadt ist ganz schön groß, manchmal komme ich mir richtig verloren vor. Aber es gibt eine Burg da, die steht mittendrin, und viele alte Häuser. Das macht es ein bisschen leichter.«

»Wie kommst du ausgerechnet nach Nürnberg?«

»Keine Ahnung.« Soraya zuckt mit den Schultern. »Ich bin zu einer Familie gekommen, die hatten sich beworben, einen Flüchtling aufzunehmen, und dann haben sie mich abgekriegt.«

»Und da gehst du auch zur Schule?«

»Ja. Ich bin schon in unserem Dorf zur Schule gegangen, aber hier lernt man noch viel mehr. Es hat gedauert, bis ich mich an alles gewöhnt hatte, jetzt bin ich ganz gut. Vor allem in Mathe. Wenn ich es schaffe, studiere ich das später.«

»Hm, Mathematik«, brummt Ahmed. »Das ist ungewöhnlich für ein Mädchen.«

»Ach, hör nicht auf ihn«, sagt Esther. »Wie bist du eigentlich den ganzen Weg aus Nürnberg hierhergekommen?«

»Na, mit dem Zug. Erst ein Zug von Nürnberg nach München, dann ein Zug von München nach Stuttgart, dann mit dem Bus hier hoch. Ich finde mich inzwischen ganz gut zurecht.«

»Gut, aber ein Mädchen sollte …« Ahmed bricht ab, als er den strafenden Blick seiner Frau sieht. »Na schön«, fährt er seufzend fort. »Dann also: Wie gefällt es dir in diesem Land?«

»Vieles ist gut«, sagt Soraya. »Es gibt keinen Krieg, das ist das Wichtigste. Man muss nicht jeden Tag Angst haben, dass man erschossen wird. Außerdem haben alle genug zu essen. Man kann als Mädchen zur Schule gehen und man kann draußen auf der Straße herumlaufen, so viel man will, ohne dass man dafür ein Junge sein muss. Das ist doch eine Menge, oder?«

Ahmed nickt. »Du hast recht«, sagt er. »Das sind wichtige Vorteile. Aber – nicht an alles hier kann man sich so leicht gewöhnen. Findest du nicht?«

»Klar, manches ist schon komisch. Aber das ist wahrscheinlich in jedem fremden Land so.« Soraya überlegt kurz, dann fällt ihr etwas ein. »Als ich zum Beispiel das erste Mal mit einer Straßenbahn gefahren bin, da habe ich richtig Angst bekommen. So viele Leute waren da drin, aber keiner hat was gesagt oder die anderen auch nur angesehen und alle hatten so ernste Gesichter. Ich war mir sicher, dass was Schlimmes passiert sein muss. Bis ich irgendwann gemerkt habe: Nein! Das ist hier ganz normal.«

»Ja, das kann ich verstehen.« Ahmed lacht. »Ich habe mich bis heute nicht an diese Dinge gewöhnt. Aber vielleicht schaffst du es ja schneller. Denn ich muss schon sagen, wenn ich dich so reden höre«, er kratzt sich nachdenklich an seinem kahlen Schädel, »dann wundert es mich, wie gut du die Sprache beherrschst. Nach so kurzer Zeit! Bei mir hat es Jahre gedauert.«

»Sie ist ja auch noch jung«, sagt Esther. »Da fällt vieles leichter. Außerdem ist sie in einer deutschen Familie, das ist ein großes Glück. Sie spricht die Sprache jeden Tag.«

Inzwischen ist Dschamal ins Zimmer getrottet und hat sich unter dem Tisch vor Sorayas Füßen zusammengerollt. Während sie ihn betrachtet, geht ihr das, was Esther gesagt hat, durch den Kopf. Es stimmt: Sie hatte wirklich Glück im letzten Jahr, dass sie nicht in eines dieser grauen Flüchtlingsheime gekommen ist, bei denen man schon trübsinnig wird, wenn man nur davorsteht, sondern in eine Familie, wo sie behandelt wird wie eine Tochter. Und außerdem hatte sie Glück, dass sie in der Schule, in der sie gelandet ist, nach einiger Zeit Freunde fand.

Zuerst hat sie an ihren Mitschülern vieles gestört, daran erinnert sie sich gut. Meistens waren es Kleinigkeiten, zum Beispiel, wenn einige ihr Pausenbrot in den Mülleimer warfen, weil etwas darauf war, das sie nicht mochten. Das zu sehen, tat ihr regelrecht weh und keiner der anderen konnte verstehen, warum. Oder wenn sie ständig über die Schule schimpften, während sie einfach nur glücklich war, dort sein zu dürfen. Manchmal dachte sie dann: Ihr seid wie kleine Kinder. Ihr seid wie die Kanarienvögel, die bei uns in Afghanistan in den reichen Familien in goldenen Käfigen leben. Natürlich hat sie das nie gesagt, sie wollte es sich ja nicht mit den anderen verderben, aber gedacht hat sie es schon. Zum Glück gab es einige, mit denen sie sich gut verstanden hat. Denen war es egal, dass sie anders ist, ja, es gefiel ihnen sogar. Mit denen ist sie jetzt meistens zusammen und von ihnen hat sie auch die Sprache gelernt, genauso wie von ihrer neuen Familie.

»Du hast recht«, sagt Ahmed zu seiner Frau. »Dass sie in einer Familie lebt, ist gut. Als ich hierher kam, hatte ich nicht so viel Glück, ich war lange Zeit allein. Das ist schwer, wenn du aus einem Land kommst, wo es niemand gelernt hat, allein zu sein.« Er wendet sich an Soraya. »Ich hatte anfangs oft Heimweh. Kennst du das auch?«

»Ahmed!«, sagt Esther. »Das ist kein Thema für einen Tag wie heute.«

»Doch, das ist es. Soraya und ich, wir kommen beide aus Afghanistan. Wir wissen, wie schwer es ist, von seiner Familie getrennt zu sein.«

Soraya zögert. Sie denkt an ihr Dorf, an die Berge und an Djamila. »Ja, ich kenne es«, sagt sie dann leise. »Ich habe jeden Tag Heimweh.«

»Siehst du!« Ahmed nickt. »Mir geht es genauso.«

Soraya sieht ihn ungläubig an. »Immer noch?«, fragt sie.

»Es hört nie auf«, sagt Ahmed. »Wenn du deine Heimat und deine Familie verlassen hast, sehnt sich ein Teil von dir immer dorthin zurück. Ich will dir nichts vormachen, Soraya. Es wird bis an dein Lebensende so sein. Aber das ist nicht schlimm, weißt du. Die Erinnerungen schmerzen nur am Anfang. Je mehr Zeit vergeht, umso schöner werden sie.«

Soraya blickt zum Fenster, dicke Gardinen hängen davor, aber sie kann erkennen, dass die Sonne noch immer scheint. Es wird ihr allmählich etwas zu schwermütig hier drin und die vielen dunklen Möbel machen es nicht besser. Sie isst den Rest ihres Kuchens und legt die Gabel zur Seite.

»Ich will nicht nur auf Tarek warten«, sagt sie. »Ich will ihm entgegengehen.«

»Oh, das ist keine gute Idee«, erwidert Ahmed. »Du kennst dich hier nicht aus und …«

»Unsinn«, sagt Esther. »Sie hat es von Afghanistan nach Deutschland geschafft und von Nürnberg hierher, dagegen ist so ein kleiner Spaziergang ein Kinderspiel.«

»Trotzdem, ich muss sagen, ich bin nicht gerade begeistert von der Vorstellung, dass sie …«

»Ahmed! Sie will nicht, dass jemand dabei ist, wenn sie und Tarek sich wiedersehen. Verstehst du das denn nicht?«

»Schon, aber – wir beide können ja auch in ein anderes Zimmer gehen, wenn Tarek …«

»Nein, das tun wir nicht!«, sagt Esther entschieden und nimmt Sorayas Hand. »Komm, ich zeige dir den Weg.«

Sie führt sie durch den Flur nach draußen und deutet auf den Feldweg, der durch die Wiesen hinaufführt.

»Da läufst du hoch«, sagt sie. »Bis du auf der Kuppe bist. Von dort hast du einen weiten Blick, an klaren Tagen bis zur Stadt. Unten auf der anderen Seite wird Tarek irgendwann auftauchen. Dann kannst du ihn überraschen.«

Soraya bedankt sich und geht los. Der Weg führt steil hinauf, die Wiesen sind gesprenkelt mit Tausenden weißer und gelber Blumen. Sie blühen nur im Frühling, immer für kurze Zeit, das hat sie inzwischen gelernt, es sind andere als die, die sie aus ihrer Heimat kennt. Während sie emporsteigt, blickt sie unwillkürlich zum Himmel. Nauroz ist in Afghanistan ein Tag, an dem die Kinder ihre Drachen steigen lassen, Hunderte der bunten

Wimpel flattern dann im Wind. Hier aber ist außer den Kondensstreifen einiger Flugzeuge nichts zu sehen.

Nach einer Weile erreicht sie die Hügelkuppe, von der Esther gesprochen hat. Jenseits davon führt der Weg ähnlich steil wieder hinab und genau hier oben, wo man die beste Aussicht hat, ein Stück abseits des Weges, steht eine Bank im Schatten eines Baumes. Soraya wartet, bis sie nach dem steilen Aufstieg wieder zu Atem gekommen ist, dann geht sie hin und setzt sich. Als sie sich umblickt, fällt ihr auf, dass der Ort jener Stelle ähnelt, wo sie in ihrer Heimat so oft Ausschau nach Tarek gehalten hat. Natürlich, hier ist alles grüner und die Hügel sind nicht so hoch und schroff wie die paschtunischen Berge, aber trotzdem ist es ähnlich. Sie denkt daran, wie sie vor einem Jahr dort oben gestanden und in die Ebene hinuntergeblickt hat, in Erwartung der Schafherde. Nur liegt jetzt in der Ebene nicht die Steppe, sondern, weit entfernt und im Dunst kaum noch zu erkennen, eine Stadt.

Mit den Augen folgt sie dem Weg, der sich vor ihr den Hügel hinunterschlängelt, aber von Tarek ist nichts zu sehen. Als sie an ihn denkt, erinnert sie sich erneut an den Tag vor einem Jahr und dann überfällt sie, hier zwischen den Hügeln, die so seltsam vertraut wirken, plötzlich das Heimweh, über das sie und Ahmed eben noch gesprochen haben. Sie muss an ihr Dorf und ihre Familie denken und wie so oft in solchen Momenten sehnt sie sich sogar zu jenen Dingen zurück, die sie damals manchmal gestört haben. Es war anstrengend, das Wasser in den schweren Eimern vom Dorfbrunnen zu holen, aber man traf viele Leute und wusste immer, was in den anderen Familien vor sich ging. Ohne Strom mussten sie auf vieles verzichten, das ihr jetzt selbstverständlich ist, und doch erscheint ihr das Leben mit den Petroleumlampen in der Erinnerung so warm und vertraut, dass es schmerzt, daran zu denken. Sie vermisst den Geruch der Lampen, sie vermisst die Nächte auf dem Dach, die ruhigen Atemzüge Djamilas, die Millionen Sterne, die sie sehen konnte, sie vermisst das Blühen der Obstbäume ihres Vaters. Es gibt so vieles, was ihr fehlt.

Zum Glück kann sie nun ab und zu mit ihrem Vater telefonieren, das macht es leichter. Nachdem sie in ihrer neuen Familie angekommen war, hat sie einen Brief in ihr Dorf geschickt mit ihrer Adresse und ihrer Telefonnummer, seither ruft ihr Vater sie an, immer dann, wenn er auf dem Markt ist. Als der erste Anruf von ihm kam und sie seine Stimme hörte, ganz schwach und mit einem Echo, als würde er aus einer tiefen Schlucht zu ihr heraufrufen, konnte sie gar nichts sagen, so überwältigt war sie von der Freude und dem Schmerz und ihm ging es genauso. Inzwischen unterhalten sie sich ganz normal und vor wenigen Tagen hat sie erfahren, dass Djamila, die im letzten Sommer, etwa zu der Zeit, als sie selbst in Deutschland angekommen ist, wie geplant geheiratet hat, nun schwanger ist und bald ihr erstes Kind bekommt. Sie lächelt. Hoffentlich wird es ein Junge!, denkt sie.

Wieder sucht sie den Weg ab und dann springt sie auf. Dort unten, ganz in der Ferne zwischen den Bäumen, taucht ein Fußgänger auf, der mit festen und sicheren Schritten den Hügel hinaufgeht. Mit angehaltenem Atem beobachtet sie ihn. Er hebt kurz den Kopf, wohl um zu sehen, wie weit der Weg noch ist, und im gleichen Moment erkennt sie ihn. Kein Zweifel: Es ist Tarek!

Erneut macht ihr Herz einen Sprung, sie schlägt die Hände vor den Mund. Jetzt kommst du also endlich, denkt sie. Tausende von Kilometern haben wir zurücklegen müssen, um uns wiederzusehen. Fast ein ganzes Jahr hat es gedauert.

Sie lässt sich wieder auf die Bank sinken und beobachtet, wie er sich langsam nähert. Aber was sind schon tausend Kilometer?, geht es ihr durch den Kopf. Und – was ist schon ein Jahr?

Mit langen Schritten geht Tarek den Hügel hinauf. Noch ist er unter den Bäumen, da kann er ordentlich ausschreiten. Die Steigung ist eher schwach und es gibt Schutz vor dem Wind und der Sonne. Erst wenn er die Bäume hinter sich hat und die Wiesen erreicht, wird es etwas anstrengender werden. Da ist es richtig steil und der Wind bläst einem immer kräftig ins Gesicht. Im Winter war der Weg oft vereist, dann hat er sich richtig hinaufkämpfen müssen. Aber jetzt ist der Winter vorbei und da geht manches leichter. Überall sind die ersten Blüten zu sehen, alles wird grün, der Frühling ist da. Und drüben, in dem kleinen Dorf auf der anderen Seite des Hügels, warten sein Onkel und seine Tante bestimmt schon mit dem Essen auf ihn.

Er denkt daran, wie die beiden ihn aufgenommen haben. Etwas mehr als ein halbes Jahr ist das jetzt her. Mehrere Wochen hat er damals noch mit Navid in dem Clearinghaus verbracht, sich mit der Schule herumgequält und den Beamten der Asylbehörde seine Geschichte vorgetragen. Er hat sie erzählt, als würde er am Feuer sitzen und von einer Person berichten, die er gar nicht ist. Hart und schonungslos hat er es getan, wie Navid ihm empfohlen hatte. Mit vielen Ausschmückungen, so wie auch die alten Legenden immer ausgeschmückt waren. Anscheinend war die Geschichte gut, denn irgendwann hieß es, dass er vorerst bleiben dürfe, und so kam er dann zu seinem Onkel und seiner Tante.

Die hatten es nicht leicht mit ihm. Er konnte sich nur schwer an das Leben in ihrem Haus gewöhnen, das ihm eng und düster vorkam, und der Winter mit seinen langen Nächten machte es nicht besser. Eigentlich führte er nun genau das Leben, das er sich nie hatte vorstellen können und für das er andere immer bedauert hatte. Er war oft unzufrieden und hatte schlechte Laune, dann sehnte er sich nach den Bergen und seiner Familie und Dschamal und manchmal, auf dem Bauernhof im Stall mit den Kühen, sehnte er sich sogar nach den dummen Schafen. Aber sein Onkel und seine Tante ertrugen alles mit einer Geduld, die fast grenzenlos schien.

Die Bäume treten nun zurück, er verlässt ihren Schatten und geht hinaus in die pralle Sonne. Das steile Stück, das jetzt vor ihm liegt, erinnert ihn stets ein wenig an die Strecke, die er mit Dschamal von ihrem Frühlingslager hinauf in die Hügel genommen hat, um die verirrten Schafe zu suchen. Auf jeder Seite des Weges fließt ihm ein Bach entgegen. Beide sind klein und führen kaum Wasser und doch muss er bei ihrem Anblick immer an die beiden Flüsse denken, zwischen denen ihr Zelt stand und an deren Ufern ihre Herden grasten.

Er blickt den Hügel hinauf. Den ganzen Tag über hat er eine seltsame Unruhe gespürt, eine Nervosität, die er sonst nicht kennt und sich auch nicht erklären kann. Schon beim Aufwachen hat er es gemerkt und nicht einmal bei der Arbeit hat ihn dieses Gefühl verlassen. Erneut sieht er nach oben, diesmal länger, um abzuschätzen, wie weit es noch zur Kuppe ist. Dort sitzt jemand auf der Bank neben dem Weg, was ungewöhnlich ist. Er senkt den Kopf wieder und stiefelt weiter nach oben.

Die Arbeit war anstrengend heute, er spürt es im ganzen Körper. Und doch ist er froh, dass er den Job hat, denn er gibt ihm das Gefühl, etwas wert zu sein. Er ist stolz darauf, seiner Familie nun regelmäßig Geld schicken zu können. Ab und zu telefoniert er mit Ashkan, der jetzt als Hirte bei einer etwas wohlhabenderen Familie arbeitet. Ihre Herde ist zwar auch geschrumpft, aber immer noch groß, sagt Ashkan. Mehr als zweihundert Tiere. Sie können sich ein Satellitentelefon leisten und Ashkan darf es manchmal benutzen. Deshalb weiß Tarek, wie es in der Heimat steht. Ashkan sagt, mit dem Geld, das er schickt, hätte ihr Vater schon die Anzahl an Schafen, die er für Tareks Reise verkaufen musste, wieder zukaufen können. Das ist ihm wichtig. Er muss jetzt kein schlechtes Gewissen mehr haben.

Inzwischen ist der Weg so steil, dass er ein wenig außer Atem gerät. Er hebt den Kopf und blinzelt nach oben. Da ist die Kuppe, sie ist ganz nah, gleich hat er sie erreicht und ist auf der anderen Seite, dahinter geht es bergab. Auch die Bank ist nur noch ein paar Meter von ihm entfernt. Ein Mädchen sitzt dort, das kann er nun sehen, sie trägt ein Kopftuch. Seltsam!, denkt er. Im Dorf gibt es kein Mädchen mit Kopftuch. Er sieht noch einmal genauer hin – und dann erkennt er sie.

Vor Schreck und Überraschung stolpert er über eine Wurzel, die an dieser Stelle aus dem Boden ragt. Erst im letzten Moment kann er den Sturz vermeiden. Er richtet sich auf, plötzlich sind seine Knie ganz weich. Dann geht er zu Soraya und setzt sich, fast ein wenig vorsichtig, neben sie.

»Du bist also da«, sagt er, nachdem er sie eine ganze Weile nur von der Seite angeblickt hat. »Ich habe immer gewusst, dass du kommst.«

»Nein«, erwidert sie und lacht. »Du bist gekommen. Endlich! Ein ganzes Jahr habe ich auf dich gewartet. Weißt du das?«

Sie scheint auf eine Antwort zu hoffen, aber er ist noch immer so verblüfft, dass ihm nichts einfällt. Schließlich nimmt sie ihr Kopftuch ab und schüttelt ihre Haare von einer Seite zur anderen. Sie sind lang geworden, glatt und glänzend und tiefschwarz fallen sie ihr bis auf die Schultern. Tarek verschlägt es fast den Atem, als er es sieht.

»Du hast sie wachsen lassen«, ist alles, was er sagen kann.

»Ja«, antwortet Soraya. »Ich wollte wissen, wie sie aussehen, wenn sie lang sind. Vielleicht schneide ich sie auch wieder ab, wenn es mir nicht mehr gefällt. Aber im Moment finde ich sie eigentlich ganz schön.«

Er weiß noch immer nichts zu sagen, sein Herz schlägt ihm bis zum Hals.

»Und du, Tarek?«, fragt sie schließlich ungeduldig. »Wie findest du sie?«

»Wie?«, fragt er. »O ja! Sie gefallen mir.«

Plötzlich hat er das Gefühl, seiner Begeisterung noch stürmischeren Ausdruck verleihen zu müssen.

»Sie gefallen mir sehr, sehr gut«, setzt er hinzu.

Soraya stutzt einen Moment, dann strahlt sie ihn an.

»Tarek!«, sagt sie. »Was ist los mit dir? Du übertriffst dich ja selbst.«

Er erwidert ihren Blick und gleich darauf weiß er, dass alles seine Richtigkeit gehabt hat. Auch wenn er es zuerst nicht hatte wahrhaben wollen, war es doch richtig gewesen, nicht mehr in das alte Winterlager in den Bergen zu ziehen. Denn was hätte er dort schon tun können? Er hätte nur vergebens nach einem Jungen namens Samir gesucht, den es nicht mehr gab. Und auch seine Heimat zu verlassen und sich auf diese gefährliche Reise zu begeben war richtig gewesen. Denn so sehr er alles vermisst, was er zurückgelassen hat: Soraya ist ihm wichtiger. Das wird ihm mit einem Schlag klar, als er sie jetzt neben sich sitzen sieht. Alles hat seine Richtigkeit, denkt er. Wie eigentlich immer, wenn man nur darauf vertraut, dass jemand auf einen aufpasst.

Während er sie noch ansieht, fällt ihm auf, dass hinter ihr am Himmel ein Vogel, ein ziemlich großer Vogel, der über den Bäumen seine Kreise gezogen hat, mit den Flügeln winkt und Richtung Osten davonfliegt.

»Der Simurgh«, sagt er und zeigt darauf.

Soraya dreht sich um und beobachtet den Vogel, bis er verschwunden ist. Tarek weiß nie so recht, ob sie eigentlich an seine Geschichten glaubt.

»Verlässt er dich jetzt?«, fragt sie.

»Nein«, sagt Tarek. »Er wird mich nie verlassen. Aber«, er sieht ihr in die Augen, »ich glaube, er weiß, dass ich ihn jetzt nicht mehr brauche.«

Soraya lächelt. Dann blinzelt sie ihn von der Seite an.

»Hast du nicht noch etwas vergessen?«, fragt sie.

Er überlegt, aber es ist ihm nicht klar, wovon sie redet.

»Was soll ich vergessen haben?«

»Na, du hast mir etwas versprochen. Oben in den Bergen, weißt du noch? Du wolltest mir das Ende der Geschichte erzählen.«

Sie greift in die Tasche, zieht eine kleine, schmale Schachtel hervor und reicht sie ihm.

»Hier ist mein Wiedersehensgeschenk für dich«, sagt sie.

Tarek öffnet die Schachtel. Eine Feder liegt darin, die prächtige Feder eines Vogels. Während er sie betrachtet, spürt er, wie dicht Soraya plötzlich neben ihm sitzt, ihre Schultern berühren sich fast.

»Komm, sprich zu mir vom Frühling«, sagt sie.

Nachwort

Der aus Afghanistan nach Frankreich geflohene Schriftsteller und Filmemacher Atiq Rahimi sagte 2008, Afghanistan symbolisiere für ihn den Terror der ganzen Welt. Und es sei vielleicht das verlorenste Land, das es gebe. Tatsächlich herrscht dort seit 40 Jahren fast ununterbrochen Krieg und stets waren es fremde Mächte, die dem Land diese Kriege aufzwangen.

Der erste dieser »Stellvertreterkriege« begann 1979, als sowjetische Truppen ins Land einfielen, um ein kommunistisches Regime zu unterstützen und den sowjetischen Einflussbereich nach Süden auszudehnen. Gegen diese Invasion erhoben sich Stammeskrieger aus den Bergdörfern, die ihre traditionelle Kultur und Lebensweise verteidigen wollten und sich »Mudschaheddin« nannten. Sie erhielten Unterstützung aus der arabischen Welt, vor allem aus Saudi-Arabien und Pakistan, und bald auch von den USA. Letztere sahen die Chance, die Sowjets in Afghanistan empfindlich zu treffen, und rüsteten die Mudschaheddin mit modernen Waffen aus. Mit dieser Hilfe gelang es den Stammeskriegern tatsächlich, die sowjetischen Truppen in einem neun Jahre dauernden Guerillakrieg zu besiegen.

1989 verließen die Sowjets, vor den Augen der Weltöffentlichkeit gedemütigt, das Land, eine Niederlage, die wesentlich zum Zusammenbruch der Sowjetunion beitrug. Die USA hatten also ihr Ziel erreicht, Afghanistan aber lag in Trümmern. Die Mudschaheddin hatten keine Strategie, wie das Land politisch wieder aufgebaut werden könnte. Hochgerüstet und verroht in den Jahren des Guerillakriegs, fielen sie bald übereinander her, wobei die einzelnen Gruppen von Ländern wie Pakistan, Iran und Saudi-Arabien unterstützt wurden. Es kam zu einem jahrelangen Bürgerkrieg, der mehr Todesopfer forderte als der Krieg gegen die Sowjets.

Gegen die moralische Verwahrlosung der Mudschaheddin trat 1994 eine neue Gruppierung in Erscheinung, die sich »Taliban« nannte. Es waren junge Männer aus dem Volk der Paschtunen, das im Osten und Süden Afghanistans und in den angrenzenden Regionen Pakistans beheimatet ist. Vor den Sowjets waren sie in pakistanische Flüchtlingslager geflohen und hatten in den dortigen Koranschulen – Taliban bedeutet »Schüler« – den Deobandismus kennengelernt, eine aus Indien stammende, aggressive Auslegung des Islam. Von dieser fundamentalistischen Ideologie beherrscht, kehrten sie nach Afghanistan zurück, um dort eine neue Ordnung zu errichten.

Von der ländlichen Bevölkerung wurden sie anfangs begeistert begrüßt, denn sie versprachen Frieden und Sicherheit und eine Rückkehr zu traditionellen Werten. Und wirklich gelang es ihnen bis 1996, mit der Hilfe Pakistans und Saudi-Arabiens fast ganz Afghanistan zu erobern. Die Sympathien der Bevölkerung verspielten sie allerdings schnell, denn je länger sie an der Macht waren, umso mehr errichteten sie ein mittelalterlich anmutendes Schreckensregime. Mädchen durften nicht mehr zur Schule gehen, Frauen das Haus nicht verlassen, öffentliche Hinrichtungen wegen geringster Verfehlungen waren alltäglich. Die Afghanen lebten nun zwar – wie versprochen – in relativem Frieden, aber auch in permanenter Angst vor den neuen Machthabern.

Dann erfolgte am 11. September 2001 der Anschlag auf das World Trade Center in New York durch das Terrornetzwerk al-Qaida. Die Taliban besaßen zwar kein Interesse am »Dschihad«, dem islamistischen Glaubenskrieg gegen die westliche

Welt, aber sie hatten führenden Mitgliedern von al-Qaida Unterschlupf gewährt und das wurde ihnen nun zum Verhängnis. Schon im Oktober griffen die Amerikaner an, Ende des Jahres waren die Taliban besiegt und nach Pakistan vertrieben.

Viele Afghanen setzten große Hoffnungen in die USA, in der naiven Annahme, ihr heldenhafter Kampf gegen die Sowjets werde nun durch großzügige Aufbauhilfe belohnt. Aber eine solche Hilfe kam nicht. Die USA interessierten sich nicht für Afghanistan, sondern wollten die Täter des 11. September zur Rechenschaft ziehen. Sie schickten Spezialeinheiten mit Kampfhubschraubern und Drohnen, um die Führer von al-Qaida und jene der Taliban zu liquidieren. Erneut wurden die Afghanen in einen Krieg gerissen, den sie nicht zu verantworten hatten.

Das Vorgehen der US-Truppen gegen die afghanische Zivilbevölkerung war von großer Brutalität geprägt. Bei dem Versuch, die Terroristen der al-Qaida und die Kämpfer der Taliban zu finden, folterten und töteten sie Tausende von Zivilisten. Dies führte vor allem in den paschtunischen Grenzregionen, wo das Vorgehen besonders hart war, zu großer Verbitterung und paradoxerweise zum Wiedererstarken der Taliban, die doch eigentlich bekämpft werden sollten.

Tausende junger Paschtunen flohen über die pakistanische Grenze in die Lager der Taliban, um sich für den Krieg gegen die Amerikaner schulen zu lassen. 2003 begann der Guerillakampf, seit 2006 setzten die Taliban auch auf Selbstmordattentate, eine Form des Kampfes, die bis dahin in Afghanistan unbekannt gewesen war. Die USA antworteten mit verstärkter militärischer Präsenz, trieben dadurch aber erst recht weite Teile der Bevölkerung in die Arme der Taliban. Heute sind diese wieder die heimlichen Herrscher des Landes, während die von den USA gestützte Zentralregierung außerhalb der Hauptstadt Kabul kaum Einfluss besitzt.

Nach 40 Jahren Krieg haben viele Afghanen die Hoffnung aufgegeben, dass sich in ihrem Land jemals noch etwas zum Guten wenden könnte. Seit dem Abzug der ISAF-Truppen der Vereinten Nationen Ende 2014, die wenigstens noch für eine gewisse Stabilität gesorgt hatten, hat eine neue Fluchtwelle das Land ergriffen. Zehntausende verlassen Afghanistan. Viele fliehen vor den Taliban, die damit drohen, jeden zu töten, der mit den US-Truppen zusammenarbeitet, und sei es nur als Fahrer oder Dolmetscher. Auch die Armut treibt viele aus dem Land, denn die Wirtschaft liegt im wahrsten Sinn des Wortes in Trümmern.

Besonders schwierig ist die Lage in den paschtunischen Bergdörfern, wie es in diesem Roman am Beispiel von Sorayas Heimatdorf beschrieben wird. Die Bevölkerung ist einerseits dem Terror der Taliban und andererseits den Foltergefängnissen der Amerikaner ausgeliefert. Dazu kommen die Herausforderungen des täglichen Überlebenskampfes in einer unwirtlichen Region und die Zwänge der traditionellen paschtunischen Gesellschaft, unter denen besonders Frauen und Mädchen zu leiden haben.

In Sorayas Schicksal bündelt sich all das. Sie ist eine »bacha posh«, was wörtlich übersetzt »wie ein Junge gekleidet« bedeutet. Um die Ehre ihrer Mutter zu retten und der Familie einen funktionierenden Alltag zu ermöglichen, wächst sie wie ein Junge auf. Anfangs ist dies mit Rechten und Freiheiten verbunden, wie sie einem Mädchen in Afghanistan normalerweise nicht zustehen. Aber als Soraya älter wird, gerät sie zwischen die Fronten und erlebt all die politischen und gesellschaftlichen Widersprüche, die Afghanistan beherrschen, am eigenen Leib.

Auch die Kuchi, die Nomaden, die wie Tareks Familie in traditioneller Weise mit ihren Schaf- und Ziegenherden durch Afghanistan ziehen, sind in ihrer Existenz bedroht. Dafür sind zum einen die mörderischen Hinterlassenschaften des Krieges verantwortlich. Nach Schätzungen der Vereinten Nationen liegen in Afghanistan über 9 Millionen Landminen vergraben und die Kuchi haben unter diesen tödlichen Fallen naturgemäß stärker zu leiden als alle anderen Bevölkerungsgruppen.

Zum anderen macht der Klimawandel den Nomaden zu schaffen, ebenfalls eine Entwicklung, die von außen kommt und nicht von den Afghanen zu verantworten ist. Weideflächen verdorren, Flüsse versiegen. Seit den Tagen der sowjetischen Invasion hat sich die Anzahl der Kuchi halbiert und auch ein großer Teil der verbliebenen wird die traditionelle Lebensweise nicht mehr lange fortführen können.

Viele der Familien, sowohl in den paschtunischen Bergdörfern als auch in den Lagern der Kuchi, suchen verzweifelt nach Auswegen aus dieser Situation. Häufig wird eines der jüngeren Familienmitglieder ausgewählt, um das Land zu verlassen, sich in der Fremde eine Existenz aufzubauen und von dort die Familie zu unterstützen. Damit wird ihnen eine Verantwortung aufgebürdet, die sie kaum tragen können.

Manche gehen in die Nachbarländer Iran und Pakistan, andere nehmen gleich den Weg nach Europa auf sich. Von Herat bis Belgrad haben sich kriminelle Schleuserbanden etabliert, die darauf abzielen, aus den Flüchtlingen so viel Geld wie möglich herauszupressen. Der Weg ist gefährlich, in manchen Passagen, vor allem in den Bergen zwischen Iran und der Türkei oder bei der Überfahrt übers Mittelmeer zwischen der Türkei und Griechenland, sogar lebensgefährlich.

Und sind die Flüchtlinge in Europa angekommen, geraten sie in die Mühlen einer unentschlossenen, in sich widersprüchlichen europäischen Flüchtlingspolitik. Aufgrund der großen kulturellen Unterschiede und ihres eher geringen Bildungsniveaus gelten die Afghanen als besonders schwer integrierbar, was dazu führt, dass die europäischen Staaten sie bevorzugt abzuschieben versuchen. Dies geschieht mit oft fragwürdigen Begründungen, gipfelnd etwa in dem absurden Versuch der Bundesregierung, ausgerechnet Afghanistan, eines der gefährlichsten Länder der Welt, zum »sicheren Herkunftsland« zu erklären.

Für den vorliegenden Roman habe ich mit jugendlichen Flüchtlingen aus Afghanistan gesprochen, die den Weg nach Deutschland geschafft haben und sich nun zumeist in ihrem Asylverfahren befinden. Manche wollten aus verständlichen Gründen nur anonym mit mir über ihre Erfahrungen reden. Viele ihrer Geschichten sind in der einen oder anderen Form in den Roman eingeflossen, in Figuren und Schauplätze, Eindrücke und Handlungselemente.

Es sind Erzählungen junger Leute, die innerhalb weniger Jahre oft mehr durchgemacht haben als andere in einem ganzen Leben. Erzählungen wie aus einer anderen Welt, die dann plötzlich hart und abrupt in unserer eigenen Welt enden. Erzählungen von Enttäuschungen und Träumen, von Angst und Mut, von Verzweiflung und Hoffnung.

Und vor allem sind es Erzählungen, die eines deutlich zeigen: Oft kann gerade unter den düstersten Umständen etwas sehr Wertvolles entstehen. Ein unbändiger Überlebenswille. Spontane Hilfsbereitschaft. Echte Freundschaft. Schönheit.

Und: Poesie.

Glossar

Clearinghaus: Einrichtung, in der minderjährige Flüchtlinge leben, während Herkunft und Fluchtursachen geklärt werden

Dari: afghanische Amtssprache, Variante des Persischen (Farsi)

Farsi: persische Sprache

Hazarajat: Bergregion in Zentralafghanistan, Heimat der Hazara

Karawanserei (persisch): Herberge an einer Karawanenstraße

Kuchi (persisch): »Wandernde«, paschtunische Nomaden

Kurden: Volksgruppe im Grenzgebiet zwischen Iran, Irak, Syrien und der Türkei

Malik (arabisch): »König«, paschtunischer Stammesführer

Mudschahed, pl. Mudschaheddin (arabisch): »Kämpfer«, afghanische Stammeskrieger

Mullah (arabisch): »Herr, Meister«, Vorsteher einer Moschee

Nauroz (persisch): »Neuer Tag«, Neujahrs- und Frühlingsfest im iranischen Kulturraum (20. oder 21. März)

Paschto: paschtunische Sprache

Paschtunen: Volksgruppe in Afghanistan und Pakistan

Rubab (persisch): Langhalslaute, afghanisches Nationalinstrument

Sarkhel: Sprecher der Herdengemeinschaft bei den Kuchi

Talib, pl. Taliban (paschtunisch): »Schüler«, radikale Koranschüler und daraus hervorgegangene islamistische Bewegung

Tschador (persisch): »Zelt«, traditionelle Bekleidung für Frauen zur Verhüllung von Kopf und Körper

Tschopan: Leithirte bei den Kuchi

Foto: © Vanessa Jansen

Autor

Dirk Reinhardt, Jahrgang 1963, studierte Geschichte und Germanistik. Nach seiner Promotion war er bis 1994 als Wissenschaftlicher Mitarbeiter am Historischen Seminar der Universität Münster tätig, anschließend arbeitete er als freier Journalist. 2009 erschien sein erstes Kinderbuch, dem bald weitere folgten. 2016 wurde er mit dem Friedrich Gerstäcker-Preis für Jugendliteratur ausgezeichnet.

ERSTER TEIL DES WEGES von Afghanistan bis zur türkischen Grenze
ARMENIEN
ASERBAIDSCHAN
TÜRKEI
KASPISCHES MEER
Van
Tabriz
Zusammentreffen in den Bergen
Orumiyeh
Teheran
IRAK
IRAN
KUWAIT
PERSISCHER GOLF
SAUDI-ARABIEN
BAHRAIN
QATAR
V.A.E.
N
W
O
S
Sorayas Weg
Tareks Weg

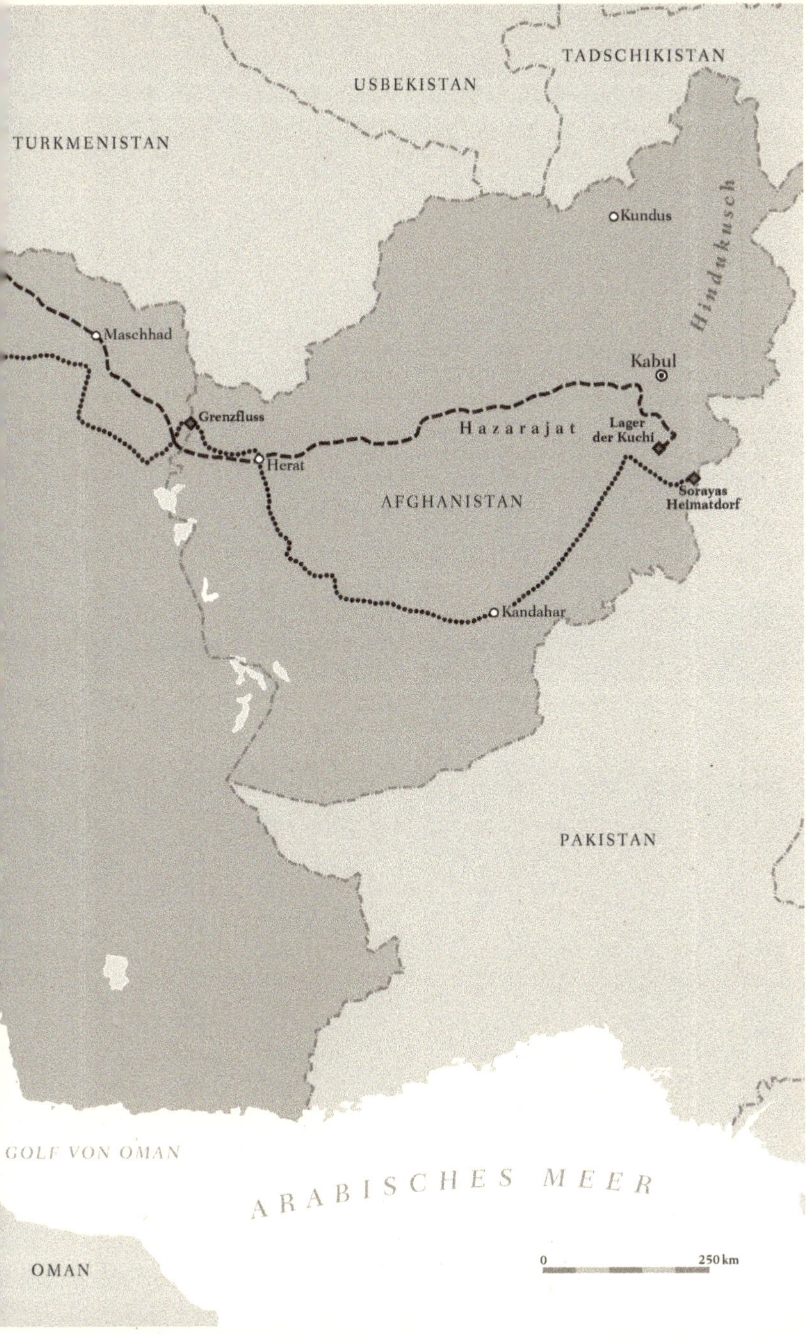
TADSCHIKISTAN
USBEKISTAN
TURKMENISTAN
Kundus
Hindukusch
Maschhad
Kabul
Grenzfluss
Hazarajat
Lager
der Kuchi
Herat
Sorayas
Heimatdorf
AFGHANISTAN
Kandahar
PAKISTAN
GOLF VON OMAN
ARABISCHES MEER
OMAN
0
250 km

Berlin
DEUTSCHLAND
POLEN
Nürnberg
TSCHECHISCHE REPUBLIK
Dorf von Tareks Onkel
Stuttgart
Passau
München
SLOWAKEI
Wien
SCHWEIZ
ÖSTERREICH
Budapest
UNGARN
Dschungel
SLOWENIEN
RUMÄNIEN
KROATIEN
Belgrad
BOSNIEN-HERZEGOWINA
SERBIEN
ITALIEN
MONTENEGRO
BULGARIEN
Rom
Skopje
MAZEDONIEN
ALBANIEN
Idomeni
Behramkale
Mytili
Patras
Athen
GRIECHENLAND
TUNESIEN
MITTELMEER
Sorayas Weg
Tareks Weg
0
250 km
LIBYEN

VEITER TEIL DES WEGES von der türkischen Grenze bis nach Deutschland
RUSSLAND
UKRAINE
AU
N
W
O
S
GEORGIEN
SCHWARZES MEER
ARMENIEN
Zusammen-
treffen in
den Bergen
Van
bul
TÜRKEI
Ankara
SYRIEN
ZYPERN
LIBANON
IRAK
ISRAEL
JORDANIEN
SAUDI-ARABIEN
ÄGYPTEN

Wolfgang Böhmer

Hesmats Flucht

288 Seiten, ISBN 978-3-570-40300-6

Seine Mutter ist gestorben, sein Vater wurde umgebracht: Hesmat hat keine Wahl, er muss aus Afghanistan fliehen! Zu Fuß geht es über den Hindukusch, weiter mit dem Zug nach Moskau und von dort in den Westen. Er landet immer wieder in Gefängnissen, er wird bestohlen, gequält und misshandelt. Manchmal ist er kurz davor, aufzugeben. Aber der Traum von einem besseren Leben treibt ihn weiter ...

6315

www.cbj-verlag.de

Badeeah Hassan Ahmed;
Susan Elizabeth McClelland

Eine Höhle in den Wolken

320 Seiten, ISBN 978-3-570-31370-1

Badeeah Ahmed Hassan ist gerade einmal 18, als IS-Kämpfer ihr Dorf im Irak überfallen. Mit Hunderten anderer jesidischer Frauen und Mädchen wird sie verschleppt und nach Syrien verkauft. Dort landet sie als Haussklavin bei einem hochrangigen IS-Kämpfer in Aleppo. Sie wird regelmäßig misshandelt. In Monaten der Gefangenschaft sind es die Erinnerungen und Geschichten aus ihrer Kindheit, die ihr Halt geben. Daraus schöpft sie die Kraft, zu fliehen und ihre Familie wiederzufinden.

Die junge Autorin erzählt ihre Geschichte, um ihrem Volk eine Stimme zu verleihen, auf den Genozid der Jesiden aufmerksam zu machen und unterdrückten Menschen auf der ganzen Welt Mut zu machen.

30423

cbt

www.cbj-verlag.de

Manfred Theisen

Checkpoint Europa – Flucht in ein neues Leben

ca. 300 Seiten, ISBN 978-3-570-31076-2

Basil ist aus Syrien nach Deutschland geflohen. Und versucht, hier Fuß zu fassen. Aber er hat nicht nur seine Eltern im Krieg verloren, sondern auch seine große Liebe Sahra. Er und sie wurden auf der Flucht getrennt. So macht er sich auf die Suche nach ihr. Mit von der Partie ist der Journalist Tobias, der sich an ihn heftet, um einen Roman zu schreiben. Basil merkt jedoch bald, dass die Suche ein Wagnis ist, denn die Gespenster der Vergangenheit sitzen ihm im Nacken …

Fabio Geda

Im Meer schwimmen Krokodile

192 Seiten, ISBN 978-3-570-40201-6

Als Enaiat eines Morgens erwacht, ist er allein. Er hat nichts als seine Erinnerungen und die drei Versprechen, die er seiner Mutter gegeben hat. Er durchwandert die Länder des Ostens bis nach Europa, reist auf Lastwagen, arbeitet, schlägt sich durch, lernt das Leben von seiner grausamen Seite kennen. Und trotzdem entdeckt er, was Glück ist ...

Fabio Geda erzählt die wahre Geschichte von Enaiatollah Akbari in einem zu Herzen gehenden Buch: Eine Geschichte, die uns den Glauben an das Gute zurückgibt.

Reiner Engelmann

Wir haben das KZ überlebt – Zeitzeugen berichten

256 Seiten, ISBN 978-3-570-31410-4

Wer Überlebende des Holocaust trifft, spürt den Abgrund, der sie von anderen Menschen trennt. Sie waren in Auschwitz, Buchenwald, Dachau. Sie haben unsägliches Leid erfahren. Der Tod war ihr ständiger Begleiter. 70 Jahre nach der Befreiung von Auschwitz gibt es nicht mehr viele Zeitzeugen. Umso wichtiger ist es, ihre Erfahrungen für die Nachwelt zu dokumentieren. Im Gedenken an die Toten, aber auch für den Frieden in der Zukunft. Damit sich die Hölle auf Erden nicht wiederholt. Reiner Engelmann hat zehn Zeitzeugen befragt und ihre Erinnerungen für Jugendliche aufgeschrieben. Ein erschütterndes Zeugnis und ergreifendes Mahnmal wider das Vergessen. Und zugleich ein zutiefst bewegendes Plädoyer für das Leben.

30420

cbt

www.cbj-verlag.de

Reiner Engelmann

Anschlag von rechts

192 Seiten, ISBN 978-3-570-31224-7

Irgendwo mitten in Deutschland treffen sich drei Freunde auf ein Feierabendbier. In den sozialen Netzwerken haben sie sich schon an ausländerfeindlichen Pöbeleien beteiligt. Wenige Stunden später werfen sie einen Molotowcocktail in eine Flüchtlingsunterkunft und werden so zu Verbrechern. Reiner Engelmann recherchiert die Hintergründe dieser schrecklichen Tat und dabei wird deutlich: rechtes Gedankengut und Fremdenfeindlichkeit sind in der Mitte unserer Gesellschaft angekommen und viel zu lange unbeachtet geblieben.

Rüdiger Bertram

Der Pfad – Die Geschichte einer Flucht in die Freiheit

240 Seiten, ISBN 978-3-570-31277-3

»Gut oder böse?« ist mehr als nur der Name eines Spiels, mit dem sich Rolf und sein Vater die Zeit auf der Flucht vertreiben. Als deutsche Flüchtlinge, die von der Gestapo gesucht werden, sind sie immer wieder auf die Hilfe anderer angewiesen. Ihr Ziel ist New York, doch der einzige Weg in die Freiheit ist ein steiler Pfad über die Pyrenäen. Hirtenjunge Manuel soll sie über die Berge führen. Als Rolfs Vater festgenommen wird, beginnt für die Jungen eine gefährliche und abenteuerliche Reise.

30381

cbt

www.cbj-verlag.de

Rainer M. Schröder

Himmel ohne Sterne – Der lange Weg nach Palästina

576 Seiten, ISBN 978-3-570-31241-4

Alija Bet – das ist der Codename für die illegale Einwanderung in das britische Mandatsgebiet Palästina. Und es ist der Hoffnungsschimmer am Horizont für Leah und Jannek – die beide als Einzige ihrer Familien die KZs überlebt haben und nun 1946 traumatisiert im zerbombten München gestrandet sind. Dass bei der Überfahrt und Ankunft viele Gefahren drohen, wissen sie. Aber sie haben keine Alternative. Und so machen sich die beiden auf den Weg über das Mittelmeer – in der Hoffnung auf eine neue Heimat.

30374

www.cbj-verlag.de